대 산 세 계 문 학 총 서 **0 2 8**

서유기 제8권

西遊記

吳承恩

서유기 제8권

오승은 지음
임홍빈 옮김

문학과지성사
2003

지은이 오승은(吳承恩, 1500?~1582?)

중국 명나라 효종-세종 때 문학가로서, 자는 여충(汝忠), 호는 사양산인(射陽山人), 지금의 장쑤성(江蘇省) 화이안(淮安) 지역에 해당하는 산양현(山陽縣) 출신이다.
1550년 성시(省試)에 급제, 공생(貢生)이 되고, 1566년 절강(浙江)의 장흥현승(長興縣丞)으로 재임하였으며, 만년에는 형왕부(荊王府) 기선(紀善) 직을 맡았으나, 평생을 청빈한 선비로 지냈다. 전통적인 유학 교육을 받았고, 고전 양식의 시와 산문에 뛰어났다. 평생 동안 구전된 기록과 민간설화 등의 괴담에 각별한 흥미를 가졌는데, 이것들은 『서유기』의 바탕이 되었다. 『서유기』는 그가 죽은 지 10년 뒤인 1592년에 처음 발표되었다. 저술에는 『서유기』이외에, 장편 서사시 『이랑수산도가(二郞搜山圖歌)』와 지괴 소설(志怪小說) 『우정지서(禹鼎志序)』가 있다.

옮긴이 임홍빈(任弘彬)

1940년 인천 출신으로, 한국외국어대학교 중국어과를 졸업하고 민족문화추진회 국역연구부 전문위원을 거쳐 국방부 전사편찬위원회 민족군사실 책임편찬위원과 국방 군사연구소 지역연구부 선임연구원을 역임하고, 1992년부터 현재까지 개인 연구실 '함영서재(含英書齋)'에서 중국 군사사 연구와 중국 고전 및 현대문학을 번역하고 있다. 역저서로는 『중국역대명화가선』(I·II) 『수호별전』(전6권) 『백록원(白鹿原)』(전5권, 공역) 등 여러 종과 『현대중국어교본』(상·하), 그리고 한국 군사문헌으로 『문종진법·병장설』 『무경칠서』 『역대병요』 『백전기법(百戰奇法)』 『조선시대군사관계법』(경국대전·대명률직해) 등, 10여 종의 국역본이 있다.

대산세계문학총서 028

서유기 제8권

지은이   오승은
옮긴이   임홍빈
펴낸이   이광호
펴낸곳   ㈜문학과지성사
등록번호   제1993-000098호
주소   04034 서울 마포구 잔다리로7길 18(서교동 377-20)
전화   02) 338-7224
팩스   02) 323-4180(편집) 02) 338-7221(영업)
전자우편   moonji@moonji.com
홈페이지   www.moonji.com

제1판 제1쇄   2003년 7월 30일
제1판 제9쇄   2023년 2월 7일

ISBN 89-320-1433-7
ISBN 89-320-1246-6(세트)

한국어판 ⓒ 임홍빈, 2003
이 책의 판권은 옮긴이와 ㈜문학과지성사에 있습니다.
양측의 서면 동의 없는 무단 전재 및 복제를 금합니다.

이 책은 대산문화재단의 외국문학 번역지원사업을 통해 발간되었습니다.
대산문화재단은 大山 愼鏞虎 선생의 뜻에 따라 교보생명의 출연으로 창립되어
우리 문학의 창달과 세계화를 위해 다양한 공익문화사업을 펼치고 있습니다.

서유기 제8권
| 차례

제71회 손행자는 거짓 이름으로 늑대 괴물을 굴복시키고, 관세음보살이 현성하여 마왕을 제압하다 · 17

제72회 반사동(盤絲洞) 일곱 요정이 근본을 미혹시키니, 탁구천(濯垢泉) 샘터에서 저팔계가 체통을 잃다 · 55

제73회 원한에 사무친 요괴들은 극독으로 해를 끼치고, 손행자는 요행으로 마귀의 금빛 광채를 깨뜨리다 · 93

제74회 태백장경(太白長庚)은 마귀 두목의 사나움을 귀띔해주고, 손행자는 변화술법을 베풀어 사타동(獅駝洞)에 잠입하다 · 132

제75회 심원(心猿)은 음양 이기병(陰陽二氣甁)에 구멍을 뚫고, 마왕은 뉘우쳐서 대도(大道)의 진(眞)으로 돌아가다 · 167

제76회 손행자는 뱃속에서 늙은 마귀의 심성을 돌이켜놓고, 저팔계와 더불어 요괴를 항복시켜 정체를 드러내게 하다 · 206

제77회 마귀 떼는 삼장 일행의 본성(本性)을 업신여기고, 손행자는 홀몸으로 석가여래의 진신(眞身)을 뵙다 · 243

제78회 손행자는 비구국 아이들을 불쌍히 여겨 신령을 보내주고, 삼장은 금란전에서 요마를 알아보고 함께 도덕을 따지다 · 281

제79회 청화동(淸華洞)을 찾아서 요괴를 잡으려다 남극수성(南極壽星)을 만나고, 조정에 들어가 군주를 올바로 각성시키고 어린것들의 목숨을 살려내다 · 314

제80회 아리따운 색녀는 원양(元陽)을 기르고자 배필을 구하려 하고, 손행자는 스승을 보호하려 사악한 요물의 정체를 간파하다 · 345

서유기 ― 총 목차 · 378

기획의 말 · 386

제72회 반사동(盤絲洞) 일곱 요정이 근본을 미혹시키니,
탁구천(濯垢泉) 샘터에서 저팔계가 체통을 잃다

제75회 심원(心猿)은 음양 이기병(陰陽二氣甁)에 구멍을 뚫고,
마왕은 뉘우쳐서 대도(大道)의 진(眞)으로 돌아가다

제77회 마귀 떼는 삼장 일행의 본성(本性)을 업신여기고,
손행자는 홀몸으로 석가여래의 진신(眞身)을 뵙다

제79회 청화동(淸華洞)을 찾아서 요괴를 잡으려다 남극수성(南極壽星)을 만나고,
조정에 들어가 군주를 올바로 각성시키고 어린것들의 목숨을 살려내다

제80회 아리따운 색녀는 원양(元陽)을 기르고자 배필을 구하려 하고,
손행자는 스승을 보호하려 사악한 요물의 정체를 간파하다

일러두기

1. 이 책의 번역 대본은 중국 베이징 인민출판사(北京人民出版社)가 펴낸 『서유기』이다. 이 판본은 명나라 만력(萬曆) 20년(1592)에 간행된 금릉 세덕당(金陵世德堂)『신각출상 관판대자 서유기(新刻出像官板大字西遊記)』의 촬영 필름과 청나라 때에 간행된 여섯 종류의 판각본을 참고하여 수정 정리한 것으로 1955년 초판을 발행한 이래 교정을 거듭하였으며, 특히 1977년 제4판부터는 1970년대에 발견된 명나라 숭정(崇禎) 때(1628~1644)의 『이탁오(李卓吾) 평본 서유기』를 대조 검토하여 이전 판을 크게 보완하였다.

2. 대조 보완 작업을 위해 그밖에 수집, 참고한 대본은 다음과 같다.
(1) 명나라 판본: 『서유기』 단권, 악록서사(岳麓書肆), 1997. 1, 제23판.
  『이탁오 평본 서유기』, 상하이 고적출판사(上海古籍出版社), 1997. 4, 제2판.
(2) 청나라 판본: 장서신(張書紳) 편 『신설 서유기 도상(新說西遊記圖像)』, 건륭(乾隆) 14년(1749), 영인본.
  황주성(黃周星) 주해본 『서유증도서(西遊證道書)』, 강희(康熙) 3년(1664).
  『진장본 서유기(珍藏本西遊記)』, 지린문사출판사(吉林文史出版社), 1995.
  『서유기(西遊記)』, 상무인서관(商務印書館)(H.K.), 1997, 전6권.

3. 『금릉 세덕당 본』이 비록 여러 면에서 장점을 많이 지녔다고는 해도 그 역시 결함이 없지 않아, 나머지 다른 판본의 우수한 점을 채택하여 고쳐 썼는데, 특히 현장 법사의 출신 내력을 다룬 대목은 주정신(朱鼎臣) 판본의 내용을 추가하는 과정에서 궁

색하게 '부록(附錄)'이란 형식을 썼으므로, 이를 청나라 때 장서신의 영인본 『신설 서유기 도상』의 편차(編次)에 따라 다음과 같이 재구성하고 번역하였다.

『세덕당 본』의 편차

부　록　　진광예는 부임 도중에 횡액을 당하고,　　　　　　附　錄　　陳光蕊赴任逢災
　　　　　강류승은 아비의 원수를 갚고 근본을 되찾다　　　　　　　　　江流僧復仇報本

제9회　　원수성의 신묘한 점술에 사사로이 굽힘이 없고,　第九回　袁守誠妙算無私曲
　　　　　어리석은 용왕은 치졸한 계략으로 천조를 어기다　　　　　老龍王拙計犯天條

제10회　두 장군은 궁궐 문에서 귀신을 진압하고,　　　　第十回　二將軍宮門鎮鬼
　　　　　당 태종의 혼백은 저승에서 돌아오다　　　　　　　　　　唐太宗地府還魂

제11회　목숨을 돌려받은 당나라 임금이 선과를 지키고,　第十一回　還受生唐王遵善果
　　　　　외로운 넋 건져주려 소우가 부처의 교리를 바로 세우다　　度孤魂蕭瑀正空門

제12회　현장 법사가 정성으로 수륙 대회를 베푸니,　　　第十二回　玄奘秉誠建大會
　　　　　관음보살이 현성하여 금선장로를 깨우치다　　　　　　　觀音顯聖化金蟬

재구성한 편차

제9회　　진광예는 부임 도중에 횡액을 당하고,　　　　　第九回　陳光蕊赴任逢災
　　　　　강류승은 아비의 원수를 갚고 근본을 되찾다　　　　　　江流僧復仇報本

제10회 　어리석은 용왕 치졸한 계략으로 천조를 어기고, 　　　第十回　老龍王拙計犯天條
　　　　　승상 위징은 서찰을 보내어 저승의 관리에게 청탁하다 　　　魏丞相遺書託冥吏

제11회 　저승을 두루 유람하던 태종의 혼백이 돌아오고, 　　　第十一回　遊地府太宗還魂
　　　　　호박을 바치러 죽어간 유전은 새로운 배필을 얻다 　　　進瓜果劉全續配

제12회 　당 태종이 정성으로 수륙 대회를 베푸니, 　　　第十二回　唐王秉誠建大會
　　　　　관음보살이 현성하여 금선 장로를 깨우치다 　　　觀音顯聖化金蟬

4. 번역에 있어서, 광범위한 독자를 대상으로 원문의 뜻을 충분히 살려 의역(意譯)하고, 될 수 있는 대로 한자(漢字) 용어를 배제하고 우리말로 쉽게 풀어 썼으며, 당시의 제도상 관용어는 그대로 사용하였다.

5. 역주는 중국의 역사적 인물, 사회 제도상 우리나라와 다른 관습, 종교적 용어, 내용과 관계가 깊은 배경 사실, 그리고 관용어와 인용문에 대한 설명을 주로 하였으며, 특히 본문 가운데 우리에게 생소한 중국 속담이나 사투리, 뜻 깊은 경구(警句)는 번역문 다음에 이어 원문(原文)을 부록하였다.

　　【예】"다섯 가지 형벌을 받아야 할 죄목이 3천 가지가 있으되, 그중에서 불효보다 더 큰 죄는 없다(五刑之屬三千, 而罪莫大於不孝)."

　　　　"집안의 살림살이를 맡아봐야 땔나무 값 쌀값 비싼 줄 알게 되고, 자식을 길러봐야 부모님의 은혜를 알아본다(當家才知柴米價, 養子方曉父娘恩)."

　　　　"아무리 술맛이 좋다마다 해도 고향 우물 맛이 최고요, 친하니 어쩌니 해도 고향 사람이 최고(美不美, 鄕中水, 親不親, 故鄕人)."

서유기 西遊記

제71회 손행자는 거짓 이름으로 늑대 괴물을 굴복시키고, 관세음보살이 현성하여 마왕을 제압하다

색즉공(色卽空)은 자고로 변함없는 진리이니, 공언(空言)이 곧 색(色)임이 바로 그러하다.
사람이 색공선(色空禪)을 투철하게 깨우칠 수 있다면, 단사(丹砂)를 볶아 단련한들 무엇에 쓰랴.
덕과 행실을 온전히 수련하되 게을리 하지 말 것이니, 공부라 함은 애써 시련을 겪어내야 쓸 만하게 되는 법.
수행의 기한이 다 찼을 때에 비로소 하늘에 올라가서, 신선의 고운 얼굴[駐顏][1] 유지하여 길이 변치 않으리라.

새태세는 해치동 앞뒷문을 단단히 잠그고 손행자를 찾아내느라 그날 저물녘까지 부하 요괴들을 몰아붙여가며 야단법석을 떨었으나, 끝내 종적을 알아내지 못하였다. 그는 박피정에 버티고 앉아서 모든 요괴들을 점검한 다음, 비상 경계령을 발동하여 사람이 지나갈 문이란 문에 병력을 철통같이 깔아놓고, 이곳저곳 구석구석마다 방울을 흔들고 함성을 지르며 딱딱이를 치고 순찰을 돌게 하는 한편, 저마다 활시위에 화살을

---

1 신선의 고운 얼굴: 원문은 '주안(駐顏)'이다. 이 용어는 젊었을 때 얼굴 모습 그대로 머물러 늙지 않게 한다는 뜻으로, 도를 닦은 신선들이 쓰는 술법이라 한다. 『신선전(神仙傳)』에 따르면 "풀과 나무로 여러 가지 약재를 만들어 쓰면 온갖 질병을 치료하고 허(虛)를 보(補)하며, 용모를 젊은 그 상태로 머무르게 할 수 있고 곡기(穀氣)를 끊고도 기(氣)를 보탤 수 있다" 하였다.

쟁여 들거나 칼을 뽑아 들고 삼엄한 경계 태세를 유지한 상태로 밤새워 지키도록 하였다.

그러나 파리로 둔갑한 손대성은 여전히 문틀 곁에 찰싹 달라붙은 채, 그 시각이 되도록 꼼짝달싹도 하지 않고 있었다. 그는 앞쪽의 방비가 매우 삼엄한 것을 보고 안 되겠다 싶어 즉각 날개를 떨치고 날아올라 후궁 문턱으로 은신처를 옮겨 갔다. 궁궐 문 안쪽을 이리저리 살펴보자니, 금성궁 마마가 탁자 위에 엎드려 맑은 눈물을 뚝뚝 흘려가며 구슬픈 목소리로 흐느껴 우는 모습이 눈길에 잡혔다.

손행자는 다시 한 번 날아올라 문안으로 들어가, 이번에는 그녀의 먹구름처럼 헝클어진 머리 위에 내려앉았다. 무슨 까닭으로 저토록 애처롭게 울고 있는지 알아볼 작정이었다.

한참 만에야 그녀는 목 놓아 넋두리를 늘어놓기 시작했다.

"금상 폐하! 나는 당신과 연분을 맺었으나……"

전생에 끝 부러진 단두향(斷頭香)²을 사른 탓으로, 금생(今生)에 몹쓸 요괴 마왕과 부닥치고 말았습니다.

봉황의 금실 끊어진 지 삼 년 세월 보냈으니 어느 날에야 다시 만날 수 있으랴? 원앙이 두 곳으로 갈려 서글픈 나날 하염없이 지냅니다.

장로님을 보내셔서 겨우 소식은 통했으나, 뜻하지 않은 놀라움에 좋은 연분 흩어지고 장로님의 한 목숨은 끝났사옵니다.

금방울을 쓰는 법 알아내지 못한 탓으로, 그리운 마음 옛날보

---

2 단두향: 속설에 대가 부러진 향을 사르면 생이별하거나 불행한 운명이 된다는 뜻이다. 『서상기 잡극(西廂記雜劇)』에도 "전세(前世)에 단두향(斷頭香)을 살랐더니, 이 세상에서도 그대와 헤어지게 되었구나!"라는 대목이 나온다.

다 더욱 깊어져 미칠 것만 같습니다.

손행자는 이런 푸념을 듣는 즉시 그녀의 귀뿌리 뒤로 옮겨 가서 가만가만 속삭여 불렀다.

"금성궁 마마, 두려워하지 마십쇼. 당신 나라에서 보내온 신승 손장로는 아직도 목숨을 잃지 않았습니다. 화장대에 놓아둔 금방울을 훔쳐내 가지고 당신이 마왕과 술잔을 나누는 틈에 앞채 박피정으로 빠져나오기는 하였으나, 내 성미가 워낙 급해서 열어보고 싶은 생각을 참지 못해 표범 가죽 보자기를 펼친 것까지는 좋았으나, 어쩌다가 잘못해서 방울 아가리에 틀어막은 솜뭉치마저 뽑아내고 말았지 뭡니까. 방울 소리가 울리자마자 연기 불꽃에 싯누런 모래까지 한꺼번에 뭉게뭉게 솟구쳐 나오는 바람에, 저도 어찌나 놀라고 당황했던지 금방울 세 개를 내동댕이치고 허겁지겁 본래의 모습을 드러내어 요괴들과 한바탕 악전고투를 벌였습니다. 그러나 도무지 바깥으로 빠져나갈 수 없었습니다.

저는 마왕의 독수에 걸려들까 두려워, 파리로 둔갑해 가지고 문틀 위에 달라붙은 채 지금까지 숨어 있으면서 탈출할 기회를 엿보았습니다만, 마왕이 더욱 방비를 단단히 굳히고 문을 열어놓지 않는 터라, 할 수 없이 이리로 들어왔습니다.

금성궁 마마께서 다시 한 번만 그놈을 부부지간의 정리로 유인해서 이곳에 끌어들여놓고 잠들게만 해주신다면, 제가 이 소굴을 빠져나가 다른 계략을 써서 마마를 구출해드리도록 할 터이니, 어떻게 조처해주시기 바랍니다."

깜짝 놀란 황후 마마가 고개를 번쩍 들고 주변을 두리번거렸다. 그러나 목소리만 들릴 뿐 사람의 모습은 보이지 않으니, 이거야말로 귀신에게 홀린 것이 아니고 무엇이랴? 갑자기 두려운 생각이 앞선 그녀는 머리털이 곤두서고 가슴이 두근두근 방망이질치는 바람에, 와들와들 떨어가며 눈물까지 철철 흘리기 시작했다.

"당신 누구요? 귀신이요, 사람이오?"

손행자의 목소리가 또 귓전에 들려왔다.

"저는 사람도 아니요, 귀신도 아닙니다. 저는 지금 파리로 둔갑해서 여기 와 있습니다. 그러니 두려워 마시고 어서 빨리 앞채 정자로 나가서 마왕을 이리로 불러오십쇼."

황후는 그래도 믿지 못하고 눈물을 뚝뚝 흘려가며 혼잣말하듯 속삭였다.

"당신이…… 나를 악몽을 꾸게 하는군요……"

"악몽을 꾸게 하다뇨! 제가 그럴 리 있습니까. 정 믿지 못하시겠거든 손바닥을 내밀어보십쇼. 제가 뛰어내려 보여드리겠습니다."

손행자가 진지한 목소리로 이렇게 말했더니, 그녀는 정말 왼손바닥을 살며시 내밀었다. 파리로 둔갑한 손행자는 옥같이 고운 손바닥에 사뿐히 내려앉았다. 작디작은 파리의 모습, 날개를 파르르 떨어가며 앉은 자태가 앙증맞기 이를 데 없다.

연잎 꽃술에 새까만 콩 한 알 박힌 듯, 모란꽃 이파리에 내려앉아 쉬는 벌 한 마리.

수놓은 비단 공 한복판에 포도 한 알 떨어진 듯, 백합꽃 가지 언저리에 검은 점 하나 짙게 찍힌 듯.

금성궁 마마가 손바닥을 눈앞에 높이 쳐들고 큰 소리로 불러본다.

"신승!"

손행자는 날갯짓을 앵앵 울리면서 응답했다.

"보셨습니까? 제 모습은 신승이 둔갑한 것입니다."

그제야 황후는 이 말을 믿어 의심치 않고 속삭여 물었다.

"내가 저 마왕을 불러오면 어떻게 하실 작정인가요?"

파리가 앵앵거리면서 대답했다.

"옛사람의 말씀에, '사람의 한평생을 망치는 데 오로지 술이 있을 뿐이요(斷送一生惟有酒)'라고 했으며, 또 '세상 만사 해결하는 데 술만한 것이 없다(破除萬事無過酒)'고도 하였습니다. 이처럼 술은 나쁜 일에나 좋은 일에나 쓸모가 많습니다. 그러니 마왕에게도 술을 취하도록 먹이는 것이 상책입니다. 그보다 먼저 측근 심복으로 부리는 몸종 하나 불러들이셔서 저한테 손짓으로 가리켜 보여주십쇼. 그럼 제가 그 몸종의 모습으로 둔갑해 가지고 옆에서 시중드는 체하다가, 눈치껏 일을 벌이기 쉽겠습니다."

황후 마마는 이 소리를 듣더니, 정말 시녀 하나를 소리쳐 불러냈다.

"춘교(春嬌)는 어디 있느냐?"

그러자 병풍 뒤에서 얼굴이 옥같이 곱게 생긴 여우 요정 한 마리가 돌아 나오더니, 냉큼 무릎 꿇고 앉으면서 여쭙는다.

"마마께서 무슨 일로 춘교를 부르셨나이까?"

황후 마마가 엄한 목소리로 분부를 내린다.

"너 지금 가서 애들을 모두 불러내거라. 아이들을 시켜 망사(網紗) 초롱에 불을 밝혀놓은 다음, 장뇌(樟腦)와 사향(麝香)을 사르게 하고, 나를 부축해서 앞채로 데려가다오. 내가 대왕님을 이리로 모셔들여 주무시게 해드려야겠다."

춘교라고 불린 몸종은 그 즉시 앞채로 돌아가더니, 7, 8마리나 되는 사슴, 여우 요괴들을 불러들여 청사 초롱, 홍사 초롱에 불을 훤히 밝히게 하고 향로 한 쌍을 떠받든 채 좌우 양편에 늘어 세웠다. 낭랑은 허리를 꾸부정하게 굽히고 팔짱 낀 자세로 손행자에게 신호를 보냈다. 진작부터 낌새를 알아차린 손대성은 벌써 날개를 떨치고 날아가 춘교의 머리 위에 내려앉았다. 그리고 솜털 한 가닥 뽑아서 숨결을 한 모금 불어 넣고 들리지 않게 외마디로 소리쳤다.

"변해라!"

솜털은 삽시간에 갑수충(瞌睡蟲), 곧 한 마리의 잠벌레로 탈바꿈했다. 앙큼스런 손행자는 잠벌레를 집어서 춘교의 얼굴 위에 살그머니 내려놓았다. 잠벌레란 놈이 사람의 얼굴에 닿으면 콧구멍 속으로 기어 들어가고, 콧구멍 속에 파고들기만 하면 졸음이 오게 마련이다. 아니나 다를까, 춘교란 여우 요정도 차츰 피곤한 느낌이 들었던지 제자리에 발을 붙이고 서 있지 못하더니, 이어서 눈꺼풀이 내려앉으면서 저도 모르게 고갯짓을 끄덕끄덕하기 시작했다. 졸음이 오는 것을 참다 못한 요정은 잠자리를 찾아 들어가기가 무섭게 머리를 툭 떨어뜨리고 졸던 끝에 쿨쿨 잠이 들고 말았다.

요정의 머리 위에 앉아 있던 손행자가 아래로 훌쩍 날아 내리더니 몸뚱이 한번 뒤트는 사이에 벌써 춘교의 모습으로 감쪽같이 탈바꿈했다. 여우 요정으로 둔갑한 그는 시침을 뚝 떼고 병풍 뒤로 돌아 나갔다. 그리고 여러 동료 몸종들과 함께 줄지어 늘어선 것은 더 말할 나위도 없다.

한편, 마왕 새태세를 끌어들일 준비를 끝낸 금성궁 마마는 앞채 박피정으로 걸어 나갔다. 문을 지키고 서 있던 졸개 요괴가 그녀를 알아보고 부리나케 달려가 새태세에게 알렸다.

"대왕님! 황후 마마께서 납시었습니다."

뜻하지 않았던 소식을 듣자, 마왕은 허겁지겁 박피정 바깥으로 뛰쳐나와 그녀를 반갑게 영접했다.

금성궁이 먼저 입을 열었다.

"대왕님, 이제 불꽃 연기도 다 꺼지고 도적놈도 이미 달아나 종적을 감췄지 않습니까? 밤도 깊었으니 어서 후궁으로 건너가셔서 편히 쉬시라고 제가 이렇게 모시러 나왔어요."

새태세는 속으로 기뻐 어쩔 줄을 모르면서도 이렇게 대답했다.

"고맙소, 낭랑. 하지만 조심하시오. 아까 그 도적놈은 진짜 유래유거가 아니라, 바로 손오공이란 놈이 둔갑해서 나타난 거였소. 그놈은 내 선봉장과 싸워서 쫓아보내고, 내 심복 소교인 유래유거마저 때려죽였소. 그리고 똑같은 모습으로 변장해서 여기까지 숨어 들어와 우리를 속여넘겼던 거요. 그래서 지금까지 이렇게 뒤져 찾고 있어도, 그놈은 어디로 사라졌는지 행방이 묘연하니, 마음을 놓을 수 있어야지!"

"아마 그놈은 벌써 멀찌감치 도망쳐 나갔을 거예요. 그러니 대왕께서도 더는 걱정하실 것 없이 마음 푹 놓으시고 편안히 침소에 들기나 하세요."

이렇듯 금성궁이 곁에 공손히 서서 권유하니, 요괴 새태세는 마음이 여려져서 딱 부러지게 거절하지 못하고 말았다. 그는 부하 요괴들에게 불조심할 것과 도적이 빠져나가지 못하게 단단히 지키도록 엄명을 내린 다음, 마침내 황후와 함께 후궁으로 건너갔다.

가짜 춘교로 탈바꿈한 손행자는 좌우 양편에 늘어섰던 몸종들을 이끌고 그 뒤를 따라서 궁궐 안으로 들어갔다.

이윽고 황후가 분부를 내렸다.

"대왕님께서 피곤하실 테니, 노고를 풀어드려야겠다. 주안상을 차려 내오너라!"

이 말을 듣기만 해도 새태세는 기분이 흡족해져서 입을 쩍 벌리고 싱글벙글 웃었다.

"핫핫핫! 좋소, 좋아! 내 마음을 바로 맞추었소. 애들아, 어서 빨리 술상을 봐오너라! 내가 술 한잔으로 낭자의 놀란 마음을 가라앉혀 드려야겠다!"

황후의 심복 노릇을 하는 '가짜 춘교'가 득달같이 동료 요괴들과 함께 과일을 늘어놓고 비린 날고기를 안주로 차려 내오는 한편, 술병과 잔을 식탁 위에 가지런히 벌여놓는다.

이윽고 황후가 술잔을 건넸다. 요사스런 마왕 새태세도 한잔 받들어 올렸다. 둘이서 팔뚝을 꿰어 가지고 술잔을 돌려 마시니, '가짜 춘교'는 술병을 들고 서서 잔을 비우기가 무섭게 술을 채우면서 아첨을 떨었다.

"대왕님과 우리 마마께서 오늘밤에야 술잔을 나누시니, 어서 그 잔을 내시고 이번에는 합환주를 드사이다."

둘이서 주거니 받거니 흥겹게 수작(酬酌)을 걸고 있는데, '가짜 춘교'는 이쪽저쪽 돌아가며 부지런히 잔을 채웠다.

"대왕님과 마마께서 기쁘게 즐기시는 자리에 풍악이 없어서는 안 되지요. 시녀들 중에서 노래부를 줄 아는 애한테 노래를 부르게 하고, 춤을 잘 추는 아이들에게는 춤을 추게 하겠나이다."

미처 말끝이 떨어지기도 전에 풍악 소리가 질탕하게 울려 퍼지더니, 조화로운 가락에 맞추어 노래를 잘 부르는 시녀들이 간드러진 목청으로 노래부르고, 이어서 춤 잘 추는 시녀들이 너울너울 돌아가며 춤을 추기 시작했다.

그들 둘이서는 한참 동안 여러 잔을 마셨다. 이윽고 황후가 가무(歌舞)를 그치게 하니, 시녀들은 좌우 양편으로 갈라져서 멀찌감치 병풍 바깥에 줄지어 늘어서고, 두 사람 곁에는 '가짜 춘교' 하나만이 여전히 술병을 잡은 채 이리저리 돌아가며 시중을 들었다. 몸종들을 물리친 황후는 마왕의 귀에 앵두 같은 입술을 갖다 붙이고 촉촉하게 젖은 목소리로 부부지간의 짙은 정담까지 속삭여 농락하기 시작했다. 숨결마저 느낄 정도로 다가와서 온갖 교태를 다 부려가며 유혹을 해대니, 마왕 새태세는 그만 뼈마디가 녹신녹신하게 풀어지고 근육마저 물렁물렁 녹아날 판이 되고 말았다. 그러나 어쩌랴. 황후의 몸뚱이에는 온통 지독한 가시가 돋쳐 있으니, 어떻게 건드려볼 만한 복이 없어 안타까움에 가슴만 애태울 따름이다. 가련하게도 새태세는 맛있는 고기를 눈앞에 두고도 삼키지 못하게 되었으니, 이야말로 '고양이가 불두덩만 물고 늘어진 채, 공연히 기뻐한다(猫咬尿包空歡喜)'는 격이 되고 만 것이 아닌가!

한동안 노골적인 운우지정(雲雨之情)으로 마왕의 넋을 모조리 뽑아낸 금성궁이 깔깔대고 웃어가며 딴 얘기를 불쑥 끄집어냈다.

"대왕, 그 보배가 어디 상하지는 않았나요?"

느닷없이 묻는 말에, 새태세는 대수롭지 않다는 듯이 선선히 대답해주었다.

"이 보배는 선천진화(先天眞火)로 녹여 만든 것인데, 상할 리가 있겠소. 다만 그 도적놈이 방울 아가리를 틀어막았던 솜뭉치를 뽑아내는 바람에, 표범 가죽 주머니가 몽땅 불타서 없어졌을 뿐이라오."

"그럼 어떻게 간직하고 계시나요?"

"뭐, 간직한다고 할 것도 없소. 그냥 내 허리춤에 단단히 차고 있으니까."

곁에서 이 말을 엿들은 '가짜 춘교'는 즉시 솜털 한 줌을 뽑아 입 속에 넣고 가루가 될 때까지 우물우물 씹으면서 두 사람 곁으로 슬금슬금 다가서더니, 그것을 마왕 새태세의 몸뚱이에다 슬쩍 뿌려놓았다. 그리고 들키지 않게 숨결 세 모금을 내뿜으며 남몰래 소리를 질렀다.

"변해라!"

곱게 바스러진 솜털은 당장 세 가지 골치 아픈 벌레로 탈바꿈했다. 그것들은 다름아닌 이와 서캐, 벼룩, 그리고 냄새 지독한 빈대였다. 이것들은 마왕의 몸뚱이에 구석구석 파고 들어가더니 피부에 달라붙은 채 여기저기서 마구 물어뜯기 시작했다. 처음에는 한두 군데 근질근질하던 몸뚱이가 삽시간에 따끔따끔해지고 걷잡을 수 없이 가려워지자, 새태세는 견디다 못해 두 손을 옷 속에 집어넣고 가려운 곳을 더듬어 긁적긁적하더니, 마침내 손톱 사이에 몇 마리를 잡아 꺼내 가지고 등잔불 빛에 비쳐보았다.

금성궁 황후는 이것을 보자, 무슨 일이 벌어졌는지 이내 알아차릴 수 있었다. 그녀는 짐짓 한숨을 내쉬어가며 핀잔을 주었다.

"대왕님, 속옷을 오랫동안 빨아 입지 않으셨군요. 목욕을 하신 지 얼마나 된 거예요? 그러니까 이런 것들이 생겨나 들끓는 게 아니겠어요?"

사랑하는 여인 앞에 지저분한 꼴을 보이게 된 마왕은 부끄럽다 못해 얼굴이 벌개져서 군색한 변명을 늘어놓았다.

"어흠!…… 나 역시 이런 것들이 몸에 생겨본 적이 한 번도 없었는데, 웬일인지 모르겠소. 하필이면 오늘같이 좋은 밤에 추접스런 꼴을 보이다니, 나 원, 참!……"

금성궁이 곰살궂게 웃는다.

"추접스러우시다니, 이런 것쯤 가지고 뭘 부끄러워하십니까? 속담에, '일국의 황제님 몸뚱이에도 이 세 마리는 들어 있다' 하지 않았던가요? 자아, 우선 그 옷을 벗어서 절 주세요. 제가 대신 잡아드릴게."

황후가 이를 잡아준다는 데야 마다할 새태세가 아니다. 그는 정말 그 자리에 앉은 채 허리띠를 끄르고 옷을 벗기 시작했다. 곁에서는 '가짜 춘교'가 잔뜩 눈독을 들이고 지켜 서 있었다. 과연 마왕의 옷에는 온통 보리 알만한 이가 득시글거리고, 벼룩이란 놈이 여기저기서 툭툭 튀는가 하면, 노린내 나는 빈대가 우글우글 기어다니고 있었다. 어디 그뿐이랴. 어느새 암컷이 알을 깠는지 한심하게도 옷 솔기마다 서캐가 마치 개미집을 헤쳐놓은 것처럼 하얗게 깔려 있는 것이다. 겹옷을 한 벌 한 벌씩 벗어놓다 보니, 어느덧 마지막 세 겹째 옷까지 몽땅 벗어버리고 드디어 새태세의 상반신 알몸뚱이가 드러났다. 허리춤에 비끄러맨 금방울에도 이와 서캐, 벼룩이 다닥다닥 달라붙어 우글거리는데, 도대체 몇 마리나 되는지 그 수효를 헤아릴 길이 없을 지경이었다. 이것을 본 '가짜 춘교'는 그 틈을 놓치지 않고 재빨리 마왕에게 호들갑스레 수작을 걸었다.

"어머나, 저 이 좀 봐!…… 대왕 마마, 그 방울을 이리 내주셔요. 소녀도 이를 잡아드릴게요."

새태세는 부끄럽기도 하려니와 당황한 나머지, 상대방이 진짜인지 가짜인지 분간할 마음의 여유조차 없었다. 이래서 그는 선뜻 허리끈을 끌러서 금방울 세 개를 통째로 '가짜 춘교'에게 넘겨주고 말았다.

'가짜 춘교'는 그것을 받아들고 한참 동안이나 만지작만지작 이를 잡는 체하며 이리저리 뒤적거리다가, 마왕이 고개 숙이고 옷가지를 털어내는 순간에 재빨리 금방울을 감추고 그 대신 솜털 한 가닥을 뽑아 금방울 세 개로 변화시켰다. 가짜 금방울은 진짜나 전혀 다를 바 없이 감쪽같았다. 그것들을 등잔불 앞에 가지고 가서 뒤적뒤적 살펴보고 나서, 다시 몸뚱이를 요리 비틀고 조리 비틀어가며 훌쩍 떨치더니, 이와 서캐, 벼룩, 빈대로 둔갑시켰던 솜털을 깡그리 몸에 거두어들였다.

그리고 천연덕스레 가짜 금방울을 마왕에게 주었더니, 새태세는 순식간에 말짱해진 방울들을 받아들기는 했으나, 정신없이 주는 대로 받아 마신 술기운에 잔뜩 취해 있는 터라 그저 얼떨떨한 기분에 가짜고 진짜고 분간하지 못한 채, 두 손으로 조심스레 받들어 황후에게 넘겨주면서 신신당부만 할 따름이었다.

"옛소. 이번에는 조심조심해서 잘 간직해두시오. 지난번처럼 도둑맞지 않도록 해요."

황후 마마 역시 그것이 가짜인 줄 까맣게 모른 채 공손히 받아들더니, 옷 궤짝에 조심스럽게 집어넣고 황금 자물쇠를 채워놓았다. 그리고 또다시 마왕과 정답게 술 몇 잔을 더 마신 다음, 시녀들에게 분부를 내렸다.

"상아 침대 위를 깨끗이 치우고 비단 이부자리를 펴라. 이제 그만 대왕님을 모시고 잠자리에 들어야겠다."

이처럼 반갑고 기쁜 일이 어디 또 있으랴만, 새태세는 금성궁 황후의 몸을 건드렸다가 독 가시에 찔린 경험이 있는 터라, 당황한 나머지 같은 소리를 연거푸 지르면서 사양했다.

"아니오, 아냐! 나 같은 녀석이 그런 복을 어찌 누리겠소? 난 동침할 수 없으니, 아무래도 시녀나 데리고 서궁에 건너가서 자는 게 낫겠소. 황후 혼자서 편히 쉬시구려."

이리하여 마왕과 황후가 제각기 침소에 돌아가 쉬게 된 것은 접어두기로 한다.

한편, 진짜 보배를 손에 넣는 데 성공한 '가짜 춘교'는 그것을 제 허리춤에 꿰어차고 본래의 모습을 드러내더니, 다시 한 번 몸을 꿈틀해서 진짜 춘교의 콧구멍에 들어가 있던 잠벌레마저 거둬들였다. 그리고 어슬렁어슬렁 앞채로 걸어 나가는데, 갑자기 방울 소리와 딱딱이 치는 소리가 일제히 울렸다. 흠칫 놀라 가만히 서서 들어보니, 그것은 자정 삼경을 알리는 소리였다.

용감한 손행자는 즉시 인결을 맺고 진언을 외우면서 은신술법으로 형체를 감춘 다음 곧바로 대문간까지 달려나갔다. 문짝을 살펴보니 자물쇠가 단단히 채워져 있기에, 금고봉을 꺼내 문짝을 가리키고 신통력으로 해쇄법(解鎖法)을 쓰자, 굳게 닫힌 대문은 스르르 소리 없이 거뜬히 열렸다.

단걸음에 쏜살같이 동굴 바깥으로 뛰쳐나간 손행자는 문 앞에 떡 버티고 서서 냅다 고함을 질렀다.

"새태세, 이놈아! 어서 우리 금성궁 마마를 돌려보내라!"

연거푸 서너 차례 악을 썼더니, 잠자던 대소 요괴 우두머리들이 깜짝 놀라 깨어났다. 황급히 대문짝을 바라보니, 문짝이 휑하니 열려 있고 자물쇠는 보이지 않았다. 부하 요괴들은 허겁지겁 등잔불을 밝혀 들고 땅바닥에 떨어진 자물쇠를 찾아서 먼젓번처럼 단단히 채워놓고, 그 가운데 몇 마리는 후궁으로 뛰어 들어가서 급보를 알렸다.

"대왕님! 웬 놈이 대문 밖에서 대왕님의 존엄하신 이름을 부르면서, 금성궁 마마를 내놓으라고 야단입니다!"

그러나 안에 있던 시녀가 궁궐 문 밖으로 나와 가만가만 꾸짖었다.

"떠들지 마시오. 대왕께서는 방금 잠이 드셨단 말이에요."

이렇게 되니, 손행자가 계속 대문 앞에서 악을 고래고래 썼어도, 부하 요괴들은 감히 또다시 들어가서 마왕을 깨울 엄두가 나지 않아, 그대로 못 들은 척 무시해버렸다. 이러기를 서너 차례 되풀이했으나, 여전히 아무도 가서 알리지 않았다.

손대성은 동굴 바깥에서 날이 밝을 때까지 고함을 지르고 야단법석을 부렸다. 약이 오를 대로 오르자, 나중에는 참다 못해 두 손으로 철봉을 휘둘러가며 문짝을 두들겨 패기 시작했다. 대문짝이 부서질 지경에 이르자, 크고 작은 부하 요괴들은 당황한 나머지 안에서 문짝을 버티고 지키랴, 급보를 알리러 뒤채 궁궐로 달려가랴, 이래서 꼭두새벽부터 한바탕 대소동이 벌어졌다.

마왕 새태세는 그제야 잠에서 깨어났다. 시끄럽게 떠드는 소리에 눈을 뜬 그는 자리를 박차고 일어나 옷을 걸쳐 입으면서 비단 휘장 바깥으로 걸어 나왔다.

"뭘 시끄럽게 떠들고 있느냐?"

여러 시녀들이 비로소 꿇어앉아 아뢰었다.

"대왕 마마, 누군지 모르겠으나, 동굴 바깥에서 밤새도록 욕설을 퍼붓더니 이제는 문짝을 들이치고 있습니다."

마왕이 서궁 침전에서 나왔더니, 급보를 전하러 달려와 있던 부하 요괴 몇몇이 당황한 기색으로 이마를 조아리고 또 아뢰었다.

"바깥에 어떤 자가 욕설을 퍼부어가며 금성궁 마마를 내놓으라고 밤새도록 고래고래 악을 썼습니다. 만약 '싫다'는 말의 반 마디라도 하는 날이면…… 어이구, 대왕님의 존엄하신 이름자까지 들먹이면서 차마 입에 담지 못할 못된 소리를 마구 지껄여대는데, 듣기가 무척 민망할 뿐 아니라, 대왕님께 그대로 말씀드리기도 송구스러울 지경입니다. 어쨌든 날이 밝도록 대왕님께서 나오시지 않으니까, 이제는 대문짝을 들이치고 있습니다."

요사스런 마왕이 급히 명령을 내린다.

"아직은 문을 열지 말고, 가서 그놈에게 물어봐라. 어디서 온 누구며, 성과 이름이 무엇인지 알아 가지고 속히 달려와 보고해라."

명령을 받은 졸개 요괴가 부리나케 달려 나가더니, 대문을 사이에 두고 물었다.

"거기 문짝을 두들겨 패는 놈이 누구냐?"

손행자가 문밖에서 대꾸한다.

"나는 주자국에서 초빙을 받고 오신 외공(外公, 외할아버지)이시다. 금성궁 마마를 되찾아 귀국시켜드리려고 왔단 말이다!"

졸개 요괴는 이 말을 듣더니 즉시 그대로 가서 보고했다.

마왕 새태세는 '외공'이란 자의 내력을 황후에게 알아보려고 발길을 후궁으로 돌렸다.

때마침 금성궁은 방금 자리에서 일어나 아직 머리도 빗지 않고 얼굴에 분단장은커녕 세수도 하지 않았는데, 시녀가 급히 들어와서 아뢰었다.

"대왕 마마께서 납시었습니다."

황후는 이 말을 듣자 서둘러 옷매무새를 가다듬고 구름같이 흐트러진 검정머리를 틀어 올린 다음, 부랴부랴 궁궐 바깥으로 나가서 맞아들였다.

새태세가 미처 자리를 잡고 앉아서 황후에게 묻기도 전에, 부하 요괴가 또 들어와서 아뢰는 소리가 들렸다.

"저 외공이란 놈이 벌써 대문짝을 때려부쉈습니다!"

새태세는 별것 아니라는 듯이 웃으면서 황후에게 물었다.

"낭자, 그대의 조정에는 장수(將帥)가 얼마나 있소?"

"저희 주자국에는 사십팔 위(四十八衛)[3]의 군대가 있고, 유능한 장군이 천 명에, 변방을 지키는 원수(元帥)와 총병(總兵)들은 그 수를 헤아릴 수 없을 정도로 많습니다."

"그들 가운데 '외(外)'자 성을 가진 자가 있소?"

---

3 사십팔 위: 위(衛)는 명(明)나라 때 국경 요충지에 설치하던 군영(軍營)으로서 1개 위의 병력은 통상 5, 6천 명이었으며, 이 부대를 통솔하는 상수가 곧 총병관(總兵官). 원수는 전쟁이 났을 때 48개 위 전체 부대를 지휘하는 장군이다.

서유기 제8권   31

이 물음에, 황후는 무슨 뜻인지 모르고 이렇게 대답했다.

"저는 궁궐 깊숙이 거처하면서 국왕 폐하를 내조하는 일만 알뿐이고, 아침저녁으로 비빈들을 가르쳐왔을 따름이라, 내전 바깥의 일에는 전혀 상관하지 않았습니다. 그러니 그 많은 장수들의 성씨를 어찌 기억하겠습니까?"

"지금 대문 밖에 온 자가 자신을 '외공'이라 일컫는데, 내 기억으로 『백가성(百家姓)』이란 책을 다 뒤져봐도 '외가'라는 성이 없는 것 같소. 그러나 황후는 총명하고 애당초 고귀한 출신이라, 황궁에 있었을 때에 반드시 많은 서적을 보셨을 터인데, 혹시 그 책들 가운데 이런 성씨가 있는지 기억나시오?"

황후는 잠시 생각해보더니 이렇게 대답했다.

"『천자문(千字文)』에 '외수부훈(外受傅訓)'[4]이란 글귀가 있는데, 아마 그것이 아닌가 합니다."

이 말을 듣고 새태세는 무릎을 쳐가며 기뻐했다.

"바로 그거요! 그거야! 이제 알았으니까 다녀오리다."

자리에서 벌떡 일어난 마왕이 황후와 헤어져 곧바로 박피정에 나가더니, 무장을 단단히 갖춘 다음, 요괴 군사들을 점검하여 거느리고 대문을 활짝 열어젖히면서 기세등등하게 동굴 바깥으로 뛰어나갔다. 그리고는 손아귀에 선화월부(宣花鉞斧) 큰 도끼 한 자루 거머쥐고 무서운 목소리로 고함쳐 불렀다.

"어떤 놈이 주자국에서 왔다는 외공이냐?"

---

4 외수부훈: 『천자문(千字文)』 제43번째 문단 '외수부훈, 입봉모의(外受傅訓, 入奉母儀)'의 전반부. 이를 쉽게 풀이하면 '남자는 10세가 되면 밖에 나가 스승을 따라 배우고, 여자는 10세가 되면 밖에 나가지 않으며 집 안에서 어머니의 몸가짐을 받들어 배운다'는 뜻인데, 여기서는 '외(外)'자 하나의 출처를 일러주려고 유식하게 거론했을 뿐, 아무런 뜻도 없다.

손행자는 옳다 걸렸구나 싶어 바른손으로 금고봉을 잔뜩 움켜쥐고 왼손으로 삿대질을 해가며 되물었다.

"요 조카 녀석아! 방금 날더러 뭐라고 불렀지? '외공'이라니, 그럼 내가 네놈의 외할애비가 된단 말이렷다?"

마왕이 가만 듣고 생각해보니 꼼짝없이 말장난에 속아넘어간 꼴이 돼버렸다. 이래서 노발대발, 분통을 터뜨린 새태세는 냅다 호통쳐 꾸짖었다.

"너, 이 발칙한 놈! 방금 뭐라고 그랬느냐?……"

꼬락서니도 원숭이 같고 주둥아리도 원숭이 같은 놈이, 영락없는 귀신의 상판을 해 가지고 간덩이도 크게 이 새태세 어르신을 놀려먹다니!

불같이 성이 나서 펄펄 뛰는 마왕 앞에, 손행자는 빙글빙글 웃어가며 능청스레 대꾸를 한다.

"너, 이 몹쓸 놈의 괴물아! 기군망상(欺君罔上)의 죄가 얼마나 큰지 모르고 날뛰는 거냐? 이제 봤더니 일국의 임금만 능멸할 뿐 아니라, 눈알도 제대로 박혀 있지 못했구나! 내가 오백 년 전에 천궁을 크게 뒤엎어놓았을 때만 하더라도, 구천(九天)의 모든 신장(神將)들이 나를 보면 '노야(老爺)'라든가 '님'자 하나 경칭으로 붙이지 않고서는 감히 부를 엄두도 내지 못했다. 하늘의 신장들도 이럴진대, 네놈이 날더러 '할아버님'이라고 불러 모신다고 해서 네놈에게 밑질 것이 어디 있겠느냐!"

마왕 새태세는 냅다 호통쳐 다시 묻는다.

"잔소리 말고 어서 빨리 성은 뭐며 이름이 무엇인지 대라! 또 어떤 무예를 얼마나 지니고 있기에 여기까지 쳐들어와서 함부로 날뛰는지,

어서 말해라!"

손행자도 이때가 되어서야 정색을 하고 목청 가다듬어, 신분 내력을 밝히기 시작했다.

"차라리 이 어르신의 성씨와 이름을 묻지 않았더라면 좋으련만, 이제 내 입으로 성명을 밝혔다가는 네놈은 어디 발 딛고 서 있을 땅이 없게 될 것이다! 자아, 이리 가까이 와서 얌전히 내 말이나 듣고 서 있거라!……"

이 몸을 낳아준 부모는 하늘과 땅이요, 일월의 정화(精華)가 거룩하신 태(聖胎)를 맺었다.

신령스러운 돌알이 무수한 세월을 품었으며, 영근(靈根)이 잉태하여 길러냈으니 매우 기이하구나.

나를 낳던 그해에 삼양(三陽)이 개태(開泰)하였으며, 오늘날에 귀진(歸眞)하여 만 가지 오성(悟性)이 조화를 이루었다.

일찍이 요망한 무리를 모아들여 우두머리라 일컬었으니, 숱한 괴물을 굴복시켜 단애(丹崖, 옥황상제의 섬돌 끝)에 참배할 인연이 생겼다.

옥황상제께서 전지(傳旨)를 선포하니, 태백금성이 나를 초빙한다는 칙명을 받들고 내려왔다.

나를 하늘에 모셔다가 천궁의 벼슬을 받으라 하고, '필마온'의 관직에 임명하였으나 내 마음에 차지 않았다.

섣부른 생각으로 화과산 수렴동에서 반역을 도모하여, 대담하게도 군사를 일으켜 옥황상제의 조정을 떠들썩하게 만들었다.

탁탑 이천왕과 나타 삼태자가 이 몸을 상대로 접전을 시도하였으나 첫 싸움에 기가 꺾여 낭패를 보았다.

태백금성이 현궁제(玄穹帝, 옥황상제)에게 거듭 아뢰니, 다시 나를 초안(招安)하신다는 칙명을 내려보내셨다.

이 몸을 제천 진대성(齊天眞大聖)으로 책봉하시니, 그때서야 비로소 천궁의 대들보감이라 일컬을 수 있게 되었다.

그러나 또 반도원(蟠桃園)의 잔치 자리를 휘저어 난장판으로 만들고, 어주(御酒)와 단약을 훔쳐 먹어 큰 재앙을 일으켰다.

단약을 도둑맞은 태상노군이 어전에 친히 아뢰고, 반도원의 주인 서지왕모(西池王母)가 요대(瑤臺)에 옥황상제를 찾아뵈었다.

옥황상제는 내가 왕법을 업신여긴 내막을 확실히 알고, 즉각 천병(天兵)을 가려 뽑아 토벌하라는 명령을 내리셨다.

십만의 흉악하고 사나운 별자리 토벌군에, 간과검극(干戈劍戟) 온갖 병기의 전열(戰列)이 삼엄하게 늘어섰다.

천라(天羅)와 지망(地網)이 화과산 일대에 온통 뒤덮이고 깔렸으며, 온갖 무기 병사들이 한꺼번에 몰려들어 수렴동 앞에서 일대 회전을 벌였다.

한바탕 악전고투에 승패가 나지 않으니, 관음보살의 추천으로 현성 이랑진군이 달려왔다.

쌍방간에 맞서 싸워 고하(高下)를 가리려 했으되, 저편에는 매산 육형제 있어 일제히 싸움판에 가담했다.

저마다 영웅호걸 기세 뽐내며 변화술법 펼치니, 천문(天門)에 삼성(三聖)들은 구름을 흩어 열고 관전했다.

태상노군이 금강투(金鋼套) 고리 테 던져 나를 맞히니, 뭇 신령들은 나를 잡아 금계(金階) 아래로 끌고 갔다.

조목조목 문초하여 진술서 기록할 것도 없이, 내가 범한 죄는 능지처참(陵遲處斬)의 재앙을 받아야 마땅했다.

도끼로 찍고 쇠몽치로 두드려도 내 한 목숨 다치기 어려우며, 큰칼로 후려 베고 장검으로 찌른들 어찌 솜털 하나 다칠 수 있으랴.

불에 태우고 천둥 벼락 때려도 역시 그러할 뿐, 이 몸이 타고난 장수태(長壽胎)를 깨뜨려 부술 계책이 전혀 없었다.

마침내 태청궁(太淸宮) 두솔원(兜率院)으로 압송되니, 태상노군 단약 굽는 팔괘로에 처박혀 단련 받는 신세가 되고 말았다.

기한이 다 차서 이윽고 솥뚜껑 열리니, 나는 팔괘로 한복판에서 뛰쳐나왔다.

손에는 이 여의금고봉을 번쩍 치켜들고, 몸뚱이 한번 홀떡 뒤채어 옥룡대(玉龍臺)로 쳐들어갔다.

여러 성상(星象)들이 저마다 뿔뿔이 흩어져 숨어버리니, 천궁을 내 마음대로 한바탕 뒤엎어놓았다.

순시영관(巡視靈官)이 허겁지겁 부처님을 모셔오니, 석가여래는 날더러 영특한 재주를 뽐내보라 하셨다.

손바닥 위에서 곤두박질쳐 근두운을 일으켜 타고, 온 세상 천하를 두루두루 놀아가며 오락가락 왕복했다.

부처님은 선지잠홍(先知賺哄)의 술법으로 내 행동 미리 알아 골탕먹이시니, 꼼짝없이 붙잡혀서 천애(天崖) 밑에 억눌렸다.

오늘에 이르도록 5백 년 세월 갇히다가, 비로소 미천한 몸 해탈하여 또다시 장난질을 칠 수 있게 되었다.

이제는 특별히 당나라 스님 모시고 서천으로 향하니, 명백하게 행자 손오공이 되었구나.

서방 세계 가는 도중에 만나는 요괴마다 항복시키니, 그 어느 요사스런 괴물인들 두려워하지 않을쏘냐!

마왕 새태세는 상대방이 자신을 행자 손오공이라고 밝히는 말을 듣고서, 껄껄대며 비웃었다.

"누군가 했더니 네놈은 천궁에 소동을 일으켰던 바로 그놈이었구나. 네가 액겁에서 벗어나 자유로운 몸으로 당나라 화상을 보호하여 서천으로 가게 되었다면, 네 갈 길이나 부지런히 갈 것이지, 무엇 때문에 남의 일에 끼어들어 이러쿵저러쿵 참견하고, 주자국 임금의 종 노릇을 하다 못해 여기까지 죽으려고 왔단 말이냐?"

"닥쳐라, 이 못된 요괴 놈아!"

손행자가 버럭 호통쳤다.

"주둥아리는 달려 가지고 말버릇은 무식하기 짝이 없구나! 나는 주자국 조정에서 예의를 갖추어 정식으로 초빙 받은 몸이요, 또 그들에게 '신승 손장로'라는 존칭으로 떠받들릴 만큼 너그러운 은혜를 입은 몸이다. 이 손선생으로 말하자면 그들의 임금 자리보다 천 배나 신분이 높아, 자기네 부모처럼 공경하고 신명처럼 떠받들어 섬기는데, 네놈이 어딜 감히 '종 노릇'이란 말을 입에 담는단 말인가! 너 이놈, 기군망상(欺君罔上)의 죄를 저지른 괴물아! 뺑소니칠 궁리 말고 이 외할아버지의 철봉이나 한 대 먹어라!"

잔뜩 벼른 철봉이 날아들자, 새태세는 당황한 나머지 엉겁결에 몸부터 선뜻 피하더니, 자세를 바로잡기가 무섭게 선화월부 큰 도끼를 번쩍 들어 손행자의 면상을 내리찍으면서 덤벼들었다. 이리하여 기린산 해치동 소굴 앞에서 좀처럼 보기 드문 일대 격돌이 벌어지기 시작했다.

시커먼 쇠몽둥이 금테 두른 여의봉에, 바람을 가르는 선화부

(宣花斧) 예리한 도끼 날.

하나는 이를 악물고 흉악하게 날뛰고, 하나는 어금니 갈아붙이며 위무(威武) 떨친다.

이편은 제천대성이 속세에 강림한 산선(散仙)이요, 저편은 어쩌다 하계에 내려와 마왕 노릇 하는 요괴다.

둘이서 구름을 걷어차고 안개를 펼쳐 하늘 궁전을 비추니, 진정으로 바위 더미 굴리고 흙모래 흩날려 두우궁(斗牛宮)을 가려놓는다.

일진일퇴 치고 받고, 있는 재간 없는 솜씨 남김없이 발휘하고, 엎치락뒤치락 금빛 광채 한껏 토해낸다.

저마다 비장한 수완을 모두 베풀어 맞서 싸우니, 어느 한쪽 기울지 않고 신통력으로 승부를 겨루려 한다.

이편은 금성궁 낭랑 되찾아 황제의 도성으로 돌려보내려 하는데, 저편은 황후 마마와 더불어 기린산 으슥한 해치 동굴에서 함께 살고자 한다.

이 한판 싸움이 애당초 원한 맺은 바 없으나, 피차 생사를 돌보지 않는 까닭은 한나라 군주의 상사병 탓이다.

그들 둘이서는 50여 합을 싸웠으나 승부가 나지 않았다. 새태세는 손행자의 무예 솜씨가 자신보다 강하고 뛰어난 것을 보자, 도저히 병기만 가지고는 이겨낼 수 없음을 알아차리고 도끼로 철봉의 공격을 가로막으면서 이렇게 소리쳤다.

"손행자! 잠깐 싸움을 멈춰라. 내가 아직 조반을 들기 전이니까, 아침밥을 먹고 나오거든 다시 네놈과 자웅을 겨뤄볼까 하는데, 어떠냐?"

손행자는 마왕이 금방울을 꺼내오려고 하는 수작인 줄 뻔히 아는 터라, 철봉을 거둬들이고 느긋하게 응낙했다.

"오냐, 좋다! 사내 대장부는 지친 토끼를 쫓지 않는다고 했으니까, 어디 갈 테면 가보려무나. 배가 터지게 처먹고 나와서 저승에 갈 각오나 해두어라!"

마왕은 급히 돌아서서 동굴 안으로 뛰어들었다. 그리고 단걸음에 황후에게 달려가서 손을 내밀고 재촉했다.

"보배를 어서 내주시오!"

황후는 속으로 찔끔 놀라 물었다.

"갑자기 보배는 어디다 쓰시게요?"

"오늘 아침에 싸움을 걸어온 놈은 불경을 가지러 가던 중 녀석의 제자로, 행자 손오공이란 놈이었소. 그놈이 '외공'이란 가명을 사칭하고 찾아온 거요. 내가 그놈과 여태까지 싸워보았지만 승부가 나지 않기에, 보배를 가지고 나가서 연기 불꽃을 내뿜어서 그놈의 원숭이 녀석을 태워 죽여야겠소."

이 말을 듣자, 금성 황후는 가슴이 덜컥 내려앉아 두 방망이질을 치기 시작했다. 자, 이 노릇을 어쩌면 좋단 말인가? 금방울을 내주지 않자니, 마왕이 의심할 테고, 그렇다고 금방울을 내어주자니 손행자의 목숨이 다칠 것은 뻔할 터, 이래저래 결단을 내리지 못하고 망설이는데, 마왕은 성화같이 독촉을 해댄다.

"뭘 하고 있는 거요! 어서 빨리 꺼내달라니까!"

금성궁은 어쩔 수 없이 옷 궤짝에 채운 자물쇠를 열고 금방울 세 개를 꺼내주었다. 마왕 새태세는 그것을 받아들기가 무섭게 동굴 바깥으로 뛰쳐나갔다.

홀로 남은 황후마마, 집 안에 우두커니 앉아서 눈물만 비 오듯이 철철 흘려가며 애를 태울 따름이다. 과연 손행자가 저 무시무시한 보배의 위력 앞에 목숨 건져 도망칠 수 있을 것인지, 아니면 속수무책으로 죽음을 당할 것인지……

그러나 마왕 새태세나 금성궁 황후나, 그 방울들이 몽땅 가짜요, 진짜 보배는 이미 손행자의 손아귀에 들어가 있다는 사실을 까맣게 모르고 있었다.

한편, 기세등등하게 동굴 바깥으로 달려 나간 마왕 새태세는 이제 승세를 장악했다고 자신이 만만해져서 냅다 고함을 질러 상대방에게 도전했다.

"이놈, 손행자야! 도망치지 말고 거기서 내 금방울을 흔드는 거나 봐두어라!"

손행자는 그럴 줄 알았다는 듯이 낄낄대고 비웃으며 응수했다.

"네놈만 방울이 있고, 나한테는 방울 같은 게 없는 줄 아느냐? 또 방울을 너만 흔들 줄 알고, 나는 방울 하나 흔들 줄 모른다더냐?"

꼬박꼬박 자신 있게 말대꾸를 하니, 새태세는 갑자기 이상한 생각이 들었다.

"아니, 네놈한테 무슨 방울이 있단 말이냐? 진짜 있거든 어디 꺼내서 내게 보여다오."

서너 마디 대꾸로 상대방의 기를 꺾어놓은 손행자, 손에 들고 있던 철봉을 비비 꼬아서 수놓는 바늘만하게 만들어 귓밥 속에 집어넣더니, 허리춤을 뒤적거려 금방울 세 개를 끌러 가지고 마왕의 눈앞에 불쑥 내밀어 보였다.

"자, 보려무나! 이게 내 자금령(紫金鈴), 금방울이 아니고 뭐냐?"

새태세는 그것을 보고 깜짝 놀라 자기 눈을 의심하지 않을 수 없었다.

"이크, 저런!…… 그것 참 이상한 일이다. 정말 이상한 노릇이야.

저놈의 금방울이 어쩌면 내 것과 이렇게나 똑같을 수 있단 말이냐? 거푸집 하나에 녹여 부어서 찍어 만들었다 해도 한 사람의 솜씨로 잘 두드리고 갈지 않았다면, 서로 흠집이 생기고 두드려 만든 자국이 털끝만큼씩이라도 차이가 날 터인데, 어쩌면 이렇게 다름이 없단 말인가?"

혼잣말로 중얼거리던 그는 상대방에게 다시 물었다.

"너, 그 방울, 어디서 난 거냐?"

손행자는 싱글싱글 웃어가며 되물었다.

"이것 봐, 조카 녀석아! 자네 그 금방울이야말로 어디서 어떻게 생긴 거냐?"

새태세는 워낙 천성이 고지식한 마왕이라, 상대방이 묻는 말에 솔직히 대답해주었다.

"내 이 금방울로 말하자면……"

　　태청선군(太淸仙君) 도(道)의 근원이 깊고 깊어, 팔괘로 속에 오랜 세월 금을 단련했다.
　　녹여 부은 금을 뭉쳐서 방울 세 개 만드니 지극한 보배라 일컬으며, 태상노군께서 간직하셨다가 지금에 이르러 내 보배가 된 것이다.

금방울의 내력을 손쉽게 알아낸 손행자, 낄낄대며 맞불을 지른다.

"호오, 그러냐? 이 손선생의 금방울도 그때부터 생겨난 거야!"

"어디서 어떻게 나왔단 말이냐?"

마왕이 초조하게 묻자, 그는 천연덕스럽게 둘러대기 시작했다.

"정 듣고 싶다면 말해주마. 내 이 금방울로 말씀드리자면……"

태상노군 도조(道祖)께서 두솔궁(兜率宮)에서 단약을 굽다가, 금방울을 팔괘로 속에 단련하였다네.
 둘 곱하기 셋이면 여섯이 되는 이치라, 보배 역시 돌고 돌아 여섯 개가 되었으니, 내 것은 암컷이요, 네놈 것은 수컷이다!"

 새태세는 고개를 갸우뚱하고 한참 생각해보더니, 이내 자신을 되찾아 반박했다.
 "터무니없는 소리 작작 지껄여라! 방울이란 금단(金丹)의 보배요, 날짐승 길짐승도 아닌데, 무슨 암컷 수컷 구별이 있단 말이냐? 흔들어서 보배의 위력을 나타내는 것이 진짜 좋은 금방울이다!"
 "그것 말씀 한번 잘하셨군그래. 입으로 떠들어봤자 다 소용없는 일 아닌가! 방울을 흔들어서 겨뤄보자꾸나. 어디 그럼 네 것부터 먼저 흔들어보려무나."
 손행자가 양보했더니, 마왕 새태세는 기세 좋게 첫번째 방울을 흔들어 붙였다. 그러나 어찌 된 노릇인지 연거푸 세 차례나 흔들었어도 불길이 솟구쳐 나오지 않는다. 당황해진 마왕이 두번째 방울을 세 차례 흔들었다. 그래도 연기가 일어나지 않는 터라, 그는 마지막 세번째 방울마저 미친 듯이 흔들어댔다.
 "딸랑! 딸랑! 딸랑!……"
 세번째 금방울도 끝내 벙어리, 저 무시무시한 모래 기둥을 뻗쳐내지 못한 채 반응이 없다.
 당황한 새태세는 손발이 떨려 어쩔 바를 모르고 허둥지둥 변명을 늘어놓았다.
 "괴상한 일이다! 아무리 세상 인심이 바뀐다 하더라도, 이럴 수가 다 있나? 참말 괴상한 일이야! 아무래도 내 방울은 수컷이라 여편네를 무서워하는 공처가인 모양이다. 그러니 암컷을 보고 맥도 못 추리는 게 아닌가?"

손행자가 능글맞게 한마디 던진다.

"여보게 조카. 자네는 그만큼 했으니 손을 멈추지 그래? 이번에는 내가 흔들어 보일 테니 구경이나 한번 잘해보게!"

앙큼스런 원숭이는 금방울 세 개를 첫번째, 두번째, 세번째를 가릴 것 없이, 한 손아귀에 움켜쥐더니, 한꺼번에 흔들어대기 시작했다.

"왈그랑 딸그랑!…… 왈그랑, 딸그랑!……"

아니나 다를까, 세 개의 금방울 아가리에서는 갑자기 시뻘건 불길, 시퍼런 연기, 싯누런 모래가 일제히 솟구쳐 나오더니, 불꽃 연기와 모래 기둥은 무시무시한 기세로 휘몰아치면서 기린산 해치동 일대를 뒤덮고 무섭게 타오르기 시작했다.

손행자는 또다시 입으로 중얼중얼 주어를 외우면서 동남쪽 손지(巽地) 방향을 바라보고 큰 소리로 외쳤다.

"바람아, 불어라!"

말끝이 떨어지자마자, 세찬 동남풍이 불어닥치더니 불기운을 북돋 워주기 시작했다. 바람을 탄 불길은 걷잡을 수 없이 번져나가면서 산등성이 나무 숲을 태우고, 매캐한 연기는 뭉게뭉게 일어나 삽시간에 온 하늘을 뒤덮는가 하면, 대지에는 온통 싯누런 황사가 자욱하게 깔려 앞뒤 좌우를 분간하지 못하게 만들었다.

이것을 본 마왕 새태세는 그만 혼비백산을 해 가지고 도망치려 했으나, 사면팔방 어디를 돌아보아도 불바다요, 시커멓게 어두운 연기에 모래 폭풍까지 몰아치니 달아날 데가 없었다. 주춤주춤 망설이는 사이에 그는 마침내 불구덩이 속에 빠져들고 말았다. 사태가 이렇게 되었으니, 제아무리 사나운 마왕이라 할지라도 어찌 목숨을 건져낼 수 있으랴?

손행자가 마왕을 막다른 궁지에 몰아넣었을 때였다. 갑자기 하늘 저편 반공중에서 느닷없이 엄하게 호통치는 목소리가 들려왔다.

"손오공아, 내가 왔다!"

후딱 고개를 돌리고 바라보니, 소리친 이는 뜻밖에도 관세음보살, 왼손바닥에는 정병(淨甁)을 떠받든 채, 오른손의 버들가지로 감로수를 찍어 불길을 끄고 계시다.

손행자는 당황한 나머지 금방울을 재빨리 허리춤에 감추고 두 손 모아 합장하며 그 자리에 꿇어앉아 큰절을 드렸다.

관음보살이 버들가지를 연거푸 흔들어 감로수를 몇 방울 떨어뜨리니, 걷잡을 수 없이 번져나가던 불꽃 연기가 삽시간에 모조리 스러지고 누런 모래 바람 역시 거짓말처럼 흔적을 감추고 말았다.

"대자대비하신 보살님께서 강림하신 줄도 모르고 그만 예를 잃어 송구스럽습니다. 하온데 보살님께서는 지금 어디로 행차하십니까?"

손행자가 이마를 조아리며 여쭈었더니, 관음은 새태세를 가리키며 대답했다.

"저 요괴를 수습하려고 일부러 왔다."

"저 괴물을 잡으러 오셨다고요? 저놈이 도대체 어떤 내력을 지녔기에, 감히 금신(金身)께서 몸소 강림하여 수습하신다는 말씀입니까?"

"저놈은 내가 타고 다니던 금빛 털을 가진 늑대〔金毛犼〕였다. 목동 녀석이 조느라고 방비가 허술해진 틈을 타서, 저 몹쓸 놈이 이빨로 쇠사슬을 물어 끊고 도망쳤는데, 그것이 도리어 주자국 왕의 재난을 풀어주는 결과를 가져왔구나."

이 말을 듣고 손행자는 깜짝 놀라 그 자리에서 벌떡 일어났다.

"보살님, 거꾸로 말씀하셨습니다. 저놈은 이 나라에서 국왕을 능멸하고 황후를 빼앗아 풍속을 어지럽히고 국왕에게 막심한 고통을 안겨주었는데, 도리어 임금의 재난을 풀어주었다 하시니, 이게 도대체 무슨 말씀이십니까?"

"너는 모를 게다. 주자국 선왕이 재위하였을 때의 일이다. 지금 왕위에 앉아 있는 사람은 당시에 동궁 태자로 있으면서 등극하지 않았는데, 그가 어린 나이에 활쏘기와 사냥을 무척 즐겼다. 어느 날 그는 군사들을 거느리고 매와 사냥개를 풀어놓으면서 사냥을 나갔는데, 바야흐로 낙봉파(落鳳坡)란 언덕에 이르러 공작새 한 쌍을 발견했다. 그 새들은 서방불모(西方佛母)이신 공작대명왕 보살(孔雀大明王菩薩)께서 낳은 자웅(雌雄) 한 쌍의 병아리로서 때마침 그 산비탈 아래 날개를 쉬고 있던 것이다. 왕자는 활을 쏘아 두 마리를 맞췄는데, 한 마리는 그 자리에서 죽고 나머지 한 마리도 화살에 맞은 채 서쪽으로 돌아갔다. 서방불모께서는 이 왕자가 등극한 뒤에 금실 좋은 새의 목숨을 해친 벌로, 가장 아끼고 사랑하는 금성궁 황후와 생이별하여 삼 년 동안 홀아비로 살아가며 근심 걱정과 질병에 시달리면서 참회하도록 분부를 내리셨다.

그때에 나는 이 금빛 털을 지닌 늑대를 탄 채 그 말씀을 함께 듣고 있었는데, 뜻밖에도 이 몹쓸 짐승이 그 사연을 마음속에 깊이 새겨두었다가, 마침내 황후를 속여 빼앗아감으로써 국왕이 참회하고 속죄할 기회를 준 것이다. 그러니까 결국은 이 나라 임금의 재난을 풀어준 셈이 된 게 아니더냐. 이제 삼 년 세월이 흘러 그 죄과에 대한 고난도 다 찼을 때, 다행히도 네가 이 나라에 와서 국왕의 병을 고쳐주었을 뿐만 아니라 황후마저 구해주려고 이렇게 나섰기에, 나도 이 요사스런 놈을 거두어가려고 일부러 찾아온 것이다."

그러나 손행자는 딱 부러지게 항변했다.

"보살님, 지난날의 일은 비록 그렇다 치더라도, 저 못된 놈은 벌써 황후의 몸을 더럽혀 미풍양속을 문란하게 하고 윤리강상의 법도를 깨뜨렸으니 이 일은 어찌하시렵니까. 저놈은 마땅히 죽을죄를 지었습니다. 허나 이제 보살님께서 거두어 가시려고 친히 왕림하셨으니, 저놈의 죽을죄는 용서할지라도 멀쩡한 몸으로 살아서 돌아가게 할 수는 없습니다. 저놈을 저한테 넘기셔서 이 철봉으로 스무 대만 때리게 해주시고, 그 다음에 데려가도록 하십쇼."

"오공아, 내가 이놈 때문에 이렇게 일부러 찾아오지 않았느냐? 그 정리를 아는 바에야 내 체면을 보아서라도 딱 한 번만 용서해주려무나. 그럼 네가 이번에 요사스런 마귀를 잡은 공덕으로 셈을 쳐주마. 너도 생각해보아라. 그 무시무시한 철봉으로 때린다면, 스무 대가 아니라 한번 슬쩍 건드리기만 해도 저놈은 죽고 살아남지 못할 게 아니냐."

관음보살이 간곡한 말씨로 부탁을 하는 데야 손행자도 끝까지 고집을 부려 거역할 수가 없다. 그래서 순종하는 뜻으로 큰절을 드리고 보살의 말씀을 받아들였다.

"좋습니다. 보살님께서 이놈을 거두어 남해로 돌아가시겠다 하시니, 그럼 어서 데려가십쇼. 하오나 두 번 다시는 제 멋대로 인간 세상에 내려오지 못하게 해주십쇼. 저놈이 사람에게 끼칠 해악이 적지 않을 겁니다!"

손행자의 응낙을 받아내고서야, 관음보살은 비로소 마왕 새태세를 향해 대갈 일성 큰 목소리로 호통을 쳤다.

"이 못된 짐승아! 아직도 옛날 모습으로 돌아가지 못하고서 또 무슨 때를 기다리고 있는 게냐!"

보살의 꾸지람이 떨어지자, 마왕 새태세는 그 자리에서 떼굴떼굴 구르더니, 마침내 본래의 모습을 드러내고 일어서서 황금빛 털가죽을 부르르 털었다. 관음보살이 금빛 늑대의 등에 훌쩍 몸을 날려 올라타고

서 목덜미 아래를 보니, 금방울 세 개가 어디로 사라졌는지 하나도 보이지 않는다.

"오공아, 내 방울을 돌려다오."

보살의 요구에, 손행자는 딱 잡아뗀다.

"방울이라뇨? 전 모릅니다!"

그러자 관음보살이 호통쳐 꾸짖었다.

"이 도둑 원숭이 놈아! 네가 방울을 훔치지 않았다면, 손오공 한 놈이 아니라 열 놈이 있더라도 이 짐승 곁에 얼씬도 못 했을 것이다! 냉큼 이리 내놓지 못할까!"

"정말 저는 본 적이 없습니다."

"본 적이 없다니, 그럼 좋다! 이제부터 '긴고주'를 외울 테니 거기 가만히 서 있거라."

보살의 말끝이 떨어지기가 무섭게 손행자는 그 자리에서 펄쩍 뛰었다. 저 몸서리가 쳐질 정도로 무지막지한 '긴고주'를 외우시겠다니, 이거야말로 큰일날 말씀 아닌가! 이래서 그는 허겁지겁 두 손을 홰홰 내저어가며 악을 썼다.

"외우지 마십쇼! 제발 그것만은 외우지 마십쇼! 금방울 세 개, 여기다 있습니다!"

이야말로 '늑대 목에 금방울을 누가 풀었는가? 방울을 끄른 사람이 역시 달아맨 사람에게 물어야 한다'는 격이다.

관음보살은 손행자가 마지못해 두 손으로 떠받들어 올린 금방울 셋을 늑대 목에 달아매더니 몸을 날려 짐승의 등에 높이 올라앉았다. 그러자, 금빛 털을 지닌 늑대의 네 발굽에 연꽃떨기가 마치 활활 타오르는 불꽃처럼 송이송이 피어나고, 몸뚱이에서는 온통 황금빛이 줄기줄기 뻗어 나오기 시작했다. 이렇듯 대자대비 보살이 요괴 마왕의 목숨을 건져

남해로 데리고 돌아간 것은 말할 나위도 없다.

한편 혼잣몸이 된 손행자는 옷매무새를 가다듬고 허리띠를 질끈 동인 다음, 바람개비 돌리듯 철봉을 휘둘러가며 해치동으로 쳐들어가더니, 새태세의 부하 노릇을 하던 요괴 무리들을 모조리 때려죽이고 말끔히 휩쓸어버렸다. 그리고 나서 후궁으로 들어가 금성궁 마마를 모시고 나왔다.

"황후 마마, 이제 본국으로 돌아가시지요."

금성궁은 감사하는 마음을 이기지 못하여 손행자 앞에 쉴새없이 큰절을 올렸다. 손행자는 관음보살께서 나타나셔서 요괴 새태세를 항복시켜 데리고 간 사실, 국왕과 황후가 지난 3년 동안 따로 떨어져 살지 않으면 안 되었던 사유를 낱낱이 설명해주고 나서, 보드라운 지푸라기를 골라 뜯어 가지고 허사비 초룡(草龍) 한 마리를 엮어 만들었다.

"마마, 이것을 타시고 두 눈을 꼭 감고 계십쇼. 겁내실 것은 없습니다. 제가 모시고 무사히 도성으로 돌아가 국왕 폐하를 만나뵙도록 해드리겠습니다."

금성궁은 분부대로 허사비 용에 올라탔다. 기린산 해치동에서 주자국 도성까지의 거리는 3천 리 길, 그러나 손행자가 신통력을 일으켜 허공으로 올랐을 때, 그녀의 귓결에는 그저 세찬 바람 소리만 씽씽 들려올 뿐, 황후 마마를 태운 초룡은 겨우 반 시진도 못 되어서 도성 안에 들어서고 있었다.

이윽고 구름을 낮춘 손행자의 목소리가 들려왔다.

"마마, 이제 눈을 뜨십쇼."

황후가 두 눈을 번쩍 뜨고 보니, 봉루 용각의 낯익은 궁궐 건물들을 한눈에 알아볼 수 있었다. 그녀는 가슴 벅찬 기쁨을 안고 내려서서 초룡을 그 자리에 버려둔 채 손행자와 더불어 금란보전에 올랐다.

주자국 왕은 이들을 보자 굴러 떨어질 듯이 황급히 용상에서 뛰쳐 내려왔다. 지난 3년 동안 떨어져 살며 가슴속에 서리서리 맺힌 그리움을 하소연하려고 금성궁 마마의 섬섬옥수를 덥석 부여잡던 국왕이 갑자기 바늘에라도 찔린 듯 펄쩍 뛰고 손을 움츠리면서 땅바닥에 엎어졌다.

"아이고 아파라! 짐의 손바닥이 아파 죽겠다!"

멀찌감치 서서 감격스러운 해후의 장면을 기대하던 미련퉁이 저팔계가 주책없이 껄껄대고 웃음보를 터뜨린다.

"우하하하! 저게 무슨 꼴불견이냐? 국왕 폐하도 여편네 복이 어지간히 없으시군! 삼 년 만에 다시 만나서 손목 한번 잡아보지 못하고 벌레한테 물리다니!"

이 말을 듣고 손행자가 핀잔을 주었다.

"이런 바보 멍텅구리 녀석! 네놈 같으면 황후 마마의 손목을 잡을 수 있는 줄 알아?"

"못 잡을 건 또 뭐 있겠소? 남의 여자에게 손댈 수가 없어서 그렇지, 손목 잡는 거야 뭐 대수로운 일이라고 그러시오?"

"이 미련한 친구야! 저 마마의 몸에는 온통 지독한 가시가 돋아나 있고, 손에도 독을 쏘는 침이 나 있단 말이다. 그러니까 기린산에 끌려가서 마왕 새태세와 삼 년씩이나 함께 지내셨지만, 그 요괴는 마마의 몸을 한 번도 건드려보지 못했던 거야. 손을 댔다 하면 가시에 찔리고 손목 한번 잡아보려 해도 독침에 찔리곤 하니, 제아무리 사나운 요괴 마왕이라도 그 지독스러운 아픔을 견뎌가면서 황후의 몸을 범할 엄두가 나겠느냐 말일세."

조정 신하들이 이 말을 듣고 보니 기쁨보다 걱정이 먼저 앞선다. 금성궁 마마께서 요괴 마왕의 독수 앞에 정조를 지켜왔던 것은 물론 다행스러운 일이지만, 앞으로 국왕 폐하 역시 황후 곁에 얼씬도 못 하게 되었으니, 세상 천지에 이렇게 송구스러운 일이 어디 또 있단 말인가?

"장차 이 노릇을 어찌하면 좋을꼬?……"

신하들은 금란전 바깥에서 웅성웅성 근심 걱정을 하고, 안에서는 비빈들이 송구스러움을 이기지 못하는데, 측근에 있던 옥성궁, 은성궁 두 황후가 임금을 부축해 일으켜드렸다.

조정 안팎 모든 사람들이 이렇듯 걱정 근심에 싸여 있을 때, 갑자기 반공중에서 누군가 소리치는 사람이 있었다.

"손대성, 내가 왔소!"

손행자가 고개를 쳐들고 바라보았더니, 어느 틈에 신선 한 분이 나타나 계시다.

맑고도 깨끗한 학의 울음소리 하늘에 사무치고, 신선은 표연히 궁궐 앞에 다다른다.

상서로운 빛이 줄기줄기 감도는데, 탐스럽고 흐뭇한 서기(瑞氣)가 아련히 나부낀다.

종려나무 잎사귀 옷이 온몸을 감싸 연운(煙雲)을 퍼뜨리고, 두 발에 꿰어 신은 미투리도 보기 드문 신발이다.

손에는 용의 수염으로 꼬아 만든 파리채 잡았고, 허리에는 실로 짠 띠를 질끈 둘렀다.

천상천하 건곤에 가는 곳마다 사람과 연분을 맺고, 대지 위에 두루두루 소요하며 떠돌아다니고 신선의 도를 닦았다.

이분이 누구신가? 다름아닌 대라천(大羅天) 하늘 위의 자운선(紫雲仙)으로, 오늘은 주자국 임금과 황후의 악몽을 풀어주려 속세에 강림하셨다.

신선을 알아본 손행자가 그 앞으로 나서서 반갑게 맞아들인다.

"여어! 장자양(張紫陽), 어딜 가시는 길이오?"

자양진인이 곧바로 금란전 앞에 이르더니, 은근히 허리 굽혀 손행자에게 인사했다.

"손대성, 소선(小仙) 장백단(張伯端)[5]이 문안드리오."

손행자도 답례하며 다시 물었다.

"어디서 오시는 길이오?"

"소선이 삼 년 전 부처님의 법회에 참석하러 가는 도중 이곳을 지나가다 보니, 주자국 왕께서 짝을 잃고 우울증에 걸리신 것을 보았소. 나는 그 요괴가 혹시라도 황후의 육체에 욕을 보이고 인륜을 그르쳐 훗날 다시 국왕과 결합하지 못할까 걱정한 끝에, 낡은 종려나무 잎사귀 옷을 한 벌 꺼내 가지고 오색찬란한 광채가 나는 새 치마저고리로 탈바꿈하여 마왕에게 선사했소. 황후에게 입혀서 새롭게 단장하라는 구실을 댄 거요. 황후는 그 옷을 입자마자 온몸에 독 가시가 돋아났소. 물론 그 독 가시는 종려나무 껍질이었고 말이오. 이제 손대성께서 공덕을 무난히 이루셨기에, 나도 그 무서운 주술(呪術)을 풀어드리려고 이렇게 찾아왔소이다."

---

5 장백단(984~1082): 북송(北宋) 때의 도사. 일명 용성(用誠), 호가 자양(紫陽)이다. 청년 시절부터 유교·불교·도교의 경전을 모두 섭렵하고 형법과 서산(書算), 의술과 복술(卜術), 천문지리, 심지어는 전략 전술에 능통하였으며, 길흉과 생사 운명을 예언하는 기재(奇才)였다. 전설에 따르면, 전진오조(全眞五祖)의 한 사람인 유해섬(劉海蟾)을 만나 '금액환단(金液還丹)'의 비결을 전수 받고, 과거의 해묵은 금단 수련법을 획기적으로 발전시켜 이른바 '천인합일(天人合一)'의 사상에 따라 인체를 우주로 삼고 체내의 정(精)·기(氣)·신(神)을 약재로 삼아 이를 응결시켜 금단을 맺는다는 내단 수련법이 창시자가 되었다. 저서에 도교의 주요 경전으로 손꼽히는 『오진편(悟眞篇)』이 있으며, 도교 '남오조(南五祖)'의 으뜸이 되어 '자양진인(紫陽眞人)'이라 추앙 받았다.

"멀리 오시느라 수고 많으셨소. 그럼 어서 빨리 해탈시켜드리시오."

자양진인이 앞으로 나서더니 손가락으로 황후 마마를 한 번 가리켰다. 그러자 가시 돋친 종려나무 껍질 옷이 스르르 벗겨지고, 황후의 몸은 예전대로 되돌아갔다. 진인은 나무껍질 옷을 들고 속세 먼지라도 끼었는지 훌훌 털어버린 다음, 제 몸에 걸쳐 입고 손행자를 돌아보며 하직 인사를 건넸다.

"손대성, 실례 많았소이다. 소선은 이만 물러가겠소."

"잠깐만! 이 나라 국왕에게서 고맙다는 인사 한마디라도 받으셔야 할 게 아니오?"

손행자가 만류하였으나, 자양진인은 씨익 웃어가며 사양했다.

"괜찮소. 번거롭게 그런 예절까지 차릴 것은 없소. 자아, 안녕히들 계시오!"

진인은 정중하게 허리 굽혀 읍례를 하더니, 허공으로 솟구쳐 올라갔다.

이것을 보고 당황한 주자국 왕과 삼궁 황후들, 조정의 문무백관들은 허겁지겁 그 자리에 무릎 꿇고 엎드려 하늘을 바라보며 큰절을 올렸다.

예배를 마친 국왕은 즉시 관원들에게 분부하여 동각(東閣)을 활짝 열어놓게 한 다음 문무백관들을 거느리고 무릎 꿇어 절하여, 신승 네 분에게 고마운 뜻을 표했다.

이리하여 주자국 왕은 비로소 금성궁 낭랑과 마주 잡고 서서 재회의 기쁨을 나눌 수가 있었다.

사은의 잔치 자리가 한창 무르익었을 때, 손행자는 삼장 법사에게 넌지시 말씀드렸다.

"사부님, 앞서 제가 드린 선전 포고문을 아직도 가지고 계시지요?

마왕이 전하려 했던 도전장 말입니다. 그걸 이리 내놓으시죠."

삼장은 아무 말 없이 소맷자락을 뒤적거리더니 문서를 꺼내어 제자에게 넘겨주었다. 손행자는 그것을 다시 국왕에게 바쳤다.

"폐하, 이 도전장은 지난번 새태세란 놈이 부하 소교 유래유거를 시켜 폐하에게 보내려 했던 것입니다. 그런데 유래유거는 폐하께서도 아시다시피 제가 도중에 때려죽이고 그 시체를 떠메다가 첫번째 전공으로 보고 드린 바 있습니다. 저는 또다시 기린산에 달려가 유래유거의 모습으로 변장하고 해치동 소굴에 잠입해서 황후 마마를 만나뵙고 일단 새태세의 보배 금방울을 훔쳐내는 데 성공했었습니다만, 금방울을 잘못 다루는 바람에 하마터면 그놈의 손에 붙잡힐 뻔했습니다.

저는 또다시 변신술법을 써서 다시 한 번 금방울을 훔쳐내 가지고 동굴 바깥으로 빠져나온 다음, 그놈과 맞서 싸웠습니다. 그때 천만다행히도 관음보살께서 강림하시어 요사스런 마왕을 거두어 가셨던 것입니다. 보살님께서는 폐하와 금성궁 마마께서 무슨 까닭으로 삼 년 동안이나 헤어져 계시지 않으면 안 되었는지, 그 까닭을 자세히 말씀해주셨습니다. 그 사연은 이러했습니다……"

손행자는 관음보살에게 들은 대로, 국왕이 동궁태자 시절에 저질렀던 일과 서방불모 공작대명왕 보살이 벌을 내리신 일, 그리고 관음보살이 타고 다니던 금빛 털을 지닌 늑대가 이런 사실을 마음에 새겨두고 있다가 도망쳐 나와서 요괴 새태세가 되고, 마침내 금성 황후를 빼앗아 지난 3년 동안 국왕과 생이별하게 만들었던 경위를 낱낱이 일러주었다.

주자국 왕과 삼궁 황후 비빈, 그리고 만조백관들은 금란전 안팎에서 이 얘기를 귀담아듣고 탄식하더니, 손행자의 노고에 새삼스레 감사를 드리며 칭송하여 마지않았다.

이윽고 삼장 법사가 국왕에게 사례하고 그만 떠나게 해줄 것을 간청하였다.

"이 모든 것이 어지신 국왕 폐하의 홍복(洪福)으로 이루어진 일이요, 그 다음이 불초한 저희 제자가 세운 공로라 하겠사옵니다. 그리고 이렇듯 성대한 잔치를 대접받았으니, 진정 감사하나이다. 이제는 저희 일행을 떠나게 허락해주시어, 소승이 대서천으로 가는 길에 그르침이 없도록 하여주소서."

국왕은 간곡히 만류하였으나, 삼장 법사가 굳이 듣지 않는 터라, 할 수 없이 통관 문첩에 옥새를 찍어 내려주는 한편, 으리으리하게 꾸민 난가를 차려놓게 하고 삼장을 모셔다가 용거에 편안히 올려 앉혔다. 그리고 국왕을 비롯하여 삼궁 육원의 황후들과 비빈들이 모두 나와서 수레바퀴를 손수 밀어가며 도성 밖으로 전송해주었다.

이야말로 "연분 있어 근심 걱정 상사병을 깨끗이 씻어버리고, 모든 사념(思念)을 끊어버리니 마음은 저절로 편안하다"는 격이다.

과연 주자국을 떠나는 이번 길 뒤에 또 어떤 길흉이 막아설 것인지, 다음 회에서 풀어보기로 하자.

제72회 반사동 일곱 요정이 근본을 미혹시키니, 탁구천 샘터에서 저팔계가 체통을 잃다

주자국 왕과 작별한 삼장 법사는 행장을 수습하고 말에게 채찍질하여 서쪽으로 나아갔다.

무수한 산과 들판을 지나고 헤아려도 끝이 없는 물길을 건너가는 동안에, 어느덧 가을이 지나고 겨울 한철 다 보내어 또다시 봄빛 화창한 시절을 맞이하게 되었다.

스승과 제자 일행이 새봄의 산뜻한 경치를 구경하면서 길을 걷다 보니, 불현듯 나무 숲 사이로 아담한 초가집 한 채가 삼장의 눈길에 들어왔다. 당나라 스님은 안장 위에서 구르다시피 말을 내려 큰길 한 곁에 우뚝 섰다.

이것을 본 맏제자가 물었다.

"사부님, 이 길은 평탄하고 아무런 변고도 없는 곳인데, 왜 가지 않으십니까?"

뒤따르던 저팔계가 핀잔을 준다.

"원 형님도 벽창호 같은 말씀을 다 하시는구려. 사부님이 말 안장 위에 오래 앉아 계시니까 피곤하시고 졸음이 와서 그러시는 게 아니겠소. 슬슬 걸어가면서 구경이나 하시고 좀 쉬도록 해드립시다."

그러자 스승이 부인했다.

"아니다. 경치를 보려는 게 아니라, 저편에 바라보이는 게 사람 사는 집 같아서, 내가 동냥을 좀 해다 먹고 싶어서 그런다."

이 말을 듣고 손행자는 빙그레 미소를 띠며 여쭈었다.

"원, 사부님도 별 말씀을 다하십니다. 시장하시면 제가 동냥을 해다 드리면 되지 않습니까? 속담에 '하루라도 스승으로 섬겼으면 목숨이 다하도록 어버이로 모셔야 한다(一日爲師, 終身爲父)' 했습니다. 제자녀석은 편안히 앉아 있으면서 스승더러 동냥을 나가시게 하는 법이 어디 있습니까?"

"그렇게 말할 것이 아니다. 여느 때에는 아무리 바라보아도 끝 닿은 데를 알 수 없는 산중뿐이라, 거리가 멀든 가깝든 너희들이 마다 않고 동냥을 하러 나섰지만, 오늘은 인가가 부르면 응답이 나올 만큼 가까운 데 있으니, 이번에는 내가 직접 가서 동냥을 좀 받아보겠다는 얘기다."

그랬더니 저팔계가 팔뚝을 걷어붙이고 나선다.

"허허, 줏대 없으신 우리 사부님께서 오늘은 웬 고집이십니까. 속담에도, '세 사람이 대문 밖을 나서면, 제일 어린 막내가 고생하게 마련이라'고 했습니다. 하물며 사부님은 스승이시고, 저희들은 모두 제자 녀석이 아닙니까. 옛날 성현의 말씀을 적은 책에, '일이 있을 때에는 제자가 스승 대신에 수고로움을 진다(有事弟子服其勞)' 하였으니, 이 저선생이 사부님 대신 동냥하러 가겠습니다."

"얘들아, 오늘은 날씨가 청명해서 비바람이 몰아치던 때와는 다르다. 날씨가 궂을 때에는 으레 너희들이 먼 곳까지 다녀오곤 했지만, 이번에는 인가가 손에 잡힐 듯 가까이 있으니 내가 한번 가봐야겠다. 동냥을 하든 못 하든 이내 돌아오면 될 게 아니냐."

곁에서 사화상이 듣다 못해 두 사형을 말렸다.

"형님들, 여러 말씀 하실 것 없소. 사부님의 성미가 어떠신지 잘 알고 있지 않소. 이렇게 가보시겠다는 데 굳이 못 하시게 할 것까지는 없소. 만약에 사부님의 마음을 편치 않게 해드려서 역정이라도 내시는 날이면, 우리가 동냥을 해와도 잡숫지 않으실 거요."

저팔계가 그 말대로 선선히 보따리 속에서 동냥 주발을 꺼내놓고 스승의 옷을 갈아입힌 다음, 승모도 바꾸어 쓰게 내드렸다.

이윽고 의관을 갖춘 삼장이 어슬렁어슬렁 초가집으로 걸어 나갔다. 문 앞에 이르러 좌우를 둘러보니 경치가 제법 빼어나게 아름답고 한적한 곳이었다.

냇가에 돌다리 우뚝하게 솟아나고, 해묵은 나무 숲이 울창하게 늘어섰다.

우뚝하게 솟아난 돌다리 밑에 잔잔히 흐르는 물이 길게 뻗은 시내와 잇닿고, 울창하게 늘어선 고목 깊은 숲 속에 날짐승 재잘대는 소리 먼 산에 울린다.

다리 건너 저편에는 초가집 몇 칸, 맑고도 아담하기가 신선이 거처하는 암자와 같다.

또 한 군데 차양 덮은 오두막에 들창 열렸으니, 깔끔하고 밝기가 도사의 수련원에 비해도 손색이 없다.

창문 앞에 홀연 네 가인(佳人)의 모습 보이니, 모두들 그 안에서 봉란(鳳鸞)을 수놓으며 바느질하고 있다.

삼장 법사는 집 안에 남정네 없이 여자들만 넷씩이나 있는 것을 보고 감히 들어설 엄두가 나지 않아, 멀찌감치 소나무 숲 아래 서서 기웃거리기 시작했다. 여인들은 하나같이 절색이었다.

규중(閨中) 여인의 미음은 돌같이 단단하고, 난초 같은 성품은 탐스럽기 봄날 같다.

아리따운 얼굴 두 뺨에는 발그레하니 노을 서리고, 붉은 입술에 연지 빛깔도 고르다.

곱디고운 두 눈썹은 초승달 가로 비낀 듯 자그마한데, 매미 날개처럼 얇디얇은 귀밑머리 새털구름 쌓인 듯 싱그럽다.

만약에 꽃나무 사이에 섞여 서 있다면, 넘나드는 벌이 진짜 꽃으로 잘못 알고 날아들기 십상이겠다.

반 시진 남짓이나 머뭇거리고 있노라니 그저 고요하기만 할 뿐, 닭 울음소리 개 짖는 소리조차 들려오지 않는다. 삼장은 혼자 생각해보았다.

'내게 만약 동냥 한번 제대로 해낼 재간도 없다면, 제자 녀석들이 날더러 융통성 없다고 비웃을 게다. 스승이라는 사람이 동냥질도 못한다면, 제자 노릇을 하는 녀석들더러 어떻게 부처님을 뵈러 가자고 데려갈 수 있겠는가?'

삼장 법사는 어떻게 해볼 도리가 없는 터라, 다소 꺼림칙하기는 했으나 용기를 내어 돌다리 위로 걸어 올라갔다. 몇 걸음 더 나아가고 보니, 초가집 안쪽으로 정자 한 채가 싱그러운 나무의 풋내를 솔솔 풍기면서 세워져 있고, 그 밑에는 또 다른 여자 셋이서 공을 차며 놀고 있었다. 이들 세 여자는 오두막 안에서 바느질하던 네 여자들과 생김새가 딴판이었다.

삼장은 발걸음을 멈추고 한참 동안 그들이 노는 모습을 바라보기 시작했다.

푸른 소맷자락 바람결에 펄럭펄럭 나부끼며, 치맛자락 길게 흔들리고 질질 끌린다.

푸른 소맷자락 바람결에 나부끼는 대로, 옥같이 뽀얀 팔목이 죽순(竹筍) 돋아나듯 나지막하게 드러나고,

치맛자락 길게 흔들리고 질질 끌리는 사이로, 금빛 연꽃처럼 작디작은 발목이 보일 듯 말듯 살짝살짝 드러난다.

아리따운 용모와 활기찬 자태가 아주 온전하고, 움직이거나 서거나 발꿈치는 사뿐사뿐 갖가지 자세로 땅을 딛는다.

첫째가는 공차기 솜씨 겨루다 보니 높낮이를 따지고, 활개치듯 넓게 벌린 자세로 공을 차서 보내니 진짜 본때를 보여줄 참이다.

뱅그르르 돌아서 걷어차니 담 밖에 꽃피어나는 '출장화(出牆花)' 자세요, 뒷발길로 번뜩 뒤채니 '대과해(大過海)'를 이룬다.

가볍게 받아내면 '일단니(一團泥)'요, 필마단창(匹馬單槍)으로 공격하니 '급대괴(急對拐)', 돌려차기 솜씨다.

야명주(夜明珠) 부처님 머리에 얹을 듯 위로 올려 차지만, 실상은 슬쩍 눌러 딛고 꼭 껴안은 채 놓지 않는다.

좁은 벽돌 사이로 비스듬히 꺾어 자리 잡는가 하면, 물고기 누워 잠자듯 발끝을 홱 돌려 삐딱하게 옮긴다.

허리를 수평으로 눕힌 채 무릎 꿇고 쭈그려 앉으며, 정수리를 외로 꼬고 발뒤꿈치 굽으로 툭 걷어차 올린다.

걸상 잡아당겨 넘어뜨리는 소리가 시끌벅적 울려 퍼지는데, 어깨걸이 비단자락 나부끼니 상큼하기 그지없다.

바짓가랑이 말아 쥐니 오락가락 마음대로 휘감기고, 목걸이도 제멋대로 이리저리 흔들린다.

걷어차는 솜씨는 '황하수 거꾸로 흐르기(黃河水倒流)'요, '금잉어 여울목에 팔려고 내놓기(金魚灘上買)' 자세다.

저편은 끝장인 줄 잘못 알았으나, 이편은 빙그르르 돌아서며

맵시 좋게 돌려찬다.

양전하게 정강이뼈 위에 떠받드는가 했더니, 어느새 단정한 발끝이 날아와 툭 낚아챈다.

뒤꿈치 걷어올리다 미투리 신발 한 짝 내던지면, '도삽회두채(倒挿回頭採)'¹ 솜씨로 뚝 따서 되돌려보낸다.

뒤뚱뒤뚱 물러서는 걸음걸이마다 어깨 장식이 좌르르 풀려나가고, 못된 심통에 꼼수는 딱 한 번 부릴 뿐이다.

대바구니 장수 내려오면 길게 늘어붙듯, 빼앗은 관문을 끈덕지게 감춘다.

미심(美心)을 걷어차는 순간이 닥쳐오니, 아리따운 여인들은 일제히 갈채를 보낸다.

하나같이 분 바른 몸에 땀이 줄줄 흘러 비단 치마에 배어 나오고, 흥겨움에 지쳐 동작이 느려지니 그제야 "하이!" 하고 환호성을 지른다.

이루 다 말로 형용할 수 없는 아름다운 정경에, 이를 증명하는 시가 또 있다.

춘삼월 호시절 공차기에 좋은 날씨, 산들바람 불어오니 소담스런 그 자태 곱고도 아름답다.

---

1 출장화······ 도삽회두채: 거미 요괴들의 공차기를 묘사한 이 운문 가운데 '나두(那頭)' '장범(張泛)' '출장화(出墻花)' '대과해(大過海)'를 비롯하여 '도삽회두채(倒挿回頭彩)' '탈문췌(脫門揣)' 등, 본문 끝에 이르기까지 모두 30종류에 가까운 공차기의 몸놀림과 기법 전문 용어가 등장하는데, 이는 한(漢) - 당(唐) - 송(宋)대를 이어 내려온 '축국(蹴鞠)' 곧 옛날 축구 방식을 정리하여 한 벌의 체계로 완벽하게 갖추어낸 것이나, 이해를 돕기 위해서 대부분을 정황 묘사로 풀어 번역했다.

분 바른 얼굴에 송글송글 맺힌 땀방울이 꽃잎에 이슬 머금은 듯, 뽀얀 먼지 눈썹에 얹히니 버들가지에 연기 서린 듯.

푸른 옷소매 나지막이 늘어뜨려 죽순 같은 섬섬옥수 덮어씌웠으나, 담황색 치맛자락 비스듬히 끌리니 금빛 연꽃 같은 발목이 살짝 드러난다.

몇 번이나 공을 차고 또 찼더니 기운이 빠져 할딱할딱, 구름 같은 머리타래 더부룩하게 헝클어지고 머리 쪽은 기우뚱하게 비뚤어졌구나.

한참 동안 마음에도 없는 공차기를 구경하던 삼장 법사, 더는 기다리지 못하고 할 수 없이 돌다리 건너편으로 내려가서 여인들에게 목청 높여 말을 걸었다.

"여 보살님들, 소승은 부처님의 인연 따라 여기까지 동냥을 하러 왔습니다. 먹을 것이 있거든 조금만 내어주시지요."

이 말을 듣더니, 일곱 여자들은 하나같이 좋아서 바느질하던 일감도 내던지고 차던 공도 한쪽 곁에 걷어차버리고 모두들 생글생글 웃어가며 사립문 밖으로 영접을 나왔다.

"장로님이 오신 줄도 모르고 있다가 영접을 못 해드렸군요. 누추하나마 저희 집에 이렇게 오셨는데, 저희가 어찌 감히 길을 막고 푸대접하겠습니까. 어서 안으로 들어오시지요."

삼장이 듣고 보니, 모두들 갸륵한 마음씨를 지녔다.

"착한 사람들이로구나, 착한 사람들이야! 서방 세계야말로 부처님의 땅이라, 여인네들조차 동냥하러 찾아온 행각승을 소홀히 대하지 않으니, 남정네들이야 어찌 경건한 마음으로 부처님을 받들지 않을 리 있으랴?……"

삼장은 앞으로 걸어 나가 고맙다는 인사를 한 다음, 여자들을 따라서 초가집 안으로 들어갔다. 그런데 어찌 된 일일까, 들어서고 보니 사립문 안쪽에는 집이라곤 한 채도 없는 것이 아닌가! 그는 기가 막혀 좌우를 두리번두리번 살펴보기 시작했다.

산봉우리는 우뚝 높이 솟아 있고, 지맥(地脈)은 아득히 길게 뻗어 있다.
산봉우리는 우뚝 높이 솟구쳐 연운(煙雲)에 잇닿았고, 지맥은 아득히 길게 뻗쳐 해악(海嶽)으로 통한다.
사립문 가까이 돌다리 하나, 그 밑으로 시냇물이 아홉 굽이 감돌아 흘러내린다.
정원에는 복숭아나무, 살구나무 가꾸었으니, 천 그루 나뭇가지에 풍성한 열매가 주렁주렁 탐스럽게 맺혔다.
등나무 덩굴 맑은 대숲이 서너 그루 나무 가장귀에 매달려 오르고, 지초 난초 짙은 향기 흩뿌리는데 천만 송이 꽃떨기 흐드러지게 피었다.
멀리 내다보이는 동부(洞府)가 봉래도 선경을 능가하고, 가까이 바라보이는 산림이 태화 종남산(太華終南山)을 압도한다.
이야말로 은거할 곳을 찾아 헤매는 요망한 신선의 처소이니, 이웃 없이도 홀로 독채를 이루고 살 만한 곳이다.

일곱 여인 중 하나가 앞으로 나서더니, 두 쪽으로 된 돌 문짝을 밀어 열고 삼장 법사더러 안으로 들어와 앉으라는 시늉을 해 보였다. 삼장은 시키는 대로 들어갈 수밖에 없었다. 들어서서 고개를 쳐들고 바라보니, 세간살림이라고 차려놓은 것들이 모두가 돌 탁자, 돌 걸상이라, 써늘한 기운이 음산하게 감돌고 있다. 삼장은 속으로 흠칫 놀라면서 남몰래 궁리해보았다.

'아무래도 여기는 길한 일보다 흉한 일이 더 많겠구나. 단연코 착한 사람들이 사는 집이 아니다.'

혼자서 이것저것 가늠해보려는데, 일곱 여자들이 생글생글 웃으면서 너도나도 한마디씩 건넨다.

"장로님, 이리 앉으세요."

여럿이서 한꺼번에 권하니, 삼장은 마지못해 돌 걸상에 궁둥이를 붙였는데, 엉거주춤 앉은자리에서 써늘한 냉기가 스며들어 몸이 오싹하고 떨려왔다.

여자들이 묻는다.

"장로님은 어느 산 어느 보찰(寶刹)에 계신가요? 무슨 일로 시주를 걸으러 나오셨는지요? 마을에 다리를 놓으시나요, 길을 고치려고 하시나요? 절간이나 보탑을 세우려고 하시나요? 그게 아니라면 부처님을 새로 만들어 모시거나 불경을 찍는 데 돈이 필요하시나요? 어디 시주장부를 가지고 계시거든 이리 보여주세요."

여럿이서 숨 돌릴 틈도 주지 않고 잇따라 묻는 말에, 삼장은 당황한 나머지 우선 한마디로 대꾸했다.

"저는 시줏돈을 거두러 다니는 승려가 아니올시다."

"시주를 거두지 않으신다면, 여기는 무엇 하러 오셨어요?"

질문이 비로소 간단해졌다. 삼장은 한숨 돌리고 나서 찾아온 용건을 밝혔다.

"저는 동녘 땅 대당나라에서 칙명으로 파견되어, 서천 대뇌음사로 경을 구하러 가는 사람입니다. 때마침 이 근처를 지나가다 배가 고프기에, 한 끼니 동냥이나 얻어먹을까 해서 댁을 찾아들었습니다. 먹을 것만

주신다면 소승은 곧바로 떠나렵니다."

"예에, 좋아요! 좋아! 속담에도 '멀리서 오신 스님은 경을 잘 외우신다' 했죠. 잠깐만 기다리세요. 얘들아! 뭘 우물쭈물하는 거냐? 어서 진짓상을 차려서 내오지 않고!"

이렇게 해서 공을 차며 놀던 세 여자는 삼장 곁에 앉아 연분이 어쩌니저쩌니 하고 수다를 떨기 시작했는데, 수놓고 바느질하던 네 여자는 부엌으로 들어가서 옷자락을 걷어붙이고 소맷자락을 올리더니, 아궁이에 불을 지피랴 냄비 솥을 말끔히 닦아 안치랴, 한참 동안이나 부산을 떨었다.

이윽고 음식상을 차려 내왔는데, 이 여자들이 마련한 음식이란 게 과연 무엇이었을까?…… 그것은 끔찍스럽게도 사람의 기름으로 볶고 튀겨낸 음식이요, 사람의 고기를 지지고 삶고 한 것들이며, 시커멓게 눌어붙은 풀떼기 죽은 무엇으로 만들었는지 모르겠으나 두부 졸임은 사람의 골수를 파내어 지진 것이 분명했다. 부엌데기 여자들은 이 음식을 두 쟁반에 담아서 돌 탁자에 늘어놓고 삼장에게 권하였다.

"자, 어서 드시죠. 창졸간이라 좋은 음식을 차리지는 못했군요. 우선 되는대로 시장기나 푸시고, 나중에 좋은 음식으로 바꾸어서 내다 드릴 테니 천천히 많이 잡수세요."

삼장이 냄새를 맡아보았더니, 비린내가 코를 확 찌른다. 그는 숨 한 모금 들이쉬지 못한 채 그저 두 손 모아 합장하고 점잖게 사양했다.

"여 보살님, 소승은 태어나면서부터 소식을 해왔습니다."

이 말을 듣고 여자들이 까르르 웃어댄다.

"장로님, 이게 바로 소찬이에요!"

삼장은 찔끔하면서도 할 말을 다 해버렸다.

"나무아미타불! 이게 소찬이란 말입니까? 저 같은 승려가 만약 이런 것을 입에 대었다가는 석가세존을 뵙고 한 권의 경문이라도 받을 생각은 말아야 할 것입니다."

"장로님은 속세를 떠나신 분인데, 남이 보시해주는 음식을 가려서 드시면 안 됩니다."

승려의 아픈 곳을 찌르고 꾸짖듯이 하는 말에, 고지식한 삼장은 당황하여 두 손을 홰홰 내저으며 변명했다.

"어이구, 무슨 말씀을! 소승이 어찌 감히!…… 저희 승려 일행은 대당나라 황제 폐하의 칙명을 받들고 서천으로 오는 길 내내 아무리 미천한 생령이라도 그 목숨을 다치지 않았으며, 고난에 처한 사람들을 볼 때마다 구해주었습니다. 곡식 낟알 하나라도 생기면 입에 털어 넣고 헝겊 쪼가리 실 한 오리 얻으면 잇고 꿰매어서 한 몸뚱이 가리는 데 썼을 뿐입니다. 이렇듯 어렵게 고생하며 오는 길인데, 어찌 주인을 가려서 보시를 받겠습니까?"

여자들이 또 한 차례 까르르 웃음보를 터뜨렸다.

"장로님은 주인을 가려서 보시를 받지 않으신다지만, 아무래도 남의 집에 오셔서 투정을 부리시는 듯하군요. 좀 거칠고 맛도 별로 없지만 잡숴보세요."

"정말 이건 못 먹겠습니다. 계율을 깨뜨릴까 두렵습니다. 옛말에 '산 짐승을 잡아먹고 제 한 몸 양생(養生)하기보다 산 목숨을 놓아주어 방생(放生)하는 것이 낫다' 하였으니, 보살님들께서는 제발 소승을 이대로 돌아가게 보내주십시오."

억지로 밀어놓는 음식상을 뿌리치고 떠나려고만 하니, 일곱 여자들이 어디 고분고분하게 놓아보낼 리 있으랴. 그녀들은 아예 문을 가로막고 한 발짝도 나가지 못하게 만들었다.

"이런 법이 어디 있어요! 일껏 찾아와서 흥정을 붙여놓고 물건은 사지 않겠다니, 그래도 되는 거예요? 이야말로 '방귀를 뀌어놓고 손바닥으로 냄새를 가려보겠다'는 격이네요. 흥! 어딜 마음대로 나가실 줄 알아요?"

　여자들은 하나같이 무예 솜씨도 제법 지니고 손발도 날쌔기 짝이 없었다. 그들은 삼장의 멱살을 부여잡더니 마치 새끼 양이라도 잡듯, 힘도 안 들이고 번쩍 들어서 땅바닥에 메다꽂았다. 그리고는 여럿이서 한꺼번에 달려들어 재빠르게 밧줄로 꽁꽁 묶어 가지고 대들보에 높이 매달아버렸다. 어디 그뿐인가, 매달아놓는 수법도 절묘하기 짝이 없어, 한 팔을 앞으로 길게 뻗어내어 밧줄로 엮어 매다는 한편, 나머지 한 팔을 버틴 채로 허리와 한꺼번에 둘둘 감아서 달아매고, 두 다리는 뒤로 젖혀서 밧줄로 묶어 매달았으니, 삼장은 꼼짝없이 세 가닥 밧줄에 묶인 몸이 되어, 등판을 위쪽으로 하고 뱃가죽이 아래쪽으로 축 쳐진 자세로 대들보 위에 대롱대롱 매달리는 신세가 되고 말았던 것이다. 이런 결박 수법을 항간에서는 '선인지로(仙人指路)'라고 하는데, 삼장이 한쪽 팔을 앞으로 향한 채 꽁꽁 묶여 있으니, 글자 그대로 '신선이 길을 가리킨다'는 자세가 되고 만 셈이었다.

　삼장은 밧줄이 살 속으로 파고드는 고통을 참느라 눈물이 쏟아져 나왔다. 제자들이 만류하는 것을 뿌리치고 동냥해보겠다고 고집을 피우며 나선 것이 후회막심했으나, 이제는 나오느니 한숨이요 탄식뿐이다.

　"아아, 중노릇을 하는 이 몸의 신세가 어쩌면 이다지도 기구한 운명을 타고났단 말이냐! 착한 댁 만나 동냥이나 한번 해먹겠다고 별렀더니, 이런 불구덩이에 빠져들 줄 뉘 알았으랴! 제자들아, 어서 빨리 와서 날 좀 구해주려무나! 그래야 살아서 얼굴이라도 볼 수 있겠지만, 두 시진만 늦었다가는 내 목숨이 끝장나고 말 것이다!"

삼장이 번뇌와 고통 속에 몸부림치면서도, 일곱 여자들의 행동거지만큼은 주의 깊게 눈여겨보고 있었다. 앞으로 자신을 어떻게 요리할 것인지 걱정스러운 마음에서였다.

아니나 다를까, 삼장을 묶어 매달아놓은 일곱 여자들이 손을 털고 나자 입고 있던 옷가지를 한 벌 한 벌씩 훌훌 벗어놓는 것이 아닌가! 당나라 스님은 깜짝 놀라 속이 떨려오기 시작했다.

'저것들이 왜 옷을 벗는단 말이냐? 혹시 내 색정을 자아내어 파계시켜놓겠다는 수작이 아닐까? 아니지, 아니야. 어쩌면 나를 산 채로 잡아먹을 생각이 있는지도 모른다.'

그러나 가만 지켜보니, 전라(全裸)의 벌거숭이가 되려는 게 아니라 저고리만 벗어 던지고 아랫배를 드러내더니, 저마다 신통력을 발휘하여 배꼽에서 오리알만큼씩이나 굵은 밧줄을 "후드득, 후드득!" 끝도 없이 뽑아낸 다음, 마치 옥구슬 터져 나가듯 은 덩어리 흩날리듯 여기저기 쉴 새없이 던져 올려, 눈 깜짝할 사이에 돌 문짝을 뒤덮어버렸다.

이리하여 초가집 한 채가 은빛 고치 속에 갇혀버린 것은 더 얘기하지 않기로 한다.

한편, 손행자와 저팔계, 사화상은 모두들 큰길가에서 스승이 돌아오기만을 기다리고 있었다. 저팔계와 사화상 두 아우는 말을 풀어놓고 짐을 지키고 있었으나, 손행자는 워낙 장난질이 심한 원숭이라, 잠시도 가만 있지 못하고 나무 위에 뛰어올라 가장귀를 타고 잎사귀를 따서 헤쳐가며 열매를 찾고 있었다.

얼마쯤 있다가 훌쩍 고개를 돌리고 바라보니, 스승이 사라진 쪽에서 느닷없이 눈부신 은빛 광채가 번쩍이는 것을 발견했다. 그 빛을 보는 순간, 손행자는 가슴이 덜컥 내려앉아 황급히 나무 위에서 뛰어내렸다.

"큰일났네, 큰일났어! 아무래도 사부님한테 운수 불길한 일이 생긴 모양일세!"

무슨 영문인지 모르고 어리둥절해하는 두 아우에게, 그는 앞쪽을 가리키면서 또 한 차례 소리쳤다.

"저걸 좀 보게! 초가집이 어디로 갔나?"

저팔계와 사화상 둘이서 그쪽을 바라보았더니, 초가집은 온데간데없이 사라지고, 눈보다도 더 밝은 광채, 순은(純銀)보다 더 번쩍거리는 빛 덩어리가 반사되어 올 뿐이었다.

그제야 저팔계도 사태가 심각하다는 것을 깨닫고 허둥거리기 시작했다.

"이거, 안 되겠소! 안 되겠어! 사부님이 요정의 독수에 걸리신 게 분명하오. 우리 어서 빨리 가서 구해드립시다!"

미련퉁이가 설쳐대자, 손행자는 그를 진정시키면서 이렇게 말했다.

"여보게, 자네 떠들지 말게. 자네 힘을 가지고야 어디 되겠나. 아무래도 이 손선생께서 다녀와야겠네."

"형님, 조심하시오."

사화상이 걱정스러워 당부했다. 손행자는 그래도 자신 있게 고개를 끄떡해 보였다.

"음, 고맙네! 내가 잘 알아서 함세."

용감한 손행자는 호랑이 가죽 치마를 질끈 동여매고 감추어두었던 여의금고봉을 뽑아 잡더니, 발길을 떼어놓기가 무섭게 단 두서너 걸음만에 초가집이 있던 곳까지 달려갔다.

불길한 예감은 들어맞았다. 초가집이 있던 자리에는 무수한 밧줄이 백 겹 천 겹 둘러싸이고 종횡무진으로 뒤얽혀 있어, 도무지 어디가 첫머리요 어디가 끄트머리인지 알아볼 길이 없었다. 손바닥으로 밧줄을 만져보니, 끈적끈적한 점액질(粘液質)에 부드러운 감촉마저 느낄 수 있었다. 이게 도대체 무슨 밧줄일까?…… 손행자는 아무리 더듬어봐도 뭉클뭉클하게 닿는 느낌뿐, 그것이 무엇인지 통 알 수가 없어, 마침내 철봉 자루를 고쳐 잡고 번쩍 치켜들었다.

"이까짓 것, 천 겹이면 어떻고 만 겹이면 어떠냐! 내 철봉 한 대에 깡그리 끊어놓고 말 테다."

호기 있게 철봉을 쳐들었으나, 이내 생각이 바뀌었다.

"가만 있거라…… 이것이 딱딱한 물체라면 쇠몽둥이로 때려부숴놓을 수 있지만, 이렇게 부드럽기만 하고 찐득거리는 것은 기껏 후려쳐봤자 납작하게 짜부라지기만 할 게 아닌가? 만약 이 밧줄을 잘못 건드렸다가 요괴란 놈이 놀라 깨어 내게 달라붙기라도 하는 날이면 도리어 재미없게 될지도 모른다. 안 되겠구나, 우선 그 친구에게 물어보고 나서 다시 끊어버리든지 말든지 하자꾸나."

'그 친구'라니, 손행자가 누구한테 묻겠다는 것일까?……

여하튼 그는 당장 인결을 맺고 주어를 외워서 이 고장을 지키는 토지신을 불러냈다. 그것도 그냥 불러내는 것이 아니라, 늙은 토지신 영감을 사당 안에서 마치 연자 방아간에 물레방아 돌리듯 한참 동안이나 떼굴떼굴 구르게 만들었다.

토지신의 마누라가 영감 하는 짓을 보고 깜짝 놀라 물었다.

"아니, 영감! 어째서 자꾸 맴을 도는 거요? 갑자기 간질병이 난 사람 같구려!"

"자넨 모르네, 몰라! 제천대성이란 분이 여기 오셨는데, 내가 마중을 나가지 않았더니, 호출령을 내렸단 말일세."

"불러냈으면 나가보실 일이지, 자꾸 맴을 돌고만 있으면 어떻게 해요?"

"이제 나가서 만나뵈었다 하는 날이면 불문곡직하고 때려잡을 걸세. 그 불같은 성미에 쇠몽둥이가 여간 무서운 게 아니라네."

"당신같이 늙어빠진 영감을 설마 때려잡기야 하겠소?"

"모르는 소리 말게! 그분은 평생토록 돈 한 푼 안 내고 공짜 술 마시거나, 늙다리 영감 두들겨 패는 일만 해왔다네!"

영감 마누라 둘이서 한참 동안 입씨름을 벌였으나, 결국은 어쩔 수 없이 끌려 나가는 신세가 되고 말았다. 토지신은 겁에 질려 와들와들 떨면서 길가에 무릎 꿇고 공손히 문안 인사를 드렸다.

"손대성 나으리, 본 고장 토지신이 머리 조아려 문안드립니다."

"우선 일어나게. 일부러 허둥대는 체하지 말고!"

심통 사납기로 소문난 제천대성이 뜻밖에도 말씨가 부드럽다.

"때리지는 않을 테니 저만큼 떨어져 서 있게. 자네한테 한 가지 물어볼 게 있는데, 이곳이 도대체 어떤 곳인가?"

토지신은 속으로 안도의 한숨을 내리쉬면서 되물었다.

"대성께서는 방금 어느 쪽에서 오시는 길입니까?"

"나야 동녘 땅에서 서쪽으로 왔지."

"동쪽에서 오셨다면 저 산 고개에 올라가신 적이 있으시겠군요?"

"지금까지도 저 고개 마루턱에 있었네. 우리 일행이 아직도 저기서 말과 짐 보따리를 풀어놓고 쉬고 있을 걸세."

그러자 토지신의 입에서 듣고 싶은 말이 나왔다.

"저 산 고개는 반사령(盤絲嶺)이라 하오며, 고개 아래 기슭에 동굴이 하나 있사온데 이름을 반사동(盤絲洞)이라 부릅니다. 그 동굴 속에 요정 일곱 마리가 살고 있습지요."

"사내 괴물인가 여괴(女怪)인가?"

"여괴입니다."

"신통력을 얼마나 가지고 있던가?"

"소신(小神)은 힘도 약하거니와 위엄도 없는지라, 그 요괴가 얼마만한 재간을 가지고 있는지 모릅니다. 다만, 여기서 곧장 남쪽으로 삼 리쯤 떨어진 곳에 탁구천(濯垢泉)이란 샘이 하나 있는데, 천연으로 뜨거운 물이 솟아 나오는 온천입니다. 처음에는 하늘나라 칠선고(七仙姑)들이 즐겨 목욕하던 샘터였는데, 저 요괴들이 여기로 옮겨와 살면서부터 그곳을 가로챘습니다. 소신은 다른 것은 몰라도, 일곱 선녀들이 무슨 까닭인지 요괴들과 다투거나 싸우지도 않고 샘터를 고스란히 넘겨주었다는 사실만 알고 있을 뿐입니다. 하늘나라 선녀들조차 저 요괴들을 건드리지 않는 것으로 보건대, 요괴들도 확실히 대단한 신통력을 지니고 있는 게 분명합니다."

"그 샘터를 차지해서 뭘 하던가?"

"요괴들은 온천을 차지한 이후부터 하루에 세 차례씩 나와서 목욕을 합니다. 지금은 사시(巳時, 11시)가 거의 다 지났으니까, 오시(午時, 12시)에는 목욕하러 나올 것입니다."

손행자는 알고 싶은 것을 다 알아내자, 토지신을 풀어주었다.

"토지신, 자네는 이만 돌아가게. 나 혼자서 요괴들을 잡으러 갈 테니까."

토지신은 이제 살았구나 싶어 머리가 땅에 닿도록 큰절 한번 꾸벅하더니, 여전히 와들와들 떨면서 제 사당으로 돌아갔다.

혼자 남게 된 손행자는 그 자리에서 신통력을 드러내어 몸뚱이 한번 꿈틀하더니, 까칠까칠한 파리로 둔갑해 가지고 길 한 곁 풀잎 초리 위에 달라붙은 채, 정오가 될 때까지 느긋이 기다리기 시작했다.

얼마 안 있어, 바스락바스락 소리가 들려왔다. 마치 누에가 뽕잎 갉아먹는 소리 같기도 하고, 아니면 바다에 밀물이 밀려드는 소리 같은 것이 들려오더니, 뜨거운 차 반 잔쯤 마셨을까 말았을까 하는 사이에 초가집을 뒤덮었던 은색 밧줄이 깡그리 사라지고 또다시 처음 보았을 때와 똑같은 초가집의 모습이 나타났다. 곧이어서 "삐거덕!" 하는 소리와 함께 사립문짝이 열리면서 떠들썩한 웃음소리와 재잘거리는 여인네들의 수다스런 목소리가 들리더니, 이윽고 일곱 여자가 걸어 나왔다.

손행자는 풀섶에 달라붙은 채 숨을 죽이고 가만히 엿보았다. 그녀들은 손에 손을 맞잡고 소맷자락이 맞닿을 정도로 어깨를 기대고 무엇이 그리도 좋은지 깔깔대고 시시덕거리며 돌다리를 건너왔다. 손행자는 몰랐으나, 앞서 왔던 삼장이 찬탄을 금치 못할 만큼 기막히게 아름다운 멋쟁이 아가씨들이었다.

옥보다 더 향기롭고, 꽃떨기인가 싶은데 말씨는 진짜 인간의 것이다.

버들잎 가는 눈썹 먼 산에 가로놓인 듯, 앵두 같은 입술 벌어질 때마다 입 사이로 단목향(檀木香)이 풍긴다.

비녀 끄트머리에 비취 노리개 반짝 빛나고, 치맛자락 나부낄 때마다 앙증맞은 발목이 번뜩번뜩 드러난다.

월궁의 항아님이 아래 세상에 강림하였는가, 천상의 선녀가 죄를 짓고 속세에 떨어졌는가.

손행자는 스승 생각이 나서 속으로 웃으며 중얼거렸다.

"어쩐지 사부님이 손수 동냥을 하러 나서겠다고 고집을 부리시더니, 그럴 만도 하구나. 저렇게 굉장한 미녀 요괴들이 있었으니 말이야. 한데 저 일곱 마리가 우리 사부님을 잡아두었다면 한 끼에 잡아먹어도 모자랄 테고, 반찬거리로 써먹어봤자 이틀치도 모자랄 게다. 더구나 일곱이서 번갈아가며 재미를 보려고 덤벼들었다가는 한 바퀴를 다 돌기도 전에 꼼짝없이 말라비틀어져 돌아가시고 말 것이다. 어디 저것들이 무슨 짓을 저지를 것인지 뒤따라가서 한번 알아보아야겠다."

앙큼스런 손행자는 앵! 하고 날아오르더니 맨 앞에 서서 걸어가는 여괴의 머리 위에 살짝 내려앉았다.

그들이 돌다리를 다 건넜을 때, 뒤처져 걸어오던 여괴가 냉큼 선두 앞으로 따라붙더니 이런 말을 건넸다.

"언니, 우리 목욕하고 돌아가거든 저 통통하게 살찐 중을 찜 쪄서 먹읍시다."

이 말을 엿듣고, 손행자가 속으로 끌끌대며 웃는다.

'요것들이 씀씀이가 아주 헤픈 년들이로군! 삶아 먹으면 장작도 덜 들고 시간도 절약될 텐데, 어쩌자고 찜통에 오래 쪄 먹을 생각밖에 못 하는 거냐?'

그 말을 여괴들이야 알아들을 턱이 없다. 그저 가는 길에 꽃이나 따고 풀잎 뜯으며 장난질을 치면서 곧장 남쪽으로 걸어가기만 바쁠 따름이다.

얼마 안 있어 그들은 목욕할 샘터에 이르렀다. 손행자가 바라보니 한 군데 문짝 달린 담을 높다랗게 쌓아올린 곳이 있는데, 한눈에 보아도 그 규모가 제법 웅장하고 화려했다. 땅바닥에는 온통 들꽃이 흐드러지게 피어 향기를 뿜어내고, 담 곁에는 난초와 혜초(蕙草)가 오밀조밀하게 가득 돋아나 있었다.

뒤에서 따라오던 여괴 하나가 앞으로 선뜻 나서더니 휘파람을 한 번 불면서 두 쪽으로 된 문짝을 밀어젖혔다. 활짝 열린 문 안쪽 한복판에는 과연 뜨거운 샘물이 무럭무럭 김을 피워 올리며 출렁출렁 고인 샘디기 있었다.

뜨거운 온천이 세상에 어떻게 생겨났을까?

　　천지개벽 이래로 태양성(太陽星)의 원정(原貞) 까마귀는 본디 열 마리가 있었으되, 요(堯) 임금 때 활 잘 쏘는 후예(后羿)가 아홉 마리를 쏘아 땅에 떨어뜨리고, 겨우 금오성(金烏星) 하나만이 남았으니, 이것이 바로 태양(太陽)의 진화(眞火)다.
　　하늘과 땅에 끓는 샘물이 아홉 군데 있으니, 이 모두가 후예의 화살 맞고 땅에 떨어진 까마귀의 화신이다.
　　아홉 군데 끓는 샘물을 통틀어서, '구양천(九陽泉)'이라 하니, 바로 향냉천(香冷泉), 반산천(伴山泉), 온천(溫泉), 동합천(東合泉), 황산천(潢山泉), 효안천(孝安泉), 광분천(廣汾泉), 탕천(湯泉), 그리고 여기 있는 탁구천(濯垢泉) 샘터가 그것이다.

　　'속세의 때를 벗겨낸다'는 샘물 탁구천, 이것을 증명하는 시가 다음

---

2 열 마리의 까마귀: 『회남자(淮南子)』「본경(本經)」과 「정신편(精神篇)」, 『초사(楚辭)』 「천문편(天問篇)」 등을 보면, 옛날 요(堯) 임금이 세상을 다스리던 시절 하늘에는 태양이 열 개가 떠 있었다고 한다. 이 태양들은 동방의 천제(天帝)였던 제준(帝俊)의 아내 희화(羲和)가 낳은 자식으로 동쪽 바다 바깥 흑치국(黑齒國) 북방 탕곡(湯谷)에서 살았는데, 이 바닷물은 열 개의 태양이 목욕을 좋아하여 언제나 부글부글 끓고 있었다고 한다. 어머니 희화는 하루에 태양 하나씩 수레에 태워 하늘 위를 한 바퀴 돌아오게 했으나, 날마다 인간 세상을 한 사람씩밖에 구경하지 못하는 것이 불만스러워, 하루는 열 개의 태양이 한꺼번에 하늘을 치달려, 온 세상을 순식간에 불구덩이로 만들었다. 요 임금은 활의 명수인 후예(后羿)를 불러 신궁 한 벌을 주고 태양을 모조리 쏘아 떨어뜨리라는 명령을 내렸다. 후예는 아내 항아(嫦娥, 달의 여신)와 함께 지상으로 내려와 열 개의 태양을 하나씩 쏘아 떨어뜨렸는데, 추락한 불덩어리를 보니 태양의 화신은 모두 세 발 달린 황금빛 까마귀[三足烏]였다. 신궁 후예가 까마귀를 아홉 마리째 떨어뜨렸을 때, 요 임금은 하늘에 태양이 다 없어질까 두려운 나머지 사자를 보내 후예의 전통(箭筒)에서 화살 한 개를 몰래 뽑아 감추게 하여, 비로소 하늘에는 태양이 한 개만 남게 되었으며, 한 개 남은 태양은 후예의 활 솜씨에 겁을 집어먹어 늘 창백한 빛으로 세상을 밝히게 되었다고 한다.

과 같이 있다.

　　　한결같은 열기에 겨울 여름철이 없으며, 삼추(三秋)도 영원히 봄날에 속해 있다.
　　　뜨거운 파도는 세 발 솥에 물이 끓어오르는 듯하고, 눈처럼 깨끗한 물결이 열탕처럼 늘 새롭다.
　　　갈래갈래 넘쳐나간 샘물이 벼이삭을 흐드러지게 적셔 키우고, 흐르다 멈춰 고인 물은 속세의 티끌을 말끔히 씻어낸다.
　　　몽글몽글 솟아 나온 품이 진주 같은 눈물 방울 번져나가는 듯하고, 감돌다 굽이치는 품은 옥구슬 진액을 토해내는 듯.
　　　보드랍고 매끄럽기는 하나 술처럼 빚어내는 것이 아니요, 맑고도 잔잔하지만 이 역시 저절로 따뜻한 온기 품었다.
　　　상서로움을 깃들인 까닭은 본디 이 땅의 빼어난 기운 탓이요, 조화(造化)를 이룬 까닭은 바로 천연의 진리 탓이다.
　　　아리따운 여인이 씻어내는 곳마다 살결이 매끄러워지고, 속진(俗塵)의 번뇌를 말끔히 씻어버리니 옥체(玉體) 또한 새로워진다.

　　욕탕의 크기는 너비가 어림잡아 5장(丈), 길이는 10장 남짓, 안쪽 깊이는 4척, 하지만 물이 하도 맑아 밑바닥까지 들여다보인다. 밑바닥의 물은 마치 옥구슬이 방울져서 떠오르듯, "꿀러덩, 꿀러덩" 소리가 날 때마다 몽실몽실 솟아오르곤 한다. 사면에는 샘 구멍이 6, 7개쯤 뚫려 있어 서로 통하여 흐르고, 넘쳐 나온 물은 2, 3리나 멀리 흘러 내려가 논밭을 흥건히 적시는데, 그래도 물은 여전히 따뜻하다.
　　언못기에는 또 세 칸짜리 정자가 있다. 그리고 정자 한복판, 뒷벽 가까이 다리가 여덟 개 달린 걸상이 하나 놓였다. 그 양편 끄트머리에는 채색 옻칠을 입힌 옷걸이가 두 개 놓여 있었다. 이것을 본 손행자는 얼씨구나 좋아라 하고 활갯짓을 쳐가며 단숨에 그 옷걸이 끄트머리에 날아 앉았다.

일곱 여자들은 샘물이 깔끔하게 맑고도 따뜻한 것을 보더니, 목욕을 하고 싶은 생각이 더욱 치밀었는지 너도나도 옷가지를 훌훌 벗어다가 옷걸이에 걸쳐놓았다. 그리고 한꺼번에 물속으로 풍덩 뛰어들었다. 이 희한한 광경을 손행자는 하나도 빼놓지 않고 눈여겨보고 있었다. 하기야 평생을 두고도 보기 힘든 눈요깃거리였다.

> 단추를 시원스레 끌러 헤치고, 허리에 비단 띠 매듭을 풀었다.
> 토실토실한 젖가슴 희기가 순은(純銀) 같고, 매끄러운 몸뚱어리 백설(白雪)을 한 덩어리 뭉쳐놓은 듯하다.
> 팔뚝은 빙정옥결(氷晶玉潔)에 굳어진 기름덩이와 견줄 만하고, 향기 짙은 두 어깨는 분가루를 반죽해 만들었는가 싶다.
> 뱃가죽은 보드랍고 여리기가 솜뭉치 같으며, 등줄기는 반들반들 광채가 어리고 말끔하기 짝이 없다.
> 무릎과 팔뚝은 지름이 반 뼘, 오동통하게 둥글고, 앙증맞은 두 발 크기는 겨우 세 치도 안 되게 작디작다.
> 한복판에 말 못 할 정(情)을 끼었으니, 점잖게 이름하여 '풍류혈(風流穴)'을 드러냈다.

"풍덩, 풍덩!……"

잇따라 물속에 뛰어들자마자, 일곱 여인들은 물살을 가르고 헤엄치랴, 찰싹찰싹 물장구치며 장난하랴, 몸뚱어리 마음껏 뒤채고 활갯짓하랴, 한참 동안 깔깔대며 물놀이를 하느라 정신이 팔렸다.

손행자는 이것을 보고 속으로 생각했다. 오냐, 내가 이것들을 때려 죽이기로 마음만 먹는다면, 그저 연못 한복판에 철봉을 휘젓기만 해도, 그야말로 '펄펄 끓는 물을 쥐새끼에게 끼얹으면 허우적거릴 겨를도 없이 뻗어버리듯(滾湯潑老鼠, 一窩兒都是死)', 한꺼번에 몰살해버릴 수 있을 것이다. 하지만 그래서야 너무 불쌍하고 가련하지 않느냐! 때려죽이려면 당장 때려죽이겠지만, 그런 짓은 이 손선생의 명예를 떨어뜨리는 짓거리다. 속담에도, '남정네는 아녀자와 싸우지 않는다(男不與女鬪)' 했는데, 이 손선생과 같은 남아 대장부가 저런 하찮은 계집 몇몇을 때려죽인대서야 정말 너무 비겁하고 너절한 일이다. 그렇다. 때려죽이지는 말고 그저 뒷길을 끊어놓는 계책을 써서 저것들이 꼼짝달싹도 못하게나 만들어주자. 그렇게 해야 내 마음이 다소 편해지겠다!

공명정대한 마음씨를 지닌 손행자, 그 즉시 인결을 맺고 주어를 외우면서 몸뚱이 한번 꿈틀하는 순간, 어느새 굶주린 매 한 마리로 둔갑하더니 기세 좋게 공중으로 높이 날아올랐다.

눈서리보다 더 하얀 깃털, 밝은 별처럼 번뜩거리는 두 눈동자, 요사스런 여우가 보았다면 혼백이 몽땅 날아가고, 교활한 토끼 녀석이 마주쳤다가는 놀라다 못해 간담이 뚝 떨어질 판이다.

강철 같은 발톱에 날카로운 봉망(鋒芒)을 번뜩이고, 웅장한 자태 사나운 맹금(猛禽)의 기세가 종횡무진 뻗어나간다.

노련한 솜씨 발휘하여 굶주린 배 채울 줄 알고, 수고로움을 마다 않고 직접 먹이를 뒤쫓아 날아오른다.

만리장공(萬里長空) 서리 찬 하늘에 상하 좌우 바람결 따라 날며, 구름장 꿰뚫고 곤두박질치니 길바다에 물건 줍듯 제멋대로 먹이를 낚아챈다.

휙! 하는 날갯짓 한 번에 앞으로 날아들면서 예리한 발톱 한 쌍을 쩍 벌리더니, 옷걸이에 걸쳐놓은 여자들의 옷가지 일곱 벌을 깡그리 낚아채 가지고 또다시 공중으로 훨훨 솟구쳐 오르는 손행자, 까마득한 허공에서 방향을 바꾸어 반사령 고개 마루턱까지 단숨에 돌아왔다. 그리고 다시 본래의 모습을 드러낸 채 저팔계와 사화상이 기다리는 곳으로 어슬렁어슬렁 걸어갔다.

미련퉁이 저팔계가 사형을 맞아들이면서 껄껄대고 웃음보를 터뜨린다.

"하하! 이제 봤더니, 사부님은 전당포 주인에게 잡혀가신 모양이구려!"

사화상은 이게 무슨 소린가 싶어 물었다.

"전당포에 잡혀가시다니, 그걸 어떻게 아시오?"

"저길 보게. 형님이 전당포 주인 옷가지를 몽땅 빼앗아 오는 게 안 보이나?"

이윽고 손행자가 다가와서 옷가지를 내려놓았다.

"이건 요괴들이 입고 있던 옷이라네."

"웬 옷이 이렇게나 많소?"

"일곱 벌일세."

저팔계가 입이 딱 벌어져서 또 묻는다.

"일곱 벌씩이나! 어떻게 이 많은 것을 그렇게 쉽사리 벗기셨소? 그것도 속옷 겉옷 할 것 없이 깡그리 말이오."

"벗기긴 누가 벗겼단 말인가? 알고 봤더니 이곳은 반사령이란 고개요, 저기 보이는 초가집은 반사동이란 동굴일세. 동굴 속에는 계집 요정 일곱 마리가 사는데, 우리 사부님을 잡아다가 동굴 속에 매달아놓고 지금 탁구천이란 온천으로 목욕하러 갔네. 그 샘터는 천연적으로 뜨거운 물이 솟아 나와서 고인 연못일세."

"계집 요정들이 온천에 목욕하러 갔다고?"

"그렇다네. 목욕을 하고 돌아오는 대로 사부님을 찜통에 넣어서 쪄먹을 작정이더군. 나는 그곳까지 뒤쫓아가서 괘씸한 요괴 년들을 단번에 때려죽일까 했으나, 가만히 생각해보니 내 철봉만 더럽히고 내 명예를 떨어뜨릴까 해서 철봉은 대지 않았네. 그 대신에 굶주린 매로 둔갑해서 그것들의 옷가지를 모조리 낚아채 가지고 이렇게 돌아오는 길일세. 아마 지금쯤 그것들은 창피스럽고 부끄러워 알몸뚱이로 머리도 내밀지 못하고 물속에 쭈그려 앉아 있을 거네. 우리 이 틈에 어서 빨리 사부님을 구출해드리고 갈 길이나 떠나기로 하세."

이 말을 듣더니, 저팔계란 녀석은 무슨 생각이 들었는지 낄낄대면서 사형에게 핀잔을 주었다.

"원, 형님도! 어쩌면 무슨 일을 할 때마다 꼭 화근을 남겨두곤 하시오? 어차피 요괴 년들을 보았다면 모조리 때려잡고 볼 일이지, 어째서 사부님부터 구해드리자는 거요? 그년들이 지금은 대낮이라 부끄러워서 나오지 못한다 해도, 밤이 되어 어두워지면 보나마나 기어 나올 게 아니겠소. 집에는 헌 옷가지라도 있을 테니, 한 벌씩 걸쳐 입고 우리 뒤를 쫓아오면 어쩌겠소? 설령 지금 뒤쫓아오지 않는다 하더라도 이곳에 오래 머물러 있을 테니, 만약 그것들이 여기서 길을 가로막은 채 벼르고 있게 되면, 우리가 경을 얻어 가지고 돌아올 때 어느 길로 가야 한단 말이오? 속담에도, '길을 떠날 때에 노잣돈이 모자라는 한이 있더라도, 주먹 하나만큼은 든든해야 한다(寧少路邊錢, 莫少路邊拳)'고 했소. 돌아올 때 가서 그것들이 길을 가로막고 귀찮게 시비를 걸고 나오면, 또 한 차례 원수를 맺어야 할 게 아니겠소?"

서유기 제8권 79

"그럼 자네는 어쩌자는 겐가?"

"내 생각은 무엇보다 먼저 그 요괴들을 때려죽이고 나서 다시 사부님을 풀어드리자는 거요. 이게 바로 '참초제근(斬草除根)', 즉 '풀을 베려면 뿌리째 뽑아버려야 한다'는 얘기 아니겠소."

저팔계가 유식한 말까지 써가며 의기양양하게 늘어놓았으나, 손행자는 떨떠름한 기색으로 절레절레 도리질을 한다.

"나는 차마 그것들을 때려죽이지 못하겠네. 정 죽여 없애야 한다면, 자네가 가서 때려잡도록 하게."

저팔계는 이 말을 듣고 정신이 번쩍 들어, 기다렸다는 듯이 쇠스랑을 치켜든 채 덩실덩실 춤까지 추어가며 쏜살같이 달려나갔다. 신바람이 날 대로 난 발걸음에 3리쯤이야 아무 것도 아닐 터, 곧장 탁구천 샘터에 들이닥친 미련퉁이가 문짝을 벌컥 열어젖히고 들여다보았더니, 과연 원숭이 녀석이 얘기한 대로 일곱 여자들이 물속에 쭈그린 채 머리통만 내밀고 앉아서, 옷을 채뜨려 달아난 짐승에게 온갖 욕설을 다 퍼붓고 있는 것이 아닌가!

"조런 깍쟁이 같은 날짐승! 고양이한테 대갈통이나 물려 죽어라! 옷가지를 모조리 채뜨려 가지고 날아가버렸으니, 우리더러 어떻게 물 밖으로 나가란 말이냐? 염병을 앓다 뒈질 녀석, 우리를 어쩌면 이렇게 꼼짝달싹 못하게 만들어놓다니!"

저팔계가 듣다 못해 웃음보를 터뜨리면서 연못가로 어슬렁어슬렁 걸어 나갔다.

"여 보살님, 여기서 목욕들 하고 계셨구려! 기왕에 목욕을 하는 바에야, 이 중노릇하는 사람도 함께 데리고 씻겨주면 어떻겠소?"

능청스레 수작을 거는 저팔계를 보고, 일곱 여자들이 발칵 성을 내며 꾸짖는다.

"이 화상, 아주 버르장머리가 없네! 우리는 규방에 있는 여자들이고, 당신은 출가한 남자 아닌가요? 옛 책에 이르기를 '남녀 칠세 부동석(男女七歲不同席)'이라 했거늘, 당신 같은 남정네가 어떻게 우리 아녀자들하고 한 탕에서 목욕을 함께 한단 말이에요!"

"날씨가 이렇게 무더우니 어쩌겠소. 웬만하면 나도 같이 목욕 좀 하도록 봐주시구려. 얼굴 익히면 다들 아는 사이가 될 터인데, 무슨 놈의 옛날 책 얘기를 끄집어내고 남녀가 자리를 같이하느니 마느니 따질 게 있소?"

미련퉁이 녀석은 불문곡직하고 쇠스랑부터 내동댕이치더니, 낯짝 두껍게 검정 비단 직철을 훌훌 벗어 던져놓고 그대로 물속으로 텀벙 뛰어들었다.

여자 요괴들은 약이 바짝 올라 한꺼번에 덤벼들더니, 한결같이 두 주먹으로 저팔계를 두들겨 패려 했다. 그러나 천하(天河, 은하계)에서 8만 수군을 거느리던 천봉원수의 내력을 까맣게 모르고 있는 그들이 저팔계의 자맥질 솜씨가 얼마나 능숙한지 알아볼 턱이 없다. 몰매가 퍼부어지려는 찰나, 저팔계는 몸뚱이 한번 꿈틀하더니 어느새 한 마리의 메기 요정으로 둔갑하여 물속을 헤집고 돌아다니기 시작했다. 요괴들이 메기를 더듬어 잡으려고 여기저기서 손을 뻗쳤으나 도무지 잡을 수가 없었다. 동쪽을 더듬으면 서쪽으로 가라앉고, 서쪽을 더듬으면 동쪽으로 가라앉고, 메기란 놈은 요리조리 매끄럽게 빠져나가면서 여괴들의 넓적다리, 사타구니 사이를 제멋대로 쑤시고 돌아다니고 있으니, 저팔계는 기분이 말도 못 하게 좋았으나, 일곱 여괴들은 낯선 사내 녀석 앞에 치부를 몽땅 드러내고 어디 숨을 곳도, 감출 손도 없으니, 그야말로 미치고 환장할 노릇이었다.

애당초 이 샘물은 깊이가 겨우 가슴에 닿을 만큼밖에 되지 않는 데다가, 물 위로 물속으로 한바탕 어지럽게 숨바꼭질을 하고 났더니, 여괴들은 모두 기진맥진, 눈앞이 어찔어찔 돌고 숨이 턱에까지 올라 차서 할딱거리던 끝에 하나같이 늘어지기 시작했다.

그제야 저팔계는 다시 물 위로 뛰어올라 본래의 모습을 드러내고 주섬주섬 직철을 걸쳐 입더니, 쇠스랑을 찾아 들고 벼락같이 호통을 질렀다.

"요년들! 내가 누군 줄 알고! 나를 메기 요정으로만 알았더냐!"

요괴들은 그것을 보고 간담이 써늘해져 부들부들 떨면서 고함쳐 물었다.

"이게 도대체 어떻게 된 거야? 처음 나타났을 때는 중노릇 하는 사내 녀석인 줄 알았더니, 금방 메기로 변해서 잡으려 해도 잡을 수가 없었는데, 또다시 저런 모습으로 둔갑을 하다니, 도대체 당신은 어디서 온 누구요? 이름이라도 가르쳐줘야 할 게 아니오?"

"요 못된 요괴들이 정말 나를 알아보지 못하는구나! 오냐, 좋다. 정 알고 싶다면 내가 얘기해주지! 이 어르신으로 말하자면 동녘 땅 대당나라에서 경을 가지러 가는 당나라 장로님의 제자 되시는 분으로서, 오랜 옛날 천봉원수를 지내던 팔계, 저오능이시다. 네년들이 우리 사부님을 붙잡아 동굴 속에 매달아놓고 찜 쪄 먹을 모양이다만, 우리 사부님께서 그렇게 호락호락 잡아먹히실 분인 줄 아느냐? 잔소리 말고 어서 그 대갈통들이나 이리 내밀어라! 이 쇠스랑으로 한 대씩 후려 찍어 가지고 한 년에 아홉 구멍씩 뚫어 모조리 죽여버리고 말 테다!"

이 말을 듣고 요괴들은 그만 혼비백산을 하더니, 당장 물속에 꿇어앉아 쉴새없이 절하면서 애걸복걸 빌기 시작했다.

"아이고, 나으리! 제발 용서해주시고 사정을 좀 봐주세요. 저희가 눈은 달렸어도 눈동자가 바로 박히지 못해 어르신의 사부 되시는 분을 잘못 알고 붙잡았습니다. 동굴 속에 매달아놓기는 했지만, 고통을 주거나 괴롭힌 일은 없었습니다. 그러니 부디 자비를 베푸셔서 저희 일곱 목숨만은 살려주세요. 용서해주신다면 노잣돈까지 덧붙여서 어르신네 사부님 일행을 서천에 무사히 가시도록 배웅해드리겠습니다."

그러나 저팔계는 손을 홰홰 내저으면서 호통쳤다.

"그 따위 소리 작작 지껄여라! 속담에도, '사탕 장수에게 속아본 사람은 두 번 다시 달콤한 사탕발림에 넘어가지 않는다'는 말이 있다. 잔소리 말고 한 대씩 후려 찍을 테니, 어서들 끝장내고 너희들은 저승으로, 나는 내 갈 데로 떠나기로 하자!"

미련퉁이는 워낙 거칠고 우락부락한 성미라 뚝심만 부릴 줄 알지, 아리따운 여인의 목숨 따위야 아깝게 여겨본 적이 없는 위인이다. 그래서 쇠스랑을 번쩍 치켜들고 좋은 놈 나쁜 년 가릴 것 없이 무작정 앞으로 달려 나가면서 닥치는 대로 내려찍기 시작했다.

저팔계가 무지막지하게 아홉 이빨 달린 쇠스랑을 마구잡이로 휘둘러 찍어대니, 요괴들은 당황한 나머지 손발을 허둥거리면서 이리 피하고 저리 피하느라 정신이 하나도 없다. 불과 5장 남짓한 너비에 깊이라곤 겨우 가슴에 닿을 정도로 얕은 샘물 속에서 쫓기다 못한 그녀들은 더이상 피할 데가 없게 되자, 염치고 부끄러움이고 따질 것 없이 우선 목숨 하나 건지는 것이 급한 터라, 두 손으로 겨우 치부만 가린 채 모두들 벌거벗은 알몸뚱이로 샘물 바깥으로 후닥닥 뛰쳐나오더니, 정자 안으로 뛰어들기가 무섭게 한 덩어리로 몰려 서서 술법을 부리기 시작했다.

"후드득, 후드득!"

배꼽에서 은빛 찬란한 밧줄이 뽑혀 나오는 소리, 일곱 요괴들이 두 손으로 잡아당기는 대로 풀려 나온 밧줄은 눈 깜짝할 사이에 온 하늘을 뒤덮으면서 거대한 장막을 엮어놓기 시작했다. 저팔계는 앗 소리도 지를 틈 없이 장막 한가운데 갇히고 말았다. 미련퉁이가 머리를 들고 올려다보았을 때 하늘도 해도 보이지 않고 그저 눈부신 광채만 번쩍거릴 뿐, 황급히 몸을 빼어 바깥으로 빠져나오려 했을 때에는 발걸음이 떨어지지 않았다. 발치 밑을 굽어보았더니 이게 웬일인가! 땅바닥에는 온통 끈적끈적한 밧줄이 깔려 올무처럼 발목을 얽어 잡고 달라붙은 채 놓아주지 않는 것이다.

당황한 저팔계는 허겁지겁 두 다리를 번갈아 움직여 잡아 뽑으려 했으나, 마음만 다급할 뿐 올무에 걸린 두 발목은 좀처럼 떨어질 줄 모른 채 허둥거리던 끝에 마침내 그 자리에 엉덩방아를 찧고 말았다. 왼쪽으로 몸을 뒤틀다가는 땅바닥에 이마를 짓찧고, 오른편으로 뒤채면 뒤통수를 들이박고, 급히 돌아서려다가 이번에는 주둥이를 처박고, 엉금엉금 기어서 일어나다가는 또 곤두박질치고 자빠졌다. 이렇듯 몇 차례나 넘어지고 자빠지고 곤두박질치다 보니, 미련퉁이 저팔계는 몸뚱어리의 맥이 탁 풀어지고 손발은 후들후들 떨리는가 하면, 눈알이 빙글빙글 돌아 도무지 앞이 보이지 않게 되고 말았다. 이제는 기어서 일어날 힘도 없는 터라, 아예 땅바닥에 네 활개 펼쳐놓고 벌렁 나자빠진 채 끙끙 앓는 소리만 낼 따름이었다.

이윽고 요괴들이 저팔계를 꽁꽁 잡아 묶었다. 그러나 죽일 생각은 없었는지, 때리지도 않고 다치지도 않은 채 그대로 내버려두고, 하나하나씩 탁구천 샘터 문 밖으로 뛰어나오더니, 은빛 밧줄 무더기로 하늘의 햇빛을 가리면서 자기네 동굴로 돌아갔다.

돌다리 위에 이르자, 그들은 다리 위에 우뚝 서서 중얼중얼 진언을 외워 밧줄로 엮어놓았던 장막을 삽시간에 거둬들이고 벌거숭이 알몸뚱이로 동굴 안에 뛰어들어갔다. 동굴 속에는 여전히 삼장 법사가 꽁꽁 묶인 채로 대롱대롱 매달려 있었다. 그들은 남부끄러운 부위를 손으로 가린 채 쑥스럽게 낄낄대면서 당나라 스님의 눈앞을 뛰어 지나갔다. 돌로 만든 방에 들어가자, 그들은 헌 옷가지를 몇 벌 꺼내 입고 뒷채 문턱에 나가 서더니 큰 소리로 누군가 불러냈다.

"애들아! 어디 있느냐?"

요괴들에게는 아들이 하나씩 있었다. 그러나 제 몸으로 낳은 자식이 아니라, 모두 양아들로 삼은 자식들이었다. 이름을 각각 '밀(蜜)' '마(螞)' '노(蠦)' '반(班)' '맹(蝱)' '랍(蠟)' '청(蜻)'이라 부르는데, '밀'은 곧 꿀벌이요, '마'는 말벌, '노'는 검정 호박벌, '반'은 얼룩무늬 땅벌, 그리고 '맹'은 소의 피를 빨아먹는 등에, '랍'은 쥐똥나무 따위에 붙어 사는 백랍벌레요, '청'이란 놈은 잠자리다. 이런 날벌레들은 애당초 일곱 요괴들이 온 하늘에 쳐놓은 그물에 걸려 잡아먹히게 된 처지였으나, 옛말에 '길짐승에게는 길짐승끼리 통하는 말이 있고, 날짐승에게도 날짐승끼리 통하는 말이 있다' 했듯이, 이 벌레들도 곤충끼리 통하는 말로 요괴들에게 목숨만 살려달라고 애걸복걸 빌면서 '목숨만 살려준다면 어머니로 섬기겠노라'고 맹세까지 하는 바람에, 요괴들이 애처롭게 여겨 잡아먹지 않고 살려주었다. 이리하여 일곱 가지 날벌레들은 봄철이면 온갖 꽃에 꿀을 따서 모아다가 요괴들에게 바치고, 여름에는 모든 화훼(花卉)를 뜯어다 바치면서 지극한 효성으로 요괴들을 섬겨왔던 것이다.

수양어머니들이 부르는 소리가 들리자마자, 일곱 가지 날벌레들은 부리나케 그 앞으로 달려나와 여쭈었다.

"어머님, 무슨 분부라도 계십니까?"

여괴들은 양아들을 앞에 세워놓고 속사정을 털어놓았다.

"얘들아, 오늘 아침나절에 우리가 그만 당나라 조정에서 왔다는 화상 일행을 잘못 건드렸지 뭐냐. 사부 되는 작자를 여기 붙잡아두었더니,

그 화상의 제자란 놈이 달려와서 한바탕 난리법석을 떨었단 말이다. 얼마나 사납고 흉악한 놈인지, 우리는 목욕을 하다가 벌거벗은 몸으로 연못 속에 처박혀서 말도 못 하게 추태를 보이고, 하마터면 목숨까지 빼앗길 뻔했단다! 그래서 말인데, 너희들이 빨리 문밖으로 나가서 그 제자 녀석을 쫓아버리도록 애를 좀 써다오. 우리는 이 길로 너희 아저씨 댁에 피신해 가 있을 테니, 만약 그놈과 싸워서 이기고 나거든 그 댁으로 찾아와서 우리를 만나보도록 해라."

요괴들이 목숨 하나씩 건져 가지고 동문 사형이 사는 곳으로 달려가서 주둥아리를 잘못 놀린 끝에 큰 재앙을 일으킨 얘기는 잠시 접어두기로 하고, 어쨌든 일곱 마리의 날벌레 요정들은 제각기 주먹을 쓰다듬고 손바닥에 침을 뱉어가면서 기세등등하게 동굴 바깥으로 뛰쳐나가 적을 맞아 싸울 태세를 갖추기 시작했다.

한편, 탁구천 샘터에 널브러진 저팔계는 정신을 차리지 못하고 한참 동안 얼떨떨하게 누워 있다가, 주변에서 아무런 인기척이 없는 것을 느끼고 고개를 번쩍 쳐들고 보니, 눈부시게 번쩍거리던 밧줄 장막과 올무가 언제 어디로 사라졌는지 하나도 보이지 않았다. 그제야 한 걸음 한 걸음씩 더듬어가며 엉금엉금 기어서 일어나, 아픔을 꾹꾹 눌러 참고 오던 길을 되찾아 반사령 고개 마루턱으로 돌아갔다.

그는 손행자를 보기가 무섭게 덥석 부여잡으며 하소연을 했다.

"형님, 이것 좀 보아주시오! 내 머리통이 퉁퉁 붓고 얼굴이 시퍼렇게 멍들지 않았소?"

"아니, 자네 어쩌다 그 꼴이 되었나?"

손행자가 되묻는 말에, 미련퉁이는 제가 당한 얘기를 한바탕 늘어놓았다.

"말씀도 마시오. 그년의 요괴들이 밧줄 장막으로 덮어씌우고 올무를 걸어 자빠뜨리는 바람에 내가 얼마나 골탕을 먹었는지 모르겠소. 그저 자빠지고 고꾸라지고 엉덩방아를 찧고, 땅바닥에 이마를 부딪고 뒤통수를 처박느라, 허리뼈가 늘어나고 등뼈마저 부러뜨릴 지경이었지 뭐요. 이제 겨우 그 빌어먹을 년의 밧줄이 다 없어졌기에 목숨 하나만 겨우 살려 가지고 돌아오는 길이오."

곁에서 걱정스레 듣고 있던 사화상이 펄쩍 뛰면서 악을 썼다.

"아이고, 큰일났소! 큰일났어! 둘째 형님, 어쩌자고 불집을 쑤셔놓은 거요? 그 요괴들이 제 소굴로 돌아가는 날이면 분김에 사부님의 목숨을 해칠 테니, 이렇게 떠들고만 있을 게 아니라 어서 빨리 가서 사부님을 구해냅시다!"

손행자가 이 말을 듣자마자, 두말 없이 곧바로 뛰쳐나갔다. 엉거주춤 서 있던 저팔계도 말고삐를 잡아끌면서 부리나케 뒤쫓았다.

초가집 문전에 다다르고 보니, 돌다리 위에 일곱 마리 새끼 요정들이 앞길을 가로막고 서서 호통을 친다.

"잘 왔다, 잘 왔어! 우리들이 여기서 기다리고 있었다!"

손행자는 요정들의 꼬락서니를 가만 훑어보다가 피식 웃고 말았다.

"이거 참말 웃기는군! 하나같이 어린 새끼들뿐일세그려! 제일 큰 놈이라야 키가 두 자 여섯 치, 석 자도 못 되지 않나! 몸무게라야 겨우 여덟아홉 근에, 열 근도 안 되겠다!"

말끝에 냅다 호통쳐 묻는다.

"네놈들은 누구냐?"

꼬마 요정들도 지지 않고 목청을 돋우어 대꾸했다.

"우리는 칠선고(七仙姑)의 아드님들이시다. 네놈이 우리 어머님들께 욕을 보였으렸다? 그러고도 주제넘게 또 찾아와서 우리한테 덤벼보

겠다는 거냐! 이놈들, 꼼짝 말고 거기 서 있거라! 정신이 번쩍 들게 본
때를 한번 보여주마!"
 이윽고 꼬마 요정 일곱이서 앙증맞은 주먹을 휘둘러가며 손행자 일
행에게 덤벼들더니 마구잡이로 후려 때리기 시작했다.
 저팔계는 아까 샘터에서 자빠지고 고꾸라져가면서 골탕 한번 크게
먹은 뒤라 애당초 약이 바싹 오른 데다, 또 하찮은 날벌레들까지 얕잡아
보고 대드는 것을 보자, 그 동안에 참고 참았던 분통이 한꺼번에 터져
나오고 말았다.
 "요런 발칙한 놈들! 어디 내 손에 죽어봐라!"
 번쩍 치켜든 아홉 이빨짜리 쇠스랑이 인정사정없이 꼬마 요정들을
내리찍고 올려 찍고, 눈앞에 닥치는 대로 들이치기 시작한다.
 요정들은 미련퉁이 저팔계가 흉악한 기세로 무시무시하게 달려드
는 것을 보자, 하나같이 본상을 드러내고 허공으로 푸드득 날아 도망치
면서 외마디 소리를 쳤다.
 "변해라!"
 꼬마 요정 일곱 마리는 과연 큰소리를 칠 만했다. 저마다 한마디씩
외쳐대는 순간, 한 마리가 눈 깜짝할 사이에 열 마리로 늘어나고, 열 마
리는 또 백 마리로, 백 마리는 천 마리, 천 마리는 만 마리로 늘어나는
데, 일곱 종류가 하나같이 잠깐 사이에 그 수효를 헤아릴 수 없을 만큼
끝도 모르게 늘어나고 있는 것이 아닌가!
 무지막지하게 덤벼들던 저팔계는 이 엄청난 숫자에 기가 질려, 입
만 딱 벌리고 말을 하지 못했다.

 온 하늘에는 백랍벌레가 날아다니고, 땅에는 온통 춤추는 잠자
리 떼.

꿀벌과 말벌은 사람의 머리통에 이마빼기를 쏘고, 검정 호박벌은 사람의 눈알만 찌르려고 덤벼든다.

얼룩무늬 땅벌은 앞뒤를 가릴 것 없이 물어뜯는가 하면, 등에란 놈들은 위아래 닥치는 대로 정신없이 쏘아댄다.

면상 앞에 시커멓게 들이닥치니 눈앞이 절로 캄캄해지고, "파닥파닥! 붕붕!" 쉴새없이 날개 치는 바람 소리에 귀신조차 놀라 숨을 지경이다.

저팔계가 당황해서 손행자를 외쳐 부른다.

"형님! 경을 가지러 가는 길이 쉽다더니, 이게 무슨 꼴이오? 서방세계 노상에서는 버러지들까지 사람을 얕보고 덤벼드는구려!"

그러나 손행자는 여전히 태연자약하다.

"이 사람아, 겁낼 것 없네. 어서 빨리 달려 나가서 부지런히 때려잡기나 하게!"

"머리통이고 뒤통수고, 얼굴에까지 마구 덤벼들어, 온 몸뚱이에 위아래 가릴 것 없이 몇십 겹씩 달라붙어 찌르고 쏘아대는데, 무슨 재주로 때려잡으란 말이오?"

"괜찮네, 괜찮아! 내게 저것들을 처치하는 수단이 있으니까, 문제없네!"

옆에서 사화상이 비명을 지른다.

"큰형님! 수단이 있으시거든 어서 빨리 좀 쓰시오! 순식간에 이 알대가리를 다 쏘여서 퉁퉁 부었소!"

앙큼스런 제천대성은 솜털 한 줌을 뽑아내더니 입 속에 털어 넣고 우물우물 씹다가 "훅!" 하고 뿜어내면서 고함을 질렀다.

"솜털아! '황(黃)' '마(麻)' '숭(䗪)' '백(白)' '조(鵰)' '어(魚)' '요

서유기 제8권 89

(鷂)'로 변해라!"

저팔계가 무슨 소린지 알아듣지 못하고 묻는다.

"아니, 형님! 장터도 아닌데 무슨 경매 부르는 소리를 다 하시오? '황'은 뭐고 '마'는 또 뭐요?"

"자네 모르는 소리 말게. '황'은 참매요, '마'는 보라매, '숭'은 참새 잘 잡는 황조롱이, '백'은 흰 수리, '조'는 독수리, '어'는 가마우지, '요'는 새매를 가리키네. 저 요괴의 아들 녀석들이 일곱 가지 날벌레 요정이니까, 내 솜털은 일곱 가지 매로 둔갑시킨 걸세."

하기야 벌레 잡아먹는 데 매를 당해낼 짐승이 어디 있으랴. 잘게 부서진 솜털은 그 즉시 일곱 종류의 사나운 매로 변해 가지고 부리로 쪼아대고 날카로운 발톱으로 움켜잡는가 하면 두 날개로 잇따라 후려쳐서 잠깐 사이에 수만 마리나 되던 날벌레들을 모조리 잡아 없앴다. 이윽고 온 하늘을 뒤덮던 벌레들은 자취 없이 사라지고, 땅바닥에는 벌레들의 시체가 한 자 높이나 되게 쌓였다.

세 형제는 그제야 돌다리를 건너서 동굴 안으로 들어갔다. 늙은 스승 삼장 법사는 아직도 대들보에 매달린 채 훌쩍훌쩍 울고 있었다.

미련퉁이 저팔계가 그 앞으로 다가서더니 싱거운 소리를 지껄였다.

"사부님, 동냥하러 여기까지 오셨군요. 사부님은 거기 대롱대롱 매달려서 놀고 계셨지만, 이 저팔계는 몇 번씩이나 고꾸라지고 자빠지고 얼마나 혼이 났었는지 모르실 겁니다."

그러자 사화상이 곁에서 야단을 쳤다.

"쓸데없는 소리! 그런 얘기 하려거든, 사부님이나 풀어드리고 나서 하시구려!"

손행자는 밧줄을 끊어버리고 땅바닥에 스승을 내려놓았다. 그리고 물었다.

"요괴들은 어디로 갔습니까?"

당나라 스님은 아까 본 대로 대답했다.

"일곱 마리 모두 벌거숭이가 되어 가지고 뒤꼍으로 아들 녀석들을 부르러 가더구나."

이 말을 듣고 손행자가 두 아우를 불러 모았다.

"여보게들, 나를 따라서 찾아가보세."

세 형제가 제각기 병기를 뽑아 들고 뒤꼍으로 들어가 찾아보았으나, 일곱 요괴들은 종적이 없었다. 복숭아나무, 살구나무 위에 올라가서까지 뒤져보아도 역시 보이지 않았다.

저팔계는 고개를 절레절레 내둘렀다.

"뺑소니를 쳤군! 모두들 뺑소니쳤어!"

사화상도 맥이 풀렸는지, 두 형에게 단념할 것을 권했다.

"더 찾아볼 것 없이 사부님이나 모시고 나갑시다!"

다시 앞채로 나온 세 형제는 당나라 스님을 말 위에 모셔 태웠다.

저팔계가 두 형제에게 당부한다.

"두 분이 사부님을 모시고 먼저 떠나시구려. 이 저선생은 쇠스랑으로 이년들의 집구석을 모조리 때려부숴놓고 뒤따라가겠소. 저년들이 되돌아와서도 올데갈데없이 만들어버릴 거요."

손행자가 껄껄대고 웃으면서 이런 제안을 냈다.

"쇠스랑으로 때려부수자면 힘만 들 게 아닌가. 그럴 게 아니라 땔감을 좀 찾아다가 불을 확 질러버리게. 그럼 요괴의 소굴을 뿌리째 뽑아버릴 수 있을 것일세."

미련퉁이는 그 말대로 이리저리 찾아다니더니, 썩은 소나무 가장귀, 부러진 대나무 쪼가리, 시든 버드나무 줄기, 바싹 마른 등나무 덩굴을 걷어다 쌓아놓고 불을 놓았다. 초가집을 비롯하여 일곱 요괴들이 살던 소굴은 활활 타오르는 불길 속에 휩싸여 삽시간에 모조리 잿더미가 되고 말았다.

　　스승과 제자들은 그제야 마음을 놓고 길에 올랐다.

　　아아! 과연 앞으로 나가는 길에 그 여괴들과 어떻게 맞닥뜨릴 것이며, 또 길흉은 어떨 것인지, 다음 회에서 풀어보기로 하자.

제73회 원한에 사무친 요괴들은 극독으로 해를 끼치고,
손행자는 요행으로 마귀의 금빛 광채를 깨뜨리다

손대성은 당나라 스님을 모시고 저팔계, 사화상과 더불어 큰길에 올라 곧장 서쪽으로 나아갔다.

요괴들의 소굴을 떠난 지 반나절도 못 되어서 불현듯 고개를 들고 한 곳을 바라보니, 눈앞에 누각이 즐비하게 늘어서고 하늘 높이 솟은 궁전이 나타났다.

당나라 스님은 말을 멈춰 세우고 제자들에게 물었다.

"얘들아, 저길 보려무나. 저것이 무슨 집 같으냐?"

손행자가 손바닥을 이마에 얹고 바라보니, 과연 으리으리한 건물이 눈길에 들어왔다.

산은 누각을 에워싸고, 냇물은 정자를 감돌아 흐른다.

대문 앞에는 이름 모를 잡목이 빽빽하게 들어차고, 저택 바깥에는 들꽃이 흐드러지게 피어 짙은 향기를 풍긴다.

버드나무 가지 사이에 해오라기가 깃들여, 마치 연기 속에 티 없는 옥처럼 깔끔하다.

복숭아나무 가장귀 사이로 노랑꾀꼬리 지저귀니, 흡사 불꽃 속에 황금처럼 반짝인다.

들판의 사슴은 짝지어 한가로이 푸른 잔디 밟으며 낯선 나그네 돌아보지 않고, 산중의 날짐승은 무슨 얘기 나누는지 쌍쌍이 귀따

갑게 지저귀며 붉은 나무 여린 가지 끝에 푸드득거린다.

후한(後漢)의 유신(劉晨)과 완조(阮肇)¹가 선녀를 만났다는 천대동(天臺洞)이 따로 있을쏘냐, 신선이 거처하는 낭원(閬苑)의 집에 비겨도 손색없구나.

손행자가 여쭈었다.

"사부님, 저곳은 왕후장상(王侯將相)의 저택도 아니고, 부호가 사는 집도 아니며, 무슨 암자나 절간 같은데요. 아무래도 가까이 가서 보아야만 확실히 알 수 있겠습니다."

삼장은 이 말을 듣고 채찍질하여 말을 몰아 나갔다.

스승과 제자 일행이 문전에 다다르고 보니, 문틀 위에 돌로 깎아 만든 석판이 한 장 박혀 있는데, 석판에는 '황화관(黃花觀)'이란 세 글자가 새겨져 있었다.

삼장은 즉시 말에서 내려섰다. 뒤따라오던 저팔계도 석판을 보았는지, 아는 체하고 한마디 중얼거린다.

"황화관이라! 이제 봤더니 도사가 사는 집이로군. 그렇다면 어디 한번 들어가보는 것도 괜찮겠지. 도사와 우리 승려들은 비록 옷차림새

---

1 유신과 완조: 『태평어람(太平御覽)』 「유명록(幽明錄)」과 「상우록(尙友錄)」을 보면, 유신(劉晨)과 완조(阮肇) 두 친구는 동한(東漢) 명제(明帝) 때(기원전 68년), 천태산(天台山)에 약초를 캐러 들어갔다가 길을 잃고 13일 동안 헤매던 끝에 복숭아를 따먹으러 산중턱에 올라갔더니, 흐르는 냇물에 들깨 밥 한 그릇이 떠내려왔다고 한다. 냇물을 거슬러 올라가 본즉, 절세의 미녀 두 사람이 반겨 맞아주어 두 여인과 술을 마시며 반 년 동안 즐겁게 지냈는데, 그들과 작별하고 산을 내려와 집에 돌아와 보니, 어느덧 무수한 세월이 흘러 부모와 처자식은 모두 세상을 떠나고 낯선 칠세손(七世孫)들이 살고 있었다 한다. 이 얘기를 들은 세상 사람들이 저마다 천태산으로 들어가 선녀들을 찾았으나 모두 길을 잃고 돌아오지 못했다고 하는데, 선녀가 살고 있었다는 동굴은 천태산 도원동(桃源洞)이요, 선녀들과 애달픈 작별을 나눈 곳은 도원동 밖 3킬로미터 떨어진 보상촌(寶相村) 부근의 추장계(惆悵溪)란 냇물이라고 한다.

야 다르지만, 수행하기는 마찬가지 아닌가!"

사화상도 같은 생각이다.

"말씀 한번 잘하셨소. 경치도 구경할 겸 해서 말에게도 풀을 뜯겨 쉬게 해야겠고, 또 눈치 보아가며 밥 한끼라도 얻어서 사부님께 드리는 것도 괜찮을 듯싶소."

삼장 법사 역시 그 말대로 하는 것이 좋겠다 싶어 고개를 끄덕끄덕했다. 이래서 네 사람은 대문 안으로 들어섰다.

둘째 문 앞에 서서 바라보니, 양편 기둥에 춘련(春聯)이 대구(對句)로 걸려 있다.

황아백설의 신선 부중이요(黃芽白雪神仙府),
기화요초 우사의 집이로세(瑤草琪花羽士家).

손행자는 춘련을 보고 껄껄 웃었다.

"하하! '황아(黃芽)'라면 외단(外丹)을 굽는 납의 정화(精華)요, '백설(白雪)'이라면 수은(水銀) 가루 아닌가? 왕골이나 지펴서 환약 굽고, 화롯불 장난이나 쳐서 가짜 약이나 빚는 도사 녀석이 제법 유식한 칠언시를 읊었군그래!"

그러자 스승이 꾸지람을 내렸다.

"말조심해라! 남의 집에 들어와서는 말조심을 해야지! 우리가 저 사람들하고 서로 만난 적도 없고 사귀어본 사이도 아니요, 그렁저렁 지나다가 잠시 만나보고 곧 떠날 처지인데, 남이야 무슨 일을 하든 상관할 게 뭐냐?"

둘째 문에 들어서니, 삼청전(三淸殿)은 조심스레 닫혔는데 동쪽 낭하에 도사 한 사람이 앉아서 환약을 빚고 있다. 손행자는 그 모습을 찬

찬히 살펴보았다.

　　　　머리에는 붉은빛 곱게 세공한 창금관(戧金冠)을 쓰고, 몸에는 거무튀튀한 오조복(烏皂服)을 걸쳤다.
　　　　두 발에는 초록빛 짙은 운두리(雲頭履) 한 켤레 신고, 허리에는 누른 빛깔 여공조(呂公絛)를 동였다.
　　　　얼굴은 잘 달구어진 무쇠 덩어리 같고, 두 눈빛이 밝은 별처럼 맑고도 산뜻하다.
　　　　크고 높은 매부리코를 보면 회회족(回回族)인가 싶으나, 위로 젖혀진 입술에 쩍 벌어진 입을 보면 달달족(韃靼族)²이 영락없다.
　　　　한 조각 도심(道心)에 뇌성벽력 감추고, 항룡복호(降龍伏虎)의 능력을 숨겼으니 참된 우사(羽士)라 일컬을 만하다.

　　삼장이 그를 보고 가슴이 벅찼는지 큰 목소리로 고함쳤다.
　　"노신선께 소승이 문안드리오!"
　　느닷없이 건네는 인사에, 도사가 후딱 고개를 쳐들고 내다보더니 흠칫 놀라면서 손에 들고 있던 환약마저 떨어뜨렸다. 그는 관잠(冠簪)을 매만진 다음, 옷매무새를 가다듬고 나서 부리나케 섬돌 아래로 내려와 맞아들였다.
　　"노사부님, 미처 영접하지 못하여 실례 많았소이다. 자, 어서 안으로 드셔서 앉으시지요."

---

2 회회족 · 달달족: 회회족(回回族)은 신강성(新疆省) 일대의 위구르족과 청해성(青海省) 일대의 쌀라족(撒拉族) 등 이슬람교를 믿는 유목민 부족. 달달족(韃靼族)은 당나라 시대에 투르크족의 지배를 받던 타타르 부족. 이에 대해서는 제8회 주 **20** '번족 · 오과국 · 달단국' 및 제13회 주 **6** '달단족' 그리고 제15회 주 **9** '라라족 · 회회족'을 각각 참조.

모처럼 환대를 받으니, 삼장 법사는 기쁜 마음으로 정전에 올랐다. 문을 밀어 열고 보니, 도교의 어르신 삼청 성상(聖像)이 모셔져 있고, 제단에는 향로와 향이 갖추어져 있었다. 삼장은 향불을 살라 꽂아놓고 공손히 삼잡례(三匝禮)를 올린 다음, 비로소 도관의 주인과 상견례를 나누었다. 그리고 도사가 안내하는 대로 제자들과 함께 객석에 자리 잡고 앉았다.

도사는 급히 동자들을 불러냈다.

"애들아, 손님들께 대접할 테니, 차를 달여서 내오너라."

스승에게 불려 나왔던 동자 둘은 다시 안으로 들어가 쟁반을 찾으랴, 찻잔을 씻으랴, 수건으로 찻숟가락을 닦으랴, 다과를 마련하랴, 허둥지둥 바쁘게 돌아다녔다. 조용하던 도관이 갑작스레 어수선해지고 시끌벅적대는 바람에, 거기 와 있던 일곱 원수들을 놀라게 만들 줄이야!……

삼장 법사 일행은 꿈에도 몰랐으나, 반사동에서 쫓겨 나온 일곱 여괴들은 이 황화관의 도사와 동문 수학한 사형 사제간이었다. 매로 둔갑한 손행자에게 옷을 몽땅 빼앗긴 그들은 동굴에 돌아와 헌 옷을 꺼내 입고 양아들 일곱 요정들을 불러다 내세워 저팔계와 싸우게 한 다음, 곧바로 이곳에 피신해 와 있었던 것이다. 공교롭게도 그들은 부엌이 딸린 뒤채에서 새 옷을 지어 입으려고 옷감을 마름질하다가, 동자 녀석들이 차를 준비하느라 부산을 떠는 소리에 놀라서 불러다놓고 물었다.

"동자야, 어떤 손님이 오셨기에 이토록 부산을 떠는 게냐?"

동자는 무심코 아는 대로 대답했다.

"방금 네 분의 스님들이 오셨습니다. 사부님께서 차를 마련해 내오라고 분부히셨지요."

여괴들이 이 말을 듣고 퍼뜩 짚이는 바가 있었는지, 다시 물었다.

"그 네 분 가운데 허여멀쑥하고 살이 투실투실 찐 화상이 있더냐?"

"예, 계십니다."

"그럼 주둥이가 길고 두 귀가 커다란 자도 있겠구나?"

"예, 있습니다."

일곱 여괴들은 서로 눈짓을 교환하더니, 다시 동자에게 분부를 내렸다.

"너 빨리 차를 내다 드리고, 사부님께 넌지시 눈짓해서 이리 들어오시라고 해라. 우리가 긴급히 여쭐 말씀이 있다."

동자들이 시키는 대로 차 다섯 잔을 쟁반에 받쳐 들고 정전으로 나갔다. 도사는 옷자락을 걷어올리고 두 손으로 차 한 잔 떠받들어 우선 삼장 법사에게 올렸다. 그리고 나서 저팔계와 사화상, 손행자에게도 차례차례 한 잔씩을 건넸다.

차 대접이 끝나고 찻잔을 챙기던 동자가 스승에게 외눈을 찡긋해 보이면서 턱짓으로 안쪽을 가리켰다. 도사는 그 눈치를 알아채고 조용히 몸을 일으키며 손님들에게 양해를 구했다.

"여러분, 빈도가 잠깐 다녀올 테니, 편히 앉아들 계시지요."

그리고 동자들에게 분부했다.

"너희들은 쟁반을 거기 내려놓고 손님들을 모시고 있거라."

주인이 자리를 뜬 사이에, 삼장 법사와 제자들이 삼청전 바깥으로 나와 동자의 안내를 받아가면서 황화도관 경내를 둘러본 얘기는 접어두기로 하겠다.

한편 도사가 뒤꼍 방장에 들어섰더니, 조마조마하게 기다리고 있던 일곱 요괴들이 일제히 무릎 꿇고 앉아서 큰절을 올렸다.

"오라버니, 오라버니! 이 누이동생들의 말 좀 들어주세요!"

도사는 손을 내밀어 사매들을 하나하나씩 일으켜 세우면서 미안스럽게 말했다.

"너희들이 진작에 찾아와서 무엇인가 얘기하려는 줄은 나도 알고 있었다만, 때마침 오늘이 환약을 빚는 날이고, 그 약은 음기(陰氣)를 지닌 사람을 꺼리는 물건이라, 너희들을 상대해주지 못했다. 지금은 또 바깥에 손님들이 와 계시니, 할 말이 있거든 나중에 천천히 듣기로 하자꾸나."

"오라버니! 절대로 그냥 나가시면 안 돼요! 이 일은 바로 저 손님들이 왔기 때문에 말씀드리려는 거예요. 저 사람들이 가버린 뒤에는 말씀드려봤자 아무 소용이 없다니까요."

일곱 사매가 생떼를 쓰다시피 한마디씩 던지니, 도사는 기가 막혀 웃음이 나왔다.

"누이동생들은 모두 현숙한 줄 알고 있었는데, 무슨 말을 그렇게 하느냐? 저 손님들이 왔기 때문에 얘기해야 한다니, 그게 도대체 무슨 소린지 원…… 무슨 일인지는 모르겠다만 이렇게 손님 접대할 나를 붙잡고 늘어지다니, 혹시 너희들 모두 정신이 나간 게 아니냐? 나처럼 조용하고 깨끗한 곳에서 선도(仙道)를 닦는 사람이 아니라, 속세에서 처자식 거느리고 집안 살림을 돌보는 일개 평민이라 할지라도 손님을 보내놓고 집안의 대소사를 돌보는 것이 예법인데, 어째서 이렇게도 눈치코치들이 없단 말이냐? 아무래도 날더러 추태를 부리게 만들 모양이로구나! 성화 부리지 말고 저리들 비켜라. 나가봐야겠다!"

말끝에 역정이 섞여 나왔으나, 일곱 여괴들은 일제히 달려들어 도사를 붙잡고 늘어졌다.

"오라버니, 노염을 푸세요. 저 안채에 게신 손님들이 어디서 왔다고 하던가요?"

도사는 기분이 언짢아 고개를 숙인 채 대답을 하지 않았다. 그러자 여괴들은 또 한 번 다그쳐 물었다.

"방금 차를 가지러 들어온 동자 녀석 말이, 손님 일행은 네 사람이라고 하던데 정말 그런가요?"

일곱 사매가 끈덕지게 물고 늘어지자, 도사는 버럭 성을 내면서 호통을 쳤다.

"그래, 저 화상들이 어쨌단 말이냐!"

"화상 네 분 가운데 허여멀쑥하게 생기고 살이 투실투실 찐 사람이 하나, 그리고 또 한 명은 주둥이가 길고 두 귀가 커다란 화상, 맞죠? 오라버니는 저 사람들이 어디서 왔는지 물어보셨어요?"

"일행 가운데 그렇게 생긴 두 사람이 있기는 하다. 한데 너희들이 그걸 어떻게 아느냐? 어디선가 본 적이 있는 모양이로구나?"

"오라버니는 그 자세한 내막을 모르실 거예요. 저 화상들은 당나라 조정에서 파견되어 서천으로 경을 가지러 가는 사람들이죠. 오늘 아침 저희 동굴에 동냥하러 온 것을, 저희들이 당나라 화상인 것을 알아보고 잡아놓았던 겁니다."

"그 사람을 잡아서 어쩔 셈이었느냐?"

"오래전부터 소문을 들어 알았죠. 당나라 화상은 십세(十世)를 수행한 진체(眞體)로서, 누구든지 그 고기를 한 점만 먹어도 수명이 늘어나 길이 살 수 있다는 겁니다. 그래서 잡아놓았죠. 그랬더니 저 주둥이가 길고 커다란 귀를 가진 화상 녀석이 저희들을 탁구천 샘물 속에 몰아넣고 먼저 옷가지를 빼앗아 가고, 그 다음에는 농간을 부려서 저희들하고 같이 목욕을 하겠다고 생떼를 쓰는데, 도무지 막아낼 도리가 있어야지요.

그놈은 물속으로 뛰어들더니 메기로 둔갑해서 저희들의 넓적다리 사이로 쑤시고 돌아다니며 부끄러운 곳을 마구 건드리고 못된 짓을 저지르려고 하지 뭡니까. 정말 아주 몹쓸 놈이에요! 그자는 다시 물 밖으로 뛰쳐나가서 본래의 모습을 드러내더니, 저희들이 자기 뜻대로 따라 주지 않는 것을 보자, 날이 아홉 개나 달린 무시무시한 쇠스랑으로 저희들의 목숨을 빼앗으려고 덤벼들기까지 했어요. 만약 저희들이 약삭빠르게 재간을 부리지 않았더라면 꼼짝없이 그놈의 독수에 걸려 죽음을 면치 못했을 겁니다.

저희들은 가까스로 그놈의 손아귀에서 빠져나와 부들부들 떨면서 도망질쳤죠. 동굴에 돌아와서 오라버니의 조카아이들을 시켜 싸우게 하고 우리 먼저 빠져나왔는데, 그 아이들이 지금쯤 죽었는지 살았는지 생사를 알 수 없습니다. 저희들이 이렇게 갑작스레 오라버니를 찾아뵌 것은, 오라버니께서 아무쪼록 지난날 동문의 정리를 생각하셔서라도 저희들의 원수를 갚아주시고 치욕을 씻어줍시사 하고 간청을 드리기 위해서였습니다."

도사는 이 얘기를 듣고 있는 동안, 가슴속에서 분노의 불길이 치밀어 올라 얼굴빛과 목소리마저 싹 바뀌었다.

"으으으!…… 저 중놈들이 그토록 무례한 짓을 저질렀단 말이지! 정말 괘씸하기 짝이 없는 놈들이로구나! 알았다, 너희들은 마음 푹 놓고 있거라. 내가 적당히 알아서 처치해버릴 테니까!"

"고맙습니다, 오라버니. 그놈들한테 손을 쓰시게 될 때에는, 저희들도 모두 나서서 거들어드리겠어요."

"거들 것 없다, 없어! 속담에 이르기를, '우격다짐으로 몰매를 때리는 놈은 서 푼 값어치밖에 못 된다(一打三分低)' 했다. 너희들, 모두 날 따라오너라."

도사의 분부에, 일곱 여괴들이 좌우로 바싹 따라붙었다. 그는 방으로 들어가더니 사다리를 꺼내 가지고 침상 뒤로 돌아서 대들보 위에 걸쳐놓고 기어올라갔다. 그리고 들보 위에 감춰두었던 자그만 가죽 상자 한 개를 들고 내려왔다. 상자는 높이가 여덟 치, 길이는 한 자, 너비가 네 치쯤 되는 것인데, 뚜껑에 작은 구리 자물쇠가 채워져 있었다.

도사는 다시 소매 춤에서 누런 손수건을 끄집어냈다. 수건 끄트머리에는 조그만 열쇠가 매달려 있었다. 그는 이 열쇠로 자물쇠를 열고 상자 속에서 약봉지를 하나 꺼냈다. 무슨 약이기에 그토록 소중히 감춰두고 자물쇠까지 채워놓았을까?……

산중에 사는 온갖 새들의 똥을 쓸어 모으니, 천 근 무게가 쌓였다.
이것을 구리쇠 냄비에 지지고 볶으니, 뜨거운 불길이 골고루 퍼졌다.
천 근을 볶아 열 되들이 한 말로 졸이고, 한 말을 다시 서 푼으로 구워냈다.
서 푼을 또다시 볶아서 불에 달구고 연기에 쪄냈다.
이렇게 하여 지지고 볶고 쪄서 빚어냈으니, 독약의 진귀하기가 보배와 같다.
만약 그것을 맛보려고 입에 넣었다가는, 혀끝에 닿기도 전에 염라대왕을 만나보게 될 줄 알아라!

이윽고 도사가 일곱 여자들에게 말했다.

"누이들아, 내 이 보배가 얼마나 지독한 것인지 아느냐? 보통 사람에게 먹일 경우에는 단지 일 리(釐)만 뱃속에 들어가도 즉사하고, 신선에게 먹인다면 삼 리만 쓰면 그대로 절명한다. 그러나 저 중 녀석들은 다소나마 도를 닦았다 하니, 아무래도 삼 리쯤 써야 될 것 같다. 자, 어서 빨리 저울을 가져오너라."

일곱 가운데 하나가 재빨리 움직여 천칭(天秤)을 꺼내다 손에 들고 재촉했다.

"저울 여기 있어요. 한 푼 이 리를 달아 가지고 네 몫으로 나누면 되겠군요."

도사는 다시 붉은 대추 열두 개를 꺼내더니, 그것을 하나하나 터뜨려서 독약을 1리씩 집어넣고 세 알씩 나누어 찻잔 네 개에 골고루 집어 넣었다. 그리고 검정 빛깔 나는 대추 두 알을 다른 찻잔에 담아서 따로 쟁반에 올려놓은 다음, 사매들한테 이렇게 지시했다.

"이제 내가 앞채에 나가서 다시 물어보마. 저 손님들이 당나라 조정에서 파견된 승려들이 아니라면 그냥 대접해서 보내겠지만, 분명히 당나라에서 보내온 자들이라면, 내가 곧 차를 내오라고 할 터이니, 그때에는 동자 녀석을 시켜서 이것들을 내보내도록 해라. 이 독차를 마셨다 하는 날이면 한 놈도 빠짐없이 모조리 뻗어버릴 테니, 이것으로 너희들의 원수를 갚고 걱정거리도 없어지게 될 것이다."

일곱 여괴들은 동문 사형의 배려에 감격을 이기지 못하였다.

이렇듯 악독한 심보를 가슴에 품은 도사는 옷 한 벌 갈아입고 짐짓 송구스러운 태도를 보이며 점잖게 삼청전으로 걸어 나왔다.

주인이 나오는 것을 보자 나그네 일행은 다시 객석으로 돌아와 앉았다.

"장로님, 이리 늦은 것을 나무라지 마십시오. 뒤채에 들어갔다가 내친 김에 아이들을 시켜 푸성귀와 무를 좀 뽑아다 소찬을 마련하여 한 끼 대접해드린다는 것이 그만 이렇게 실례를 했습니다그려."

내막을 모르는 삼장 법사, 밥까지 한 끼 대접해준다는 말이 그저 고맙고 반갑기만 해서 치사하여 마지않았다.

"이렇게 고마우실 데가 있나! 소승은 빈손으로 찾아뵈었는데 이렇듯 폐를 끼쳐드려도 괜찮은지 모르겠습니다."

도사는 사람 좋게 껄껄껄 너털웃음을 터뜨리면서 응수했다.

"빈손이라니요! 스님이나 빈도나 모두 출가한 사람이 아닙니까. 도관이나 절간의 산문에 들어서면 어디에서나 석 되 양식은 생긴다고 했습니다. 한데 실례될지 모르겠습니다만, 한 가지 여쭈어보겠습니다. 스님들께서는 어느 보찰(寶刹)에 계십니까? 또 이곳에는 무슨 일로 오셨는지요?"

삼장은 곧이곧대로 신분을 밝혔다.

"소승은 동녘 땅 대당나라 황제 폐하의 칙명을 받들고 서천 대뇌음사로 경문을 구하러 가는 사람입니다. 마침 길을 가는 도중에 선궁(仙宮)을 지나치게 되었기에, 정성을 다하여 배알하고자 이렇게 찾아뵌 것입니다."

도사는 이 말을 듣고 만면에 봄바람을 띤 채 웃으며 찬탄했다.

"스님은 과연 충성스러우시고 큰 덕을 갖추신 부처님이십니다. 빈도가 불초하여 알아뵙지 못하고 멀리 영접 나가지 못하였으니 송구스럽습니다. 부디 용서하여주십시오!"

그리고 다시 동자 녀석을 돌아보고 분부했다.

"얘들아, 어서 빨리 차를 바꾸어 내오너라. 그리고 식사 준비도 서둘러서 마련하라고 일러라!"

어린 동자가 뒤채로 들어갔더니, 일곱 여자들이 손짓해 불러놓고 차 쟁반을 가리켰다.

"여기 차를 준비해놓았다. 어서 가지고 나가려무나."

마침내 동자는 찻잔 다섯 개를 쟁반에 떠받쳐 들고 삼청전으로 되돌아 나갔다.

도사는 얼른 붉은 대추가 담긴 찻잔 하나를 두 손으로 집더니, 먼젓번처럼 삼장에게 올렸다. 그리고 가만 보아하니 저팔계의 몸집이 제일 큰 터라 수제자인 줄 잘못 알고 두번째 잔을 먼저 건넸다. 그 다음 잔은 사화상에게, 마지막으로 몸집이 가장 작은 손행자를 막내 제자로 오인하여 네번째 남은 잔을 건네주었다.

그러나 손행자는 눈썰미가 좋았다. 마지막 찻잔을 받아드는 순간, 쟁반 위에 아직 남아 있는 찻잔 하나에 손님들 것과는 달리 검정빛 대추 두 개가 동동 떠 있는 것을 보고 뭔가 이상한 낌새를 눈치 챘던 것이다. 그는 재빨리 들고 있던 찻잔을 주인에게 도로 건네면서 이렇게 말했다.

"선생, 제것과 잔을 바꿔 드시지요."

도사는 속으로 찔끔 놀랐으나, 이내 너털웃음으로 얼버무리며 둘러댔다.

"하하! 장로님께 솔직히 말씀드립니다만, 저는 외딴 산중에 사는 가난뱅이 도사라, 갑자기 찾아오신 손님들께 변변하게 다과를 마련해드리지 못했습니다. 뒤꼍에 가서 직접 과일을 찾아본 것이 고작 붉은 대추 열두 개뿐이라, 겨우 차 넉 잔을 마련해서 올리는 것입니다. 빈도 역시 빈 찻잔만 들고 모실 수가 없기에, 빛깔이 조금 떨어지는 검정 대추 두 개로 한 잔을 더 만들어서 여러분과 같이 들려고 합니다. 변변치 못하나마 소인이 여러분을 공경하는 뜻으로 올리는 것이니 달게 드시면 고맙겠습니다."

손행자도 덩달아 너털웃음을 터뜨리며 이죽거렸다.

"하하! 가난뱅이 도사라니, 무슨 말씀을 그리하십니까? 옛 사람이 이르기를, '집 안에 앉아서 겪는 가난은 약과요, 길바닥에 나서서 겪는 가난이야말로 사람 잡는다' 하지 않았습니까. 저희들처럼 세상 천지 떠돌아다니며 빌어먹는 탁발승이야말로 진짜 궁상바가지들이지요. 자아, 그런 말씀 걷어치우시고 어서 저하고 잔을 바꿔 드십시다! 바꿔 마시자니까요!"

곁에서 삼장이 그 말을 듣더니, 제자를 나무랐다.

"오공아, 이 도사님께서 정성으로 나그네를 대접하고 계신데, 그대로 들지 않고 뭘 자꾸만 바꾸자고 하느냐?"

손행자는 스승의 말씀을 거역할 수 없어 그만 입을 다물고 말았다. 그러나 왼손으로 찻잔을 받아들고 오른손으로 뚜껑을 덮어 누른 채 여러 사람들의 기색을 조심스럽게 살펴보기 시작했다.

그 동안에, 저팔계란 녀석은 워낙 배가 고프고 목도 마른 데다, 또 식성도 남보다 어지간히 큰 터라, 찻잔 속에 먹음직스러운 대추가 세 알씩이나 떠 있는 것을 보고 손가락으로 건져서 대뜸 입 안에 털어 넣더니 그대로 뱃속으로 꿀꺽 삼켜버렸다. 뒤따라 스승인 삼장 법사도 찻잔을 들어 마시고, 사화상도 아무 생각 없이 마셨다. 변괴가 일어난 것은 바로 그 다음 순간이었다. 제일 먼저 안색이 바뀐 사람은 역시 미련퉁이 저팔계, 그 다음에는 사화상의 눈에서 눈물이 비 오듯이 철철 흘러내리기 시작했다. 당나라 스님은 벌써 입으로 거품을 토해내고 있었다. 이어서 세 사람은 어찔어찔 현기증을 일으키고 비틀거리더니 마침내 그대로 앉아 있지 못하고 마룻바닥에 털썩털썩 쓰러졌다.

손행자는 그것을 보고 찻잔에 독약이 들어 있음을 재빨리 간파했다. 그는 들고 있던 찻잔을 냅다 도사의 면상에 던져버렸다.

"이크!……"

도사가 외마디 소리를 치더니, 엉겁결에 소맷자락으로 날아오는 찻잔을 가로막았다.

"쨍그랑!"

땅바닥에 떨어진 찻잔이 요란한 소리와 함께 산산조각으로 깨어졌다.

도사는 버럭 성을 내면서 고함을 쳤다.

"이런 놈의 화상 봤나! 참말 버르장머리 없는 시골뜨기 녀석이로구나. 어째서 내 찻잔을 깨뜨리는 게냐?"

"이 못된 놈의 짐승! 저걸 좀 봐라! 네놈이 무슨 심보로 우리 세 사람에게 이 따위 짓을 저지르는 거냐? 우리가 네놈하고 무슨 상관이 있다고 독약을 먹여 쓰러뜨리느냐?"

손행자가 엄하게 호통쳐 꾸짖자, 도사 역시 지지 않고 악을 쓴다.

"이런 벽창호, 촌뜨기 녀석! 네놈들이 우리 집안 식구에게 화를 끼쳐놓고도 모른 척 잡아뗄 작정이냐?"

"우리 일행은 방금 네놈의 집 문턱을 넘어서서 이제 겨우 인사를 나누고 큰 소리 한번 쳐본 일도 없었는데, 어디서 누구한테 무슨 해를 끼쳤단 말이냐?"

"흐흠, 시치미 떼지 마라! 네놈들, 오늘 아침나절에 반사동에서 동냥을 한 적이 있었지? 그리고 탁구천 샘물에서 목욕한 적도 있었고?"

얘기가 이쯤 나오고서야 손행자는 무엇 때문에 이런 일이 벌어졌는지 그 까닭을 알아차릴 수 있었다.

"옳거니, 이제 알겠다! 탁구천이라면 바로 일곱 마리 여괴가 목욕하던 샘터 아닌가? 그 얘기를 지껄이는 것 보니 네놈도 그 계집 요괴들과 한통속이로구나. 그렇다면 네놈 역시 요괴란 말이렷다? 오냐, 꼼짝 말고 거기 서서, 내 철봉이나 한 대 먹어봐라!"

용감한 손행자가 귓속에서 금고봉을 꺼내 들고 맞바람결에 한두 번 휘두르더니, 밥 공기만한 굵기로 늘어나기가 무섭게 도사의 면상을 겨냥하고 냅다 한 대 후려쳤다.

도사는 선뜻 몸을 돌려 피하더니, 어느 결에 준비했는지 보검 한 자루 뽑아 들고 맞서 싸우기 시작했다. 둘이서 악을 써가며 욕설을 퍼붓고 몽둥이질에 칼부림을 하다 보니, 그 소리에 놀란 일곱 요괴들이 고함을 지르며 뒤꼍에서 우르르 달려 나왔다.

"오라버니, 걱정 마세요! 저희들이 저놈을 잡겠어요!"

낯익은 여괴들의 얼굴을 보자, 손행자는 약이 오르고 분통이 터져 두 손으로 철봉 자루를 움켜 바람개비 돌리듯 무섭게 휘둘러가며, 이리 뒹굴고 저리 솟구치면서 눈앞에 닥치는 대로 후려갈겼다.

그러자, 일곱 요괴들은 앞가슴을 활짝 풀어헤치고 백설같이 뽀얀 뱃가죽을 드러내더니, 배꼽에서 굵다란 밧줄을 쉴새없이 뽑아내 가지고 눈 깜짝할 사이도 없이 얼기설기 장막을 엮어 손행자를 그 안에 가두어 버리고 말았다.

난데없는 장막이 덮어씌우자, 손행자는 일이 재미 적게 돌아간다는 것을 깨닫고 즉시 몸뚱이를 뒤채면서 외마디 주어를 외워 곤두박질치더니, 곧바로 장막 천장을 들이받아 깨뜨리고 그 틈으로 미꾸라지처럼 빠져나갔다. 분통을 참느라 씨근벌떡 가쁜 숨을 몰아쉬며 공중에서 내려다보았더니, 일곱 요괴가 뽑아낸 밧줄이 은빛을 번쩍번쩍 사면팔방으로 쏟아내면서 마치 베틀에 북 드나들듯 가로 세로 얽히고 설켜, 거대한 장막을 빈틈 하나 없이 종횡무진으로 짜놓고 있는 것이 아닌가! 눈앞에 으리으리하게 세워져 있던 황화관의 누대와 전각은 거대한 은빛 장막에 덮어씌워, 삽시간에 그림자도 형체도 없이 아무것도 보이지 않게 되었던 것이다.

그 광경을 바라보면서, 손행자는 그만 속이 써늘해지고 말았다.

"와아, 지독하구나! 지독해! 내 일찍이 이런 봉변은 처음 당해봤는 걸. 어쩐지 팔계란 녀석이 자빠지고 고꾸라지고 한바탕 혼이 났는가 했더니, 과연 무리가 아닐세그려. 그건 그렇고, 이제부터 어떻게 하면 좋다? 사부님과 아우들은 중독되어 쓰러지고 나는 외톨이 신세가 되었으니 이 노릇을 어째야 좋으냐? 저 황화관 도사 녀석과 일곱 계집 요괴들은 분명 마음이 잘 맞는 한패거리가 틀림없는데, 도대체 무슨 내력을 가진 연놈들인지 알 수가 없단 말이야. 가만 있거라, 아무래도 토지신을 또 불러내서 물어봐야 되겠다."

용감한 손행자는 구름을 낮추고 내려서서 인결을 맺고 '옴(唵)'자 진언을 한마디 외워 늙다리 토지신을 끌어냈다.

느닷없이 두번째로 끌려나온 토지신은 전전긍긍 와들와들 떨면서 길가에 꿇어 엎드려 제천대성에게 이마를 조아리고 여쭈었다.

"대성 어르신, 사부님을 무사히 구출하여 떠나시더니, 어째서 되돌아오셨습니까?"

손대성이 묻는다.

"아침나절에 사부님을 구해내기는 했네만, 얼마 가지 않아서 황화관이란 곳에 당도했네. 우리가 사부님을 모시고 들어가 보았더니, 그 도관의 주인 되는 녀석이 처음에는 점잖게 맞아주더군. 그런데 자리를 마련하고 서로 한담을 주고받으면서 쉬고 있으려니, 그놈이 독약을 탄 차를 마시게 해서 우리 사부님과 두 아우를 쓰러뜨렸지 뭔가. 천만다행히도 나는 차를 마시지 않았기에 철봉으로 냅다 들이쳤더니, 그놈이 날더러 하는 말이 '반사동에서 동냥을 하고 탁구천 샘터에서 목욕하지 않았느냐고 따져 묻지 않겠나. 그제야 나도 이 도사 녀석이 일곱 계집 요괴와 한패거리 요정이란 걸 깨닫고 대판 싸움을 벌이기 시작했네. 그랬더니 아니나 다를까, 계집 요정 일곱 마리가 한꺼번에 뛰쳐나오더니 배꼽에서 밧줄을 주르르 주르르 뽑아내 가지고 이 손선생을 덮어씌우더란 말일세.

이 손선생도 재빨리 낌새를 채고 빠져나와 골탕 먹지는 않았네만, 그 연놈들의 정체가 무엇인지 알 수 있어야 말이지. 그래서 자네는 이 고장 토지신 노릇을 하고 있으니, 그놈의 내력을 잘 알고 있으리라 생각하고 이렇게 불러낸 것일세. 그러니 자네가 말해보게. 도대체 그놈의 내력이 어떻게 된 것인가? 사실대로 말해야만 내 철봉에 얻어맞지 않을 줄 알게나!"

느물느물 혼뜨검이 난 사연을 털어놓는 가운데 엄포를 섞어놓았으니, 늙어빠진 토지신이야 더욱 겁먹을 수밖에. 토지신은 아예 머리통을 땅바닥에 짓찧으면서 아뢰었다.

"예에, 대성 어른! 소신이 아는 대로 말씀드리겠습니다. 그 요괴들이 여기 와서 살기 시작한 지는 겨우 십 년도 못 됩니다. 제가 삼 년 전에 점검해보고 나서야 비로소 그것들의 정체를 보았는데, 다름아닌 거미 요정 일곱 마리였습니다. 그것들이 뽑아내는 밧줄도 알고 보면 밑구멍으로 토해내는 거미줄이지요."

손행자는 이 말을 듣더니 자신감이 부쩍 돋아났다.

"자네가 얘기한 대로라면, 별로 대단치 않은 것들이로군! 자, 알았네, 그럼 자네는 이만 돌아가보게. 내가 무슨 방법을 써서라도 저 연놈들을 기어코 잡아 없애고야 말겠네!"

토지신이야 매 한 대 얻어맞지 않고 풀려났으니, 이보다 더 고마울 데가 어디 있으랴. 그래서 백배 사례하고 제 사당으로 돌아간 것은 말할 나위도 없다.

황화관 바깥에서, 손행자는 꼬리털을 한 70가닥 뽑아내더니 선기한 모금을 불어넣고 "변해라!" 하고 외마디 소리를 쳤다. 꼬리털은 삽시간에 70명의 꼬마 손행자로 둔갑했다. 그는 다시 여의금고봉에 숨결한 모금 불어넣고 또 한 차례 "변해라!" 소리쳤다. 철봉은 그 즉시 70자루의 양 뿔 달린 작살, 쌍각차(雙角叉)로 둔갑했다. 준비가 다 되자, 그는 꼬마 손행자 한 명에게 작살 한 자루씩을 주고, 자신도 한 자루를 골라잡은 다음, 바깥쪽에 서서 70명의 꼬마들과 함께 일제히 달려들어 밧줄을 휘감아 끊기 시작했다. 힘을 모아서 영차영차 구령을 붙여가며 밧줄을 끊어내기 시작한 지 얼마 안 되어, 장막처럼 뒤덮였던 은빛 밧줄은 사면팔방에서 토막토막 끊어지고, 70명 꼬마들의 작살에 무려 10여 근씩이나 되는 밧줄 무더기가 휘감겼을 때, 마침내 그 안쪽에서 몸뚱이가 열 되들이 뒷박만큼씩이나 커다란 거미 일곱 마리가 줄줄이 끌려나왔다.

거미들은 하나같이 여섯 개의 손발을 오므리고 머리통마저 움츠러뜨린 채 손행자에게 애처로운 목소리로 부르짖었다.

"목숨만 살려주세요! 제발 목숨만이라도 살려주세요!"

70명의 꼬마 손행자가 달려들어 일곱 마리의 거미를 짓누르고 놓아주지 않았다. 손행자는 꼬마들에게 소리쳐 제지했다.

"그것들을 때려죽이지는 말아라! 우리 사부님과 아우들을 돌려보내주기만 하면 모두 살려주겠다."

이 말을 듣자 거미 요괴들은 저마다 목청을 돋우어 고함을 질렀다.

"오라버니! 당나라 스님을 놓아주셔서, 저희 목숨을 구해주세요!"

이윽고 도사가 안쪽에서 달려 나오더니 벼락같이 고함쳤다.

"누이들아, 당나라 화상은 내가 잡아먹어야겠다! 그러니 미안하지만 너희들을 구해줄 수가 없구나!"

그 말을 듣자, 손행자는 노발대발 호통쳐 꾸짖었다.

"오냐, 우리 사부님을 돌려보내지 않겠다면, 좋다! 그럼 네놈의 누이동생들이 무슨 꼴을 당하는지 잘 봐두기나 해라!"

용감한 손행자는 작살을 휘둘러 다시 철봉으로 바꾸더니 두 손으로 번쩍 치켜들고 일곱 마리의 거미 요정들을 깡그리 때려죽여 곤죽을 만

들어버리고 말았다. 그리고는 꼬리를 두어 번 흔들어 꼬마 손행자로 둔갑시켰던 터럭을 모조리 거두어들인 다음, 혼잣몸으로 철봉을 휘둘러가며 도사에게 쫓아가서 들이치기 시작했다.

도사는 일곱 사매가 처참하게 죽어 넘어지는 것을 보자, 가슴속 가득히 치밀어 오르는 분노를 참지 못하고 보검을 휘두르면서 마주 덤벼들었다. 이리하여 쌍방은 제각기 분노를 품은 채, 한결같이 신통력을 크게 떨치면서 한바탕 무섭게 맞붙기 시작했다.

요정은 보검을 휘두르고, 손대성은 금고봉을 높이 쳐든다.
모두가 당나라 스님 때문이니, 오호라! 누구보다 먼저 일곱 여자 애처로운 목숨부터 결딴나게 만들었다.
이제는 경륜(經綸)의 솜씨 한껏 발휘하여, 위력을 뽐내고 술법을 부려 금오(金吾)³의 신분을 여지없이 드러낸다.
제천대성의 신광(神光)은 장대하며, 요선(妖仙)의 대담한 기량 또한 거칠기 짝이 없다.
혼신에 지닌 재주 남김없이 발휘하니 꽃 비단처럼 찬란하고, 두 손으로 병기를 다루는 품이 마치 우물가 두레박 오르내리는 도르래보다 빠르고 잽싸게 움직인다.
"쨍그랑, 챙챙!" 보검과 철봉이 맞부딪는 쇳소리 쩌렁쩌렁 메아리치고, 들판에 참담한 구름장이 부옇게 떠오른다.
저주와 욕설 퍼붓는 소리 마디마디 끊기고, 있는 재치 없는 모

---

3 금오: 한(漢)나라 때 궁궐 문을 경호하고 도성의 안녕과 질서를 담당하던 관청으로, '집금오(執金吾)'의 준말. '오(吾)'는 불길한 것을 쫓아버린다는 새라고 하여, 제왕이 행차할 때 비상 사태를 막는다는 의미로 이 새의 모습을 나무로 깎아 앞장세워 들고 다니던 것이 관서의 명칭으로 바뀌었다. 당나라 때에는 좌우 금오위(金吾衛)를 두고 장군을 임명하여 통솔하게 하였다.

량 다 쥐어짜내어 부리면서, 일진일퇴 오락가락 한 폭의 그림을 그려놓는다.

거센 바람 살풍경하게 휘몰아 소리치고 바윗돌 모래 먼지 흩날리니 이리 떼와 호랑이가 겁을 집어먹고, 하늘과 땅이 온통 어둠에 잠기니 북두칠성 별자리마저 보이지 않는다.

도사는 손대성과 5, 60합을 싸우고 나서 차츰 손목에 맥이 풀리고 뼈마디 힘줄마저 나른해지는 것을 느꼈다. 그는 안 되겠다 싶었던지 느닷없이 허리띠를 풀어헤치면서 사나운 목소리로 기합을 넣었다.

"이얍!"

이어서 거무튀튀한 도포 자락이 활짝 벗겨져 나갔다.

상대방이 갑작스레 윗도리를 벗어 던지자, 손행자는 영문을 모른 채 기가 막혀 끌끌대고 비웃었다.

"요 아들놈아! 날 이길 듯싶으냐? 내 철봉을 당해낼 수 없다고 깝대기를 벗어봤댔자 어림도 없는 줄 알거라!"

그러나 도사는 아무 소리도 않고 옷을 벗어 던진 채 양팔을 한꺼번에 번쩍 치켜들었다. 그랬더니 이게 웬일이냐! 양쪽 겨드랑이 밑에서 갑자기 1천 개나 되는 눈알이 불쑥 튀어나오면서 눈알마다 무시무시한 금빛 광채를 발사하는 것이 아닌가! 그 눈부신 광채에 손행자는 일순 장님이 되고 말았다.

누른빛 음산한 안개가 자욱하게 깔리고, 어스름한 안개 속에 요염할 만큼 아름다운 금빛 광채.

누른빛 음산한 안개가 자욱하게 깔리니, 양쪽 겨드랑이 밑에서 구름이 뿜어 나오는 듯하고, 요염한 금빛 광채 매섭게 빛나니, 일천 개의 눈알 속에 불을 지른 듯하다.

좌우를 둘러보니 금으로 두드려 만든 통 속에 갇힌 듯 답답하고, 동서를 둘러보니 구리쇠로 녹여 부은 동종(銅鐘)을 덮어씌운 듯 막막하다.

이것은 요망한 산선(散仙)이 법력을 베푼 탓이요, 분노한 도사가 신통력을 드러낸 까닭이다.

눈앞이 어릿어릿하여 아무것도 보이지 않으니 하늘마저 어지럽게 만들고 해와 달빛조차 가려졌으며, 사람을 덮어씌워 숨막히게 만드니 답답한 기운에 정신마저 몽롱해진다.

이리하여 도사의 법력은 제천대성 손오공을 금빛 광채 싯누런 안개 속에 가두어 꼼짝달싹도 못하게 만들었다.

손행자는 당황한 나머지 손발을 어디다 두어야 좋을지 모른 채 금빛 광채 속에서 정신없이 나뒹굴며 탈출구를 찾아보았다. 그러나 앞으로 발걸음을 떼어놓을 수도 없거니와 뒷걸음질쳐 물러나고 싶어도 두 발이 말을 듣지 않았다. 흡사 뚜껑까지 눌러 닫은 밀폐된 통 속에서 맴을 돌고 있는 것과 같았다. 어디 그뿐이랴. 숨막힐 듯 답답한 느낌은 둘째로 치고라도, 몸뚱이를 통째로 쪄내는 듯한 무더위가 사면팔방에서 그칠 새 없이 밀어닥치니, 이거야말로 도저히 배겨낼 재간이 없었다. 성질 급한 제천대성은 초조감에 견디다 못해 혼신의 힘을 다 쏟아내어 금빛 광채 위쪽을 들이받았다. 무쇠보다 더 단단한 머리통으로 돌파구를 열어 뚫고 빠져나갈 작정이었다.

"콰당!……"

땅바닥에 곤두박질치고 벌렁 나가떨어진 제천대성, 금빛 광채에 구멍이 뚫리기는커녕 박치기를 한 머리통만 지끈지끈 쑤셔대고 아플 따름이다. 손으로 정수리를 더듬어보니 동두철액(銅頭鐵額)이라고 자랑하던 머리껍질마저 물렁물렁 녹아버리는 것이 아닌가!

손대성은 혼자서 속을 태우며 한숨을 쏟아놓았다.

"세상에 이럴 수가 다 있나! 이거 오늘 재수가 옴 붙었구나, 옴 붙었어! 무쇠보다 더 단단하기로 소문난 이 머리통마저 오늘은 영 신통치 않아 못 쓰게 될 줄이야!…… 천궁에 잡혀 올라갔을 때는 아무리 칼로 베고 찌르고, 큰 도끼 작은 도끼로 찍어도 끄떡없었는데, 어째서 저 따위 금빛 광채에 닿기가 무섭게 머리 가죽이 흐물흐물해졌을까? 아무래도 이대로 그냥 두었다가는 곪아터지겠는걸. 이러다가 설령 낫는다 해도, 나중에는 바람이 들어가서 혹시 감기 몸살이나 걸리지 않을까 모르겠는데!……"

혼잣말로 중얼중얼 푸념을 늘어놓으면서 이 궁리 저 궁리를 하는 동안, 몸뚱이는 기름불에 지글지글 타들어가듯 자꾸만 오그라들어 도무지 견뎌낼 방법이 없다.

"이거 정말 큰일났구나. 앞으로도 나갈 수 없고, 뒤로 물러날 수도 없고, 왼편으로 오른편으로 돌아 나갈 데도 없고, 위로 들이받아도 꼼짝하지 않으니, 어쩌면 좋단 말인가? 예라, 빌어먹을! 어디 땅속으로 파고 들어가보자꾸나!"

용감한 제천대성은 생각이 예에 미치자 그 즉시 주어를 외우고 몸뚱이 한번 꿈틀해 가지고 한 마리의 천산갑(穿山甲)으로 변신했다. 산을 뚫고 나간다는 짐승 천산갑, 또 다른 별명은 '능리린(鮻鯉鱗)'이라고 부르기도 하는데, 그 생김새야말로 기가 막히다.

네 짝의 강철 발톱으로 산을 후벼 쑤시고, 돌멩이를 밀가루처럼 부서뜨리며,

전신에 돋아난 비늘 갑옷으로 산등성이 고갯마루 깨뜨리고, 바위 더미 뚫고 들어가기를 마치 여린 파줄기 꺾어놓듯 한다.

두 눈은 밝아서, 마치 쌍둥이별이 반짝거리듯 빛나며, 뾰족한 주둥이는 날카롭기 짝이 없어 강철 송곳보다 더 단단하다.

약재 가운데 '천산갑'의 성분 있으니, 속된 말로 '능리린'이라 부른다.

천산갑으로 탈바꿈한 손행자는 머리끝에 힘을 잔뜩 주어 가지고 땅속으로 쑤시며 파고 들어가기 시작했다. 단숨에 20여 리나 뚫고 들어가서야 지상으로 머리통을 불쑥 내밀고 두리번거렸더니, 다행히도 금빛 광채는 불과 20여 리 둘레밖에 뻗어 나오지 않았다. 그제야 비로소 안심하고 지상으로 뛰쳐나온 그는 본래의 모습을 드러내면서 그 자리에 털썩 주저앉고 말았다. 얼마나 용을 썼는지, 팔다리에 맥이 쭉 빠지고 뼈마디에 힘줄마저 풀려, 온 몸뚱이가 시큰시큰 쑤셔대고 아프지 않는 데가 없다. 정신 놓고 앉아 있으려니 눈물만 쉴새없이 쏟아져 나올 뿐, 저도 모르게 참담한 생각이 치밀어 오르니, 끝내는 목을 놓고 울부짖기 시작한다.

"사부님!……"

처음 만나뵙던 그해에 가르침을 받들고 양계산 돌 궤짝 밑에서 풀려 나온 이래, 사부님과 더불어 서쪽으로 오면서 함께 고생을 나누고 애썼습니다.

망망대해 사나운 물결도 겁내지 않던 이 제자가, 시궁창에 떨어져 풍파를 만나다니 이럴 수가 어디 있으리까!

제천대성 미후왕이 이렇듯 하염없이 비탄에 잠겨 있을 때였다. 별안간 산등성이 뒤쪽에서도 누군가 통곡하는 사람의 울음소리가 들려왔다. 후딱 몸을 일으킨 그가 눈물을 훔쳐가며 돌이켜 바라보니, 웬 아낙네 한 사람이 몸에 하얀 상복을 입고 걸어오는데, 왼손에는 물에 만 밥 한 그릇을 들고, 바른손에는 망자의 노잣돈으로 불사르는 소지황전(燒紙黃錢)을 몇 장 움켜쥔 채, 한 걸음 옮겨 뗄 때마다 애절한 울음소리를 내면서 다가오는 것이었다.

　　손행자는 고개를 주억거리면서 탄식해 마지않았다.

　　"이야말로 동병상련이라, '눈물겨운 사람이 눈물 흘리는 사람과 마주치고, 애간장 끊어진 사람이 애끓는 사람을 만난다(流淚眼逢流淚眼, 斷腸人遇斷腸人)' 하더니, 내가 바로 그 격이로구나! 저 아낙네는 또 무슨 일로 저토록 서럽게 울고 있는 것일까? 어디 한번 가서 사연이나 들어보자."

　　얼마 안 있어, 상복을 걸친 아낙네가 손행자 앞으로 다가와서 마주치게 되었다.

　　손행자는 허리 굽혀 인사하면서 조심스레 물었다.

　　"여보살님, 누가 돌아가셨기에 그토록 울며 가십니까?"

　　그러자 아낙네는 눈물이 글썽글썽 맺힌 채 이렇게 대답했다.

　　"우리 남편이 황화관 주인과 대나무 작대기를 사는 일로 말다툼을 벌였는데, 그만 그 주인이 독약을 탄 차를 남편에게 먹여 죽였답니다. 그래서 남편의 무덤에 지전이나 몇 장 살라드려 생전에 못 다한 부부간의 정리를 갚을까 하고 이렇게 가는 길이랍니다."

　　손행자는 이 말을 듣고 저도 모르는 사이에 눈물이 왈칵 쏟아져 나왔다. 이것을 본 아낙네가 벌컥 성을 내면서 꾸짖었다.

　　"당신, 참으로 나쁜 사람이군요! 나는 내 죽은 남편 때문에 괴로워

하고 슬퍼하지만, 당신은 어째서 슬픈 낯으로 눈물을 흘리고 있단 말이에요? 날더러 과부라고 얕잡아보고 조롱하는 거예요?"

손행자는 다시 한 번 정중하게 몸을 굽히고 변명했다.

"여보살님, 노여워하지 마십쇼. 저는 본디 동녘 땅 대당나라에서 보내오신 어제(御弟) 삼장 법사의 수제자 손오공 행자입니다. 서천으로 가는 도중 황화관에서 말을 멈추고 쉬었습니다만, 그 도관의 주인 녀석이 무슨 요괴인지 내력을 알 수는 없으나, 거미 요정 일곱 마리와 의남매를 맺고 있었습니다.

그 거미의 요정들이 반사동에서 우리 사부님을 해치려 들었기에, 저는 저팔계, 사화상 두 아우들과 함께 쳐들어가서 사부님을 구해냈습니다. 그런데 그 거미 요정들은 한 발 앞서 이 황화관까지 달려와서 시비(是非)를 뒤바꾸어, 우리가 자기네들을 욕보이고 속였다고 거짓말을 했습니다. 이 소리를 듣고 화가 난 도사는 찻잔에 독약을 타서 우리 사부님과 아우 세 사람을 쓰러뜨렸습니다. 그래서 말까지 합쳐 네 식구가 도사의 함정에 빠져 있는 형편입니다.

천만다행히도 저 한 사람만은 차를 마시지 않고 찻잔을 깨뜨려버렸더니, 그놈은 성을 내며 저하고 싸움을 벌이기 시작했습니다만, 한참 싸우는 마당에 거미 요정 일곱 마리까지 뛰쳐나와 밧줄을 토해내어 저를 그물 속에 가두어놓았습니다. 그러나 저는 법력을 써서 손쉽게 빠져나왔습니다.

토지신에게 물어보니, 그 연놈들의 정체를 말해주기에, 저는 분신술법을 써서 밧줄을 휘감아 끊어버리고 거미 요정들을 끌어내다 철봉으로 낱낱이 때려죽였습니다. 그 도사 녀석은 그것을 보고 원수를 갚겠다며 덤벼들었습니다. 이렇듯 싸움이 오륙십 합쯤 계속되었을 때, 그놈은 저를 당해낼 수 없게 되자, 옷을 벗어 던지더니 양쪽 겨드랑이에서 천 개나 되는 눈알을 드러내고 만 갈래의 금빛 찬란한 광채를 발사해서 저를 덮어씌우고 말았습니다. 그래서 저는 한 마리의 능리린으로 둔갑해가지고 땅속으로 이십여 리나 뚫고 들어간 끝에 가까스로 그놈의 광채에서 빠져나올 수 있었습니다.

지상에 올라와서 혼잣몸으로 외롭게 된 것이 하도 서러워 통곡하고 있으려니, 때마침 부인의 울음소리가 들리는지라, 이렇게 여쭈어보게 되었던 것입니다. 부인께서는 돌아가신 남편을 위해 지전 몇 장이나마 살라서 보답해드릴 것이 있으시지만, 저는 우리 사부님이 돌아가신다 해도 그분의 은혜에 보답해드릴 것이라곤 하나도 없으니, 이렇게 눈물이나 흘리고 애통할밖에 없습니다. 그래서 울고 있을 뿐이지, 제가 어찌 감히 부인을 희롱할 리가 있겠습니까?"

이 말을 듣자, 아낙네는 물에 만 밥그릇과 지전을 모두 내려놓고 손행자에게 정중하게 몸을 굽혀 사과했다.

"너무 언짢게 여기지 마세요. 저는 스님께서 그런 봉변을 당했으리라고는 전혀 생각지 못했습니다. 그러나 방금 스님이 말씀하시는 것을 들어보건대, 그 도사란 자의 정체를 전혀 모르고 계신 듯합니다. 그자는 본명이 백안마군(百眼魔君)으로서, '다목괴(多目怪)'라고도 불리는 요괴입니다. 스님에게 그런 변화술법이 있으셔서 금빛 광채에서 빠져나오시고 또 그토록 오래 싸우셨다면, 틀림없이 대단한 신통력을 지니고 계시리라고 생각됩니다. 하지만 그것만으로는 '백안마군'에게 접근할 수 없으십니다. 제가 스님께 가르쳐드릴 터이니, 그곳에 가셔서 성현을 한 분 청해오도록 하세요. 그분이 오시기만 한다면, 금빛 광채를 여지없이 깨뜨리고 저 몹쓸 도사 '백안마군'을 손쉽게 제압할 수 있을 것입니다."

손행자는 이 말을 듣고 귀가 번쩍 트여, 얼른 허리 굽히고 통사정을 했다.

"여보살님, 그분의 내력을 알고 계시거든 어서 저한테 가르쳐주십쇼. 도대체 그 성현이란 분은 누구십니까? 제가 당장 달려가서 모셔다가 우리 사부님을 재난에서 구해드리고, 또 부인의 남편 되시는 분을 위해서 원수도 갚아드리겠습니다."

아낙네가 절레절레 도리질을 해 보인다.

"제가 일러드려서 그분을 모셔다가 도사를 항복시킨다 하더라도, 그것은 단지 원수를 갚는 일에 지나지 않을 뿐이요, 스승 되시는 분의 목숨을 구해드리지는 못할 것입니다."

"어째서 목숨을 구해드리지 못한다는 말씀입니까?"

"그놈이 쓴 독약은 이 세상에서 가장 지독한 것입니다. 중독되어 쓰러진 사람은 불과 사흘 만에 오장육부는 물론이요 뼛속의 골수까지 썩어 들어가 짓물러 터진답니다. 그렇기 때문에 이제 스님께서 그곳까지 다녀오신다 하더라도 이미 때가 늦어, 스승 되시는 분의 목숨을 구해드릴 수 없게 된다는 말입니다."

"저는 달리는 데 장기가 있습니다. 제아무리 먼 곳일지라도 저는 반나절이면 너끈히 다녀올 수가 있습니다."

"그렇게 길을 빨리 다니는 재주가 있다면, 말씀드릴 터이니 잘 들으세요. 여기서 거기까지 가시려면 천 리나 되는 먼 길입니다. 그곳에 자운산(紫雲山)이라고 부르는 산이 한 군데 있습니다. 그 산에 천화동(千花洞)이 있고, 그 동부(洞府)에 비람파(毘藍婆)라는 성현이 살고 계십니다. 그분이라면 요괴 '백안마군'을 항복시킬 수 있으실 겁니다."

"그 산은 어디에 있습니까? 어느 방향으로 가야 합니까?"

손행자가 다급한 마음에 내처 물었더니, 그녀는 남쪽을 가리켰다.

"바로 정남쪽, 곧바로 가시면 됩니다."

무심코 손가락 끝을 따라 남쪽을 향하던 눈길이 다시 제자리로 돌아왔을 때, 그녀는 벌써 어디로 사라졌는지 온데간데없다. 당황한 손행자는 급히 머리 조아려 예배를 드리면서 큰 소리로 여쭈었다.

"어느 보살이십니까? 제가 땅속을 쑤시고 헤매느라 정신이 어지러워져서 알아뵙지 못했습니다. 부디 존함이라도 남겨주시어 감사드릴 수 있게 해주십쇼!"

이윽고 반공중에서 크게 부르짖는 소리가 들려왔다.

"손대성, 나요!"

후닥닥 고개를 들고 바라보니, 다름아닌 여산노모(黎山老姆) 그분이시다. 손행자는 부리나케 허공으로 쫓아 올라가서 뒤늦게 고마운 인사를 드렸다.

"여산의 노모께서 어떻게 알고 나타나셔서 제게 가르쳐주십니까? 어디서 오시는 길인지요?"

"나는 방금 용화 법회에 참석했다가 돌아가는 길이었소. 손대성의 사부님께서 재난을 당하신 것을 알게 되어, 일부러 상중에 있는 아낙으로 변신하고 나타나서 그분이 죽음을 모면하시도록 일러드린 거요. 자, 어서 빨리 가서 그분을 모셔오도록 하시오. 그러나 내가 일러주었단 말씀은 절대로 그분에게 내비치면 아니 되오. 워낙 성미가 괴팍하신 분이라, 날 원망하실지도 모른다오."

손행자는 거듭 사례하고 나서 여산노모와 작별했다.

근두운을 일으켜 타고 휑하니 날아가다 보니, 천 리 길은 삽시간에 지나가고 마침내 자운산 상공에 이르렀다. 구름을 낮추고 내려서서 둘러보았더니, 눈길 닿는 곳이 바로 천화동이다.

늘푸른 소나무 숲은 명승 절경을 가리우고, 비취 빛깔의 잣나

무 숲이 신선의 거처를 감싸고 돈다.

    초록빛 짙은 버드나무 산중 오솔길에 가득 늘어섰는데, 이름 모를 꽃들이 골짜기를 뒤덮었다.

    향기로운 난초는 돌집을 에워싸고, 녹음방초 꽃다운 풀은 바위 모서리에 그늘을 드리운다.

    흐르는 물은 시내로 잇닿아 푸르며, 무심한 구름장 해묵은 나무 숲을 허망하게 가렸다.

    날짐승 푸드득거리며 시끄럽게 지저귀는 소리, 으슥한 산길에 사슴 떼 걸음걸이가 느릿느릿 한가롭다.

    대나무 가지마다 빼어난 자태 드러내고, 붉은 매화 잎새마다 흐드러지게 퍼져 있다.

    외톨박이 까마귀는 고목에 쓸쓸히 깃들이고, 봄철 새는 가죽나무 높다란 가지 위에서 우짖는다.

    여름 한철 보리는 너른 밭에 꽉 들어차 물결치고, 가을 한철 벼 이삭은 논바닥에 빈틈없이 가득 널렸다.

    봄, 여름, 가을, 겨울, 사시절에 떨어지는 잎새 보이지 않고, 입춘, 춘분, 입하, 하지, 입추, 추분, 입동, 동지, 여덟 절기에 한결같이 꽃을 피운다.

    상서로운 아지랑이 필 때마다 하늘 끝 은한(銀漢)에 잇닿으며, 상서로운 구름이 언제나 떠돌아 태허(太虛)에 접한다.

아무리 둘러보아도 끝 간 데를 모르는 평화스러운 정경에, 기분이 한결 좋아진 손대성은 싱글벙글 웃으면서 곧바로 천화동 어귀에 발길을 들여놓았다. 사람은 어디로 갔는지 하나도 없고 쥐 죽은 듯 고요하기만 할 뿐, 닭 울음소리 개 짖는 소리마저 들리지 않는다.

"아마도 이 성현께서 집에 계시지 않는 모양이로군."

혼잣말로 중얼거리면서 또 몇 리 길을 들어서고 보니, 여도사 한 분이 와탑(臥榻, 나지막한 침대) 위에 다소곳이 앉아 계시다. 그 모습이 어떻게 생겼는가 하면, 다음과 같은 시가 이를 증명하고 있다.

머리에는 다섯 가지 꽃 수놓은 비단 모자 쓰고, 몸에는 한 벌의 직금포(織金袍)를 걸쳤다.

두 발에는 운첨봉두리(雲尖鳳頭履)를 신었으며, 허리에는 실로 많은 수실 두 개 달린 쌍수조(雙穗條)를 띠었다.

얼굴은 늦가을철 서리 맞고 늙은 듯 추상 같으나, 목소리는 봄 제비 동구 밖에 지저귀듯 곱고도 상냥하다.

가슴속에는 오랜 세월 통달한 삼승법(三乘法)으로 가득 찼으되, 마음은 또 언제나 사체요(四諦饒)⁴를 닦는다.

공공(空空)의 참된 정과를 깨우쳐내고, 막힘 없이 스스로 소요(逍遙)하는 길을 이룩하였다.

이분이 바로 천화동의 부처이시니, 비람파 보살(毘藍婆菩薩)⁵의

---

4 삼승법·사체요: 불교 용어로 삼승법(三乘法)이란 삼승 곧 성문(聲聞)과 연각(緣覺), 보살(菩薩)을 위한 가르침. 삼승에 관해서는 제2회 주 **3** 및 제8회 주 **2** '십지 삼승' 참조. **사체요**(四諦饒)란 산스크리트어로 Catvāri-āryasatyāni. 그 뜻은 ① 현실의 인생은 고통이라는 실상(實相)을 나타낸 고체(苦諦), ② 그 고통의 원인이 번뇌, 특히 애욕과 업(業)에서 비롯된다는 집체(集諦), ③ 깨달음의 목표는 곧 이상적인 열반이라는 멸체(滅諦), ④ 열반에 이르는 방법, 즉 실천 수단인 도체(道諦)의 네 가지 단계를 말한다.

5 비람파 보살: 불교 용어로 Vilambā의 음역. 신통력으로 사람을 잡아먹는다는 악귀의 일종인 나찰녀(羅刹女) 중의 하나. 불교에 귀의하여 수호신이 된 십대 나찰(十大羅刹)로서 람바(藍婆)·비람파(毘藍婆)·곡치(曲齒)·화치(花齒)·흑치(黑齒)·다발(多髮)·무압쪽(無壓足)·지영라(持瓔珞)·고제(睾帝)·탈일체중생정기(奪一切衆生精氣)라는 이름의 나찰들이 신왕(神王)의 모습으로 갑옷 투구에 칼을 차고 십이천(十二天)을 수호한다고 한다.

명성 높구나.

손행자는 걸음을 멈출 것도 없이 곧바로 보살 앞에 다가가서 큰 소리로 외쳐 불렀다.

"비람파 보살님, 문안드리오!"

비람파 보살이 그 즉시 와탑에서 내려와 합장하고 답례를 건넨다.

"대성, 마중을 나가지 못하여 실례했소이다. 그런데 어디서 오시는 길이오?"

보살이 되묻는 말씀에, 손행자는 그만 두 눈이 휘둥그레졌다.

"아니, 제가 대성인 줄 어떻게 아셨습니까?"

"하하! 그대가 당년에 천궁을 크게 뒤엎었을 때, 제천대성의 생김새를 누가 보지 못했을 것이며, 그 명성을 모르는 이가 어디 있겠소?"

이 말을 듣고 손행자는 멋쩍게 뒤통수를 긁어내렸다.

"허허, 그것 참!…… 속담에 '좋은 일은 대문 밖에 소문나지 않고, 못된 일은 천 리 밖에 소문이 퍼진다(好事不出門, 惡事傳千里)' 하더니, 이야말로 제가 그 격이로군요! 하지만 지금은 불문에 귀정한 줄은 모르고 계실 겁니다."

"호오! 대성께서 불문에 귀의하셨다? 그래, 언제 귀정하셨소? 정말 축하드리오, 축하해요!"

"요즈음에 한 목숨 건지고 해탈하여, 지금은 스승이신 당나라 스님을 모시고 서천으로 경을 가지러 가는 길입니다. 도중에 사부님께서 황화관 도사 녀석에게 변을 당하여 독약을 탄 차를 마시고 쓰러지셨습니다. 제가 그놈과 한바탕 싸웠더니, 그놈은 금빛 광채를 쏘아내어 저를 덮어씌웠습니다. 저는 신통력을 부려서 가까스로 빠져나오기는 했으나, 사부님과 아우들은 여전히 그놈의 도관에 잡혀 있어 구해낼 방도가 없지 뭡니까. 얘기를 듣자니까, 보살님께서 그놈의 금빛 광채를 소멸하실 수 있다 하기에, 이렇게 허위단심 찾아뵙고 청을 드리는 것입니다."

비람파 보살이 고개를 갸우뚱한다.

"누가 그런 얘기를 대성에게 했단 말이오? 나는 우란분회(盂蘭盆會)에 참석한 이래 지금까지 삼백여 년 동안 대문 밖에 나가본 적이 없소. 더구나 성도 감추고 이름도 숨긴 채 살아와서, 나를 아는 사람이 하나도 없을 터인데, 대성께서 어떻게 아셨단 말씀이오?"

"하하! 제가 누굽니까? 세상에 못 들어본 소문이 없는 '지리귀(地裏鬼)'가 바로 이 제천대성 손오공입니다. 보살님께서 어디 숨어 계시든지 다 알아내는 수가 있지요. 그러니까 이렇게 쉽사리 찾아뵙지 않았습니까?"

앙큼스런 원숭이의 말에, 비람파는 씁쓰레하니 입맛을 다셨다.

"할 수 없군, 할 수 없어! 나는 애당초 가지 말아야 되겠지만, 어쩌겠소. 제천대성께서 이렇듯 친히 왕림하시고 또 서천으로 경을 가지러 가신다는데, 내가 어떻게 그 착한 일을 망쳐버릴 수 있겠소? 내가 그대와 함께 가보리다!"

"어이구, 고맙습니다, 보살님!"

손행자는 코가 땅에 닿도록 절을 하고 나서 비람파 보살과 함께 길을 떠났다.

그러나 아무래도 미심쩍어 가는 도중에 다시 여쭈었다.

"제가 워낙 덤벙대기만 하는 무식꾼이라 그저 재촉밖에 할 줄 모릅니다만, 보살님께서는 무슨 병기를 지니고 계시는지요?"

"내겐 수놓는 바늘이 하나 있소. 이것 한 개면 그놈의 금빛 광채를 멸할 수 있을 거요."

이 말을 듣고 손행자는 기가 막혀 저도 모르게 투덜거렸다.

"이런 젠장! 여산노모가 내 일을 망쳐놓으려고 작심했군그래. 비장의 병기가 겨우 수놓는 바늘인 줄 진작 알았더라면, 굳이 보살님에게 수고를 끼칠 것도 없었잖나! 그 따위 바늘쯤이야 손선생께서 한 짐이라도 만들어낼 수 있었을 텐데……"

비람파가 그 소리를 귀담아듣고 빙그레 웃는다.

"그대가 말하는 바늘이란 강철로 만든 금침(金針) 따위일 거요. 그런 바늘은 쓸모가 없소. 내 이 보배는 강철도 아니고 무쇠도 아니며 금으로 만든 것도 아니오. 바로 내 아들 녀석이 태양의 한복판, 다시 말해서 '일안(日眼)' 속에서 구워 만들어낸 거라오."

"아드님이라니, 누구 말입니까?"

손행자가 뜨악한 기색으로 물었더니, 비람파 보살은 천연덕스레 대답한다.

"내 아들 말이오? 바로 묘일성관(昴日星官)이라오."

이 말에 손행자는 그만 입이 딱 벌어졌다. 할말을 잊고 두 눈만 멀뚱멀뚱 뜬 채 가고 있으려니, 어느새 금빛 광채가 휘황찬란하게 비치는 곳까지 이르렀다.

그는 몸을 돌리고 비람파에게 손가락질해 가리켰다.

"저걸 보십쇼. 저 금빛 광채가 비치는 곳이 바로 황화관입니다."

비람파 보살은 아무 대꾸도 없이 옷섶에서 수놓는 바늘 한 개를 끄집어냈다. 눈썹처럼 가늘고 길이는 겨우 대여섯 치밖에 안 되는 것을 손바닥으로 비벼 가지고 하늘 높이 내던지는 비람파 보살, 그것이 한 일의 전부였다.

그러나 얼마 후에, 황화관쪽에서 느닷없이 "쿵!" 하는 굉음이 들려오더니, 방금 전까지 눈부시게 쏘아내던 금빛 광채가 씻은 듯이 사라지고 말았다.

손행자는 기뻐서 어쩔 줄을 모르고, 입에 침이 마르도록 찬탄해 마지않았다.

"보살님! 정말 묘하십니다! 절묘해요! 자, 어서 바늘을 찾으러 갑시다! 어서 가셔서 바늘을 찾아야지요!"

비람파 보살이 손바닥을 펼쳐 보인다.

"이게 그 바늘 아니오?"

손행자는 보살과 함께 구름을 낮추고 내려서서 도관으로 걸어 들어갔다.

도사 '백안마군'은 그곳에 있었다. 그러나 어찌 된 일인지 두 눈을 감은 채 걸음을 옮겨 떼지 못하고 우두커니 그 자리에 서 있었다.

"이 못된 괴물이 장님 행세를 하는구나!"

손행자는 앞서 금빛 광채에 혼이 난 뒤끝이라, 분노를 삭이지 못하고 귓밥 속에서 여의금고봉을 꺼내들기가 무섭게 한 대 후려갈겼다. 이때 곁에 서 있던 비람파 보살이 재빠르게 철봉 잡은 손목을 부여잡아 말렸다.

"잠깐만! 대성, 이놈을 때려죽이지는 마시오. 이놈은 내게 맡겨두고, 어서 그대의 사부님을 찾으러 가셔야지요."

손행자가 뒤꼍으로 돌아가서 객실을 살펴보니, 그들 세 사람은 여전히 마룻바닥에 쓰러진 채 거품을 토해내며 잠자듯이 정신을 잃고 있었다.

"아아, 이를 어쩌면 좋단 말인가! 어쩌면 좋아!……"

손행자가 비통에 차서 눈물을 흘리고 있노라니, 뒤따라 들어온 비람파 보살이 위로의 말을 한다.

"대성, 너무 슬피하지 마시오. 내가 어차피 문밖에 나온 바에야, 내 친절음에 음더 한 가지 더 쌓아야겠구려. 자, 여기 해독단(解毒丹)이 있소. 세 알만 드리리다."

손행자가 돌아서서 공손히 절하며 간청하니, 보살은 소매 춤에서 다 떨어진 종이 꾸러미를 꺼내 들고 그 속에서 붉은 환약 세 알을 집어주었다.

"한 분에게 한 알씩 입에 넣어드리시오."

손행자는 세 사람의 입을 하나하나씩 벌려가며 악문 이빨을 어기고 알약을 하나씩 틀어넣어주었다. 환약은 순식간에 녹아 뱃속으로 넘어갔다. 얼마 안 되어서, 그들 세 사람은 일제히 구역질을 하더니 거품에 섞인 독약 기운을 토해내고 목숨을 건졌다.

제일 먼저 엉금엉금 기어서 일어난 것은 미련퉁이 저팔계였다.

"어이구, 숨이 막혀 죽을 뻔했네!"

삼장 법사와 사화상도 잇따라 깨어났다.

"아, 몹시 어지럽구나! 머리통이 빙빙 도는걸!"

손행자가 스승에게 사연을 일러주었다.

"모두들 그 도사 놈이 찻잔 속에 탄 독약을 마시고 중독 당하셨던 것입니다. 비람파 보살께서 해독약을 주신 덕분으로 목숨을 건지셨으니, 어서 이리들 와서 고맙다는 말씀이나 하십쇼."

삼장 법사는 몸을 일으키고 옷매무새를 가다듬더니, 보살 앞에 감사의 예를 드렸다. 인사치레가 끝나자, 저팔계 녀석은 대뜸 도사부터 찾았다.

"형님, 그 도사란 놈은 어디 있소? 무슨 원한이 있기에 우리를 이 지경으로 독살하려고 했는지 그 까닭 좀 따져봅시다!"

손행자는 세 사람에게 반사동의 거미 요정 일곱 마리와 도사 간에 얽힌 내막을 낱낱이 설명해주었다. 얘기를 다 듣고 나서 저팔계는 더 한층 약이 올라 펄펄 뛰기 시작했다.

"거미 요정과 의남매를 맺었다면, 도사란 놈도 요괴가 틀림없구려! 그래, 지금 그놈이 어디 있소?"

"저 앞채, 삼청전 밖에서 장님인 체하고 엉거주춤 서 있다네."

이렇게 해서 모두들 삼청전으로 달려 나갔는데, 저팔계는 도사를 보자마자 쇠스랑으로 내리찍었다. 그러나 이번에도 비람파 보살이 가로막았다.

"천봉원수, 고정하시오. 대성께서 보셨다시피 내 거처에는 사람이 하나도 없소. 그래서 내가 이놈을 데려다 문지기로 쓸까 하오."

손행자는 두말 없이 찬성했다.

"보살님의 크나큰 덕을 입었는데, 저희가 어찌 말씀대로 따르지 않겠습니까. 한데 떠나시기 전에 마지막으로 이놈의 정체나 좀 드러내어 보여주시지요."

"그야 쉬운 노릇이오."

비람파 보살은 선선히 응낙하더니, 당장 앞으로 나서서 손가락으로 도사를 가리켰다. 황화관의 도사는 손가락질을 당하기가 무섭게 털썩 소리를 내면서 먼지 구덩이에 쓰러져 본색을 드러냈다. 겨드랑이 양쪽에 1천 개의 눈알이 달린 다목괴, '백안마군'의 정체는 다름아닌 지네, 길이만도 일곱 척이나 되는 거대한 지네의 정령이었던 것이다.

비람파 보살은 새끼손가락으로 지네를 가볍게 집어들더니, 상운을 일으켜 타고 자운산 천화동으로 돌아갔다.

하늘 끝에 가물가물 사라져가는 보살의 뒷모습을 우러러보면서, 저팔계가 혀를 내두르며 찬탄을 아끼지 않는다.

"저 마나님, 정말 대단하신 분이로군! 그 무시무시한 도사 녀석을 어떻게 단번에 제압했는지 모르겠소!"

손행자가 씨익 웃어가며 일러준다.

"내가 저 보살님더러 여쭈어봤네. '무슨 병기로 그놈의 금빛 광채를 깨뜨려 부숴버릴 거냐?'고. 그랬더니 보살의 말씀이, '수놓는 바늘 하나면 그만이오!' 하지 않겠나? 그 바늘은 당신 아드님이 태양의 한복판에서 단련해냈다는 거야. 그래서 아드님이 누구냐고 또 물었지. 보살이 대답하기를 '내 아들 녀석은 묘일성관이라오' 하더군. 그래서 가만히 생각해봤지. 묘일성관의 법신(法身)은 수탉이니까, 저 늙은 마나님은 보나마나 암탉의 화신일 걸세. 수탉이든 암탉이든, 닭이라면 지네를 잡아먹는 데 귀신 아닌가! 그러니까 도사로 둔갑했던 지네 요정을 손쉽게 굴복시키고 데려갈 수 있었던 것일세."

제자들의 대화를 귀담아듣는 동안에도, 삼장은 보살이 사라진 허공을 향해 쉴새없이 정례(頂禮)를 올렸다. 얘기가 끝나자, 그는 절을 그치고 분부를 내렸다.

"애들아, 이제 그만 떠날 채비를 하자꾸나."

사화상이 안채 부엌으로 들어가더니 쌀을 찾아내어 밥을 지었다. 배를 든든히 채우고 나서, 저팔계와 사화상은 짐 보따리를 둘러메고 스승을 안장에 올려 태운 채 말고삐를 끌고 황화관 산문 바깥으로 나섰다. 그 사이에 손행자는 부엌으로 다시 들어가더니 불씨를 꺼내다가 건물이란 건물마다 돌아가며 모조리 불을 놓았다. 이리하여 황화관은 누각이고 삼청전이고 할 것 없이 삽시간에 불바다가 되더니, 마침내는 잿더미로 주저앉고 말았다.

이렇게 해서 "목숨 건진 당나라 스님은 비람파 보살에게 감사하고, 성정을 터득한 손행자는 다목괴(多目怪)를 멸하였다"는 얘기가 이루어진 것이다.

과연 앞으로 나아가는 길에 또 무슨 일이 벌어질 것인지, 다음 회에서 풀어보기로 하자.

제74회 태백장경은 마귀 두목의 사나움을 귀띔해주고, 손행자는 변화술법을 베풀어 사타동에 잠입하다

정욕(情慾)이 일어나는 까닭은 모두 마찬가지니, 정이 생기고 욕망 있음은 저마다 그러하다.

사문(沙門)에 너도나도 몸을 담아 수련하는 이들이여, 욕망 끊고 정을 잊음이 곧 선(禪)이라네.

모름지기 뜻을 착실히 지니고 마음이 굳세야만, 속세의 티끌 한 점 물들지 않고 중천에 뜬 밝은 달을 대할 수 있으리.

행공(行功)하는 일에 꾸준히 나아가되 그르침이 없도록 할 것이니, 수행과 공덕이 원만하게 이루어지는 날에 대각진선(大覺眞仙)이 되리라.

스승 삼장 법사와 제자 일행은 욕망의 그물을 헤치고 거미 요정들에 펼쳐놓은 정(情)의 굴레에서 빠져나오자, 말고삐를 한껏 풀어주고 홀가분하게 서쪽으로 달려 나갔다.

얼마쯤 가다 보니, 또다시 무더운 여름이 다 지나고 가을 초입에 접어들어 선들선들한 기운이 옷섶으로 스며들기 시작했다.

갑작스런 소나기가 그나마 늦더위를 거두어가니, 오동나무 한 잎새 놀라서 떨어진다.

개똥벌레, 반딧불이 날아다니는 잔디밭 길에 그 밤은 이슥하

고, 귀뚜라미 우는 소리에 달빛도 밝다.

샛노란 해바라기 얼굴에 새벽 이슬 환히 비치고, 연분홍 여뀌는 시냇가 모래밭에 두루 깔렸다.

갯버들 잎사귀 먼저 시들어 떨어지는 계절에, 쓸쓸한 매미는 한 시절 넘어가는 음률에 맞춰 서럽게 운다.

삼장 일행이 한참 길을 가고 있노라니, 문득 하늘 높이 솟은 산이 한 군데 눈길에 들어온다. 얼마나 높은지 봉우리가 벽공(碧空)을 찌르듯 곧추서서, 한마디로 별자리를 어루더듬고 해 그림자를 가릴 지경이었다.

삼장 법사는 그것을 보고 슬그머니 속이 켕겨 맏제자를 불렀다.

"오공아, 저 앞에 보이는 산이 무척 높구나. 넘어갈 길이나 있는지 모르겠다."

손행자가 웃으며 대꾸한다.

"원, 사부님도! 무슨 말씀을 하십니까. 자고로 '산이 아무리 높아도 나그네 갈 길은 저절로 있고, 물이 아무리 깊어도 배에 태워 건네줄 사공은 있게 마련이다(山高自有客行路, 水深自有渡船人)'라고 했는데, 어찌 지나갈 길이 없겠습니까. 마음 푹 놓으시고 그저 앞으로 나아가십쇼."

그 말에 용기를 얻은 스승이 얼굴 가득 웃음꽃을 피우면서 채찍을 휘두르며 떨꺼덕떨꺼덕 말을 몰아 가파른 바윗길을 앞장서서 기세 좋게 올라갔다.

일행은 2, 3리를 못 가서 노인 한 사람을 발견했다. 더부룩한 백발을 바람결에 나부끼고 길게 늘어진 수염이 햇볕 아래 은실처럼 반짝이는가 하면, 목에는 알이 굵다란 염주를 걸고, 손에는 용두괴장(龍頭拐杖)을 짚은 채 멀찌감치 떨어진 산비탈 위에 서서 일행을 고함쳐 부르고 있는 것이다.

"여보시오! 거기 서쪽으로 가시는 장로님들! 잠시 걸음을 멈추고 말 재갈을 단단히 당겨 그 자리에 멈춰 서시오. 이 산중에는 요사스런 마귀 한 패거리가 살고 있어서, 인간 세계 사람들을 모조리 잡아먹으니, 앞으로 더는 나가지 못하실 거요."

삼장 법사는 이 말을 듣고 대경실색, 얼굴빛이 하얗게 질리고 말았다. 울퉁불퉁 고르지 못한 길바닥이 말발굽을 내딛고 서기도 어렵거니와 또 안장을 고정시킨 뱃대끈이 헐거워져 이리 기우뚱, 저리 기우뚱 흔들리는 바람에 편안히 앉아 있지 못하고 그만 말 다리 밑으로 굴러 떨어지고 말았다. 풀섶에 떨어져서도 일어나지 못하고 쓰러진 채 끙끙 앓는 소리만 내는 스승을, 손행자가 얼른 다가가 부축해 일으키면서 안심시켰다.

"겁내지 마십쇼, 사부님. 두려워하실 것 하나도 없습니다! 제가 있지 않습니까!"

"저기 저 산비탈 위에서 노인이 하는 소리를 너도 듣지 않았느냐? 이 산중에는 요사스런 마귀 떼가 살고 있으면서 인간 세상의 사람들을 모조리 잡아먹는다고 했다. 누가 좀 가서 도대체 무슨 얘기인지 자세한 내막을 알아보지 않겠느냐?"

"여기 가만히 앉아 계십쇼. 제가 가서 물어보고 오겠습니다."

그러자 스승이 절레절레 고갯짓을 한다.

"너는 얼굴 생김새가 험상궂을 뿐 아니라 말씨도 거칠고 상스러워, 남의 기분을 잘못 건드리곤 하지 않느냐. 내막을 알아내지도 못하고 공연히 일을 잡치게 하지나 않을까 그게 걱정스럽다."

"하하! 그게 걱정이십니까. 정 미덥지 않으시거든, 제가 점잖은 모습으로 변신해 가지고 가서 물어보기로 하지요!"

"어디 변신을 해서 내게 좀 보여다오."

스승이 보자는 데야 마다할 손행자가 아니다. 앙큼한 원숭이 임금은 즉석에서 인결을 맺고 몸뚱이 한번 꿈틀더니, 어느새 말쑥하게 잘생긴 꼬마 상좌승으로 둔갑했다. 글자 그대로 미목(眉目)이 청수(淸秀)하고 둥글둥글한 머리통에 네모반듯한 얼굴, 점잖으면서도 맑은 기상이 돋보이는 모습이었다. 그는 무명 직철 자락을 떨치고 스승 앞으로 걸어가면서, 거칠고 막되어먹은 말투가 아니라 예절바른 언사로 이렇게 여쭈었다.

"사부님, 어떻습니까? 그럴듯하게 변신했습죠?"

삼장이 그 모습을 보고 크게 기뻐 칭찬했다.

"음! 아주 훌륭하구나! 기막히게 잘생겼어!"

곁에서 저팔계가 한마디 던진다.

"잘생기지 않을 리가 있겠습니까. 저희들 같으면 어림도 없지요. 이 저선생은 이삼 년을 두고 물구나무에 곤두박질을 쳐도 저렇듯 미끈하고 잘생겨먹게 둔갑하지는 못할 겁니다."

칭찬을 듣고 신바람이 난 손행자는 일행에게서 멀찌감치 떨어져 곧바로 달려 나가더니, 산비탈 위에서 노인과 만나 허리 굽혀 인사하고 수작을 걸기 시작했다.

"할아버지, 안녕하십니까. 소승이 문안드립니다."

노인은 물끄러미 손행자를 바라보았다. 미끈하게 잘생긴 상좌승, 몸집은 자그마하고 날렵해 보이는 것이 귀여워서, 대꾸하는 대신에 손바닥으로 머리통을 쓰다듬어주면서 자상한 미소를 띠었다.

"호오, 요렇게 어린 스님이 어디서 오셨는고?"

손행자는 시침을 뚝 떼고 점잖게 대답했다.

"저희는 동녘 땅 대당나라에서 왔습니다. 서천으로 부처님을 찾아가 뵙고 불경을 구하러 가는 길에 여기 이르렀는데, 때마침 할아버지께서 이곳에 요괴들이 살고 있다고 알려주시는 말씀을 듣게 되었습니다. 저희 사부님은 워낙 담이 작고 겁이 많으신 분이라, 절더러 한번 여쭈어 보라고 하시기에 이렇게 뵙는 것입니다. 도대체 무슨 요정이 저희 앞길을 가로막고 있는지요? 할아버지께서 좀 자세히 가르쳐주십쇼. 그래야 저희가 그놈들을 멀리 쫓아버리고 길을 떠날 수 있겠는데요."

노인이 껄껄대고 웃는다.

"하하! 요 화상은 나이가 어려서 뭐가 뭔지 통 모르는군. 그저 말이라고 하면 다 되는 줄 아나? 그 요사스런 마귀는 신통력이 이만저만 굉장한 게 아닌데, 자네가 그것들을 감히 쫓아버리고 길을 떠나겠단 말인가? 어림도 없는 소리 말게!"

손행자도 지지 않고 껄껄 웃으며 대꾸한다.

"노인장 말씀을 들어보니, 그 마귀 녀석들을 무척 두둔하고 계시는군요. 그놈들과 일가친척이라도 되거나, 아니면 가까운 이웃 친구라도 되시나요? 그렇지 않고서야 어떻게 마귀 녀석들의 위세와 지혜만 내세워 자랑하시고 기개를 북돋워주기만 하시는 겁니까? 그러시지 말고 솔직히 그놈들의 내력이나 툭 털어놓으시죠!"

노인이 고개를 주억거리면서 또 껄껄대고 웃는다.

"요 풋내기 화상이 제법 주둥아리 하나는 잘도 놀리는군그래! 아마도 자네 스승을 따라 이리저리 떠돌아다니며, 가는 곳마다 귀동냥으로 술법깨나 배워서 하찮은 도깨비를 쫓아내고 잡귀신 따위를 몰아내거나 남의 집 살풀이를 해주어온 모양이네만, 이 산중에 득시글거리는 요괴들처럼 진짜 지독한 괴물은 마주쳐본 적이 없었을 걸세."

"얼마나, 어떻게 지독스럽다는 겁니까?"

"그 요괴가 영취산에 편지 한 통을 보내면, 오백 나한이 모두 나와서 영접하고, 천궁에 쪽지 한 장 띄워보내면 십일대요(十一大曜)들이 하나같이 받들어 모신다네. 사해 용왕이 오래전부터 그놈과 벗을 맺었으며, 상팔동(上八洞), 중팔동의 신선들과도 언제나 서로 만나고 저승의 십대 염왕(十大閻王)들과 형님 아우로 부르는 사이요, 토지신과 서낭신들조차 귀한 손님 대접하고 서로 아끼며 지내는 터라네."

손대성이 이 말을 듣더니 더는 참을 수가 없는지 본성을 드러내고 한바탕 까르르 웃어 젖혔다. 그리고는 두 손으로 노인을 부여잡고 이렇게 떠벌렸다.

"그런 말씀 마십쇼! 말아요! 그 요괴란 놈이 내 후배 녀석들과 형님 아우 부르면서 친구 노릇을 하고 있다니, 별로 대단치도 않은 것들이군요. 만약 이 풋내기 화상이 여기 온 줄 아는 날이면, 그놈들은 밤새껏 짐 보따리 싸 가지고 야반도주를 해버릴 겁니다."

"요 꼬마 화상 하는 말 좀 봤나! 그 따위 터무니없는 소리 지껄이지 말게! 그러다가는 사람 노릇도 제대로 해보지 못할 걸세. 그래, 도대체 어떤 성현이 자네 후배 녀석이고, 또 누가 형님 아우 하는 친구 사이란 말인가?"

노인이 펄쩍 뛰며 꾸짖으니, 손행자는 싱글싱글 웃어가며 신세 내력을 밝혔다.

"노인장 앞이니 숨기지 않고 사실대로 말씀드리지요. 이 풋내기 꼬마 화상은 이래 보여도 조상 적부터 오래국 화과산 수렴동에서 살아왔습니다. 성은 손씨요 이름은 오공으로서, 과거에는 요괴 노릇도 해보았고 엄청나게 큰일도 저질러봤습니다. 숱한 마귀들과 의형제를 맺고 사귀면서 한번은 술을 지나치게 마셔 잠이 들었다가, 꿈속에서 저승사자 두 사람을 만났는데 그놈들이 나를 잡아서 음사(陰司)로 끌고 가기에 한때의 분을 참지 못하고 노발대발하여 금고봉으로 지옥의 판관을 때려부상을 입혔지 뭡니까. 그 바람에 염라대왕들이 놀라 자빠지고 삼라전이 뒤엎어질 뻔했습니다. 생사부를 맡고 있던 판관이 기절초풍하여 부리나케 명부를 가져다 바치고, 내 이름을 지워버린 그 명부에 십대 염라대왕이 도장 찍고 서명하면서, 날더러 때리지 말고 용서해줄 것을 빌었습니다. 그리고 자청해서 내 후배 노릇을 하겠노라고 다짐까지 두었단 말입니다."

노인은 이 말을 듣고 기가 막혀 한숨을 내쉬어가며 절레절레 도리질했다.

"나무아미타불! 이 꼬마 녀석이 큰소리만 탕탕 칠 줄 아는구나. 그러니 키가 요만큼밖에 더 못 자라지!"

"노인장, 내 키는 요만큼만 커도 넉넉하답니다."

"자네 올해 몇 살이나 되었는가?"

"어디 알아맞혀보시죠."

"한 일고여덟 살쯤 되었을까?……"

이 말에, 손행자는 껄껄대고 웃으면서 이렇게 대꾸했다.

"하하하! 일고여덟 살이라니, 아마 영감님께서 일고여덟 살씩 만 번을 더 세어야 내 나이가 될 겁니다! 내 얼굴이 옛날에는 어떻게 생겼는지 보여드릴까요?"

"뭐라고? 또 다른 얼굴이 있다니……"

"이 꼬마 화상에게는 얼굴이 일흔두 가지나 있소이다."

노인이 그 말을 귓등으로도 듣지 않고 콧방귀를 뀌자, 성미 급한 원숭이는 마침내 손바닥으로 제 얼굴을 쓱 문질러 본래의 모습을 드러내 보였다. 꽉 아문 입술 틈으로 비죽 나온 송곳니, 새빨간 엉덩이 두 짝에 호랑이 가죽 치마로 허리를 질끈 동여매고, 두 손으로 여의금고봉을 거머잡은 채 바위 언덕 위에 우뚝 서니, 영락없이 살아 있는 뇌공의

형상이었다. 이것을 본 노인은 깜짝 놀라 얼굴빛이 하얗게 질리면서 두 다리에 맥이 풀려 그 자리에 서 있지 못하고 털썩 주저앉더니, 다시 엉금엉금 기어서 일어나다가는 도로 엉덩방아를 찧고 나자빠졌다.

손대성이 그 앞으로 바짝 다가서서 말을 붙였다.

"노인장, 그렇게 놀라실 것 없소이다. 우리는 생김새가 추악해도 성품은 착합니다. 겁내지 말고 일어나십쇼. 방금 노인장께서 호의를 베풀어서 저희들한테 요사스런 마귀 떼가 있다고 일러주셨는데, 과연 요괴가 얼마나 많이 있습니까? 번거로우시더라도 자세히 가르쳐주시면 고맙겠습니다."

그러나 노인은 입을 열지 못한 채 전전긍긍, 갑자기 벙어리가 된 듯 말이 없고, 귀머거리가 된 것처럼 알아듣지 못하고 한마디도 대꾸를 하지 않았다.

노인이 말을 하지 않는 것을 보자, 손행자는 할 수 없이 발길을 되돌려 일행들이 기다리고 있는 산비탈 아래로 돌아왔다.

"오공아, 돌아왔구나. 그래, 알아보겠다는 일은 어찌 되었느냐?"

스승의 물음에, 손행자는 쑥스럽게 웃으며 대답했다.

"뭐, 대단한 일은 아닙니다. 별것 아니에요. 서천 가는 노상에 요정이 있어봤자 몇 마리나 되겠습니까. 이 고장 사람들이 지레 겁을 집어먹고 늘 걱정하는 모양입니다만, 그야 담보가 작아서 그런 거죠. 마음 쓰지 마십쇼! 아무 일도 없을 겁니다. 제가 있지 않습니까!"

그러나 삼장은 아무래도 미심쩍어 꼬치꼬치 캐묻는다.

"제대로 물어보기는 했느냐? 그래, 여기가 무슨 산이고 무슨 동굴이 있으며, 또 요괴가 얼마나 살고, 어느 길로 들어서야 뇌음사에 갈 수 있는지 알아보았느냐?"

스승의 추궁에, 손행자는 꿀 먹은 벙어리다. 애당초 그런 것을 물어보지 않고 딴전만 부렸으니 알 턱이 없는 것이다.

이때 저팔계가 낯두껍게 한 말씀 올렸다.

"사부님, 제 얘기를 언짢게 듣지 마십쇼. 만약 변화술법 같은 것으로 겨룬다면, 저는 형님보다 못합니다. 사람을 잡아놓고 놀려대거나 때려부수거나 하는 일이라면, 저희 따위는 대여섯 명을 갖다 세워도 형님 하나를 당해낼 수 없을 겁니다. 그러나 성실성을 놓고 따져본다면, 형님 같은 사람은 한패거리를 늘어 세워도 저 하나만 못할 겁니다."

맏제자에게 실망하던 삼장은 이 말에 귀가 솔깃해졌다.

"옳다, 옳아! 네가 역시 성실한 제자다."

스승이 인정해주니, 미련퉁이는 어깨가 으쓱해져서 말을 이었다.

"형님은 무슨 까닭인지 모르겠으나 말머리만 꺼내서 한두 마디 묻다가 끝까지 다 알아보지도 않고 어물어물 그냥 돌아온 게 분명합니다. 그러니 이제 이 저선생이 다시 한 번 가서 그 노인에게 확실한 내막을 알아오겠습니다."

"그래, 그래! 오능아, 네가 가서 자세히 알아오너라."

당나라 스님의 허락이 떨어지자, 미련퉁이 저팔계는 쇠스랑 자루를 허리춤에 꾹 질러 넣고 검정 직철 자락을 단정하게 가다듬더니, 사뭇 점잖은 걸음걸이로 뒤뚱뒤뚱 산비탈 언덕 위로 뛰어올라가 노인을 외쳐 불렀다.

"할아버지, 문안 인사 받으십쇼!"

노인은 손행자가 돌아가는 것을 보고 나서야 겨우 지팡이로 버텨 간신히 일어나 후들후들 떨리는 두 다리로 걸어가려던 참이었다. 그런데 등뒤에서 부르는 소리를 듣고 흘끗 뒤돌아보다가, 저팔계의 사나운 낯짝을 발견하고 또 한 번 기절초풍을 하고 나자빠졌다.

"아이고, 하느님 맙소사! 간밤에 내 꿈자리가 얼마나 사나웠기에 이 따위 못된 놈들과 자꾸 마주친단 말이냐? 앞서 나타났던 화상은 비록 추악하게 생겨먹기는 했어도 그나마 서 푼쯤은 사람 꼬락서니를 하고 있었는데, 이번에 나타난 화상은 주둥이가 비죽 나오고 창포 잎사귀로 만든 부채 귀에, 철판 같은 낯짝하며 종려나무보다 더 굵은 목덜미에 억센 갈기 터럭이 숭숭 돋아났으니, 사람 같은 꼴이라곤 한 푼어치도 보이지 않는구나!"

저팔계는 그래도 넉살 좋게 껄껄대면서 말을 붙였다.

"이 노인장은 기분이 썩 안 좋으신 모양이로군. 사람을 기분에 내키는 대로 치켜세웠다 깎아내렸다 하시니 말이오. 도대체 날 어떻게 보시고 하는 말씀이오? 내가 비록 추접스레 생겨먹기는 했으나, 좀더 참고 오래 보시면 차츰 미끈하게 보일 거요."

노인은 저팔계가 사람의 말을 하는 것을 보더니, 그제야 다소 마음이 놓여 한마디 물어왔다.

"당신은 어디서 온 누구요?"

"나는 당나라 스님의 둘째 제자로 법명을 저오능 팔계라 부르오. 조금 전에 와서 물어본 사람은 손오공 행자요, 내 사형되는 분이오. 방금 그 형님이 노인의 기분을 언짢게 해드리고 소식을 똑바로 알아오지 못하였기 때문에, 우리 사부님이 꾸지람을 내리시고 그 대신 나를 이렇게 보내셔서 노인장을 찾아뵙도록 하셨소. 이곳이 과연 무슨 산이고 무슨 동굴이 있는지, 또 그 동굴에 어떤 요괴가 살고 있는지요? 그리고 또 한 가지, 서천으로 가는 큰길이 어디 있는지 노인장께서 좀 가르쳐주시면 고맙겠소."

"그게 정말이오?"

노인이 깜짝 놀라 물었더니, 저팔계는 시침 뚝 떼고 거짓말을 늘어놓았다.

"나는 평생을 두고 털끝만한 거짓말도 해본 적이 없소."

"에이, 좀 전에 왔다간 화상처럼 큰소리만 탕탕 치고 함부로 설쳐대지 말구려!"

"나는 그 사람하고 다르오."

그제야 노인은 지팡이로 버티고 서서 사실을 얘기해주었다.

"이 산 이름은 '팔백 리 사타령(八百里獅駝嶺)'이라 부르오. 산속에 사타동(獅駝洞)이란 동굴이 하나 있는데, 그 안에 요사스런 마귀 세 마리가 살고 있소."

저팔계 녀석은 마귀 두목이 셋씩이나 산다는 말을 듣고 속이 뜨끔해졌으나, 내색은 하지 않고 허세를 부렸다.

"허허! 노인장께서 공연한 걱정을 다하셨구려. 요괴 두목이란 것이 고작 세 마리뿐이라면서, 이렇게까지 수고스럽게 알려주려고 나오셨단 말이오?"

"그럼 당신은 무섭지 않단 말이오?"

"제가 숨김없이 솔직하게 말씀드리지요. 그 따위 요괴 두목 셋쯤은 우리 형님의 몽둥이 한 대에 한 놈을 때려죽일 것이고, 내 쇠스랑으로 후려 찍으면 또 한 마리 즉사할 테고, 여기에 또 내 아우 사화상의 항요보장 한 대면 나머지 한 마리도 어김없이 죽어 나자빠질 거요. 이렇게 세 마리를 낱낱이 때려죽이고 나면 우리 사부님은 아무 근심 걱정 없이 무사히 넘어가실 수 있을 텐데, 어려울 게 뭐 있단 말입니까?"

노인은 기가 막히는지 껄껄대고 웃어넘긴다.

"이 화상은 정말 뭐가 뭔지 모르는 숙맥이로군! 그 마귀 두목들은 신통력이 아주 굉장한 놈들이라오. 어디 그뿐인 줄 아시오? 이 사타령 남쪽 고개에 부하 요괴들이 오천 마리 있고, 북쪽 고개에도 오천 마리, 동쪽 길목에 만 마리, 서쪽 길목에 또 만 마리, 순찰을 돌고 보초를 서는 놈들만 헤아려도 사오천 마리, 동굴 문을 지키는 파수병이 만 마리, 게다가 아궁이에 불을 때는 놈, 땔나무를 해 오는 놈도 이루 헤아릴 수 없이 많소. 모두 합치면 사만 칠팔천 마리는 될 거요. 물론 이놈들은 모두 각각 이름을 새긴 명패를 차고 있는 녀석들이고, 그 아랫것들은 아예 숫자에 집어넣지도 않았소. 이 많은 요괴들이 사타령 팔백 리 일대에 쫙 깔려서, 그저 지나가는 사람들만 전문으로 잡아먹고 산단 말이오!"

얘기가 이쯤 되자, 미련퉁이 저팔계 녀석도 허세를 걷어치우고 전전긍긍 와들와들 떨면서 노인에게 인사를 하는 둥 마는 둥 쏜살같이 되돌아오더니, 당나라 스님이 가까이 다가와도 말을 전하지 않고, 쇠스랑을 내려놓기가 무섭게 그 자리에 쭈그려 앉아 대변부터 보기 시작했다.

손행자가 그 꼴을 보다 못해 버럭 호통쳐 꾸짖었다.

"돌아왔으면 사부님께 말씀드리지 않고 거기 쭈그려 앉아서 무엇 하는 짓이냐!"

저팔계는 여전히 끙끙대고 용을 쓰면서 대꾸했다.

"형님, 그런 말씀 마시오! 내 어찌나 놀랐던지 똥부터 싸야겠소. 이제는 어쩌고저쩌고 따질 것 없이 각자 한 목숨 살려 가지고 떠날 길이나 찾읍시다."

"이런 바보 멍텅구리 녀석! 내가 가서 물어보았을 때는 별로 놀랄 만한 얘기도 없었는데, 네 녀석은 가서 무슨 얘기를 들었기에 이토록 쩔쩔매고 허둥거리는 거냐?"

곁에 따라온 삼장 법사도 한마디 물었다.

"도대체 뭐가 어떻게 되었다는 게냐?"

스승이 물었으니 저팔계는 들은 대로 말씀드리지 않을 수가 없다.

"그 노인의 말이 이렇습니다. 이 산 이름은 '팔백 리 사타령'이고, 산속에 '사타동'이란 동굴이 하나 있는데, 그 동굴에 신통력이 아주 대단한 요괴 두목 세 마리가 있고, 사만 팔천 마리나 되는 부하 요괴들이 우글거리면서 지나가는 사람만 잡아먹고 산다 합니다. 그러니 우리가 그 산에 한 발짝이라도 얼씬거렸다가는 영락없이 그놈들의 아가리에 잡아먹히게 될 텐데, 그곳을 어떻게 지나갈 수 있단 말입니까. 서천으로 갈 생각은 아예 접어두고 발길이나 돌리는 게 상책이겠습니다."

삼장은 이 말을 듣더니, 온몸에 솜털까지 곤두서서 미련퉁이 못지않게 부들부들 떨어가며 맏제자를 돌아보았다.

"오공아, 이 노릇을 장차 어찌해야 좋단 말이냐?"

손행자는 웃음으로 스승을 안심시켰다.

"사부님, 아무 걱정 마시고 마음 푹 놓으십쇼. 별일 아닐 겁니다. 이 산중에 요괴 몇 마리가 있기는 있는 모양입니다만, 이 고장 사람들이 워낙 겁이 많아서 이러쿵저러쿵 보태고 살을 붙여 가지고 과장해서 떠드는 소립니다. 노루가 제 방귀에 놀란다고, 어쩌다 한번 보고 지레 겁을 집어먹고 소문을 크게 퍼뜨린 게 분명합니다. 사부님 곁에 제가 이렇게 있는데, 어느 요괴가 감히 설쳐대겠습니까!"

그러자 미련퉁이 저팔계가 펄쩍 뛴다.

"형님, 천만의 말씀이오! 내가 듣고 온 얘기는 형님의 경우와 달라서 진짜 사실이란 말이오. 허풍이나 거짓말이라곤 털끝만큼도 섞이지 않았소. 사타령 팔백 리 일대 산골짜기 등성이 길목에 수만 마리나 되는 요괴들이 우글우글 들끓고 있다는데, 이런 곳을 어떻게 뚫고 나아갈 수 있겠소?"

손행자는 기가 막혀 웃음밖에 나오지 않았다.

"이런 바보 멍텅구리 상판을 해 가지고, 쓸데없는 허풍 떨어서 사람 놀라게 만들 작정이냐! 네 말대로 이 산골짜기 등성이마다 요괴들이 득시글거린다 해도 겁날 것 하나도 없어! 이 손선생의 철봉 한 자루만 있으면 하룻밤에 반나절도 다 지나기 전에 깡그리 때려죽여버릴 거야!"

"어림 반푼어치도 없는 소리 마시오. 큰소리만 탕탕 친다고 다 되는 줄 아셨다간 진짜 큰코다칠 거요. 형님도 생각해보구려. 수만 마리나 되는 부하 요괴를 모아놓고 점호를 취하기에도 칠팔 일은 족히 걸릴 텐데, 무슨 재주로 그 많은 것들을 하룻밤 새에 깡그리 때려죽일 수 있단 말이오?"

"내가 어떻게 때려죽일 것인지, 자네 알고 하는 말인가?"

"형님 생각대로 모조리 붙잡아 묶어놓고 꼼짝 못하게 정신법(定身法)을 쓴다 해도, 그렇게 빨리는 되지 않을 거요."

그러자 손행자는 껄껄대고 호탕하게 웃음을 터뜨린다.

"움켜잡고 묶어놓고 할 게 뭐 있나? 내가 이 쇠몽둥이 양쪽 끄트머리를 잡아당기고 '길게 늘어나라!' 하고 외쳐대기만 하면 당장에 사십 길은 늘어날 것일세. 또 이걸 맞바람결에 휘두르면서 '굵어져라!' 하고 외쳐대면 삽시간에 여덟 장쯤 둥글고 굵다란 놈이 될 것일세. 이걸 가지고 남쪽 고개 마루턱에 올라가 한바탕 떼굴떼굴 굴려서 오천 마리쯤 죽여 없애고, 다시 북쪽 고개로 달려가 또 한바탕 뒹굴려서 오천 마리 죽이고, 동쪽에서 서쪽으로 한바탕 휩쓸고 들이닥치기만 하면 사오만 마리쯤이야 단숨에 흐물흐물한 고기 떡을 만들어버릴 수 있네!"

저팔계는 주둥이를 비죽 내밀고 비웃었다.

"흐흠, 형님이 그렇게 밀가루 반죽 밀듯 휩쓸고 다닌다면, 반나절이 아니라 이경(二更)쯤이면 다 해치울지도 모르겠소그려."

곁에서 두 사형의 입씨름을 지켜보던 사화상이 빙그레 웃으면서 스승에게 한 말씀 올렸다.

"사부님, 큰형님께서 그토록 신통력이 굉장하다는데, 긱징하실 일이 뭐 있겠습니까. 어서 말이나 올라타시고 떠나도록 하시죠."

당나라 스님은 제자들이 솜씨를 놓고 이러쿵저러쿵 따지는 것을 보니, 썩 내키지는 않았으나 어쩔 수 없이 마음 다져먹고 마상에 올랐다.

한참을 가다 보니, 소식을 알려주었던 노인이 온데간데없이 사라져 보이지 않는다.

사화상은 고개를 갸우뚱하고 의심을 품었다.

"아무래도 그 늙은이가 바로 요괴였던 모양이오. 속담에 '여우가 호랑이의 위세를 빌려 거들먹거린다(狐假虎威)' 하더니, 일부러 가짜 늙은이로 둔갑해 나타나서 터무니없는 소리를 지껄여 우리한테 겁을 주려고 공갈을 때린 것이 분명하오."

손행자는 막내아우를 안심시켰다.

"너무 초조하게 굴 것 없네. 내가 한번 가서 보고 옴세!"

용감한 손행자가 훌쩍 몸을 솟구치더니 높다란 산비탈 위에 뛰어올라 사면팔방을 두리번거리기 시작했다. 과연 그 노인은 어디로 사라졌는지 종적을 찾을 길이 없다. 퍼뜩 생각나는 바가 있어 급히 고개를 쳐들고 허공을 바라보았더니, 아니나 다를까, 휘황찬란한 노을빛이 뜬구름 위에 번쩍거리고 있다. 그는 재빨리 근두운을 일으켜 타고 뒤쫓았다. 그것은 뜻밖에도 태백금성의 뒷모습이었다. 손대성은 그 뒤를 바싹 따라잡으면서 속명(俗名)으로 잇따라 외쳐 불렀다.

"여보게, 이장경(李長庚)!…… 이장경! 자네도 어지간히 짓궂은 사람일세. 무슨 할 말이 있으면 직접 맞대놓고 할 것이지, 어쩌자고 시골뜨기 늙다리 영감으로 둔갑해 가지고 이 손선생을 감쪽같이 놀려먹는단 말인가?"

정체가 들통나자, 태백금성은 부리나케 돌아서서 인사를 건넸다.

"제천대성, 소식을 늦게 전해드렸다고 너무 꾸짖지 마시오. 이 사타령의 마귀 두목들은 과연 신통력이 굉장하고 기세가 대단한 것은 사실이오. 하지만 대성의 변화무쌍한 술법과 절묘한 재치로 대처한다면 별로 어렵지 않게 지나갈 수 있을 거외다. 그러나 만에 하나라도 소홀히 대하셨다가는 이 산을 넘어가기 어렵다는 점을 아셔야 할 게요."

"고맙네, 고마워! 자네가 일러준 대로 이 산을 넘어가기 정녕 어렵거든, 수고스럽지만 상계(上界)에 돌아가서 옥황상제께 한 말씀 여쭈어 주지 않겠나? 천병(天兵)을 동원해서 이 손선생 좀 도와줍시사 하고 말일세."

태백금성 이장경도 그 부탁을 흔쾌히 받아들였다.

"좋소, 좋아! 아무렴 되고말고! 제천대성의 말씀 한마디만 전해 올리면 옥황상제께서 십만 천병쯤이야 내려보내시지 않을 턱이 있겠소!"

손대성은 태백금성과 헤어져 구름을 낮추고 지상에 내려와 스승을 뵈었다.

"방금 그 늙은이는 알고 봤더니 태백금성이었습니다. 우리에게 소식을 전해주려고 일부러 나타났던 것입니다."

이 말을 듣고 삼장은 두 손 모아 합장하여 보이지 않는 태백금성에게 사례를 표하면서 제자를 재촉했다.

"얘야, 어서 빨리 쫓아가서 어디 딴 길로 돌아갈 데가 있는지 물어봐다오. 그래서 이 길 말고 딴 데로 돌아서 가자꾸나."

손행자는 고개를 가로저었다.

"돌아 나갈 길은 없습니다. 이 사타령은 질러가는 길만 해도 팔백 리가 되는데, 산자락이 사방으로 갈라져서 그 둘레가 얼마나 되는지 어림잡을 수가 없습니다. 그렇게 먼길을 어느 세월에 돌아서 나갈 수 있단 말씀입니까."

제자의 말에, 삼장은 또 두 눈에서 눈물이 그칠 새 없이 줄줄 흘러나오기 시작한다.

"얘들아, 이렇게까지 갈 길이 험난하다면, 어떻게 부처님을 뵐 수 있겠느냐?"

"울지 마세요! 사부님, 울지 마시라니까요! 바보같이 운다고 될 일입니까? 그 친구가 전하는 말에도 얼마쯤 허풍이 섞였을 겁니다. 우리가 마음 단단히 먹고 정신 똑바로 차려서 헤쳐나가라고 경고해주느라 하는 말일 겁니다. 이게 바로 '고자질하는 사람의 말은 으레 지나치게 마련(告者, 過也)'이라는 것입니다. 사부님, 우선 말에서 내리셔서 이리 앉아 계십쇼."

곁에서 저팔계가 불쑥 묻는다.

"뭘 또 상의할 게 있소?"

"상의하자는 게 아닐세. 자네는 여기서 사부님을 조심해서 모시고 있게. 사화상은 짐 보따리와 말을 잘 지키고 있어야 하네. 이제부터 이 손선생이 사타령에 올라가서 소식을 좀 알아보겠네. 요괴들이 앞산 뒷산에 모두 몇 마리가 있는지 알아볼 작정일세. 한 놈쯤 붙잡아서 자세한 내막을 물어보고, 그놈을 시켜서 늙은것 젊은것 할 것 없이 모조리 명단을 작성하게 만들어서 다짐장을 받아놓고, 마귀 두목인지 뭔지 하는 놈들더러 동굴 문을 닫아걸고 들어앉아서 우리 앞길을 가로막지 못하게 단단히 분부해놓겠네. 그런 다음에 사부님을 모시고 쥐도 새도 모르게 살그머니 빠져나가면 될 게 아닌가. 그래야 이 손선생의 수단을 돋보일 수도 있고 말일세!"

"하지만 조심, 조심하셔야 하오!"

말수 적고 충직한 사화상이 한두 마디로 당부하자, 그는 자신 있게 웃어 보였다.

"그런 부탁은 나한테 소용없네. 이제부터 내가 떠나면 동양 대해라 할지라도 길이 열릴 것이고, 무쇠 가마솥이 아니라 은산(銀山) 철벽에 맞닥뜨린다 할지라도 기필코 낱낱이 때려부숴 돌파구를 열어놓고야 말 것일세!"

스스로 다짐을 두어 투지에 불을 붙인 제천대성, 쉬익! 하는 소리 한 번에 근두운을 날려 까마득하게 솟구치더니, 사타령 높은 산꼭대기에 오르기가 무섭게 등나무 덩굴 가시덤불을 거칠 것 없이 헤쳐서 마침내 전망이 좋은 평탄한 등성이까지 나아갔다. 이리저리 둘러보니 산중은 쥐 죽은 듯 조용하기만 하고 사람은 그림자 하나 보이지 않았다.

인적 하나 없이 너무도 조용하니, 이 성급한 원숭이는 속았는가 싶어 두 발을 구르면서 고함을 질렀다.

"아뿔싸! 잘못했구나. 태백금성, 그 늙은이를 그냥 돌려보내는 것이 아니었는데…… 그 늙다리 영감이 우리한테 공갈만 때린 거야. 여기 어디에 무슨 놈의 요괴가 있단 말인가! 요정 따위가 있었다면 진작 바람을 쐬고 놀든지, 창칼에 몽둥이를 들고 무예라도 연습하고 있을 터인데, 어째서 한 마리도 보이지 않느냔 말이냐?"

혼자서 지레짐작으로 속을 끓이고 있을 때였다. 별안간 산등성이 뒤편에서 "딸그랑 땡그랑, 딱딱!" 하는 소리가 들려왔다. 가만히 귀를 기울여 들어보니 딱딱이와 방울 소리다. 손행자는 얼른 고개를 돌려 소리나는 쪽을 뒤돌아보았다. 알고 보니 졸개 요괴 한 마리가 어슬렁어슬렁 다가오고 있는데, 등덜미에는 '영(令)'자 깃발 한 폭을 둘러메고 허리에 방울을 늘어뜨린 채 두 손으로 딱딱이를 치면서 남쪽으로 걸어가고 있는 것이다. 자세히 살펴보았더니 키가 1장 2척이나 되는 우람한 몸집을 지니고 있었다.

손행자는 속으로 웃으면서 고개를 끄덕거렸다.

"저놈은 분명 연락병일 것이다. 무슨 공문을 전하러 가는 모양인데, 어디 한번 뒤쫓아가서 무슨 소리를 지껄이는지 들어봐야겠다."

앙큼스런 손대성은 그 즉시 인결을 맺고 중얼중얼 주어를 외우면서 몸뚱이를 꿈틀해 파리로 둔갑해 가지고 "앵!" 하니 날아, 그놈의 모자 위에 사뿐 내려앉아서 귀를 기울였다.

이런 줄 까맣게 모르는 졸개 요괴가 어슬렁어슬렁 큰길을 걸어나가면서 딱딱이를 치고 방울을 흔드는 소리에 장단 맞춰 입 속으로 중얼거린다.

"우리같이 산을 돌아다니며 순찰하는 사람들은 누구나 각자 정신을 바짝 차리고 손행자란 놈이 나타나는지 방비해야 하느니라. 그놈이 파리로 둔갑할 수도 있다 하지 않는가!"

손행자는 이 소리를 듣고 가슴이 덜컥 내려앉았다.

'그것 참 이상한 노릇이구나, 이상해! 혹시 이놈이 먼저 나를 알아본 것은 아닐까? 보지 않고서야 어떻게 내 이름을 알고 있으며, 또 내가 파리로 둔갑한 것까지 알아맞힌단 말인가?……'

도둑이 제 발 저린다던가, 손행자는 지레 겁을 먹고 바짝 긴장했으나, 사실 이 졸개 요괴 녀석은 손행자를 본 적도 없거니와 또 파리로 둔갑했다는 사실을 알고 있었던 것도 아니었다. 그저 마귀 두목이 무슨 까닭에서인지 모르나, 부하에게 이런 말로 분부를 내린 것이 소문으로 떠돌아 졸개 녀석들마다 입버릇처럼 중얼거리고 다니게 되었던 것이다.

손행자는 그런 줄도 모르고 도리어 졸개 요괴가 자기를 알아본 줄로 의심한 나머지, 당장 철봉을 꺼내 때려잡으려 했다. 그러나 다음 순간에 퍼뜩 생각이 바뀌어 철봉을 뽑아내려던 손길을 멈추었다.

"가만 있거라!…… 저팔계가 태백금성에게 물어봤을 때, 요괴 두목은 셋이요 부하 요괴가 사만 칠팔천 마리나 된다고 했으렷다? 그 졸개들이 모두 지금 이 녀석과 같은 놈이라면 사만 팔천 마리가 아니라 수만 마리가 더 있다고 해도 겁날 것은 없겠지만, 문제는 세 놈의 마귀 두목이다. 그놈들이 무슨 재간을 지니고 있을 것인지 알 수 없으니, 우선 이놈의 목숨을 그대로 붙여두고 살살 얼러서 그것부터 알아내기로 하자꾸나. 그 다음에 손찌검을 하더라도 늦지는 않을 게다."

앙큼스런 제천대성! 그가 어떻게 접근해서 알아내는지 보기로 하자. 우선 모자에서 훌쩍 뛰어내려 나무 가장귀 끄트머리에 달라붙은 채, 졸개 요괴가 몇 걸음 앞서 나가도록 내버려둔 다음, 급히 몸을 되돌리면서 농간을 부려 눈 깜짝할 사이에 파리의 몸뚱이에서 또 하나의 졸개 요괴로 변신하더니, 앞서가는 녀석이 하는 것처럼 딱딱이를 두드리고 방울을 흔들면서 능청스럽게 뒤따라 걸어 나가기 시작했다. 뒷덜미에 꽂아놓은 깃발이며 옷차림새에 이르기까지 똑같았으나, 키만 그보다 네댓 치 가량 크게 늘였을 뿐이다. 입 속으로 중얼중얼 똑같은 소리를 뇌까리면서 바싹 뒤쫓아간 끝에, 목청을 드높여 앞서가는 놈을 불러 세웠다.

"어이! 거기 가는 친구, 잠깐만 날 좀 보세!"

졸개 요괴가 흘끗 뒤돌아본다.

"자네 누군가? 어디서 오는 사람인가?"

의심스럽게 묻는 소리에, 손행자는 껄껄대며 너털웃음을 터뜨렸다.

"이런 딱한 친구 봤나! 한집안 식구도 알아보지 못한단 말인가?"

"우리 집안에 자네 같은 사람은 없네."

졸개 요괴는 딱 부러지게 도리질을 한다. 그래도 손행자는 너스레를 떨어가며 수작을 걸었다.

"어째서 없단 말인가? 자네 좀더 자세히 보게."

이 말에 졸개 요괴가 말끄러미 위아래를 훑어보더니, 또 한 번 고개를 가로 내젓는다.

"전혀 본 적이 없는 얼굴인데, 통 모르겠는걸! 낯설어 모르겠네!"

"하긴 낯설기는 할 걸세. 나는 부엌에서 불 때는 일만 하고 있었으니까, 자네가 몰라보는 것도 무리는 아니지. 부엌에서 밥 짓고 있던 나를 만난 적이 별로 없었을 테니 말일세."

"아니, 아니야! 동굴 안에서 불 때고 밥 짓는 친구들이 수두룩하지만, 자네처럼 주둥이가 뾰족한 녀석은 하나도 없네."

손행자는 아차 싶었다. 변신술법을 써놓고 긴장이 풀리면 슬그머니 본래의 모습으로 돌아간다는 것을 깜빡 잊고 있었던 것이다. 그래서 얼른 고개를 숙이고 손바닥으로 주둥이를 쓰윽쓱 문질러 도로 구겨 넣고 다시 수작을 걸었다.

"자네, 무슨 말을 그렇게 하나? 이걸 보게, 주둥아리가 쑥 들어갔지 않는가?"

졸개 요괴가 다시 한 번 자세히 훑어보더니 고개를 갸우뚱한다. 방금 직전까지 뾰족하던 주둥아리가 밋밋하게 퍼져 있으니 이상할밖에.

"자네는 지금까지 주둥이가 뾰족 나와 있더니, 어째서 슬쩍 문지르니까 쑥 들어가게 되었나? 아무래도 수상한걸! 자네는 우리 집안 식구가 아닐세. 본 적이 통 없다니까! 가만 있거라, 가만 있어! 아무리 생각해도 자네는 의심스러운 사람이야. 우리 대왕님은 가문의 법도가 무척 엄격해서 동굴 안에서 불 때는 녀석에게는 불 때는 일만 시키고, 산을 돌아다니는 순찰병에게는 늘 순찰만 돌게 하셔왔는데, 어째서 자네한테만 불을 때게 하다가 순찰병으로 임무를 바꾸어서 내보내실 턱이 있단 말인가?"

졸개 요괴 녀석은 여간 눈썰미가 좋고 의심도 많은 게 아니다. 그러나 손행자 역시 눈치 빠르고 둘러대기도 남한테 뒤져본 적이 없는 원숭이라, 능청스럽게 슬금슬금 다가서면서 이렇게 대꾸했다.

"자네, 모르는 소리 말게. 대왕께서는 내가 불 때고 밥 짓는 일을 열심히 하는 것을 보시고 이렇게 순찰병으로 승진시켜서 바깥일을 돌아보게 하신 거라네."

 "설령 그렇다 치더라도, 이 산을 돌아다니는 우리 순찰병이 한 반에 사십 명씩, 열 개 반에 도합 사백 명이나 된다네. 또 각자 나이와 얼굴 생김새가 다르기 때문에, 대왕님은 우리 순찰병들끼리 혼란을 일으켜서 점호를 취하는 데 어려울까봐 명패를 한 개씩 만들어주시고 그것으로 신분을 확인하도록 하셨는데, 자네도 그 명패를 가지고 있나? 있거든 이리 꺼내 보이게."

 손바닥을 앞으로 불쑥 내미는 졸개 요괴, 이렇게 되니 손행자는 또 한 번 궁지에 몰리고 말았다. 눈앞에 있는 녀석의 생김새와 하는 꼬락서니를 보고 감쪽같이 그 모습으로 둔갑하고 순찰병의 임무를 띠었다는 것만 알아냈을 뿐이지, 몸 속에 감춰두고 있을 명패야 무슨 수로 꿰뚫어 볼 수 있으랴. 그러니 없을 수밖에. 허나 앙큼스런 손행자는 없단 말을 입 밖에도 내지 않고 기다렸다는 듯이 마주 손바닥을 내밀었다.

 "내게 명패가 왜 없겠나? 내 것은 방금 타내서 새 것이지만, 자네 명패는 어떤 것인지 좀 꺼내 보여주게. 나도 자네 신분을 확인해야 되니 말일세."

 졸개 요괴야 이런 꿍꿍이속을 알아차릴 턱이 없다. 상대방이 신분을 확인하겠다고 손을 내밀었으니 보여줄밖에. 이래서 졸개 요괴는 옷자락을 훌훌 걷어붙였다. 손행자가 곁눈질로 훔쳐보았더니, 금빛을 칠한 명패 한 쪽이 몸에 찰싹 달라붙었는데, 털실로 꼬아 만든 노끈으로 꿰어서 차고 있었다. 졸개 요괴는 노끈을 길게 잡아당겨서 손행자에게 보여주었다.

 손행자가 명패를 보니, 뒷면에는 '위진제마(威鎭諸魔)'란 네 글자가 금빛으로 쐬어 있고, 앞면에는 '소찬풍(小鑽風)'이란 세 글자가 적히 있다. 그렇다면 두말할 것도 없이 산등성이를 순찰하고 돌아다니는 녀석들에게는 반드시 '풍(風)'자 항렬이 붙어 있다는 얘기다.

그는 명패를 돌려주면서 만족하다는 듯이 고개를 끄덕끄덕해 보였다.

"됐네, 됐어! 이제 옷자락을 내리고 계속 걷기나 하게. 내 명패를 자네한테 보여주도록 할 테니까…… 가만 있자, 내가 그것을 어디다 깊숙이 간직했더라?……"

명패를 찾는 척 돌아서면서 슬그머니 손끝을 아래쪽으로 뻗어 내린 손행자, 꼬리 맨 끝에 붙은 솜털 한 가닥을 뽑아 들고, 듣지 못하게 작은 목소리로 외쳤다.

"변해라!"

꼬리털은 삽시간에 금빛이 번쩍번쩍 나는 새 명패로 탈바꿈했다. 그리고 '소찬풍' 녀석의 것처럼 푸른 털실로 꼬아 만든 노끈에 기다랗게 꿰여 있었다. 뒷면에는 볼 것도 없이 '위진제마' 네 글자가 씌어 있었고, 앞면에는 '총찬풍(總鑽風)'이란 세 글자가 어엿이 적혀 있는 것이다. 손행자는 천연덕스레 그것을 졸개 요괴의 눈앞에 내밀어 보였다.

졸개 요괴는 겉면에 쓰인 이름자를 보고 깜짝 놀랐다.

"이크! 우리는 모두 '소찬풍'이라고 부르는데, 어떻게 자네만 '총찬풍'인지 뭔지 하는 이름으로 부르게 됐나? 도대체 이 '총찬풍'이란 게 뭔가?"

손행자는 이제 제대로 걸려들었구나 싶어 속으로 쾌재를 불렀다. '소(小)'자보다 '총(總)'자가 높다는 거야 누구나 다 아는 사실 아닌가! 그래서 일부러 '총찬풍'으로 새겨 넣었더니 과연 절묘하게 맞아떨어진 것이다. 그는 시침을 뚝 떼고 이렇게 대꾸했다.

"자네가 뭘 알겠나! 대왕님은 내가 불 잘 때고 밥 잘 짓는 걸 기특하게 보시고 나를 순풍(巡風)으로 승진시켜주셨을 뿐만 아니라, 새 명패에 '총찬풍'이란 계급을 붙여주셨다네. 그러니까 자네가 소속된 반에 사십 명이나 되는 친구들을 날더러 감독하라고 맡기신 것일세."

이 말을 듣더니, 졸개 요괴는 황급히 허리 굽혀 읍례를 올리고 말씨 또한 공손해졌다.

"어이구, 소두령님! 두령님이 새로 임명되신 줄도 모르고, 그저 낯설기만 해서 말씀을 함부로 드려 죄송합니다. 정말 몰라뵙고 드린 말씀이니, 기분이 언짢으시더라도 과히 꾸지람하지 마시고 용서해주십쇼."

손행자는 답례를 하면서 너그럽게 웃어 보였다.

"꾸지람할 거야 뭐 있겠냐만, 자네들과 처음 대하는 자리이니, 인사치레로 몇 푼씩은 추렴해야겠네. 자네들 한 사람 앞에 닷 냥씩 바치도록 하게!"

졸개 요괴는 송구스러워 굽신거리면서 대답했다.

"아무렴, 이를 말씀입니까! 하지만 서두르지는 마십쇼. 제가 남쪽 고개로 달려가서 우리 반 동료들을 만나보고 한꺼번에 거둬드리기로 하겠습니다."

"그렇다면 좋네. 내가 자네하고 같이 가기로 함세."

이리하여 손대성은 졸개 요괴 녀석을 한 발 앞서 달려보내고, 그 뒤에 멀찌감치 떨어져서 느긋이 따라나섰다.

2, 3리를 채 못 가서 별안간 필봉(筆峰)이 한 군데 나타났다. 어째서 '필봉'이라 부르는가? 그 산머리 위에 또 하나의 봉우리가 약 4, 5장 높이로 솟구쳐 올랐는데, 마치 붓끝을 붓걸이에 꽂아놓은 것처럼 수직으로 뾰족하게 솟아났기 때문에 그런 이름을 붙인 것이다.

손행자는 양손으로 꼬리를 움켜쥐고서 훌쩍 솟구쳐 오르더니, 산봉우리 제일 뾰족한 끄트머리에 올라앉아 큰 소리로 외쳤다.

"찬풍들아! 모두 모여라!"

말끝이 떨어지기가 무섭게 수십 마리나 되는 소찬풍들이 와르르 달려 나와 봉우리 밑에서 허리를 굽실거리며 응답했다.

"소두목님, 여기 대령했나이다!"

손행자는 시침을 뚝 떼고 물었다.

"너희들, 대왕님께서 나를 총찬풍으로 뽑아 내보내신 까닭을 아느냐?"

부하 요괴들이 대답한다.

"모릅니다."

"대왕님께서는 당나라 화상을 잡아 잡수시려고 하신다. 그런데 손행자란 놈의 신통력이 대단하여 둔갑술을 곧잘 쓴다는 것을 아시고, 그놈이 혹시 소찬풍으로 변신해서 이곳 소식을 염탐하려고 이 근처에 얼씬하지나 않을까 걱정하고 계시다. 그래서 나를 총찬풍으로 승진시켜 너희들 반에 가짜가 섞여 있지 않을까 조사해보라고 이렇게 내보내신 것이다."

이 말에, 소찬풍들이 와글와글 떠들어대더니 입을 모아 이구동성으로 응답했다.

"소두목님, 저희들은 모두 진짜 소찬풍들입니다!"

"흐흠, 너희들이 진짜라면, 대왕님들께서 무슨 재주와 수단을 가지고 계신지 알겠구나?"

"예에, 잘 압니다!"

"잘 알고 있다니, 그럼 됐다. 어디 한번 말해보아라. 내가 우선 들어보고 내 알고 있는 것과 말이 들어맞는다면 진짜 소찬풍이요, 조금이라도 어긋나면 그놈은 가짜 소찬풍이 분명할 터이니, 그런 놈은 내 당장 붙잡아 대왕님께 끌고 가서 벌을 받도록 할 것이다!"

처음 만났던 소찬풍은 그가 높다란 곳에 버텨 앉아서 온갖 농간을 다 부려가며 기세등등하게 호령하는 것을 보자, 더는 어쩔 도리가 없어 솔직히 털어놓기 시작했다.

"그럼 말씀해 올리겠습니다. 우리 큰 대왕님은 신통력이 굉장하시고 수단이 놀라우셔서, 옛날에는 십만 천병을 한입에 삼켜버린 적이 있으셨습니다."

손행자가 이 말을 듣더니 호통쳐 꾸짖었다.

"예끼 이놈! 너는 가짜다!"

"아이고, 아니올시다!"

가짜라고 지목 받은 소찬풍이 펄쩍 뛰면서 당황한 말투로 급히 변명했다.

"소두목님! 절더러 가짜라니요! 저는 진짭니다. 어째서 가짜라고 하십니까?"

"네놈이 진짜라면 어딜 그 따위 터무니없는 소리를 함부로 지껄이는 게냐? 대왕님의 몸집이 얼마나 크다고 십만 명이나 되는 천병을 한입에 삼켜버리실 수 있단 말이냐?"

"두목님은 잘 모르고 계시는군요. 우리 대왕께서는 변화술법에 능통하시어 몸집을 크게 늘이실 때에는 천궁을 떠받칠 수 있으시고, 작게 움츠르들 때에는 배추 씨앗만하게 줄어드실 수가 있습니다. 오랜 옛날 서왕모 낭랑이 반도연회를 크게 베풀고 여러 신선들을 초청하였는데, 그때 우리 대왕께 정식으로 초대한다는 청첩장을 보내지 않았답니다. 그래서 우리 대왕님은 크게 노여워 하늘의 옥황상제와 한바탕 싸워보기로 작정하셨습니다.

그랬더니 옥황상제가 우리 대왕님을 항복시키려고 십만 천병을 내려보냈습니다만, 우리 대왕님은 법신(法身)으로 둔갑시켜 가뜩이나 커다란 입을 성문보다 더 크게 쩍 벌려 가지고 단번에 십만 명이나 되는 천병들을 꿀꺽 삼켜버리려고 하셨습니다. 천병들은 그 무시무시한 기세에 놀라 자빠져서 감히 덤벼들 엄두조차 내지 못하고 하늘로 도망쳐 올라가 남천문을 닫아버리고 말았습니다. 그러니까 말 난 김에 한입에 십만 천병을 삼켜버렸다는 얘기가 나올 수밖에 없습지요."

이 말을 듣고 손행자는 속으로 웃었다.

'주둥이로 허풍을 떠는 소리겠다만, 그 정도 짓거리라면 이 손선생께서도 한번쯤 저질러본 적이 있었지!'

그는 헛기침으로 얼버무리고 나서 다시 물었다.

"그건 그렇다 치고, 둘째 대왕께서는 무슨 재간을 지니셨는지도 알겠구나?"

첫 관문을 무난히 통과한 소찬풍이 안도의 한숨을 내리쉬면서, 두 번 생각해볼 것도 없이 줄줄 엮어대기 시작했다.

"둘째 대왕께서는 키가 삼십 척이나 되시고, 와잠미(臥蠶眉) 누에 눈썹에 눈동자가 단봉안(丹鳳眼)이시며, 미녀와 같이 고운 목소리에 장대처럼 굵다란 이빨이 쭉 뻗쳐 나오셨고, 게다가 코는 교룡만큼이나 기다랗습니다. 그래서 남과 싸우실 때에 그 긴 코로 휘말아버리기만 하면, 무쇠 등뼈에 구리쇠로 두드려 만든 몸뚱이라 할지라도 단번에 으깨지고, 삼혼칠백이 육신에서 훨훨 빠져나가 즉사하고 맙니다."

손행자는 이 소리를 듣고 남이 안 듣게 혼잣말로 중얼거렸다.

"기다란 코로 사람을 휘말아버리는 요괴라니, 그렇다면 붙잡아 족쳐대기 손쉽겠는걸!"

생각이야 그렇다 치고, 질문은 계속되었다.

"셋째 대왕님도 재간이 많으시겠구나?"

소찬풍의 대답도 잇따라 나왔다.

"두목님도 아시다시피, 우리 셋째 대왕님은 속세의 범상한 괴물이 아니올시다. 그분은 '운정 만리붕(雲程萬里鵬)'이라 부르는데, 일단 움직였다 하는 날이면 바람을 타고 망망대해를 당신 마음대로 넘나들 뿐 아니라, 동에 번쩍 서에 번쩍, 북방에 위엄을 떨치는가 하면 어느새 남방을 도모하실 만큼 엄청난 위력을 지니고 계십니다. 그리고 몸에 한 가지 '음양 이기병(陰陽二氣瓶)'이란 보배를 지니셨는데, 만약 그 병 속에 사람을 잡아넣으면 한 시진 삼 각(一時三刻) 만에 육신이 녹아서 국물이 되어버리고 맙니다."

이 말을 듣고 손행자는 속이 뜨끔해졌다. 요마 따위야 겁낼 것 없지만, 그놈의 병은 조심해서 방비해야겠다는 생각이 들었다.

"그래, 대답 잘했다! 세 분 대왕님의 재간에 대해서 너희들이 한 말은 내가 아는 바와 마찬가지로 틀림이 없구나. 하지만 그 세 분 가운데 어느 대왕님이 당나라 화상을 잡아 잡수시려는지 알고 있느냐?"

손행자가 이렇게 물었더니, 소찬풍 가운데 한 녀석이 고개를 갸우뚱하면서 되묻는다.

"아니, 두목님이 그걸 모르고 계셨단 말씀입니까?"

"예끼 이 고얀 놈! 내가 너희들보다 모르는 게 있는 줄 아느냐! 네놈들이 자세한 내막을 알고 있는지 없는지 알아보라고 분부하셔서 묻는 거다!"

"우리 큰 대왕님과 둘째 대왕님은 오래전부터 이 사타령 사타동에 살고 계셨습니다. 셋째 대왕님은 애당초 여기 살고 계시지 않습니다. 그분이 살고 계신 곳은 여기서 서쪽으로 사백 리쯤 떨어져 있습니다. 거기에 성이 하나 있는데, 원래 사타국(獅駝國)[1]의 도성이었습니다. 셋째 대

---

[1] 사타국: 사타국의 원형은 『대당 자은사 삼장 법사전(大唐慈恩寺三藏法師傳)』에서 현장(玄奘)이 천축국에 있을 때 들은 소문으로, 다음과 같은 전설에 바탕을 두고 있다.

왕님은 오백 년 전에 그 나라 임금과 문무백관들을 잡아 잡수시고, 도성 안의 백성들까지 남녀노소 할 것 없이 모조리 대왕님께 잡아먹히고 말았습니다. 그렇게 해서 남의 나라 강산을 송두리째 빼앗은 것이지요. 지금 그 도성은 온통 요괴들의 천지가 되고 말았습니다.

어느 해인지는 모르겠으나, 동녘 땅의 당나라 조정에서 화상을 한 사람 파견하여 서천으로 불경을 가지러 가게 했다는 소문을 들으셨는데, 그 당나라 화상은 십세 수행을 닦은 훌륭한 몸이라, 누구든지 그 고기를 한 덩어리만 먹으면 불로장생하게 된다고 했습니다. 그러나 이 화상에게는 손행자란 아주 지독스럽게 무서운 제자가 하나 있어서, 셋째 대왕님 혼자서는 섣불리 건드릴 수 없다는 생각이 들어, 마침내 이 사타령으로 오셔서 우리 두 대왕님과 의형제를 맺으시고 세 분이 합심 협력하여 그 당나라 화상을 잡아먹기로 하시고 우리들을 이렇게 풀어서 그 화상을 잡으라 하셨던 것입니다."

손행자는 이 말을 듣고 속에서 불덩어리가 치밀어, 저도 모르게 고함을 지르고 말았다.

"남인도 여빙린국(女聘隣國)에 사자왕(獅子王)이 여인을 납치하여 깊은 산속으로 들어가 아들딸을 낳았는데, 그 아들이 어미와 누이동생을 데리고 인간 세상으로 탈출하였다. 처자식을 잃고 분노한 사자왕이 백성들에게 해악을 끼치자, 여빙린국 임금은 용사를 모집하여 사자왕을 잡아 죽이려 하였다. 사자왕의 아들은 이 소문을 듣고 응모하여, 소매 춤에 칼을 숨기고 사자왕을 찾아갔다. 사자왕이 아들을 알아보고 기뻐하는 틈에 그 아들은 사자왕을 죽이고 돌아왔다. 그러나 여빙린국 임금은 아들이 아비를 죽인 처사를 미워하여, 사자왕의 아들과 딸을 각각 큰 배에 태워 먼바다로 쫓아보냈다. 아들이 탄 배는 보물섬에 당도하여 승가라국(僧伽羅國)이란 이름의 사자국(獅子國)을 세우고 임금이 되었으며, 딸이 탄 배는 파자사서(波剌斯西)에 표류한 끝에 상륙한 후, 신귀(神鬼)에게 홀려 여러 딸을 낳고 서대여국(西大女國)이란 여인국을 세웠다⋯⋯"
이 전기(傳記)에 수록된 '사자국'은 서유기의 최초 원형이 되는 『대당삼장취경시화(大唐三藏取經詩話)』(1023~1162)에서 불교의 성지(聖地)인 '사자림(獅子林)'으로 변형되고, 그 이후 『서유기 평화(西遊記評話)』를 거쳐 소설 『서유기』에 이르러서는 마귀의 소굴 '사타국(獅駝國)'으로 변화 발전하게 된 것이다.

"이런 괘씸한 마귀 녀석들 봤나! 이 손선생이 당나라 스님을 보호하여 정과를 이룩하려고 하는데, 그놈들이 어찌 감히 내가 모시는 분을 잡아먹으려 든단 말이냐!"

으르렁대는 고함 소리 한마디에 강철 이빨을 뿌드득 갈아붙이는 소리, 번쩍 뽑아 든 철봉을 휘둘러가며 높은 봉우리에서 훌쩍 뛰어내리기가 무섭게 졸개 요괴들의 정수리를 겨냥하고 있는 힘껏 후려치는 손행자, 40명의 졸개 요괴 소찬풍들은 가련하게도 순식간에 머리통이 박살나서 고기 떡으로 변하고 말았다.

분김에 일을 저질러놓고 보니, 손행자 스스로 생각해봐도 안되었다는 미안스러움이 들었다.

"이런! 내가 잘못했구나. 이놈들은 그래도 호의적으로 제 집안 사정을 숨김 없이 모두 나한테 일러주었는데, 내가 어쩌자고 매정하게 이것들의 목숨을 단매에 결딴내고 말았을꼬?…… 쯧쯧, 하는 수 없지, 하는 수 없어! 어차피 요괴는 요괴들이니까……"

기왕지사 엎질러진 물이요, 후회해보았자 소용없는 노릇이다. 하긴 그렇다. 스승의 앞길을 가로막은 요괴들이니, 손대성으로서는 어쩌지 못하고 이런 짓을 저지를 수밖에 없는 것이다. 그는 앞서 만났던 졸개 요괴의 몸에서 명패를 끌러 제 허리춤에 단단히 차고, '영'자 깃발을 등덜미에 꽂은 다음, 허리에는 방울, 두 손으로는 딱딱이를 치면서, 맞바람결에 인결을 맺고 입으로 주어를 외우더니 몸뚱이 한번 꿈틀하는 사이에 벌써 졸개 요괴 소찬풍의 모습으로 감쪽같이 변신했다. 어슬렁어슬렁 오던 길을 되돌아 동굴을 찾아 나서는 용감한 손행자, 요괴의 소굴에 직접 들어가서 늙은 마귀 두목 세 마리의 허실을 자기 눈으로 확인해볼 작정이다.

바야흐로 천만 가지 변화무쌍한 미후왕이 참된 재간, 참된 솜씨를 마음껏 발휘해볼 때가 닥쳐온 것이다.

심산궁곡 깊숙한 산중으로 뚫고 들어가 졸개 요괴 소찬풍이 걸어오던 옛길을 그대로 따라서 가고 있노라니, 별안간 떠들썩한 함성과 말들이 투레질하며 울부짖는 소리가 요란하게 들려왔다. 고개를 쳐들고 바라보니, 사타동 어귀에 1만을 헤아리는 졸개 요괴들이 도창 검극을 숲처럼 늘어 세우고, 기치정모(旗幟旌旄) 온갖 깃발을 나부끼면서 삼엄하게 대열을 짓고 늘어서 있는 것이 아닌가.

손대성은 속으로 기뻐하면서 중얼거렸다.

"이장경의 말이 과연 허풍은 아니었구나! 참으로 거짓말이 아니었어!……"

대열을 짓고 늘어선 요괴들의 무리는 제법 절차를 갖추어서, 250명이 한 대대(大隊)를 이루고 있었다. 손행자가 확인한 것은, 40명의 요괴들이 휘두르고 있는 오색 잡기(雜旗) 40폭, 세찬 바람결에 어지러이 펄럭이는 것을 보고 1만 명의 병력이 되는 줄로 어림잡았던 것인데, 과연 가까이 다가가서 보니 실제 병력이 1만 명에 달했던 것이다.

졸개 요괴들의 동태를 지켜보면서, 그는 혼자 이런저런 궁리를 해보았다.

"이 손선생께서 소찬풍으로 둔갑해 가지고 들어서면, 마귀 두목들이 순찰 결과를 물어볼 것이다. 그때는 어떻게 해야 좋을까? 물론 임기응변으로 대답해야겠지. 그러나 만약 대답하는 말이 어긋나서 내 정체가 들통날 경우에는 어떻게 소굴 바깥으로 뛰쳐나간다? 동굴 문 밖에 저렇게 수많은 부하 요괴들이 진을 치고 있는데, 저놈들이 가로막기라도 하는 날이면 꼼짝없이 사로잡히고 말 것이 아닌가?…… 안 되겠다. 동굴 속 마귀 두목을 잡으려거든 무엇보다 먼저 동굴 문 앞에 진을 치고 있는 졸개 녀석들부터 처치해버려야겠다."

그렇다면 손대성은 무슨 재주로 이 많은 졸개 요괴들을 한꺼번에 처치해버릴 수 있을까? 손대성의 생각은 이러했다.

"그 늙은 마귀들은 나하고 만나본 적이 없고, 이 손선생의 이름만 들어 알고 있을 뿐이다. 그러니까 나는 우선 내 이름을 앞세워 위풍을 떨치고 큰소리 탕탕 쳐서 이놈들을 한번 놀라 자빠지게 만들어줘야겠다. 과연 중원 천지의 중생들에게 연분이 있어서 우리가 경을 얻어 가지고 돌아갈 수 있다면, 내 영웅호걸다운 몇 마디 말로 저 동굴 문 앞에 늘어서 있는 졸개 요괴들을 놀라게 만들어 제 발로 순순히 물러나게 할 수 있겠지만, 중생들에게 진경을 받아 누릴 연분이 없다면, 우리가 경을 얻어 가지고 돌아갈 수도 없을 테고 설령 부처님의 연화대가 이곳에 왕림하신다 하더라도 서방 세계 동굴 밖 요정들을 처치해버리지 못할 것이다."

혼자서 자문자답, 마음은 입에 묻고 입은 또 마음에 물어가며 궁리한 끝에, 이런 계략을 짜낸 손행자는 용기를 내어 천연덕스레 딱딱이를 치고 방울을 흔들면서 곧바로 사타동 소굴 어귀에 들이닥쳤다. 아니나 다를까, 진작부터 전열(前列)에서 보초를 서고 있던 졸개 요괴가 그 앞을 가로막더니, 큰 소리로 호통쳐 물어왔다.

"소찬풍, 이제 돌아오는 길인가?"

손행자는 그 물음에 대꾸 한마디 없이 고개를 푹 수그린 채 둘째 영문(營門)으로 뚜벅뚜벅 걸어 들어갔다. 그곳에서도 보초 녀석이 또 가로막으면서 묻는다.

"소찬풍, 돌아왔나?"

그제야 손행자도 짧게 응답했다.

"음, 돌아왔네."

여러 요괴들이 그를 둘러싸고 한마디씩 던져 물었다.

"자네, 오늘 아침에 순찰을 나갔지? 그래, 손행자인가 뭔가 하는 놈을 보았나?"

손행자는 능청스레 고개를 끄덕끄덕했다.

"그래, 보았네. 지금도 거기서 쇠몽둥이를 바윗돌에 써억썩 갈고 있을 걸세."

손행자가 나타났다는 말에, 졸개 요괴들이 겁을 집어먹고 다시 묻는다.

"그놈의 생김새가 어떻던가? 쇠몽둥이를 갈고 있다니, 그건 또 뭔가?"

"어이구, 말도 말게! 그놈이 저 산골짜기 냇가에 쭈그려 앉아 있는데, 마치 상여 나갈 때 앞장세우는 개로신(開路神) 같아 보이더군. 그 몸집으로 벌떡 일어섰다가는 키가 백여 척이나 됨직하단 말이야! 손에 철봉 한 자루를 들고 있는데, 굵기가 사발만큼이나 되는 무지무지한 쇠몽둥이였네. 그걸 가지고 바위 언덕에서 두 손으로 냇물을 움켜 떠 가지고 쓰윽쓰윽 갈면서 중얼대는 말이,

'쇠몽둥이야, 내가 너를 꺼내 써본 적이 하도 오래되어서 네 신통력을 보여줄 기회가 없었구나. 하지만 걱정 말아라. 이번에야말로 나를 대신해서 요괴들이 십만 마리가 있다 하더라도 깡그리 때려죽여다오! 그럼 내가 저놈의 마귀 두목 세 마리를 처치해버리고 나서 그놈들의 선지피로 네게 제사를 지내주마!'

이런 말을 듣고 났더니 나도 소름이 오싹 끼쳐 어마 뜨거라 하고 도망쳐오는 길일세. 그 손행자란 놈은 쇠몽둥이를 다 갈고 나면 곧바로 이리 쳐들어와서, 누구보다 먼저 이 동굴 어구에 진을 치고 있는 자네들 일만 요정부터 때려죽일 것이 분명하네."

졸개 요괴들은 이 소리를 듣자, 하나같이 혼비백산을 하도록 놀라고 간담이 써늘해져서 부들부들 떨기 시작했다.

손행자는 그 기회를 놓치지 않고 또 한마디를 보태 부추겼다.

"여보게들, 생각 좀 해보게나. 그 당나라 화상의 고기란 것도 몇 근 되지 못할 텐데, 우리 졸개들한테까지 차례가 오겠는가? 고기 한 점 얻어먹지도 못할 우리가 대왕님 세 분을 대신해서 방패막이 노릇을 한답시고 야단법석을 떨 필요가 어디 있단 말인가? 우리 여기서 아까운 목숨 버릴 게 아니라, 일찌감치 뿔뿔이 흩어져서 도망쳐버리는 게 상책일 듯싶네!"

졸개 요괴들은 너도나도 입을 모아 응답했다.

"옳은 말일세! 우리 모두 제각기 목숨이나 건져 가지고 도망치세!"

졸개 요괴들은 애당초 산중의 이리 떼 아니면 호랑이, 표범 따위 길짐승이나 날짐승이 요정으로 둔갑한 오합지졸이라, 손행자가 내뱉은 엄포 몇 마디에 그만 겁을 집어먹고 사면팔방으로 뿔뿔이 흩어져 도망치고 말았다. 이야말로 사면초가(四面楚歌)[2] 허풍에 '역발산기개세(力拔山氣蓋世)'한다는 항우(項羽)의 8천 장병이 투지를 꺾이고 싸움터에서 탈

---

[2] 사면초가: 적에게 사면으로 포위 당하여 고립무원 상태에 빠진 경우를 두고 하는 말. 『사기(史記)』「항우기(項羽紀)」에 보면, 기원전 203년 천하의 패권을 놓고 한왕(漢王) 유방(劉邦)과 역전을 거듭하던 초패왕(楚霸王) 항우는 배후의 지원 세력이 끊기고 군량이 고갈된 상태에서 한겨울철 해하(垓下) 지역으로 쫓겨갔으나, 병력이 절대 부족하고 식량이 다 떨어져 수세에 몰린 채 유방을 비롯한 제후들의 연합군에 포위 당하고 말았다. 결사전을 벌이려던 항우 군은 한밤중에 사면팔방에서 들려오는 초나라 지방의 노랫가락을 듣고 고향을 그리워하는 마음에 전의(戰意)와 투지(鬪志)를 모조리 잃고 싸워보지도 못한 채 뿔뿔이 흩어져 도망치고 말았다. 천하에 두려울 것이 없다고 자부하던 항우 역시 격한 심사를 이기지 못하고 비감에 차서 술을 마시며, "힘으로 산을 두려뽑을 수 있고, 기백은 세상을 덮고도 남는데, 어찌 이 지경에 이르렀는가!(力拔山, 氣蓋世)"라는 유명한 절명(絶命)의 노래를 부른 끝에 스스로 목숨을 끊어, 결국 유방에게 천하를 내어주고 말았는데, 그 초나라 노랫소리는 유방 군이 적의 사기를 떨어뜨리려고 꾸민 심리 전술이었다고 한다.

주한 격이 되고 말았던 것이다.

수천 마리나 되는 졸개 요괴들을 한두 마디 공갈로 거뜬히 쫓아버린 손행자는 기뻐서 춤이라도 출 것만 같은 심정이었다.

"잘됐다, 잘됐어! 이제 마귀 두목 세 녀석은 꼼짝없이 내 손에 죽은 목숨이다. 내 말 한마디에 깡그리 도망치고 말았으니, 두 번 다시 돌아와 저희 두목들과 얼굴을 맞댈 녀석은 없을 것이다. 이번에 들어가서는 방금 한 얘기를 똑같이 해야겠다. 혹시 한두 놈이 달아나지 않고 주변에 얼씬거리다 내가 안팎이 다르게 말하는 것을 듣기라도 한다면, 산통이 깨져 꼬리가 잡힐지도 모르는 일 아닌가!"

이렇게 마음 다져먹고 무서운 마귀들의 소굴로 들어서는 손행자, 자신의 든든한 배짱 하나만 믿고 서슴없이 동굴 문 안으로 깊숙이 발을 들여놓는 것이다.

과연 혈혈단신으로 마귀 두목과 마주칠 손행자에게 길흉은 어떻게 될 것인지, 다음 회에서 풀어보기로 하자.

제75회 심원은 음양 이기병에 구멍을 뚫고, 마왕은 뉘우쳐서 대도의 진으로 돌아가다

제천대성이 동굴 안에 들어서서 좌우 양편을 둘러보니, 차마 눈뜨고 보지 못할 끔찍스런 광경이 눈길에 잡혔다.

해골바가지는 산더미처럼 쌓이고, 뼈다귀는 숲을 이루었다.
사람의 머리카락으로 담요를 짰는가 하면, 벗겨낸 가죽과 살덩어리는 썩어 문드러져 시궁창에 수렁이 되었다.
뽑아낸 힘줄이 나무 가장귀에 휘감긴 채 늘어지고, 바싹 말라붙어 은빛 인광(燐光)이 번쩍거린다.
시산혈해(屍山血海)가 있다더니 글자 그대로 송장의 산이요 피바다, 역겨운 그 비린내 과연 맡기 어렵다.
동편의 졸개 요괴는 산 사람을 잡아놓고 살점을 발라내며, 서쪽의 몹쓸 마귀는 사람의 날고기를 통째로 쪄내고 삶느라 바쁘다.
만약에 미후왕처럼 영웅호걸의 배짱을 지니지 않았던들, 그 어떤 속세의 범부(凡夫)도 그 문턱에 들어서지 못하였으리.

한참 만에 둘째 문으로 들어서서 살펴보니, 허허! 이곳은 방금 보았던 바깥 세상의 생지옥과 전혀 딴판이다. 맑고도 깨끗한 정경, 고요하고도 우아한 분위기, 빼어나게 아름다운 터전이 시원스럽게 탁 트였으며, 좌우에는 기화요초가 선경을 이루고 앞뒤에는 아름드리 소나무와

푸른 대나무 숲이 우거져 있었다.

또다시 7, 8리쯤 멀리 들어가서야 비로소 세번째 문에 이르렀는데, 몸을 선뜻 비켜서서 도둑질하는 눈으로 남몰래 살펴보니, 단상 위에 세 마리의 요괴 두목이 높다랗게 자리 잡고 앉아 있는데, 하나같이 험상궂은 생김새에 흉악스런 기세가 돋보이는 마귀들이었다. 그 중 한 마리는 셋 가운데서도 우두머리인 듯, 한복판에 위엄 있게 자리 잡았다.

날카로운 송곳니에 톱날같이 예리한 이빨, 둥글둥글한 머리통에 네모난 얼굴.
으르렁대는 목청이 천둥 벼락 치듯 우렁찬데, 눈빛은 번갯불처럼 번쩍거린다.
치켜 들린 들창코는 하늘을 향하고, 시뻘건 두 눈썹에 불꽃이 나부낀다.
가는 곳마다 온갖 짐승이 당황하여 머리 조아리고, 도사려 앉을 때는 마귀 떼가 간담이 오그라들어 부들부들 떤다.
이놈이 누구냐? 길짐승의 왕중왕(王中王), 푸른 갈기 터럭 지닌 청모사자(靑毛獅子) 괴물이다.

왼편에 자리 잡은 마귀는 좌석 배열로 보아 둘째 대왕이 분명하다.

봉황의 눈초리에 금빛 눈동자, 싯누런 두 이빨에 우람한 넓적다리.
기다랗게 뻗어 나온 코에 은빛 찬란한 터럭, 얼른 보면 꼬리인가 잘못 알기 십상이다.
둥그런 이마빼기에 쭈글쭈글 주름진 눈썹, 게다가 몸집은 바위 더미 쌓아 올리듯 우람하기 짝이 없다.

가느다란 목소리는 요조숙녀 절세가인을 방불하지만, 옥처럼 반들반들한 얼굴은 저승의 쇠머리 악귀를 닮았다.

이놈은 이빨 감추고 행실 닦았으니, 오랜 세월 끝에 도를 얻은 누런 이빨 지닌 황아노상(黃牙老獠) 늙은 코끼리다.

그리고 오른편 자리를 차지한 놈이 막내로 셋째 대왕이시다.

황금빛 날개에 곤어(鯤魚)¹의 머리통, 별같이 반짝이는 표범의 눈초리.

동에 번쩍 서에 번쩍, 북방에 위세를 떨쳤는가 하면 어느덧 남방을 엿보니, 억센 힘, 강인한 기질에 용감성이 두드러졌다.

모습이 변하여 날개 펼치고 하늘 높이 비상하니, 안작(鷃雀)²의 비웃음소리 그치고 해룡은 처참하게 몸을 도사린다.

봉황의 날갯죽지 푸드득 떨치면 온갖 새들이 머리통을 감추고, 날카로운 발톱 펼치면 모든 날짐승의 간담이 써늘해진다.

---

1 곤어: 『장자(莊子)』「소요유(逍遙游)」 편에 나오는 가상의 거대한 물고기 이름. 이에 관하여는 제57회 주 **2** '대곤(大鯤)' 참조.
2 안작: '안(鷃)'은 종달새, '작(雀)'은 참새. 그처럼 보잘것없이 작은 새. 역시 『장자』「소요유」편에 나오는 우화(寓話)로, 거대한 새 대붕(大鵬)은 등덜미가 몇 천리나 되는지 모르는데, 한번 기운을 떨쳐 날면 그 날개가 하늘에 드리운 구름과 같아서, 대붕이 남쪽 바다로 옮겨 가려 할 때에는 물결을 치면서 3천 리를 날아오른 다음, 돌개바람을 타고 단숨에 9만 리를 올라가 여섯 달 만에야 멈춘다고 하였다. 이것을 본 종달새와 참새는 "우리는 훌쩍 날아야 나무 가장귀에 부딪치거나 덤불에 떨어지고, 그것도 잘되지 않을 때는 땅바닥에 떨어지고 마는데, 어떤 새가 단숨에 9만 리나 되는 하늘 위에 올라가 남쪽으로 날아갈 수 있단 말인가?" 하고 비웃었다 한다. 장자는 이 우화를 빌려 "작은 지혜는 큰 지혜에 미치지 못하고, 어린것의 안목은 어른의 안목에 미치지 못한다" 하였으며, 이 고사에서 '참새가 어찌 대붕의 뜻을 알랴?'라는 격언이 나오게 된 것이다.

이놈이 바로 날갯짓 한 번에 구만 리 길을 날아간다는 운정 구만리(雲程九萬里)의 대붕조(大鵬鵰), 거대한 독수리다.

그 아래 양편으로 늘어선 것은 1백 수십 마리의 크고 작은 두목들, 하나같이 갑옷 투구로 완전 무장을 갖추었는데, 위풍이 늠름하고 살기가 등등하다.

손행자는 이런 광경을 보면서도 속으로 기뻐할 뿐 두려워하는 기색이라곤 털끝만큼도 없었다. 소찬풍으로 변신한 그는 겁도 없이 '큰 대(大)'자 걸음걸이로 휘적휘적 문턱을 넘어서더니 딱딱이와 방울을 내려놓고 단상을 올려다보며 큰 소리로 외쳐 불렀다.

"대왕님!"

마귀 두목 셋이 껄껄대고 웃으면서 묻는다.

"소찬풍, 돌아왔느냐?"

손행자도 내처 응답한다.

"예, 돌아왔습니다."

"그래, 산등성이를 순찰해보니 어떻더냐? 손행자란 놈의 행방은 알아보았느냐?"

"대왕님께 감히 여쭙기 어렵습니다."

"어째서 말하기가 어렵다는 게냐?"

늙은 마귀의 물음에, 손행자는 일부러 쭈뼛쭈뼛 송구스러운 말투로 미리 생각해둔 얘기 보따리를 풀어놓기 시작했다.

"소인은 대왕님의 명령대로 순찰을 나갔습니다. 딱딱이를 치고 방울을 흔들면서 산길을 돌아다니던 도중, 퍼뜩 이상한 낌새에 고개를 번쩍 들고 바라보았더니, 웬 사람 하나가 쭈그리고 앉아서 바윗돌에 쇠몽둥이를 써억썩 갈고 있는 것을 발견했습니다. 그놈의 꼬락서니를 보아하니, 마치 초상집 상여 나갈 때 저승길을 틔워주는 허수아비 개로신보다 더 컸습니다. 만약 그놈이 허리를 펴고 벌떡 일어서는 날이면 아마도 키가 십여 장이나 됨직했습니다.

　이런 놈이 산골짜기 시냇가 바위투성이 둔덕 위에 자리 잡고 앉아서 냇물을 떠올려 가지고 쇠몽둥이를 갈고 있는데, 입으로는 혼잣말을 중얼거리고 있지 않겠습니까. 가만히 엿들어보았더니, 자기 몽둥이가 여기까지 오는 동안에 한 번도 신통력을 나타내보지 못했으니, 이제 번쩍번쩍 윤이 나게 잘 갈아서 곧바로 대왕님들을 때려죽이러 쳐들어오겠다는 얘기였습니다. 그래서 저는 그놈이 바로 손행자인 줄 알아차리고 부리나케 달려와 보고를 드리게 된 것입니다."

　좌석 한복판의 늙은 마귀가 이 말을 듣더니, 전신에 식은땀을 쭉 흘리면서 부들부들 떨리는 목소리로 아우들을 돌아보고 말했다.

　"여보게들, 내가 뭐랬나? 당나라 화상을 건드리지 말자고 하지 않았는가. 신통력이 굉장하다는 그놈의 제자 녀석이 어디서 미리 낌새를 챘는지, 쇠몽둥이를 갈아 가지고 우리를 때려죽이러 쳐들어오겠다는데, 이 노릇을 어쩌면 좋단 말인가?"

　그리고 부하들에게 급한 명령을 내렸다.

　"얘들아! 동굴 밖에 있는 두령 졸개 할 것 없이 모조리 안으로 불러들이고 문을 닫아걸어서, 그놈들이 그냥 지나가게 내버려둬라!"

　소두목 중에 바깥 사정을 아는 녀석이 아뢰었다.

　"대왕님, 문밖에 졸개 요정들은 벌써 알고 모조리 흩어져 달아났습니다."

　"언제 어떻게 흩어졌단 말이냐? 아무래도 사태가 험악하단 소문을 먼저 듣고 도망친 모양이로구나. 그렇다면 어서 빨리 문을 잠가라! 문을 잠그지 못할까!"

늙은 마귀의 호통 한두 마디에, 부하 요괴들이 우당탕퉁탕 동굴 앞 뒷문을 모조리 닫아거느라 한바탕 야단법석이 났다.

여기저기 앞뒤 문짝이 닫히는 소리를 듣고서, 손행자는 속이 뜨끔해졌다.

"아뿔사!…… 문을 저렇게 다 잠가버리고 나면, 이거 보통 큰일이 아닌데! 이런 상태에서 저놈들이 제 집안일을 시시콜콜 따져가며 물어볼 때, 내가 척척 대꾸하지 못한다면 수상쩍게 여기고 결국 내 정체가 들통나고 말 게 아닌가? 그랬다가는 꼼짝 못하고 사로잡히는 신세가 될 터인데, 이 노릇을 어쩌면 좋단 말이냐?…… 안 되겠다, 한 번 더 공갈을 쳐서 저놈들이 문을 열어놓게 만들어놓고 뺑소니를 쳐야 되겠다."

생각이 여기에 미치자, 그는 또다시 늙은 마귀 앞으로 나서서 이렇게 말했다.

"대왕님, 그놈이 또 아주 고약한 소리를 했습니다."

"고약한 소리라니, 그놈이 또 뭐라고 하더냐?"

"그놈 혼자서 하는 말이, 큰 대왕님은 붙잡아서 가죽을 벗겨내고, 둘째 대왕님은 뼈다귀를 추리고, 셋째 대왕님은 힘줄을 뽑아버린다고 했습니다. 얘기가 이런데, 만약 대문을 모조리 걸어 닫고 나가지 않으신다면, 변신술법을 잘 쓰는 그놈이 파리 같은 벌레로 둔갑해 가지고 문틈으로 날아 들어와서 우리들을 깡그리 잡아갈지도 모르는 일 아닙니까. 그때에는 어찌해야 좋습니까?"

이 말을 듣고 늙은 마귀가 찔끔 놀라면서 두 아우를 돌아보고 당부했다.

"여보게, 아우님들. 조심해야겠네. 우리 이 동굴에는 예전부터 파리라곤 한 마리도 없었으니까, 만약 파리 같은 날벌레가 날아들기만 하면 그것이 바로 손행자란 놈일세!"

손행자는 속으로 낄낄대고 웃었다. 이왕 얘기가 나온 김에, 파리 한 마리 날려보내 놀라게 해주고 문이나 열게 만들어야겠다는 꾀가 생겼다. 그는 슬그머니 한 곁으로 비켜서서 머리를 긁적거리듯이 손을 뒤통수로 돌려 솜털 한 가닥을 뽑아내더니, 아무도 눈치 못 채게 숨결 한 모금 불어넣고 들릴락 말락 외마디 소리를 질렀다.

"변해라!……"

솜털 가닥은 삽시간에 금빛 똥파리로 둔갑했다. 그리고 주인의 뜻에 따라서 "앵!" 하고 날아가더니 늙은 마귀의 면상에 정통으로 부딪쳤다. 느닷없이 날아든 파리 한 마리에, 늙은 마귀가 화들짝 놀라 당황한 목소리로 경계령을 내렸다.

"여보게들! 야단났네, 그놈이 들어왔어!"

크고 작은 요괴의 무리들이 기절초풍을 하다시피 놀라 저마다 끝이 갈라진 갈퀴나 빗자루를 찾아 들고 파리를 잡느라 이리 뛰고 저리 뛰고, 야단법석을 떠는 바람에 동굴 속은 한바탕 난장판이 벌어졌다.

그 꼴을 보고 손행자는 참다 못해 그만 낄낄대며 웃음보를 터뜨리고 말았다. 정말 웃어서는 안 되는 판국인데, 터져 나온 웃음소리 때문에 문제가 생기고 말았다. 변신술법을 써서 둔갑했을 때 긴장이 풀리면 그 즉시 본래의 모습으로 되돌아간다는 사실을 깜빡 잊은 채 웃음보를 터뜨렸으니, 손행자는 저도 모르게 쇠찬풍의 모습을 흐트러뜨리고 원숭이의 낯짝을 드러내고 말았던 것이다.

눈썰미 좋은 셋째 마귀가 재빨리 눈치 채고 단상에서 뛰어 내려오더니, 두말할 것도 없이 다짜고짜 손행자의 덜미를 움켜잡았다.

"형님들, 하마터면 이놈한테 속아넘어갈 뻔했소!"

늙은 마귀가 또 한 번 깜짝 놀라 묻는다.

"여보게, 아우. 누가 누굴 속인단 말인가?"

서유기 제8권 173

"방금 돌아와서 소식을 전한 이 놈은 소찬풍이 아니라, 바로 손행자가 분명하오. 이놈이 도중에 소찬풍과 마주쳤을 테고, 어떻게 때려죽였는지 모르겠으나 좌우간에 소찬풍으로 둔갑해 가지고 들어와서 우리한테 속임수를 쓰려고 한 것이 틀림없소."

덜미를 잡힌 손행자는 아차 싶었다. 웃음보를 터뜨려 둔갑술이 흐트러지는 순간에, 셋째 마귀 녀석이 용케 자기를 알아본 것이 분명했다. 그러나 이대로 승복할 수야 없는 노릇이라, 손행자는 대뜸 손바닥으로 얼굴을 쓰윽 문지르면서 늙은 마귀를 향해 하소연을 했다.

"대왕님, 이 얼굴 좀 보십쇼! 제가 어째서 손행자란 말씀입니까? 저는 소찬풍입니다. 셋째 대왕님께서 잘못 보신 겁니다."

늙은 마귀는 가짜 소찬풍의 얼굴을 물끄러미 내려다보더니, 너그러운 웃음을 지으면서 셋째 마귀에게 말했다.

"여보게, 막내아우. 저놈은 소찬풍일세. 하루에도 세 번씩 내 면전에서 점호를 받아왔는데, 내가 못 알아볼 리가 있나? 나는 저놈을 잘 안다니까."

그리고 다시 가짜 소찬풍을 돌아보고 묻는다.

"너, 명패를 가지고 있느냐?"

손행자는 얼른 대답했다.

"예에, 있고말굽쇼!"

대답과 동시에 옷자락을 주섬주섬 들추고 명패를 꺼내 보였더니, 늙은 마귀는 그것을 한눈에 알아보고 또다시 좋은 말로 막내 요괴를 구슬린다.

"여보게, 그놈을 억울하게 만들지 말게."

하지만 셋째 마귀는 딱 부러지게 반박했다.

"형님, 보지 못하셨소? 방금 이놈이 한편으로 비켜서서 낄낄대고 웃는 소리를 내기에, 내가 얼른 보니까 뇌공 같은 주둥아리를 비죽 내밀었단 말이오. 내가 덜미를 붙잡았더니 어느새 또 이런 모양으로 둔갑한 거요."

이어서 그는 늙은 마귀가 뭐라고 하거나 말거나 들어보지도 않고 부하들에게 호통쳐 분부했다.

"애들아, 뭣들 하느냐! 밧줄을 가져오너라!"

졸개 요괴들이 부리나케 밧줄 한 뭉치를 가져왔더니, 셋째 마귀는 손행자를 자빠뜨려 놓고 양팔 두 다리를 마치 사냥해서 잡은 짐승의 네 발굽 엮어 묶듯이 따로따로 결박을 지운 다음, 입고 있던 옷가지를 훌훌 벗겨냈다. 옷을 벗겨놓고 바라보니, 영락없는 필마온, 원숭이의 본색이 그대로 드러나고 말았다.

아무도 모르는 일이었으나, 손행자가 익힌 지살수 72종의 변화술법은 날짐승이나 길짐승, 꽃나무, 대접 따위의 그릇 종류, 벌레 같은 곤충으로 둔갑할 때에는 몸뚱이를 통째로 탈바꿈할 수 있지만, 사람의 모습으로 변신할 때만큼은 머리통과 얼굴만 바뀔 뿐, 몸뚱이는 변하지 않고 원숭이의 것 그대로 남아 있게 되는 법이다. 그러니 얼굴은 소찬풍의 생김새 그대로였으나, 몸뚱이에는 온통 누런 털이 덮였고, 새빨간 볼기 두 짝에 꼬리마저 기다랗게 드러날 수밖에 없었던 것이다.

늙은 마귀가 그 꼴을 보더니, 손바닥으로 제 무릎을 탁 쳤다.

"옳거니! 손행자의 몸뚱이에 소찬풍의 낯짝이라…… 그러고 보니 바로 손행자 그놈이로구나!"

그리고는 당장 부하 요괴들에게 분부를 내렸다.

"애들아! 어서 술상부터 차려 내오너라. 너희 셋째 대왕께서 공로를 세웠으니 축배를 한잔 올려야겠다. 이제 손행자란 놈을 붙잡았으니 당나라 화상은 갈 데 없이 우리 입에 들어온 고기나 마찬가지다!"

부하 요괴들이 부산하게 움직이자, 셋째 마귀는 급히 손을 내저어 만류했다.

"형님, 술은 천천히 들기로 합시다. 손행자란 놈이 도둔법(逃遁法)을 곧잘 쓴다는데 도망쳐 달아날지 누가 알겠소. 부하 녀석들을 시켜서 내 보배 '음양 이기병'을 떠메고 나오게 해서 그 병 속에 손행자를 잡아넣고 봅시다. 그리고 나서 우리도 안심하고 술을 마시도록 합시다."

늙은 마귀는 이 말을 듣더니, 껄껄대고 웃어가며 고개를 끄덕였다.

"옳은 말일세! 옳은 말이야!"

그는 졸개 요괴 서른여섯 마리를 따로 뽑아 불러 세우고 분부를 내렸다.

"너희들, 냉큼 안채에 들어가서 곳간 문을 열고 셋째 대왕님의 음양 이기병을 떠메고 나오너라."

음양 이기병이라!…… 도대체 그 병이 얼마나 크기에 서른여섯 마리나 되는 요괴더러 떠메고 나오라는 것일까? 사실 그 병 크기는 겨우 두 자 네 치 높이쯤밖에 안 되는 것이었다. 그런데도 서른여섯 장정이 떠메야 할 만큼 무겁다는 얘기인가? 아니다. 자체 무게는 별것 아니지만, 그 병은 음기와 양기로 뭉쳐진 보배라, 그 속에는 칠보팔괘(七寶八卦)와 이십사기(二十四氣)가 수효에 맞춰 들어 있기 때문에, 천강 삼십육수(天罡三十六數)를 채워 서른여섯 명을 동원해야만 비로소 떠멜 수가 있는 것이다.

얼마 안 있어 부하 요괴들이 보배 '음양 이기병'을 떠메고 나오더니, 세번째 동굴 문 밖에 내려놓고 말끔히 닦아서 뚜껑을 뽑아냈다. 그리고 손행자의 결박을 풀어놓은 다음, 나머지 옷을 모조리 벌거벗기고 병 아가리에 바싹 끌어다 대었다. 그 다음 순간, 병 속에서 쏟아져 나오는 기운에 닿자마자 "쉬익!" 하는 소리와 함께 손행자의 알몸뚱이는 그

대로 빨려 들어가고 말았다.

셋째 마귀는 재빨리 병 뚜껑을 닫아버린 다음, 그 위에 봉피(封皮)를 붙여놓고야 비로소 마음이 놓였는지, 껄껄대며 술자리로 나앉았다.

"이놈의 원숭이 녀석! 내 보병 속에 들어앉은 이상, 서방 세계로 갈 생각은 꿈도 꾸지 말아라! 이래도 네놈이 부처를 찾아뵙고 불경을 구하려거든, 죽었다가 다시 태어나기를 서너 차례 거듭하지 않고서는 어림없을 게다!"

사타동 소굴 안의 크고 작은 요괴들이 껄껄대며 왁자지껄, 너도나도 앞다투어 셋째 마귀에게 몰려가서 공로를 치하한 것은 더 말할 나위가 없다.

한편 병 속에 떨어진 손대성은 그 작은 공간에 갇혀 몸이 움츠러들기도 했으나, 악착같이 술법을 써서 그럭저럭 한복판에 쭈그려 앉을 수는 있었다. 한참을 지내고 있으려니 뜨거운 열기는 전혀 없이 오히려 서늘한 느낌마저 들었다. 그는 앞서 소뇌음사에서 황미동자의 바라 속에 갇혀 죽도록 고생해본 경험이 있는 터라, 이런 좋은 환경이 뜻밖이어서 저도 모르게 껄껄대면서 중얼거리고 말았다.

"이 요괴 녀석이 공연히 밖으로만 허풍을 떨었지 실속이라곤 통 없었구나. 이 병 속에 사람을 잡아 넣으면 한 시진 삼 각 안에 녹아버려서 피고름이 된다고 소문을 퍼뜨리다니! 이렇게 서늘하기만 하다면 하루 이틀이 아니라 칠팔 년을 들어앉아 있어도 아무 일 없겠다!"

한데 문제가 생겼다. 제천대성 손오공은 애당초 이 보배의 근본 내력을 모르고 있었던 것이 탈이었다. 가령 이 음양 이기병에 사람을 잡아 넣었을 때, 1년 열두 달 입다물고 말을 하지 않으면 1년 내내 그대로 서늘한 채 있시만, 말 한마디라도 입 밖에 벙끗했다 하는 날이면 그 즉시 불이 일어나서 뜨겁게 타오르는 것이다. 아니나 다를까, 손대성의 말끝이 떨어지자마자, 병 속은 온통 불길이 꽉 들어차 무시무시한 기세로 타오르기 시작했다. 천만다행히도 그는 재간이 있는 터라, 병 한복판에 가부좌를 틀고 앉은 채 재빨리 피화결(避火訣)을 외웠더니, 불꽃은 이내 사라지고 더 이상 아무것도 두려워할 것이 없었다.

반 시진쯤 지났을 무렵, 이번에는 사면팔방에서 40마리나 되는 독사 떼가 나타나더니 무서운 기세로 달려들어 물어뜯기 시작했다. 손행자는 양손을 번개같이 휘둘러 40마리의 독사를 움켜 가지고 있는 힘껏 잡아 비틀어, 단숨에 80토막을 만들어버리고 말았다.

얼마쯤 있으려니 이번에는 몸뚱이 전체로 불길을 활활 뿜어내는 화룡(火龍) 세 마리가 나타나서 손행자의 몸뚱이를 위아래 할 것 없이 친친 휘말아 감고 조여들기 시작하는데, 이것만큼은 정말 견디기 어려웠다. 손행자는 어쩔 바를 모르고 당황한 나머지 버럭버럭 고함쳐 비명을 질러댔다.

"어이쿠, 이것 야단났구나! 다른 것이라면 몰라도, 이 화룡 세 마리는 진짜 다루기 힘들겠는걸! 이렇게 휘감긴 채 오래 갔다가는 불기운이 내 심장으로 치밀어들 텐데, 이 노릇을 어쩐다?"

그는 어떻게 하면 이 난관에서 벗어날까 궁리해보았다. 혹시 내 몸집을 길게 뻗어 가지고 이 빌어먹을 놈의 병을 터뜨려보면 안 될까?…… 생각이 여기에 미치자, 앙큼스런 손행자는 즉시 인결을 맺고 주어를 외우면서 버럭 외마디 호통을 질렀다.

"늘어나라!"

몸뚱이는 삽시간에 2, 30척 길이로 늘어났다. 그러나 음양 이기병 역시 몸뚱이에 찰싹 달라붙은 채 똑같은 길이로 늘어나는 것이 아닌가! 손행자가 몸뚱이를 작게 움츠러뜨렸더니, 병의 크기도 똑같이 움츠러들어 꼼짝달싹 못하게 만들기는 마찬가지였다.

손행자는 속으로 찔끔 놀라 중얼거렸다.

"큰일났다, 큰일났어! 이거 보통 까다로운 보배가 아닌걸. 어쩌자고 내 키가 길어지면 똑같이 늘어나고 작아져도 똑같이 줄어드니, 이렇게 되면 날더러 어떻게 하란 말이냐?"

말을 마치기도 전에, 이번에는 발뒤꿈치 복숭아뼈가 얼얼하게 쑤셔 온다. 급히 손을 뻗어 만져보았더니, 어느새 불에 데어서 벌겋게 물집이 잡혀 부풀어올라 있다. 그는 조바심을 감추지 못하고 몸부림을 치기 시작했다.

"어쩌면 좋으냐? 복숭아뼈마저 데어서 부풀어오르다니, 이러다간 꼼짝없이 절름발이 신세가 되고 말겠구나!……"

어쩔 수 없는 좌절감과 낙담에 눈물을 참지 못하고 줄줄 흘리기 시작하는 손대성…… 이야말로 속수무책에 진퇴양난이 따로 없는 게 아닌가! 요사스런 마귀의 독수에 걸려 괴로움을 당할수록 생각나는 것은 스승 삼장 법사요, 위기에 직면할수록 성승의 안위가 더 걱정스러우니, 손행자의 입에서는 마침내 울음 섞인 넋두리가 터져 나온다.

"사부님! 그 옛날에 옳은 길로 들어섰을 때, 관음보살이 착하게 살라고 권유하여주신 덕분에 하늘의 재앙을 벗어나고, 사부님과 더불어 무수한 산천을 고생하며 지나오는 동안, 수많은 요괴를 제압하면서 저 팔계를 굴복시키고 사화상을 얻었으며, 천신만고 끝에 당신과 함께 서방 세계로 가서 정과를 이루어볼까 하였습니다. 그러나 오늘 뜻하지 않게 마귀의 독수에 부닥쳐 죽음의 지경에 잘못 빠져들고, 당신은 산속에 내버려진 채 한 걸음도 앞으로 나아가지 못하게 될 줄이야 누가 알았겠습니까! 이제 와서 생각해보면 제가 시난날 지지른 업보 탓으로 오늘날의 이런 재난을 당하게 되었나봅니다……"

이렇듯 참담한 생각에 젖어 있으려니, 머릿속에 퍼뜩 떠오르는 것이 하나 있다.

"관음보살께서 언젠가 사반산(蛇盤山)에서 내게 구명(救命)의 터럭 세 가닥을 내려주신 적이 있었다. 어디 그게 아직도 남아 있는지 찾아보자꾸나!"

당장 손을 뻗쳐 전신을 이리저리 더듬어보니, 뒤통수에 세 가닥 털이 손길에 잡히는데 유별나게 빳빳하다. 손행자는 반가운 마음에 버럭 소리를 질렀다.

"바로 이거다! 이거야! 몸뚱이에 붙은 터럭들은 모두가 보드라운데, 이 세 가닥 털만이 이렇게 빳빳하고 단단하니, 이것이야말로 내 목숨을 건져줄 구명의 털이 분명하구나!"

그는 당장 이를 악물고 아픔을 참아가며 세 가닥 털을 모두 뽑아냈다. 그리고 숨결 한 모금을 내뿜어주면서 외마디 소리를 쳤다.

"변해라!"

세 가닥 털은 손행자의 뜻에 따라, 한 가닥은 금강석이 달린 송곳으로 둔갑하고, 또 한 가닥은 대가지로, 그리고 마지막 한 오리는 무명으로 꼬아 만든 노끈으로 탈바꿈했다. 도구가 준비되자, 그는 대가지를 꾸부리고 그 양 끝에 무명 노끈을 매어서 활처럼 만든 다음, 그 활시위에 송곳을 꽂아 팽팽하게 잡아당긴 채 병 밑바닥에 끄트머리를 대고 쓱싹쓱싹 비벼 돌려서 구멍을 한 개 뚫어놓았다. 그랬더니 구멍 바깥에서 한 줄기 광선이 환하게 비쳐들었다.

손행자는 춤이라도 출 듯이 기뻐하면서 쾌재를 불렀다.

"조화로다! 조화로구나! 이제는 빠져나갈 수 있게 되었다! 자, 무엇으로 둔갑해서 빠져나갈까?……"

이런 생각을 하는데, 어느덧 병 속이 처음과 같이 서늘해지는 것이 아닌가! 손행자는 영문을 몰라 어리둥절했으나, 서늘해진 까닭은 알고 보면 간단했다. 손행자가 구멍을 뚫어놓는 순간, 병 속에 가득 차 있던 음기와 양기가 모조리 새어나가 텅 비어버렸기 때문이다.

앙큼스런 손대성은 구멍의 털을 모두 거둬들이고 나서 몸뚱이를 슬쩍 흔들어 하루살이로 둔갑했다. 아주 가볍고도 날렵한 몸매, 가늘기는 머리카락이요, 길이는 속눈썹만큼이나 짧으니, 송곳으로 뚫어놓은 구멍쯤 빠져나가기야 손바닥 뒤집기보다 더 쉬운 노릇이다.

무서운 보배 병 속에서 빠져나온 손행자, 그대로 날아서 도망치지 않고 늙은 마귀의 머리 위에 살짝 내려앉는다.

늙은 마귀 두목은 바야흐로 기분 좋게 술을 마시고 있다가, 퍼뜩 무슨 생각이 들었는지 잔을 내려놓고 셋째 아우를 돌아다보았다.

"여보게, 손행자란 놈도 지금쯤 다 녹아버렸겠지?"

셋째 마귀 두목이 껄껄 웃으며 자신 있게 대꾸한다.

"여태 남아 있겠습니까! 다 녹아서 걸쭉한 국물이 되었을 겝니다."

늙은 마귀는 부하들더러 병을 떠메 오라고 분부했다. 이윽고 서른여섯 마리의 졸개 요괴들이 병을 떠메려다 보니, 갑자기 병이 아까보다 훨씬 가벼워진 것을 깨닫고 깜짝 놀랐다. 당황한 요괴들은 고함쳐 마귀 두목에게 아뢰었다.

"대왕님! 병이 가벼워졌습니다!"

늙은 마귀는 이 말을 듣고 버럭 호통쳐 꾸짖었다.

"바보 같은 소리! 그 보배는 음양 이기의 공력으로 이루어져서 칠보팔괘, 이십사기가 담겨 있는 것인데, 어찌 가벼워질 수 있단 말이냐!"

부하 요괴들 가운데 억척스런 놈 하나가 병을 혼자서 거뜬히 쳐들고 마귀 두목 앞으로 걸어 나왔다.

"이것 좀 보십쇼! 이렇게 가볍지 않습니까?"

늙은 마귀 두목이 황급히 뚜껑을 열어보니, 속이 훤하게 텅 비었다. 그는 놀라움을 참지 못하고 저도 모르게 실성을 터뜨렸다.

"이크, 야단났구나! 병 속이 텅텅 비었어! 병이 샜구나!"

늙은 마귀의 머리 위에 찰싹 달라붙어 있던 손행자도 웃음을 참지 못하고 깔깔대고 소리쳤다.

"요 아들놈아! 병이 샜으니, 찾는 사람도 벌써 도망쳤을 게다!"

사람은 보이지 않고 느닷없이 호통치는 목소리만 들리자, 마귀 두목이나 졸개 요괴들이나 할 것 없이 허둥거리면서 야단법석을 떨기 시작했다.

"그놈이 도망쳤다! 도망쳤다!"

"손행자가 달아났다, 달아났어!"

여기저기서 갈팡질팡 우왕좌왕, 한마디씩 고함을 지르는 바람에 동굴 속은 온통 난장판이다.

늙은 마귀 두목은 냅다 호통쳐 명령을 내렸다.

"문을 닫아라! 어서 문짝부터 닫아걸어라!"

손행자는 몸뚱이 한번 꿈틀하더니 요괴들이 벗겨놓았던 옷가지를 낚아채면서 본래의 모습을 드러내기가 무섭게 쏜살같이 동굴 바깥으로 뛰어나갔다. 문밖에 나서자, 그는 다시 고개를 되돌려 냅다 욕설을 퍼부었다.

"요괴 녀석들아! 얼빠진 수작 말아라! 그 병은 구멍이 뚫렸으니까 두 번 다시 사람을 잡아넣지 못할 게다. 네놈들 안방에 들여다놓고 오줌똥 눌 때 요강으로나 쓰려무나!"

목숨 하나 건져 가지고 무사히 빠져나온 자신이 대견스러워 어쩔 줄을 모르면서, 손행자는 중얼중얼 혼잣말로 신바람 나게 떠들어가며 근두운을 일으켜 타고 마침내 당나라 스님이 기다리고 있는 곳으로 되돌아왔다.

　　삼장 법사는 때마침 거기서 흙을 움켜 흩뿌리며 허공을 바라고 축원을 드리고 있었다. 손행자는 잠시 구름을 멈추고 스승이 무슨 기원을 올리고 있는지 들어보았다.

　　삼장은 두 손 모아 합장한 자세로 하늘을 우러러 이렇게 아뢰었다.

　　구름 속에 계신 여러 신선, 육정육갑, 제천 신령들께 비나이다, 비나이다.

　　바라옵건대 저의 어진 제자 손오공을 도와주시어, 신통력이 크고 너르며 법력이 한없도록 하여주소서.

　　스승의 기원을 듣고 있으려니, 손행자는 스승을 위해 더욱 힘써 모셔드려야겠다는 각오가 새롭게 돋아났다. 그는 구름을 거두어들이고 스승 앞에 내려섰다.

　　"사부님, 돌아왔습니다."

　　장로가 제자를 부여잡고 치하했다.

　　"오공아, 애썼다! 네가 산속 깊숙이 살펴보러 들어가서 오랫동안 돌아오지 않기에 몹시 걱정했구나. 그래, 저 산중에 길흉은 어떤지 알아보았느냐?"

　　손행자는 뿌듯한 마음에 얼굴 가득 웃음꽃을 피우면서 대답했다.

　　"사부님, 이번에 가본 일은 잘되었습니다. 무엇보다 먼저 동녘 땅 중생들에게 연분이 있기 때문이기도 하려니와, 그 다음으로는 사부님의 공덕이 한량없으신 덕택입니다. 물론 불초 제자의 법력 신세도 졌습니다만……"

　　그리고 지금까지 소찬풍으로 둔갑해서 마귀들의 소굴에 잠입했던 일, 음양 이기병 속에 빨려들어 죽을 고생을 하던 끝에 다시 탈출해 나오기까지의 경위를 낱낱이 말씀드린 후 끝으로 이렇게 덧붙였다.

"……이제 사부님의 존안을 다시 우러러뵙고 보니, 정말 딴 세상 분을 대하는 것만 같아 감회가 새롭습니다. 하하하!"

"그래, 그래! 수고했다. 정말 고생이 많았구나, 제자야!"

삼장은 고마움을 금치 못하여 거듭 사례했다. 그리고 다시 형편을 물었다.

"이번에 가서 요괴들과 싸워보지는 않았느냐?"

"예, 싸우지는 않았습니다."

"그렇다면 나를 데리고 저 산을 넘어갈 수 없지 않겠느냐?"

스승의 이 말에, 손행자는 워낙 남한테 지기 싫어하는 성미라, 저도 모르게 버럭 소리쳐 되물었다.

"어째서 넘어갈 수 없다고 하십니까?"

"그놈들과 승부를 내지 않고서 이렇듯 어물어물하고 돌아온대서야, 내가 어떻게 서쪽으로 계속 나아갈 수 있겠느냐?"

스승이 꼬장꼬장하게 따져 물으니, 손행자는 기가 막혀 웃음이 나왔다.

"허허! 사부님도 정말 융통성도 없으십니다. 속담에 '실 한 가닥으로는 노끈을 꼬지 못하고, 손뼉도 마주쳐야 소리가 난다(單絲不線, 孤掌難鳴)' 했듯이, 저 마귀 두목 셋에 졸개 요괴가 수천 수만 마리나 되는 놈들을 이 손선생 혼자서 어떻게 싸워 이길 수 있단 말씀입니까?"

"흐흠, '중과부적(衆寡不敵)'이라, 너 혼자 몸으로 어렵기도 하겠구나. 그렇다면 팔계와 사화상 역시 재간이 있으니, 모두들 함께 가서 너와 같이 합심 협력하여 산길을 말끔히 소탕해버리고 나를 보호하여 넘어가게 해다오."

스승이 순순히 인정해주자, 손행자는 한참 생각한 끝에 이렇게 여쭈었다.

"지당하신 말씀입니다. 그럼 사화상더러 사부님을 모시고 있도록 하고, 저팔계를 시켜 저와 함께 따라나서게 해주시죠."

막강한 적을 상대로 싸움판에 뛰어들라는 말에, 미련퉁이 저팔계가 당황해서 펄쩍 뛴다.

"원, 형님도 어지간히 사람 볼 줄을 모르시오! 나처럼 몸집이 거칠고 둔한 데다 아무런 재간도 없는 사람을 데리고 가봤자 공연히 길 가는데 거추장스럽기나 하지, 형님을 따라간들 내 무슨 도움이 되겠소?"

"여보게, 아우! 자네가 대단한 재주는 없다지만, 그래도 한 사람 몫이야 해낼 수 있지 않는가? 속담에 '방귀를 뀌어도 바람기에 보탬은 된다(放屁添風)'했으니, 같이 가서 내 배짱이라도 든든하게 떠받쳐주기나 하게."

"그만둡시다, 그만둬요. 어서 날 데리고 가주구려. 데려가 달란 말이오! 그렇지만 조건이 있소. 일이 급하게 되거나 뺑소니를 칠 때, 나 혼자만 떨어뜨려놓아서 골탕 먹이지는 말아야 하오."

그러자 스승이 한마디 거들었다.

"팔계가 같이 가겠다니, 됐다. 나는 사화상과 여기 남아 있으마."

미련한 저팔계는 우쭐대면서 손행자와 함께 광풍을 일으켜 안개구름을 타고 단번에 높은 산꼭대기로 뛰어오르더니, 순식간에 사타동 어귀에 들이닥쳤다. 바라보니 동굴 문짝은 벌써 단단히 잠겨 있고, 사방을 두리번거려보아도 인기척이라곤 어느 구석에서도 들리지 않았다.

손행자는 동굴 문 앞으로 선뜻 나서더니 철봉을 거머쥐고 무서운 목소리로 악을 썼다.

"요괴들아, 문 열어라! 냉큼 이리 나와서 이 손신생과 한판 붙어보지 않을 테냐!"

동굴 안에 파수를 서고 있던 졸개 요괴들이 부리나케 안으로 급보를 전했더니, 늙은 마귀 두목은 부들부들 떨면서 탄식을 늘어놓았다.

"오래전부터 저놈의 원숭이가 지독하단 말을 들어왔더니, 과연 헛된 소문이 아니라, 참말이었구나! 자, 이 노릇을 어쩐다?……"

곁에서 둘째 마귀가 묻는다.

"형님, 무슨 말씀을 그리하시오?

"생각 좀 해보게. 그 손행자란 놈이 소찬풍으로 변신해 가지고 부하들 틈에 휩쓸려 들어왔을 때만 하더라도 우리는 알아보지 못했네. 다행히도 우리 셋째 아우님이 재빨리 알아채고 그놈을 음양 이기병에 잡아넣었으나, 재간을 부려서 우리 보병에 구멍을 뚫고 빠져나갔을 뿐만 아니라, 제 놈의 옷가지마저 챙겨 가지고 여유만만하게 도망쳐 나갔네. 그리고 이제 와서 또 문밖에 들이닥쳐 싸움을 걸고 있지 않는가? 자, 누가 첫번째로 나가서 저놈하고 싸워보겠는가?"

늙은 마귀 두목이 좌중을 둘러보며 선봉장을 찾았으나, 한 녀석도 응답하는 자가 없다.

"정말 싸우러 나갈 자가 없단 말이냐!"

또 물어보았으나 역시 묵묵부답, 부하 요괴 두목이나 졸개들은 갑작스레 벙어리에 귀머거리가 된 것처럼 대꾸도 않고 못 들은 척 외면하고 있다.

늙은 마귀는 노발대발 천둥 벼락 치듯 역정을 내면서 고함쳤다.

"이런 못난 녀석들! 서방 세계 노상에서 악명을 떨치고 오늘날까지 뭇 사람들을 공포에 떨게 만들어온 우리가, 이제 손행자란 놈한테 이토록 멸시 받고 수모를 당하는 데도 나가 싸울 녀석이 하나도 없단 말이냐! 아무도 나가 싸우지 않는다면 우리 명성은 더욱 땅에 떨어지고 말게 아닌가!…… 오냐, 좋다! 너희들이 정 안 나서겠다면, 내 이 늙은 목숨 하나 던져서라도 그놈과 세 합쯤 싸워 보이마! 만약 세 합을 싸워 이겨낸다면, 당나라 화상은 역시 우리 입에 들어온 고깃덩어리가 될 것이요, 이겨내지 못할 때에는 대문을 걸어 닫고 그놈들이 멀리 지나가도록 내버려두기로 하자."

이리하여 늙은 마귀 두목은 갑옷 투구로 무장을 단단히 갖추고 문을 열게 하더니, 휘적휘적 시원스럽게 동굴 바깥으로 걸어 나갔다.

진작부터 기다리고 있던 손행자와 저팔계가 문 곁에서 그 꼬락서니를 살펴보았더니, 과연 태백금성에게 듣던 대로 무시무시하기 짝이 없는 괴물이다.

동두철액(銅頭鐵額)이라 하더니 글자 그대로 구리쇠 머리통, 무쇠 이마에 투구를 썼는데, 투구 꼭대기에 수실이 펄럭펄럭 나부껴 눈부시게 빛난다.

번들거리는 두 눈초리에 번갯불이 번뜩이고, 번쩍거리는 귀가리개 양편으로 귀밑머리가 어지러이 흩날린다.

갈고리 같은 손톱 발톱이 순은으로 다듬어 만든 것처럼 뾰족하고 날카로우며, 가지런히 박힌 톱날 이빨은 송곳처럼 빽빽하게 늘어섰다.

몸에는 황금빛 갑옷을 걸쳤는데 실로 꿰맨 자국 하나 없고, 허리에는 용띠를 질끈 동여 길흉화복을 미리 알아 피할 줄 아는 기지(機智)가 돋보인다.

손에는 강철 장도(長刀) 한 자루 들었는데 서슬 푸른 칼날이 번쩍번쩍 빛나니, 영웅호걸다운 위풍이 세상에 보기 드물다.

뇌성벽력 같은 목소리 크게 외쳐 묻는 말이,

"문을 두드리던 놈은 누구냐?"

손대성이 몸을 돌이키고 대꾸한다.

"바로 너희 손노야, 제천대성이시다!"

늙은 마귀가 껄껄대고 웃으면서 재차 묻는다.

"네놈이 손행자냐? 이 앙큼스럽고 고약한 원숭이 놈아! 우리가 네놈을 건드린 적이 없거늘, 네놈은 어째서 내 집 문턱에 나타나 싸움을 거는 게냐?"

손행자도 지지 않고 마주 대거리한다.

"옛말에 '바람이 있으니까 물결이 일고, 사리 때가 아니면 물결은 저절로 잔잔해진다(有風方起浪, 無潮水自平)'고 했다. 네놈이 우리 일행을 건드리지 않았는데도 내가 너를 그냥 찾아왔겠느냐? 네놈의 호리군당(狐狸群黨)이 떼를 지어서 우리 사부님을 잡아먹을 궁리를 하고 있으니까, 그래서 내가 이렇게 쳐들어와 따져보겠다는 거다!"

"따져보겠다? 네놈이 내 집 문 앞에 와서 기세 사납게 설쳐대는 꼴을 보아하니, 따져보겠다는 것이 아니라, 한판 싸워보자는 얘기겠지?"

"옳거니, 바로 그거다!"

"요놈아, 아무 데서나 까불지 말아라! 이제 내가 부하 요괴들을 풀어서 진을 쳐놓고 깃발 날리고 북을 치면서 네놈과 싸운다면, 날더러 이불 속에서 활개치는 겁쟁이라고 비웃겠지? 나도 네놈한테 그렇게 얕잡아 보이기는 싫다. 내가 일 대 일로 네놈을 상대해줄 테니까, 어느 쪽이나 아무도 싸움을 거들지 않기로 하자꾸나!"

손행자가 이 말을 듣더니 저팔계에게 버럭 고함쳐 분부했다.

"팔계! 자네는 저리 멀찌감치 가 있게. 저놈이 이 손선생을 어찌하나 지켜보고만 있게!"

미련한 저팔계는 그 말대로 한 곁으로 선뜻 비켜서서 구경하기 시작했다.

이윽고 늙은 마귀가 상대방을 손짓해 부른다.

"요놈아, 이리 가까이 오너라. 우리 말뚝치기로 한번 겨뤄보지 않을 테냐? 우선 네놈은 거기 가만히 서 있고, 내가 이 칼로 네놈의 중대가리를 세 번 들이치되, 그래도 네놈이 배겨낼 수 있다면 당나라 화상을 곱게 보내줄 것이요, 견뎌내지 못할 때에는 당장 그 사부란 중 녀석을 우리한테 넘겨서 한 끼니 밥반찬으로 먹게 해주기다! 어떠냐?"

손행자는 껄껄껄 호탕하게 웃으면서 그 조건을 선선히 받아들였다.

"참으로 요망한 괴물이로구나! 오냐, 좋다! 하지만 네놈의 동굴 안에 붓과 종이가 있거든 이리 내오너라. 너하고 계약서를 한 장 써야겠다. 오늘부터 내년 이맘때까지 칼로 내리찍어도 나는 끄떡하지 않을 테니, 그 다음은 네놈이 내 철봉 한 대 맛보기로 하자꾸나!"

이윽고 늙은 마귀가 위풍을 떨치면서 '고무래 정(丁)'자 보법으로 자세를 단단히 굳히더니, 두 손으로 칼자루를 움켜잡고 손대성의 정수리를 겨냥하여 있는 힘껏 한칼을 내리찍었다. 제천대성 손오공은 머리통을 박치기하듯 위로 올려, 떨어지는 칼날을 정통으로 받아냈다. 그러나 "철썩!" 하는 소리가 들렸을 뿐, 손행자는 두 토막이 나기는커녕 머리 가죽에 벌건 자국조차 나지 않았다.

늙은 마귀가 깜짝 놀라, 저도 모르게 탄성을 질렀다.

"이놈의 원숭이 녀석, 어지간히 단단한 돌대가리로구나!"

손행자는 껄껄대고 웃으면서 이죽이죽 약을 올렸다.

"네놈은 모를 게다. 이 손선생께서는……"

태어나면서부터 구리쇠 머리통에 강철 두개골, 천지건곤 이 세

상에 이런 것은 없을 터.

도끼로 찍고 쇠몽치로 두들겨도 때려부수지 못하니, 어렸을 적 태상노군의 단약 굽는 팔괘로에 들어간 적이 있었다.

사두성관(四斗星官)이 지켜 서서 감독하여 만들었고, 이십팔수 별자리가 불을 지펴 단련하느라 애를 썼다.

달구어진 머리통 물속에 몇 차례나 담갔어도 상하지 않았으며, 주위에 철판 깔아 생채기는커녕 부스럼도 나지 않는다.

당나라 스님은 그래도 단단하지 못할까 걱정하여, 미리 준비해둔 자금(紫金) 테두리를 또 씌워주셨다.

늙은 마귀가 지지 않고 대거리를 한다.

"원숭이야, 주둥이 놀리지 말고 내 두번째 칼 맛이나 보아라! 네놈의 목숨은 내 결코 살려두지 않겠다!"

"기껏해야 지금처럼 후려 찍기가 고작이겠지!"

"이 원숭이 녀석아, 네놈은 이 칼의 내력을 모를 것이다! 어디 한번 들어보겠느냐? 이 칼로 말하자면……"

황금 화로 속에서 만들었으니, 신공으로 골백번 단련하여 달궈 냈다.

칼날은 『삼략(三略)』 비법에 의존하여 만들었고, 굳세고 단단하기는 『육도(六韜)』³를 본받았다.

칼날 끝은 파리의 꼬리처럼 가늘지만, 칼등의 두께는 흰 구렁이의 허리통보다 굵다.

---

3 『삼략』과 『육도』: 중국 고대 병법. 이에 대하여는 제31회 주 **6** 『삼략』 『육도』 및 제14회 주 **7** '황석공·장량' 참조.

산중에 들어가면 구름이 허허탕탕 흩어지며, 바다 속에 들어가면 물결이 도도하게 일어난다.
갈고 벼리고 다듬기를 몇 번인지 헤아릴 수 없으며, 불에 굽고 삶고 쪄내기를 몇 백 번인지 모른다.
깊은 산 해묵은 동굴을 헤쳐버리고, 싸움터에 나갈 때마다 공로를 세웠다.
네놈의 그 중대가리 단단히 붙잡고 있거라, 내 한칼에 표주박 두 쪽으로 만들어주마!

손대성이 또 한 차례 껄껄대고 웃는다.
"이놈의 요정이 어지간히 눈썰미가 없구나! 사람 볼 줄도 모르니 말이다. 이 손선생의 머리통을 조롱박으로 아느냐! 그래, 아무래도 좋다. 잘못 알고 후려 찍었으면 나 역시 잘못 양보한 걸로 쳐줄 테니, 다시 한 번 찍어보고 어떻게 되는지 구경이나 해라!"
늙은 마귀는 두말 않고 칼을 번쩍 치켜들더니 또 한 차례 힘껏 내리찍었다. 손대성 역시 또 머리통을 박치기하듯 칼날 아래 올려 세웠다.
"철썩!"
두번째 칼날이 떨어지자 머리통은 그제야 두 쪽으로 갈라졌는데, 손대성이 땅바닥을 떼굴떼굴 한바탕 구르고 났을 때에는 몸뚱이까지 두 개로 늘어나 있었다.
늙은 마귀는 두 사람의 손행자를 눈앞에 두고 얼마나 놀랐는지 손에 들고 있던 강철 칼마저 내려놓고 말았다.
멀찌감치 서 있던 저팔계가 그 꼴을 보고 낄낄대며 비웃는다.
"이것 봐! 늙은 마귀! 이왕이면 칼부림을 두 번 먹여보는 게 어때? 그럼 아마도 네 사람으로 늘어나지 않겠나?"

늙은 마귀는 손행자에게 삿대질을 해가며 호통쳤다.

"네놈이 분신술법을 곧잘 쓴다는 얘기는 들어봤다만, 어째서 내 앞에 그 따위 술법을 털어놓고 쓰는 게냐?"

"분신술법이 어쨌다고 트집이냐?"

"먼저 한칼 찍었을 때는 꼼짝달싹도 않더니, 왜 지금 와서 두번째 칼부림에는 두 사람으로 늘어나는 거냐?"

"하하! 이 요사스런 괴물아, 겁먹을 것 하나도 없다. 네놈이 일만 번 칼부림을 하면 나 역시 이만 명으로 늘어나 보이마."

"너, 이 원숭이 놈아! 네놈은 분신술법을 쓸 줄만 알았지, 도로 거둬들일 줄은 모를 게다. 네놈에게 한 몸으로 다시 거둬들일 재간이 있다면, 어디 나를 그 쇠몽둥이로 한 대 쳐보려무나."

"아무리 요괴라도 거짓말하면 못쓰는 거다. 네가 나를 세 번 후려 찍겠다 하더니, 이제 겨우 두 번밖에 칼부림을 하지 않았다. 그리고도 날더러 몽둥이 찜질을 한 대 안겨달라니, 좋다! 칼부림 두 번에 몽둥이질 한 번 해주마. 내가 만약 한 대를 넘겨서 반 대라도 더 친다면, 내 손씨 성을 버리고 말겠다!"

"좋다, 좋아!"

늙은 마귀의 응답을 듣자, 손대성은 두 몸뚱이를 떼굴떼굴 굴려 다시 한 몸으로 거두어 가지고 철봉을 번쩍 치켜들기가 무섭게 정면으로 내리쳤다.

늙은 마귀는 엉겁결에 칼을 들어 가로막으면서 고함을 질렀다.

"이 못된 원숭이 녀석, 무례하기 짝이 없구나! 재수 없게 초상집 지팡이 같은 몽둥이로 어디서 생사람을 잡으려 드는 거냐!"

손대성이 호통쳐 대꾸한다.

"이 쇠몽둥이의 내력을 알고 싶으냐? 위로는 천궁, 아래로는 지옥,

어딜 가나 명성을 쟁쟁하게 떨친 것이 이 몽둥이란 말이다!"

"명성을 쟁쟁하게 떨치다니, 어떻게 떨쳤다는 얘기냐?"

늙은 마귀가 다그쳐 묻자, 그는 목청을 가다듬고 병기의 내력을 읊어 내리기 시작했다.

이 몽둥이는 빈철(鑌鐵, 강철)을 아홉 번이나 단련하여 만든 것이니, 태상노군이 손수 단로(丹爐) 속에 넣어 불리고 구워냈다.

태곳적 우(禹) 임금이 노군께 간청하여 얻으니 그 이름을 '신진철(神珍鐵)'이라 붙였으며, 사해팔하(四海八河)를 다져서 굳히는 데 처음 썼다.

자루 한가운데 성두(星斗)를 아무도 모르게 배열하고, 양 끄트머리에는 황금으로 테를 둘렀다.

꽃무늬가 빽빽하게 깔려 있으니 귀신이 놀라고, 용의 무늬와 봉황의 전각(篆刻)을 그 위에 아로새겼다.

한 자루 '영양봉(靈陽棒)'으로 이름 날렸으니, 동해 바다 깊숙이 감추어 속세의 사람들은 볼 수 없었다.

스스로 형체 이루어 변화하니 솟구쳐 날아오르고 재간 부리려 하였으며, 오색찬란한 노을 빛이 눈부시게 나부낀다.

이 손선생이 득도한 뒤 이것을 얻어 가지고 화과산에 돌아가니, 그 변화 무궁무진하고 경험도 많이 쌓았다.

이따금씩 크게 써야 할 때에는 큰 항아리만큼이나 굵어지고, 작게 써야 할 때에는 철사만큼 가늘어진다.

굵기는 남악(南岳)과 같아지고 가늘기는 비늘 같으니, 길거나 짧은 것은 내 마음 내 뜻대로 언제나 바꾼다

가볍게 들어올릴 때마다 채색 구름이 일고, 번뜩번뜩 솟구쳐 날아오를 때는 전광석화(電光石火)가 무색할 지경이다.

섬뜩섬뜩 끼치는 냉기가 사람을 오싹 소름 돋게 만들고, 가닥가닥 뻗쳐 나오는 살기 찬 안개가 공중에 떠오른다.

용을 항복시키고 호랑이를 제압하며 언제나 조심스레 몸에 지니고, 하늘 끝 바다 모퉁이 안 가본 데 없이 두루 돌아다녔다.

일찍이 이 몽둥이로 천궁에 대소동을 일으켰으니, 그 위풍은 반도연회 잔치 자리를 풍비박산 내었다.

탁탑 이천왕이 나와 싸웠으나 이기지 못하고, 나타 삼태자가 대적하였으나 제대로 접전 한번 못해보고 패퇴하였다.

몽둥이가 제천신령을 들이치니 도망쳐 숨을 데 없고, 십만 천병들이 모조리 뺑소니쳤다.

뇌정신장(雷霆神將)들이 영소보전을 호위했으나, 이 한 몸 날려 거침없이 통명전으로 쳐들어갔다.

조정을 장악하던 천사(天使)들이 저마다 놀라 갈팡질팡 헤매고, 옥황상제 어가를 호위하던 선경(仙卿)도 모두들 우왕좌왕, 대열이 흐트러졌다.

철봉을 번쩍 들어 두우궁(斗牛宮)을 뒤집어엎고, 끄트머리 돌리니 남극원(南極院)을 뒤흔들어 헤쳐놓았다.

금궐(金闕)의 옥황상제께서 이 몽둥이의 흉악한 기세를 보고, 특별히 석가여래님 초빙하여 나와 겨루게 하셨다.

병가(兵家)에 승패는 으레 있는 것이니, 곤경에 빠진 이 몸이 고통과 재난의 위태로움을 어찌할 길이 없었다.

에누리 없이 꼬박 오백 년을 양계산 돌 궤짝 밑에 눌려 있다가, 남해보살의 권선(勸善)하심에 힘입어 폐를 끼치게 되었다.

당나라 대국에 출가한 스님 한 분 계셨으니, 하늘에 맹세하여 원대한 소원 빌었다.

왕사성(枉死城) 지옥에 빠진 원통한 혼령을 건져내고자, 영산(靈山)으로 웃어른 찾아뵙고 불경을 구하기로 맹세하였다.

서방 세계 가는 길에 요사스런 마귀 들끓었으니, 행동이 몹시 불편하였다.

이 철봉 이 세상에 둘도 없는 보배인 것을 이미 알았는지라, 스님은 내게 부탁하여 도중에 반려자로 삼아왔다.

사악한 마귀 떼가 설쳐댈 때마다 낱낱이 유명계(幽冥界)로 돌려보내고, 그 육신 홍진(紅塵)의 허망한 티끌로 만들었으며 뼈마디 으스러뜨려 가루가 되게 하였다.

가는 곳마다 요괴 정령을 이 몽둥이 아래 거꾸러뜨렸으니, 수천 수만으로 따져도 그 수효를 헤아릴 길이 없었다.

이렇듯 위로는 천상의 두우궁을 때려부수고, 아래로는 지옥의 삼라전을 납작하게 찍어눌렀다.

천궁에 올라서는 사나운 구요신장(九曜神將)을 끝까지 뒤쫓았으며, 지부(地府)에 들어가서는 최명판관(催命判官)을 때려 다치게 만들었다.

반공중에서 내던지면 산천이 뒤흔들리니, 태세(太歲)의 신화검(新華劍)처럼 닥치는 대로 이겨낸다.

오로지 이 몽둥이의 힘으로 당나라 스님을 보호하였으니, 전하의 요사스런 마귀들을 깡그리 때려죽여왔구나!

늙은 마귀가 이 소리를 듣고 났더니 속은 부들부들 떨리도록 켕겼으나, 그래도 목숨 던져 발악하기로 작심하고 큰 칼을 번쩍 쳐들기가 무섭게 손행자의 정수리를 내리찍었다. 그러나 이 원숭이 임금은 빙글빙글 미소 띤 채, 철봉을 마주쳐 올려 밀리는 기색 하나 없이 여유만만한 자세로 대결했다.

이들 둘이서 처음에는 동굴 앞에서 격돌하다가, 나중에는 약속이나 한 듯 허공으로 훌쩍 솟구쳐 오르더니 반공중에서 죽기살기로 무섭게 맞붙어 싸우기 시작했다.

천하(天河)의 밑바닥을 안정시키는 데 공로가 큰 신진철 몽둥이, 그 이름은 여의금고봉으로 세상에 명성 높다.
수단을 자랑하니 마귀 두목은 성미가 치솟아, 대한도(大捍刀) 큰 칼 휘두르며 호기로운 법력을 한껏 떨친다.
문밖에서 옥신각신 다툴 때는 그저 이만저만하더니, 공중에 뛰어올라 싸우게 되니 피차에 너그러움을 보일 여유가 어디 있으랴!
하나는 제 마음대로 면목을 바꾸어 변화무쌍하니, 또 하나는 땅을 딛고 우뚝 서서 기지개를 길게 편다.
하늘에는 온통 살기 찬 구름이 겹겹으로 덮이고, 벌판 대지에는 안개가 자욱하게 드리워 나부낀다.
저편은 어떻게 해서든지 삼장 법사를 잡아먹어야 직성이 풀릴 마귀요, 이편은 법력을 널리 베풀어 당나라 스님을 보호하려 드는 손대성이다.
이 모두가 불조께서 경전을 전수하려 하기 때문이니, 사악함과 올바름을 분명히 가려내기 위해 한을 품고 악전고투하는 것이다.

늙은 마귀 두목은 제천대성을 상대로 단숨에 20여 합을 싸우고도 승부를 가리지 못하였다.

    한편에서 저팔계는 멀찌감치 떨어진 채 그들의 대결을 지켜보고 있다가, 싸움판이 한창 무르익어 신바람 나게 되어가는 것을 보자, 더는 참지 못하고 쇠스랑 자루를 거머쥐더니 그대로 바람을 일으켜 타고 허공에 뛰어오르기가 무섭게 늙은 마귀의 면상을 겨냥하고 냅다 찍어 내렸다.

    느닷없이 들이닥치는 응원군의 협공에, 늙은 마귀는 당황한 나머지 저팔계란 놈이 뚝심만 앞세워 사람을 놀라게 할 줄만 알았지 뒷심이 없다는 사실을 까맣게 모른 채, 그저 험상궂게 삐죽 나온 주둥아리하며 부챗살보다 더 크게 너울거리는 두 귀, 게다가 수중에 날카로운 이빨 아홉 개가 달린 쇠스랑을 보고 지레 겁을 먹은 끝에, 그만 손발을 어떻게 둘지 모르고 허둥거리다가 칼자루까지 내동댕이쳐버리고 등을 돌려 뺑소니치기 시작했다.

    손대성이 버럭 악을 써서 저팔계를 재촉했다.
    "그놈, 쫓아가라! 어서 쫓아가!"
    미련한 저팔계 녀석은 자기 덕분에 승세를 잡은 것만 대견스럽고 신바람이 나서 쇠스랑을 높이 치켜든 채 무작정 늙은 마귀를 뒤쫓아 달려 나갔다.

    늙은 마귀 두목은 저팔계가 허겁지겁 뒤쫓아오는 것을 보자, 가파른 언덕 앞에 버텨 서서 바람결을 마주하더니, 몸뚱이를 꿈틀하고 흔들어 본래의 모습을 드러냈다. 그리고는 10만 천병을 한입에 삼켜버렸다는 저 무시무시한 아가리를 쩍 벌려, 저팔계를 통째로 집어삼키려고 대들었다.

이것을 본 저팔계는 어마 뜨거라, 그 둔중한 몸뚱이를 잽싸게 되돌리자마자 길 한 곁 덤불 숲 속으로 뛰어들더니, 쇠스랑에 주둥아리 손발까지 한꺼번에 놀려가며 바늘 끝보다 더 날카로운 가시덤불에 몸뚱이가 찔리고 긁히거나 말거나, 머리통이 터져 아프건 말건, 닥치는 대로 깊숙이 쑤시고 들어가 처박힌 채 꼼짝달싹도 않고 엎드려 있었다.

뒤따라 씨근벌떡 거친 숨소리가 들려왔다. 손행자가 뒤쫓아온 것이다.

미련퉁이 저팔계는 가만히 머리통을 쳐들어 늙은 마귀와 손행자 쪽을 살펴보았다. 여전히 아가리를 쩍 벌리고 우뚝 서 있는 마귀 두목, 그 앞으로 무작정 달려드는 손행자, 다음 순간, 그는 철봉을 거둬들이더니 마귀 두목의 아가리를 향하여 달려오던 기세 그대로 몸을 던져가며 뛰어들었다. 늙은 마귀는 이게 웬 떡이냐 싶어 손행자를 한입에 덥석 물고 통째로 삼켜버리고 말았다. 그러나 이것이 손대성의 계략일 줄이야 누가 알았으랴!……

물정 모르는 미련퉁이 저팔계, 이 광경을 보고 놀라 자빠져 가시덤불 수풀 속에 머리통을 쑤셔박고 엎드린 채 투덜투덜 원망을 늘어놓기 시작했다.

"저런 몹쓸 놈의 필마온 녀석! 제 몸뚱이 하나 처신할 줄도 모르고 객기만 부리는 원숭이 녀석! 괴물이 잡아먹으려고 덤벼드는데 어쩌자고 뺑소니칠 궁리는 않고 오히려 그놈의 아가리로 돌진할 게 뭐냐? 한입에 뱃속으로 삼켜져 들어가버리고 말았으니, 오늘까지는 그나마 화상 노릇을 하고 살아왔지만, 내일 아침이면 죽어서 똥이 되어서 나올 판이로구나!"

첫 싸움에서 거뜬히 이긴 늙은 마귀 두목은 더 이상 저팔계를 돌아볼 생각도 않고 유유히 동굴로 돌아갔다.

미련퉁이 저팔계 녀석은 그제야 가시덤불 숲 속을 헤치고 엉금엉금 기어 나오더니, 두 다리야 날 살려라 하고 앞서 왔던 길을 되돌아 삼십 육계 줄행랑을 놓고 말았다.

한편, 삼장 법사는 비탈진 산등성이 밑에서 막내 제자와 함께 눈이 빠지도록 두 제자를 기다리고 있다가, 저팔계 혼자서 숨이 턱에 닿도록 헐레벌떡 뛰어오는 것을 발견하고 깜짝 놀라 물었다.

"팔계야! 왜 그토록 경황 없이 혼자서 허겁지겁 뛰어오는 게냐? 네 사형 오공은 어째서 보이지 않느냐?"

스승이 묻는 말씀에, 미련한 저팔계 녀석은 꺼이꺼이 목놓아가며 울음보를 터뜨렸다.

"형님은 요정이 한입에 삼켜버려서, 그놈의 뱃속으로 들어가고 말았습니다!"

하늘같이 믿고 믿었던 수제자가 요괴에게 잡아먹혔다는 소리에, 삼장 법사는 그만 정신이 아찔해져서 까무러치고 말았다. 그는 땅바닥에 쓰러진 채 발버둥을 치고 두 주먹으로 가슴을 두드리면서 통곡을 했다.

"제자야! 제자야! 네가 요사스런 마귀를 곧잘 항복시켜서, 나를 데리고 서천으로 부처님을 뵈러 가겠다 하더니, 오늘은 그 괴물의 손에 죽음을 당할 줄이야!…… 오호라, 슬프고 슬프도다! 나의 제자들과 여러분의 모든 공로가 이제 와서 진토(塵土)로 바뀌었구나!"

삼장은 이렇듯 가슴을 치며 슬퍼 어쩔 바를 모르고 있는데, 미련퉁이 바보 녀석은 스승을 위로할 생각은 않고 사화상을 돌아보며 엉뚱한 얘기를 끄집어냈다.

"여보게, 사화상. 짐 보따리나 이리 가져다가 우리 둘이서 똑같이 나누세."

충식한 사화상이 영문을 몰라 묻는다.

"둘째 형님, 짐 보따리를 나눠서 어쩔 것이오?"

미련퉁이가 천연덕스레 대꾸한다.

"봇짐을 나눠 가지고 제각기 헤어지자는 말일세. 자네는 유사하로 돌아가서 사람이나 잡아먹고, 나는 고로장에 돌아가서 마누라나 만나봐야 하지 않겠나. 백마는 장터에 내다 팔아서, 그 돈으로 사부님께 수의 한 벌에 관을 사서 임종이나 모셔드리도록 하세."

가뜩이나 슬픔에 억장이 메어지던 판국에 이렇듯 매정한 소리까지 듣게 되니, 삼장 법사가 더욱 서러움을 참지 못하고 목놓아 황천후토(皇天后土)를 외쳐 불러가며 대성통곡한 것은 더 말할 나위가 없다.

한편, 손행자를 삼켜버린 늙은 마귀 두목은 모든 것이 뜻대로 잘되었거니 싶어 의기양양하게 사타동 소굴로 돌아갔다. 마중하러 나온 두 아우와 부하 요괴들이 출전 결과를 여쭈었더니, 그는 별것 아니라는 듯이 어깨를 으쓱하며 자랑스럽게 떠벌렸다.

"한 녀석 잡아왔네!"

"누굴 잡아오셨소, 형님?"

둘째의 물음에, 늙은 마귀는 딱 잘라 대꾸했다.

"누군 누구겠나, 손행자 그놈이지!"

"잡아오셨으면 어디 있소?"

"내 뱃속에 들어 있다네. 한입에 집어삼켰지!"

이 말을 듣자, 셋째 마귀가 크게 놀라 실성을 터뜨린다.

"아이고 맙소사! 큰형님, 내가 미리 말씀드리지 못했구려! 손행자는 잡아 삼켜서는 안 될 놈이오!"

아니나 다를까, 그 말끝이 떨어지기도 전에 늙은 마귀 뱃속에서 손행자의 목소리가 들려 나왔다.

"잡아 삼켜도 되고말고! 배가 든든해졌으니, 끼니 때마다 밥 먹을 생각도 없을 게 아닌가!"

이 소리를 듣고 부하 요괴들이 깜짝 놀라 아뢰었다.

"대왕님, 큰일났습니다. 손행자란 놈이 대왕님의 뱃속에서 애길 하고 있습니다."

늙은 마귀가 버럭 호통쳐서 꾸짖는다.

"애길 한다고 겁날 게 뭐냐? 그놈을 잡아먹은 솜씨가 내게 있는데, 뱃속에 잡아넣은 놈을 다룰 만한 재주가 없을까봐 걱정이냐? 너희들, 잔소리 말고 냉큼 가서 소금국이나 한 대접 끓여 내오너라. 그걸 내 뱃속에다 쏟아 부어서 이놈을 토해내 가지고 푹 삶아 술안주로 먹어 치울 테다."

부하 요괴들이 정말 소금국을 큼지막한 세숫대야에 절반이나 되게 끓여 가지고 내다 바쳤다. 늙은 마귀 두목은 그것을 단숨에 마셔 비운 다음, 꺼억꺼억 구역질을 했다. 그러나 뱃속에 들어앉은 손대성은 소금물에 씻겨 나오기는커녕 마치 뿌리라도 박힌 듯이 꼼짝달싹도 하지 않았다. 늙은 마귀는 아예 손가락을 목구멍 깊숙이 쑤셔 넣고 억지로 토해내려 하였으나 역시 마찬가지, 그래도 구역질을 심하게 하다 보니 눈알이 핑핑 돌고 나중에는 뱃속에 쓸개가 터졌는지 누런 담즙이 쏟아져 나올 지경이 되었는데도 손행자는 그럴수록 더 꼼짝하지 않았다.

늙은 마귀 두목은 구역질을 하다 못해 가쁜 숨을 헐떡거리면서 제 뱃속에다 대고 악을 썼다.

"손행자야! 네놈이 정 나오지 않을 테냐?"

뱃속에서도 능글맞은 목소리가 들려 나온다.

"나가려면 아직 멀었네! 아예 나가지 않는 게 더 좋겠는걸!"

"어째서 나오지 않겠다는 거냐?"

늙은 마귀가 찔끔 놀라 다시 물었더니, 뱃속에서 대답이 갈수록 태산이다.

"이 요괴 놈아! 이제 봤더니 아주 꽉 막힌 벽창호 녀석이로구나. 이 손선생께서는 중노릇을 한 이래로 욕심이 없어져 빈털털이가 되셨단 말씀이야. 그러니 선선한 가을철이 되어서도 여태껏 단벌 홑저고리 승복만 입고 계시지 않느냐? 이 뱃속에 들어와 보니 바깥 날씨와는 달리 아주 따뜻하고 찬바람도 스며들지 않아서 좋은데, 내가 무엇 하러 바깥에 나가겠느냐? 여기서 한겨울철이나 보내고 나가련다."

부하 요괴들이 그 소리를 듣고 늙은 마귀 두목에게 아뢰었다.

"대왕님, 손행자가 대왕님의 뱃속에서 월동을 하겠답니다!"

늙은 마귀가 시큰둥하게 받아넘긴다.

"그놈이 월동을 하겠다면, 나는 가부좌를 틀고 앉아 좌선하고 반운법(搬運法)을 써서 한겨울 내내 아무것도 먹고 마시지 않아서, 이놈의 필마온 녀석을 고스란히 굶겨 죽이고야 말 테다!"

그랬더니 뱃속에서는 더 끔찍스런 소리가 흘러나왔다.

"요 아들놈아, 네놈은 아무것도 모르는 철부지 녀석이로구나! 이 손선생께서는 당나라 스님을 모시고 불경을 가지러 가는 도중에 광주(廣州) 땅에서 접었다 폈다 하는 냄비를 한 개 얻어서 몸에 지니고 다니는 줄 모르느냐? 그 냄비 하나만 있으면 어디서든지 잡탕도 끓여 먹고 볶음밥도 만들어 잡수실 수 있단 말이다. 네놈의 뱃속에는 간도 있고 곱창거리도 있고 뱃가죽 삼겹살에 허파도 달려 있으니까, 그걸 야금야금 베어다 요리해 먹으면 그럭저럭 내년 청명절 한식 때까지는 너끈히 지낼 수 있을 게다!"

이 소리를 듣고 둘째 마귀가 대경실색, 얼굴빛이 하얗게 질려 가지고 소리쳤다.

"형님, 이거 큰일났구려! 이 원숭이란 놈은 허풍이 아니라 정말 그런 짓을 하고도 남을 녀석이오!"

그러나 셋째 마귀 두목이 콧방귀를 뀌며 빈정거렸다.

"형님들, 아무 걱정하실 것 없소. 저놈이 잡탕에 볶음밥을 해 먹을 수 있다 하더라도, 냄비를 어디다 걸고 불을 때겠소?"

그 말이 떨어지자마자, 뱃속의 손행자가 대꾸한다.

"염려 말아라. 삼차골(三叉骨) 위에 냄비를 걸면 꼭 알맞으니까!"

"이런, 큰일났군그래! 냄비를 걸고 불을 땐다면 콧구멍까지 연기가 차 올라서 재채기를 하지 않을까 모르겠네."

하지만 뱃속에서는 껄껄대고 웃는 소리가 들려온다.

"걱정해줘서 고맙네만, 그런 염려하지 않아도 될 걸세. 이 손선생께서 금고봉으로 정수리를 한 대 꽉 쑤셔 가지고 구멍을 뚫어놓으면 그만이니까. 그럼 들창이 생겼으니 햇볕 들어 훤히 밝아져서 좋고, 굴뚝 하나 뻥 뚫렸으니 연기도 술술 빠져나갈 게 아닌가!"

늙은 마귀가 이 말을 듣고 보니, 겉으로야 겁을 내지 않는다지만 속으로는 여간 놀란 것이 아니다. 그래도 억지로 허세를 부리며 아우들을 안심시킨다.

"여보게들, 겁내지 말게. 내가 마시던 독한 약주나 가져오게. 그걸 몇 대접 들이켜서 이 빌어먹을 놈의 원숭이 녀석을 죽여버리고야 말겠네!"

손행자가 가만 듣고서 속으로 끌끌 웃는다.

'이 손선생께서 오백 년 전에 천궁을 뒤엎었을 때, 태상노군의 '구전금단', 옥황상제의 어주, 서왕모의 반도 복숭아, 봉수 용간 할 것 없이 두루두루 안 먹어본 것이 없었는데, 그 따위 약주 몇 잔을 가지고 날 잡아보겠다는 거냐? 어림 반푼어치도 없는 소리 말거라!……'

이윽고 부하 요괴들이 약주 항아리를 통째로 떠메다가 내려놓고 한 대접씩 찰랑찰랑 넘치게 가득 따라서 우선 두 대접을 늙은 마귀 두목에게 올렸다.

늙은 마귀가 약주 대접을 받아 드는 기척이 들리자, 뱃속의 손대성은 이내 술 냄새를 맡고 생각했다.

'오냐, 요 마귀 녀석이 술을 마시지 못하게 만들어야겠다!'

앙큼스런 손대성은 머리통을 슬쩍 비틀더니 주둥이를 나팔 통처럼 커다랗게 만들어 가지고 목구멍 아래 바싹 붙여놓았다. 이윽고 꿀꺽꿀꺽 술 넘기는 소리, 마귀 두목이 술을 마셔서 목구멍으로 넘길 때마다, 나팔 통처럼 딱 벌어진 손행자의 아가리는 한 방울도 놓치지 않고 그대로 받아 마셨다. 한 대접을 비우고 나서 두번째 대접 술이 넘어오기 시작했으나, 손행자는 여전히 빠뜨리지 않고 꿀꺽꿀꺽 받아 마셨다. 그리고 또 이어서 석 잔, 넉 잔……

이렇듯 일고여덟 대접을 연거푸 들이켠 늙은 마귀 두목이 술 대접을 내려놓으면서 고개를 갸우뚱한다.

"그만 마셔야겠어. 거참, 이상한 노릇이로군. 이 술은 여느 때 두 잔만 마셔도 뱃속이 불덩어리처럼 뜨거워져서 화끈거렸는데, 지금은 일고여덟 잔을 거푸 들이켰는데도 얼굴빛 하나 붉어지지 않는걸……"

한편, 마귀의 뱃속에서는 난리가 났다. 손행자는 애당초 술을 얼마 못 마시는 기질이라, 독한 약주를 일고여덟 대접씩이나 연거푸 받아 마시고 났더니 술기운이 와락 치밀어 오르면서 주정을 부리기 시작한 것이다. 술 취한 원숭이가 발작을 일으켰으니 그 속이 무사할 턱이 어디 있으랴. 몸뚱이를 제대로 가누지 못하고 이리 비틀 저리 비틀, 힘이 뻗치는 대로 주먹질하랴 발길질로 마구 걷어차랴, 물구나무서기에 곤두박질치다 쓰러지면 사지 팔다리 활짝 벌린 채 발버둥치랴, 간덩이를 움켜잡고 그네 뛰랴, 엎치락뒤치락 재주넘기를 하다가는 벌러덩 드러누워서 떼굴떼굴 굴러다니랴, 온갖 지랄발광을 다 떨어가며 야단법석을 부리니, 그 고통을 무슨 수로 견뎌내겠는가 말이다.

늙은 마귀 두목은 어찌나 아프던지, 견디다 못해 뱃가죽을 움켜잡은 채 그만 땅바닥에 털썩 고꾸라지고 말았다.

과연 이 늙은 마귀 두목과 그 뱃속에 들어앉은 제천대성 손오공의 생사가 어떻게 될 것인지, 다음 회에서 풀어보기로 하자.

제76회 손행자는 뱃속에서 늙은 마귀의 심성을 돌이켜 놓고, 저팔계와 더불어 요괴를 항복시켜 정체를 드러내게 하다

얘기는 계속되어서, 손대성이 늙은 마귀의 뱃속에서 한바탕 분탕질을 치고 나자, 이 마귀 두목은 먼지 구덩이에 쓰러진 채 비명도 지르지 못하고 숨쉬기조차 멎어, 죽은 듯이 아무 소리도 나오지 않았다.

손행자가 혹시 죽기라도 하지 않았는가 싶어 손을 떼었더니, 그제야 마귀 두목은 숨을 돌리고 버럭 소리쳐 애원하기 시작했다.

"대자대비하신 제천대성 보살님!"

손행자는 이 소리를 듣고 피식 웃으면서 응수했다.

"요 아들놈아, 쓸데없이 길게 부르지 말고 몇 자 줄여서, 그저 손씨 외할아버지라고만 부르려무나."

요사스런 마귀는 목숨이 아까운 터라, 체면 불구하고 시키는 대로 불렀다.

"외할아버지! 외할아버지! 제가 잘못했습니다. 어쩌다가 잘못 마음 먹고 내친 김에 외할아버지를 잡아 삼켰더니, 이렇듯 자업자득이 되어 오히려 제가 죽을 지경에 이르고 말았습니다. 제천대성 나으리, 하찮은 개미 새끼도 살리려고 꿈틀거리면 불쌍히 여기시고 놓아준다 하지 않습니까! 제발 덕분에 자비를 베푸셔서 이 한 목숨 살려만 주신다면, 저희가 기꺼운 마음으로 어르신의 사부님께서 무사히 산을 넘어가시도록 배웅해드리겠습니다."

사실 제천대성은 하늘도 겁낼 만큼 무서운 영웅호걸이기는 하지만, 당나라 스님을 따르게 되면서부터 속이 많이 트였다. 그는 요사스런 마귀가 슬픈 목소리로 애걸복걸 빌어가며 자기를 떠받드는 것을 보니, 차마 더 이상 괴롭히고 싶은 생각이 줄어들고 착한 마음으로 돌아서기 시작했다. 그래서 용서해주기로 마음먹고 이렇게 다짐을 받았다.

"요괴야, 내가 네놈을 용서해주면, 어떻게 우리 사부님을 모시고 이 산을 넘어가게 해드릴 작정이냐?"

손대성의 말투에서 한 가닥 살 길이 엿보이자, 늙은 마귀 두목은 이 것저것 정신없이 주워섬겨 다짐을 두었다.

"저희가 사는 이곳에는 비록 금은이나 비취 구슬, 산호(珊瑚), 유리(琉璃), 호박(琥珀), 대모(玳瑁)와 같은 진귀한 보물은 바칠 만한 것이 하나도 없습니다만, 저희 형제 셋이서 향기로운 등나무 가마 한 채를 떠메다가 제천대성 어르신의 사부님을 모셔 태우고 이 산을 편안히 넘어가시도록 해드리겠습니다."

"하하! 좋은 얘길세! 가마에 태워서 모셔다 드린다면, 금은보화를 요구하는 것보다 훨씬 낫겠군. 그래 좋다! 내가 나갈 테니, 입을 쩍 벌려라!"

이래서 늙은 마귀가 정말 입을 쩍 벌리는데, 곁에서 지켜보고 있던 셋째 마귀 녀석이 살금살금 다가오더니 목소리를 죽여서 이렇게 속닥거린다.

"큰형님, 저놈이 기어 나오거든 놓치지 말고 그대로 한입 꽉 깨물어버리십쇼. 원숭이란 놈을 질겅질겅 씹어서 뱃속으로 꿀꺽 삼켜버리면, 두 번 다시는 형님을 골탕먹이지 못할 게 아닙니까."

그러나 손행자가 뱃속에서 이런 속삭임을 낱낱이 다 듣고 말았으니 이를 어쩌면 좋으랴…… 그는 마귀의 뱃속에서 나가려던 생각을 일단 접어두고, 그 대신에 여의금고봉을 길게 뻗어 시험해보았다. 아니나 다를까, 목구멍 위에서 무엇인가 꾸물꾸물 움직여 입 안으로 뻗어오는 감촉이 들자, 이 미련한 마귀 두목은 옳다 걸렸구나 싶어 그대로 한입에 덥석 깨물고 말았다. 뒤미처 들려오는 "우지끈!" 하는 소리…… 늙은 마귀 두목의 앞 이빨은 위아래 할 것 없이 모조리 으스러지고 말았다.

"어이쿠, 내 이빨!……"

늙은 마귀가 비명을 지르는 순간, 손행자는 철봉을 도로 뽑아들이면서 냅다 호통쳐 꾸짖었다.

"잘들 논다, 이 요망한 괴물아! 나는 그래도 네놈의 목숨을 용서해서 나가주겠다는데, 네놈은 배은망덕하게 도리어 내 목숨을 해치려 들다니! 오냐, 정 그렇다면 나가지 않으마! 안 나가고 여기서 네놈의 목숨이 붙어 있을 때까지 들들 볶아서 죽이고야 말 테다! 난 안 나간다, 안 나가!"

사태가 이 지경이 되니, 늙은 마귀 두목은 막내아우에게 원망이나 퍼부을 수밖에 없다.

"여보게, 자네가 한집안 식구이면서 어떻게 집안 사람을 이토록 망쳐놓을 수가 있나! 곱게 나오기로 얘기가 잘된 것을, 자네가 공연히 날더러 깨물어버리라고 충동질하는 바람에, 질겅질겅 씹어 죽이기는커녕 내 이빨만 모조리 부러뜨려 아파 죽겠으니, 장차 이 노릇을 어쩌면 좋단 말인가!"

셋째 마귀는 일껏 생각해낸 꾀가 물거품으로 돌아간 데다, 맏형에게 원망까지 듣고 났더니 불끈하는 성미를 참지 못하고 버럭 고함쳐 손행자를 불렀다.

"손행자, 이놈아! 네 자자한 명성은 내 오래전부터 귀에 못이 박이도록 들어왔다만, 이제 봤더니 일개 졸장부에 지나지 않는 너절한 녀석이었구나!"

그러자 뱃속에서 급하게 묻는 소리가 들려나온다.

"날더러 졸장부라니! 이놈아, 내가 어째서 졸장부냐?"

셋째 마귀는 옳다 걸려들었구나 싶었다. 일부러 목소리를 크게 내어 상대방의 오기를 건드려봤더니, 그 '격장법(激將法)'이 그대로 맞아떨어진 것이다.

"졸장부가 아니면 뭐냐! 네놈이 천궁을 뒤엎었을 때 남천문 밖에서 위세를 뽐내고 옥황상제가 계신 영소보전에서 기세등등하게 설쳐댔다는 소문도 들어 알고 있었으며, 서천 오는 도중에 숱한 요괴 마귀들을 굴복시키고 잡아 묶었다더니, 그게 다 헛소리가 아니고 뭐냔 말이다!"

"너 이놈, 다시 말해봐라! 내가 어째서 졸장부란 말이냐?"

늙은 마귀의 뱃속에서 등이 달아 고함치는 소리가 연거푸 들려 나온다. 상대방의 아픈 데를 찔러놓은 셋째 마귀가 이제부터는 여유만만하게 이죽거렸다.

"속담에, '천 리 앞을 내다볼 줄 아는 길손은 그 명성이 만 리 밖에까지 전파된다(好看千里客, 萬里去傳名)' 했다. 네놈이 떳떳하게 나와서 우리와 한판 싸울 줄 알아야 사내 대장부라고 할 수 있지, 남의 뱃속에 옹색하게 들어앉아 농간이나 부린다면, 그게 어디 졸장부가 할 짓이 아니고 뭐냐!"

손행자가 듣고 보니 과연 틀린 말씀이 아니다. 그래서 곰곰이 생각해보았다.

'그렇다, 옳은 얘기다! 내가 이대로 들어앉아서 이놈의 오장육부를 토막토막 끊어버리고 간장(肝腸)을 주물러 터뜨려서 죽여버린댔자 어려울 것이 어디 있겠느냐만, 그런 치사스런 짓거리야말로 내 명성만 디립히는 일이 아니고 뭐냐?……'

이리하여 손행자는 선뜻 목청을 돋우어 응답했다.

"좋다, 좋아! 입을 벌려라. 내가 나가서 네놈들과 떳떳하게 한판 겨루어보마! 하지만 조건이 있다. 네놈들의 소굴은 너무 비좁고 답답해서 병기를 쓰기에 불편하니, 어디든지 널찍한 곳으로 자리를 옮겨 나가서 싸우기로 하자!"

손행자의 응낙을 받아낸 셋째 마귀는 부리나케 신호를 보내 크고 작은 부하 요괴들을 모조리 불러 모았다. 동굴 앞뒤에서 몰려나온 졸개 요괴들은 무려 3만 마리가 넘었다. 마귀 두목의 명령이 떨어지자, 그들은 하나같이 손에손에 날카로운 무기를 찾아들고 동굴 바깥으로 달려나가 널찍한 곳에 터를 잡고 앞뒤 좌우 위아래에 물샐틈없는 천(天), 지(地), 인(人)의 삼재진(三才陣)[1]을 펼쳐놓았다. 그리고 손행자가 뛰쳐나오기만 하면 일제히 달려들어 포위해놓고 들이칠 태세를 갖추었다.

이윽고 둘째 마귀가 늙은 놈을 부축하고 동굴 문 바깥으로 나왔다.

"손행자! 네놈이 진짜 사내 대장부라면 어서 나오너라! 여기 좋은 싸움터가 있으니까, 네놈도 한번 겨뤄볼 만할 게다!"

손대성이 늙은 마귀의 뱃속에서 가만히 귀를 기울여 들어보니, 바깥에서 갈가마귀 시끄럽게 지저귀는 소리에 참새 떼가 짹짹거리는 소리, 두루미의 울음소리, 게다가 바람 소리마저 시원하게 들려온다. 그렇다면 마귀 녀석들이 약속한 대로 널찍한 곳에 싸움터를 옮긴 것이 분명

---

1 삼재진: '삼재진(三才陣)'이란 진법은 허구적인 소설에서만 등장할 뿐, 실제로 중국 고대 병법에 존재하지 않는다. 동양 철학의 근간이 되는 『주역(周易)』의 원리에 따르면 '삼재'란 곧 하늘이 성립하는 도리, 즉 음(陰)과 양(陽), 땅이 성립되는 도리 곧 부드러움[柔]과 굳셈[剛], 그리고 사람이 존재하는 도리로서 인(仁)과 의(義)를 말하는데, 여기서는 해당되지 않으며, 고대 전쟁에서 삼재(三才)의 통상적인 개념은, 천시(天時) 곧 기후와 기상(氣象) 조건, 지리(地利) 곧 지형상의 난이도(難易度), 그리고 인화(人和) 곧 전쟁을 수행하는 통치자와 백성, 또는 군대 내에서의 지휘관과 장병들 간의 단결과 화목을 강조한 것일 뿐이다.

했다. 그는 무작정 나서기보다 먼저 궁리를 해보았다.

'내가 약속해놓고 나가지 않는다면 실없는 녀석이 될 테고, 이대로 선뜻 나섰다가는 저 요괴들은 어차피 사람의 탈을 쓴 짐승들이라 무슨 짓을 또 저지를지 알 수 없다. 생각해보자. 조금 전에도 우리 사부님을 편안히 모셔 보내드린다 해놓고 나를 꾀어서 나오게 하다가 깨물어 죽이려 했었고, 또 지금은 이 싸움터에 수만 마리나 되는 부하 요괴들을 깔아놓았으니, 나 혼자서 이것들을 무슨 수로 당해낸단 말이냐?……오냐, 아무래도 좋다! 좋아! 내가 나가주기는 하겠다만, 장기에도 '양수 겸장'이 있는 법, 이놈의 뱃속에 뿌리를 하나 박아두고 나가야겠다!'

그는 꼬리에 손을 뻗쳐 솜털 한 가닥 뽑아 가지고 숨결 한 모금을 확 뿜었다.

"변해라!"

외마디 소리를 질렀더니, 솜털은 눈 깜짝할 사이에 한 줄기 노끈으로 변했다. 굵기는 머리카락만큼 가늘고 길이는 40발쯤 되지만, 일단 바깥으로 풀려나가서 바람을 쐬기만 하면 쐬는 대로 더 길어지고 굵어지게 되어 있다.

그는 노끈의 한 끄트머리를 마귀의 염통에 비끄러매어 올가미 매듭을 지어놓았다. 잡아당기지 않을 때는 느슨하게 풀려 있지만, 일단 잡아당겼다 하는 날이면 올가미가 심장을 조여들어서 아프게 되어 있는 것이다. 일을 마친 그는 나머지 한 끄트머리를 잡고 껄껄대며 웃었다.

"하하! 됐다, 됐어! 이제 나가보자. 이놈이 우리 사부님을 곱게 보내준다면 그만이려니와, 만약 보내주지 않고 부하 군사들을 동원하여 창칼로 난동이라도 부린다면, 내 그놈들과 일일이 싸우고 있을 틈이 없을 테니까, 그저 이 노끈을 잡아당겨서 꼼짝 못하게 만들어주지. 그렇게 하면 내가 뱃속에 들어앉아 있는 것이나 마찬가지 아닌가!"

그는 몸뚱이를 아주 작게 움츠려 가지고 엉금엉금 기어서 목구멍 아래까지 올라갔다. 과연 이 늙은 마귀 두목은 입을 딱 벌린 채 손행자가 나오기만 기다리고 있는데, 강철 같은 이빨이 마치 예리한 칼날처럼 박혀 있었다. 그것을 본 손행자는 선뜻 기어 나갈 엄두를 내지 못하고 생각이 바뀌었다.

"안 되지, 안 돼! 만약 입으로 해서 나갔다가 노끈을 잡아당겼을 때, 이놈이 아픔을 견디지 못하고 저 무시무시한 이빨로 물어 끊어버릴 게 아닌가? 아무래도 이빨이 없는 곳으로 기어 나가야겠다."

앙큼스런 손대성은 입천장 뒤쪽을 거쳐서 콧구멍 속으로 기어 들어갔다.

늙은 마귀는 갑자기 콧구멍이 간지러워 저도 모르게 재채기를 하고 말았다.

"엣취!"

재채기 한 번에 손행자는 콧김을 타고 바깥으로 툭 튀어나갔다.

바깥 공기를 쏘인 그는 허리를 구부렸다가 힘껏 기지개를 켜서 몸뚱이를 3장이나 커다랗게 늘여놓더니, 한 손으로 노끈을 잡아당기면서 다른 한 손에 철봉을 뽑아 쥐었다.

늙은 마귀 두목은 손행자가 자기 뱃속에 무슨 꿈수를 부려놓았는지 까맣게 모른 채, 그저 이 밉살맞은 원수 녀석이 제 발로 기어나온 것만 기쁘고 반가워서 당장 큰 칼을 번쩍 치켜들어 손행자의 면상을 겨냥하고 있는 힘껏 내리찍었다.

손행자는 한 손에 잡은 철봉을 휘둘러 마주 쳐들어갔다. 그러자 둘째 마귀가 장창(長槍)을 꼬나잡고, 셋째 마귀는 단극(短戟)을 춤추어가며 한꺼번에 덤벼들어 위아래 가릴 것 없이 닥치는 대로 마구 후려치기 시작했다. 악에 받친 마귀 두목 셋이 협공을 퍼붓자, 손대성은 노끈을 슬슬 풀어주면서 철봉을 거두어들이더니, 급히 몸을 솟구쳐 구름을 타고 허공으로 뺑소니쳤다. 수만 마리나 되는 졸개 요괴들에게 겹겹이 포위 당한 상태에서 일을 저지르기가 불편했던 것이다.

요괴들의 포위 진영에서 뛰쳐나온 그는 사면이 시원하게 탁 트인 산꼭대기 위에 다다르자 구름을 낮추고 내려서서 두 손으로 있는 힘껏 노끈을 잡아당기기 시작했다. 늙은 마귀는 갑자기 심장부에 극심한 통증이 치밀어 오르는 바람에 깜짝 놀라 그 자리에서 펄쩍 뛰었다. 노끈을 잡은 손길이 위로 휙 낚아채자, 마귀의 몸뚱이는 저도 모르게 위로 펄쩍 솟구쳐 올랐다. 손대성이 다시 아래쪽으로 잡아당겼더니, 이번에는 허공으로 솟구쳤던 몸뚱이가 곤두박질쳐 떨어졌다.

부하 요괴들이 멀리서 그것을 보고 일제히 고함쳐 알렸다.

"대왕님, 그놈을 건드리지 마십쇼! 그대로 달아나게 내버려두십쇼! 저놈의 원숭이는 시절도 분간할 줄 모르는지, 청명절이 아직도 멀었는데 저기서 혼자 연을 날리고 있습니다!"

손대성은 이 소리를 듣자 어린애들 줄넘기하듯 두 손으로 잡은 노끈을 힘껏 빙글빙글 돌리기 시작했다. 늙은 마귀 두목은 노끈이 잡아당기는 대로 허공에서 마치 물레바퀴 돌아가듯 떼굴떼굴 구르더니 마침내 곤두박질쳐 산등성이에 흙먼지를 뽀얗게 일으키면서 거꾸로 처박히고 말았다. 얼마나 호되게 곤두박질쳤는지, 단단한 황토 바닥에 두 자 깊이나 되는 구덩이가 파였다.

그제야 손대성의 꼼수를 알아차린 둘째와 셋째 마귀가 허겁지겁 구름을 낮추고 달려와 노끈을 붙잡으면서 언덕 비탈 아래 무릎 꿇고 애걸복걸 빌기 시작했다.

"손대성님, 당신은 바다보다 더 크고 너르신 도량을 지닌 분이라고 들었더니, 이렇듯 생쥐나 달팽이보다 더 속 좁은 분이신 줄이야 누가 알

앉겠습니까! 솔직히 말씀드리자면 저희가 당신을 꼬여서 끌어내놓고 다수의 힘으로 몰아붙이려 했던 것은 사실입니다만, 뜻밖에도 당신은 우리 형님의 심장에 노끈으로 올가미를 묶어놓고 나오셨을 줄은 정말로 몰랐습니다!"

손행자는 껄껄 웃으면서 꾸짖었다.

"이 못된 마귀 놈들아! 정말 무례하기 짝이 없구나! 앞서는 나를 살살 꼬여 불러내 가지고 이빨로 물어 죽이려 하더니, 이번에는 포위망을 쳐놓고 나와 싸우려 들었단 말이냐? 그 수만 마리나 되는 부하 요괴들을 모조리 끌어내어 나 한 사람하고 싸움을 붙이다니, 세상 천지에 이런 법이 어디 있단 말이냐! 안 되겠다, 안 되겠어! 내 저놈을 이대로 끌고 가야겠다! 끌어다가 우리 사부님을 만나뵙고 사죄를 하게 만들어야만 직성이 풀리겠다!"

이 말을 듣자 마귀 두목들은 일제히 머리 조아려 사죄하면서 애걸복걸 빌었다.

"손대성님, 제발 자비를 베푸셔서 저희 목숨 하나만 살려주십쇼! 용서해주시기만 한다면, 사부님께서 무사히 산을 넘어가도록 해드리겠습니다!"

손행자는 여전히 빙글빙글 웃어가며 조롱했다.

"목숨이 아깝거든 칼로 노끈을 끊어버리면 될 게 아니냐?"

늙은 마귀가 두 손을 싹싹 비벼대면서 도리질을 한다.

"나으리, 바깥 줄은 끊어버릴 수 있어도 뱃속에 묶인 줄은 염통에 꽁꽁 매여 있어서, 숨을 쉴 때마다 목구멍이 메슥메슥하고 구역질이 나서 견딜 수가 없으니, 어쩌면 좋습니까?"

"그렇다면 입을 벌려라. 내가 다시 들어가서 노끈 매듭을 풀어주마."

이 말에 늙은 마귀가 펄쩍 뛰었다.

"어이구, 안 됩니다! 또 들어가셨다가는 두 번 다시 나오려 하지 않으실 텐데, 그랬다가는 더욱 곤란합니다, 곤란하고말고요!"

이때서야 손행자는 바른말을 해주었다.

"내게는 몸 바깥에서도 뱃속에 묶인 노끈 매듭을 풀 수 있는 재간이 있다. 풀어준다면 정말 우리 사부님을 무사히 보내드리겠느냐?"

"풀어주시기만 한다면 보내드리고말고요! 절대로 거짓말은 하지 않겠습니다."

손행자가 눈치를 보아하니, 진정이란 것을 알 만했다. 그래서 당장 몸을 꿈틀하여 노끈으로 둔갑했던 솜털을 거둬들였다. 노끈이 보이지 않으니, 늙은 마귀 두목의 심장부를 조여들던 아픔도 씻은 듯이 가셨다. 그러나 솜털을 거두어들이면서도 이 앙큼스런 손대성은 '엄양술법(掩樣術法)'을 써서 외형만 보이지 않게 하였을 뿐, 마귀의 염통에 묶인 매듭까지 다 풀어준 것은 아니었다.

이윽고 마귀 두목 셋이 벌떡 일어서더니 다시 한 번 허리 굽혀 사례하고 이렇게 말했다.

"손대성께서는 돌아가서 당나라 스님께 말씀드리십쇼. 행장을 수습하여 기다리고 계시면, 저희들이 곧바로 가마를 떠메고 모시러 가겠습니다."

마귀 두목 세 형제는 부하 요괴들의 무장을 해제시켜 거느리고, 한 마리도 남김없이 모조리 사타동 소굴로 돌아갔다.

노끈을 거둬들인 손대성이 부리나케 동쪽 산등성이로 돌아와 보니, 멀찌감치 당나라 스님이 땅바닥에 쓰러진 채 몸부림쳐 뒹굴면서 통곡하는 광경이 눈에 들어왔다. 게다가 미련퉁이 저팔계 녀석과 사화상은 심보따리를 풀어헤쳐놓고 여행에 쓰던 물건들을 이리 나누고 저리 갈라놓고 있는 것이 아닌가! 손행자는 저도 모르게 탄식이 흘러나왔다.

"무슨 영문인지 물어볼 것도 없겠구나! 이는 분명 저팔계란 놈이 사부님께 내가 요괴에게 잡아먹혔다고 엉뚱한 소리를 늘어놓았기 때문에, 사부님은 나를 못 잊어 통곡하고 계시고, 저 미련한 녀석들은 짐 보따리를 나눠 가지고 뿔뿔이 흩어지겠다는 수작이 틀림없다. 아아, 참으로 어처구니없는 노릇이다. 어째서 저런 심보를 가졌는지 알 수가 없구나!…… 어디 가서 한마디 불러봐야겠다."

그는 구름을 낮추고 내려서면서 큰 소리로 스승을 불렀다.

"사부님!"

세 사람 가운데 제일 먼저 그 목소리를 알아들은 것은 역시 사화상이었다. 그는 대뜸 저팔계를 향해 꾸지람 섞어 원망했다.

"아니, 둘째 형님! 형님은 칠성판(七星板) 널짝을 지고 다니는 염장(殮匠)이요? 어쩌자고 남을 해코지하는 짓만 저지르는 거요? 큰형님은 죽지도 않았는데 죽었다고 떠들어대면서 이렇게 나를 살살 꾀어 농간이나 부리고 있으니, 이게 어디 형제간에 할 짓이오? 저길 보시구려! 큰형님이 우리를 부르고 있잖소!"

그러자 저팔계 녀석이 한다는 소리가 기가 막히다.

"이 사람아, 그런 소리 말게! 나는 필마온 녀석이 요괴의 아가리에 통째로 삼켜 들어가는 것을 내 눈으로 똑똑히 본 사람이네. 아마도 오늘 일진이 사나워서 원숭이 녀석의 유령이 나타난 모양일세."

손행자가 이 소리를 들었으니 가만 있을 턱이 없다. 단걸음에 달려들기가 무섭게 저팔계의 멱살을 움켜잡더니 두 다리가 휘청거리도록 따귀 한 대를 호되게 올려붙였다.

"철썩!"

"이 멍텅구리 바보 같은 놈아! 내가 무슨 유령이 되어서 나타났다고?"

미련퉁이는 얼얼해진 뺨따귀를 어루만지면서 투덜투덜 변명을 늘어놓았다.

"형님이 그 괴물한테 잡아먹히는 것을 내 눈으로 똑똑히 봤는데…… 형님, 형님이 어떻게 또 살아나셨소?"

"내가 네놈같이 아무 짝에도 쓸모 없는 똥주머니인 줄 알았느냐! 그 괴물이 날 집어삼키기는 했지만, 나는 그놈의 뱃속에 들어앉아서 오장육부를 움켜 비틀고 허파를 쥐어뜯고, 게다가 이 노끈으로 그놈의 염통을 꿰뚫어 가지고 바깥으로 뛰쳐나와서 잡아당겨 꼼짝 못하게 만들었단 말이다. 염통을 잡아당기니, 제까짓 놈이 그 아픔을 무슨 수로 견디겠느냐? 마귀 두목 셋이서 하나같이 머리 조아려 살려달라고 애원하기에, 그제야 목숨만을 살려주고 오는 길이야! 알겠느냐? 이 멍청한 놈아! 이제 그놈들이 등나무 가마를 떠메고 와서 우리 사부님을 모시고 이 산을 넘어가시게 해드릴 거다!"

삼장 법사가 이 말을 듣고 벌떡 일어나더니, 손행자에게 몸을 굽혀 치하했다.

"제자야! 네가 정말 죽도록 고생했구나. 오능이 하는 소리만 듣고 있었더라면 내 목숨은 벌써 끊어졌을 게다!"

손행자는 저팔계의 멱살을 움켜잡은 채 주먹으로 마구 두들겨 패면서 욕설을 퍼부었다.

"이런 보릿겨나 처먹고 사는 미련퉁이 녀석! 게으름뱅이에 심보마저 아주 틀려먹은 놈아! 이래 가지고 무슨 놈의 사람 노릇을 하겠다는 게냐!"

그리고 다시 스승을 돌아보면서 이렇게 말씀드렸다.

"사부님, 아무 걱정 마십쇼. 이제 곧 저 괴물들이 사부님을 편안히 모셔다가 보내드리러 올 겁니다."

사화상도 부끄러워 어쩔 줄 모르면서도, 두 형님 사이에 끼어들어 연신 뜯어말렸다.

이렇듯 한바탕 소동을 겪고 나서야, 일행이 짐 보따리를 수습하고 말 안장을 정돈하면서 모두들 도중에서 기다리고 있게 된 것은 더 말할 나위도 없다.

한편 마귀 두목 세 형제는 부하 요괴들을 거느리고 사타동 소굴로 돌아갔다.

둘째 마귀는 손행자에게 골탕을 먹은 것이 아직도 분하여 거친 숨을 내쉬면서 이렇게 불평을 늘어놓았다.

"형님, 나는 손행자란 놈이 머리통 아홉에 꼬리가 여덟 달린 엄청난 괴물인 줄로만 알았더니, 겨우 코딱지만한 꼬마 원숭이 녀석일 줄이야 누가 알았소! 형님은 애당초 그놈을 삼켜버리지 말아야 했었소. 그놈과 정식으로 싸웠더라면 그놈이 어떻게 형님을 이겨낼 수 있었겠소? 아마 이 동굴 안의 부하 요정 수만 마리가 한꺼번에 침만 뱉더라도 그까짓 놈쯤은 가래침에 빠뜨려 죽일 수 있었을 거요. 형님이 그놈을 뱃속에 삼켜버렸기 때문에, 그놈이 도리어 수작을 부려서 형님을 그토록 고생만 실컷 하게 만들었지, 어디 감히 그놈과 정면으로 겨뤄보기나 했었소? 하지만 조금 전에 당나라 화상을 곱게 보내준다고 그놈한테 한 말은 모두가 거짓말이었소. 무엇보다 형님의 목숨이 소중했기 때문에 그런 소리로 그놈을 속여넘겼던 거요. 우리는 절대로 그놈 일행을 곱게 보내주지는 말아야 하오!"

늙은 마귀가 시무룩한 기색으로 둘째에게 묻는다.

"여보게, 곱게 보내주지 않는다면 어쩌겠단 말인가?"

"형님이 저한테 부하 요정 삼천 명만 주시구려. 내가 그 아이들을 가지고 진세(陣勢)를 펼쳐놓도록 허락해준다면, 그놈의 원숭이를 붙잡을 수단이 내게 있소."

늙은 마귀는 이 말에 귀가 솔깃해져서 대뜸 허락을 내렸다.

"삼천 명뿐이겠는가. 이 동굴 영채 안에 있는 부하들을 자네가 원하는 대로 얼마든지 데리고 나가서 진을 치게. 그놈만 잡을 수 있다면 모두들에게 큰 공로가 아니겠나."

이윽고 둘째 마귀가 삼천 군사를 점검하여 거느리고 동굴 바깥으로 나가더니 큰길가에 배치시켜놓고, 그 중에서 쪽빛 깃발을 든 기수(旗手) 한 녀석을 지명하여 손행자에게 도전의 뜻을 전달하도록 떠나보냈다.

기수로 뽑힌 졸개 요괴는 즉시 동쪽 산비탈에 달려가서 큰 목소리로 외쳐댔다.

"손행자야! 우리 둘째 대왕님의 말씀이시다! 냉큼 달려 나와서 둘째 대왕님과 겨뤄보지 않겠느냐!"

저팔계가 이 소리를 듣고 껄껄대며 손행자를 비웃었다.

"형님, 이게 도대체 어떻게 된 노릇이오? 속담에 '거짓말을 하더라도 제 고향 사람은 속이지 않는다(說謊不瞞當鄉人)'고 했소. 형님은 어째서 이렇듯 허풍을 떨고 깜찍하게 못된 짓을 저지르는 거요? 무슨 놈의 요괴들을 항복시켰다고 거짓말을 늘어놓으셨소? 어디 형님 입으로 변명을 해보시구려. 마귀 녀석들이 가마를 떠메고 와서 우리 사부님을 곱게 모셔 보내드린다더니, 이제 와서 저렇게 싸움을 걸고 있는 건 도대체 무슨 까닭이오?"

손행자는 차분한 말투로 이렇게 타일렀다.

"늙은 마귀는 이미 나한테 굴복했기 때문에 섣불리 도전할 엄두를 내지 못할 것이네. 손오공의 '손(孫)'자 소리만 들어도 골치가 지끈지끈

아플 테니 말일세. 이 도전은 분명 둘째 마귀 두목이 우리를 곱게 보내주기로 한 맏이의 결정에 불만을 품고 자기가 한번 싸워보겠다는 뜻을 보인 걸세. 자네도 생각 좀 해보게. 그 요괴들 세 형제는 이렇듯 의리가 있어서 싸움을 도맡고 나서는데, 우리는 도대체 뭔가? 우리 역시 그놈들과 똑같이 세 형제이면서도 지금 자네들이 보인 짓거리처럼 형제간에 의리라곤 전혀 없지 않는가? 이래 가지고 우리는 저 마귀들보다 못하다고 생각하네. 어떤가, 나는 이미 첫째 마귀 두목을 굴복시켰으니, 이제 자네가 나서서 둘째 마귀 녀석과 한번 싸워본다고 해서 안 될 것도 없지 않겠나?"

이 말을 듣고 저팔계도 겸연쩍었는지 퉁명스레 한마디 뱉었다.

"그까짓 놈을 누가 겁낼 줄 아시오? 이번에는 내가 나서서 싸워보리다!"

"가려거든 냉큼 가보게."

그러자 이 미련퉁이가 비실비실 웃어가며 조건을 붙인다.

"형님, 가기는 가겠는데, 그 노끈 좀 빌려 씁시다."

"노끈을 가져다 무엇에 쓰려나? 자네는 마귀의 뱃속에 쑤시고 들어갈 재간도 없고 또 염통에 올가미를 매듭짓는 재간도 없을 텐데, 이걸 가져다 무엇에 쓴단 말인가?"

"내 허리춤에 묶어놓고 목숨을 구해줄 구명삭(救命索)으로 삼을 작정이오. 형님과 사화상 둘이서 한쪽 끄트머리를 붙잡고 나를 풀어놓아서 그놈과 싸우도록 해주시구려. 만약 내가 그놈을 이겨낼 만하거든, 형님이 줄을 늦춰서 그놈을 잡아 끓리게 해줄 것이고, 그놈한테 내가 질 것 같으면 내 몸뚱이를 끌어 잡아당겨서 돌아올 수 있게 해달라는 거요. 그래야 내가 저놈한테 잡혀가지 않을 게 아니겠소?"

손행자는 이 말을 듣고 속으로 웃었다.

'그것 참 잘됐구나! 이 기회에 이 바보 녀석을 혼이 나도록 골탕 한 번 먹여야겠다!'

속으로는 이런 생각을 하면서도 앙큼스런 손행자는 시침 뚝 떼고 노끈 한 끝을 저팔계의 허리춤에 동여매주었다.

"자, 됐네! 어서 나가 싸우게!"

이윽고 용기 백배한 미련퉁이가 쇠스랑을 높이 치켜들고 비탈진 산등성이로 뛰어오르더니, 둘째 마귀를 향해 냅다 소리를 질러 도전했다.

"요괴야! 이리 썩 나서지 못하겠느냐! 네놈의 멧돼지 조상님과 한 판 싸워봐라!"

쪽빛 깃발을 떠멘 졸개 요괴가 부리나케 본진으로 달려가서 급보를 알렸다.

"대왕님, 저기 주둥이가 기다랗고 귀가 커다란 화상이 한 놈 나타났습니다!"

둘째 마귀는 즉시 영채를 벗어나 저팔계를 보더니, 긴말할 것 없이 다짜고짜 창끝을 겨누고 달려들었다. 미련퉁이도 질세라 아홉 이빨 달린 쇠스랑을 휘두르며 마주 돌격해 나갔다. 이들 둘이서는 비탈진 산등성이 앞에서 맞붙어 싸우기 시작했으나, 7, 8합도 채 겨루지 못하고 저팔계는 손목에 맥이 풀리면서 둘째 마귀의 공세를 막아내지 못하고 끝내 밀리기 시작했다. 다급해진 저팔계는 고개를 돌려 뒤쪽을 바라보고 냅다 소리쳐서 구원을 청했다.

"형님, 이거 안 되겠소! 구명 끈을 잡아당겨요! 어서 빨리 끈을 잡아당겨줘!"

이편에서 그 소리를 들은 손행자는 노끈을 잡아당기기는커녕 반대로 줄줄 풀어서 늦춰주다가, 마지막에 가서 휙 던져버렸다.

미련퉁이 저팔계가 싸움에 패하여 허겁지겁 도망쳐오기 시작했다.

애당초 허리에 묶인 노끈을 끌고 갈 때만 하더라도 거추장스러운 줄 몰랐으나, 뒷걸음질쳐 밀리다가 아예 돌아서서 정신없이 도망치다 보니 풀릴 대로 다 풀린 노끈이 자꾸만 발목에 걸려, 이제는 목숨을 구해줄 구명삭이 아니라 애물 덩어리 올가미가 되고 말았다. 처음에는 그래도 한두 번 고꾸라지고 자빠져도 그러려니 했던 것이, 나중에는 발목에 친친 휘감긴 채 꼼짝달싹도 못하게 만들었다. 이리하여 미련퉁이는 숨쉴 새도 없이 연거푸 자빠져 나뒹굴고 거꾸러지다가 마침내는 흙바닥에 주둥이를 틀어박은 채 두 번 다시 일어나지 못했다.

뒤쫓아온 둘째 마귀가 그 기다란 코를 휘둘러 가지고 마치 구렁이가 먹이를 조여서 잡아먹듯, 저팔계의 몸뚱이를 통째로 휘말아 감더니 머리 위로 번쩍 들어올린 채 의기양양하게 동굴로 향했다. 3천 마리나 되는 부하 요괴들도 일제히 개선가를 드높이 부르면서 한꺼번에 발길을 돌렸다.

이편 산등성이에서 그 광경을 바라보고 있던 삼장 법사가 손행자의 처사를 원망하며 심하게 꾸짖었다.

"오공아, 이게 도대체 무엇 하는 짓이냐! 오능이 널더러 죽으라고 저주한대도 할 말이 없을 게다. 애당초 너희 형제들은 서로 아끼고 사랑하는 마음이라고는 손톱만큼도 없이, 그저 서로 질투하고 시기하는 마음뿐이니, 형제간의 우애를 보아서라도 어떻게 이럴 수가 있단 말이냐! 팔계가 그토록 노끈을 잡아당겨달라고 사정했는데, 어째서 너는 잡아당기지 않고 도리어 목숨 달린 줄을 던져버렸느냐? 이제 팔계가 저 괴물한테 붙잡혀갔으니, 어찌하면 좋단 말이냐?"

손행자는 쑥스럽게 웃으면서 항변을 했다.

"사부님은 편애가 너무 심하십니다. 어쩌면 그렇게 한쪽만 감싸고 도십니까. 그만 하세요, 그만 하셨으면 됐습니다! 이 손오공이 잡혀갔을 때에는 손톱만큼도 걱정하지 않으시고 그저 죽어 마땅한 놈으로 취급하시더니, 이제 저 바보 같은 녀석이 자기 잘못으로 잡혀갔는데도 제 탓만 하시고 꾸짖으시니, 이러실 수가 있습니까? 저놈도 혼이 좀 나도록 고생을 시켜야 합니다. 그래야만 경을 가지러 가는 일이 얼마나 어려운 것인 줄 깨닫게 될 겁니다."

맏제자가 억울한 심경을 털어놓으니, 삼장 법사는 말씨를 누그러뜨리고 좋게 타일렀다.

"오공아, 그런 게 아니다. 네 일인들 내가 어찌 염려하지 않았겠느냐? 그러나 너는 워낙 변화술법이 능통하니까 결코 몸을 다치는 일이 없으려니 싶어 걱정이 덜했을 뿐이다. 하지만 저 바보 녀석은 타고난 천성이 미련하고 아둔한 데다, 먹성만 클 뿐이지 너처럼 날고 뛰는 재간도 부릴 줄 모르니, 내 어찌 걱정이 더하지 않겠느냐? 이번에 잡혀가서는 신상에 길한 일보다 흉한 일이 더 많을 듯싶구나. 아무래도 네가 가서 한번 구해주어야겠다."

손행자는 마지못해 그 말씀을 받아들였다.

"사부님께서 분풀이도 못 하게 하시니, 어쩔 수 없군요. 어디 제가 가서 한번 구해보겠습니다."

급히 몸을 솟구쳐 산꼭대기로 뛰어오른 손행자, 둘째 마귀의 뒤를 쫓아가면서도 속으로 저팔계에 대한 원망은 여전했다.

"저 바보 같은 녀석이 날더러 죽으라고 저주를 했으렷다? 오냐, 나도 그렇게 쉽사리 네놈을 속시원하게 구해주지는 않을 테다. 우선 뒤따라가서 요괴들이 저놈을 어떻게 다루나 지켜보면서, 고생 좀 하게 만들어놓고 나서 구해주기로 하자꾸나!"

손행자는 그 즉시 인결을 맺고 중얼중얼 진언을 외우더니, 몸뚱이 한번 꿈틀하는 사이에 벌써 한 마리의 하루살이로 둔갑해 가지고 날아가서 저팔계의 귀뿌리에 찰싹 달라붙은 채, 둘째 마귀 일행과 함께 동굴 안으로 들어가는 데 성공했다.

단번에 저팔계를 거뜬히 사로잡은 둘째 마귀는 기고만장해서 부하 요괴 3천 마리를 거느리고 동굴 어귀에 다다르더니, 병력을 외곽에 주둔시켜서 나발 불고 북 치고 꽹과리 두드려가며 기세를 돋우게 한 다음, 저팔계를 코로 휘말아 감은 채 동굴 안으로 들어섰다.

"형님, 내가 한 녀석 잡아왔소."

"어디 어떤 놈인지, 이리 끌고 와서 보여주게."

늙은 마귀의 분부에, 둘째는 자랑스럽게 코를 풀어놓고 저팔계를 붙잡아 땅바닥에 내동댕이쳤다.

"바로 이놈 아니오?"

늙은 마귀가 절레절레 도리질을 했다.

"이놈은 소용없네."

그러자 저팔계는 이제 살았구나 싶어 얼른 통사정을 했다.

"대왕님! 소용없는 놈이라면 놓아보내주십쇼. 쓸모 있는 놈을 찾아서 잡아오시면 되지 않습니까?"

하지만 둘째 마귀의 생각은 달랐다.

"형님, 쓸모 없는 놈이기는 하더라도, 이놈 역시 당나라 화상의 제자 저팔계요. 우선 결박지어서 뒤꼍에 있는 연못에 처박아둡시다. 물에 불어서 털이 다 빠지거든 배를 가르고 소금에 절였다가 햇볕에 말려서 날씨가 흐리거든 안주 삼아서 술이나 마십시다."

이 말을 듣고서 저팔계가 펄쩍 뛰며 놀랐다.

'아뿔사, 큰일났구나! 큰일났어! 하필이면 소금에 절여서 젓갈 담그는 요괴한테 걸려들게 뭐란 말이냐!······'

발버둥칠 겨를도 없다. 부하 요괴들이 우르르 달려들더니 이놈 저놈 한꺼번에 손을 써서 미련퉁이 저팔계의 팔다리를 둘씩 짝지어 밧줄로 꽁꽁 잡아 묶어 가지고 뒤꼍 연못으로 끌고 가서는 물 한복판에 풍덩 던져 넣고 되돌아간다.

하루살이로 변신한 손대성이 날아가 보았더니, 이 미련퉁이 녀석은 꽁꽁 묶인 양팔 두 다리를 하늘로 번쩍 들어올린 채 기다란 주둥이만 수면 위에 겨우 내밀고 떴다 가라앉았다. 숨이 막히지 않으려고 "푸우, 푸우!" 안간힘을 쓰고 있는 꼬락서니가 우습기 짝이 없는데, 마치 음력 8, 9월에 된서리 맞고 시커멓게 떨어진 연밥이나 다를 바 없었다.

손대성이 그 낯짝을 바라보고 있으려니, 밉살맞기도 하려니와 또 한편으로는 불쌍한 생각마저 드는 걸 어찌할 수가 없다.

'자, 이걸 어쩌면 좋단 말이냐? 이 친구 역시 언젠가는 나하고 같이 부처님의 용화회에 자리 잡고 앉을 녀석인데, 이대로 죽게 내버려둘 수야 없지 않은가? 그저 이 녀석이 걸핏하면 짐 보따리를 나눠 가지고 흩어질 생각이나 하고, 또 사부님을 곧잘 꼬드겨 '긴고주'를 외우시게 해서 나를 골탕먹이는 짓거리가 밉살스럽기는 하지만 말이다. 어차피 구해주기는 해야겠는데, 무언가 놀려먹을 만한 것이 없을까?…… 가만 있거라, 언젠가 사화상이 하는 말을 들으니까, 이 녀석이 남몰래 꿍쳐 놓은 돈푼이 있다고 했겠다? 진짜 그런 돈이 있는지 없는지 모르겠구나. 어디 이놈한테 공갈을 쳐서 알아보기로 할까?……'

짓궂은 손대성은 그의 귓전 가까이 날아가더니 목소리를 꾸며 가지고 한마디 불렀다.

"저오능아!…… 저오능아!"

연못 속 저팔계가 펄쩍 뛰었다.

'이런 재수 옴 붙었구나! 저오능이란 이름은 관음보살께서 손수 지어주신 법명이요, 당나라 스님을 따른 이후부터 다시 저팔계라고 부르

게 되었는데, 이런 곳에 어떻게 나를 알아보고 저오능이라 부르는 놈이 있단 말인가?'

미련퉁이 녀석은 다급한 중에서도 궁금증을 참지 못하고 버럭 소리쳐 물었다.

"어떤 놈이 내 법명을 부르느냐?"

손행자는 시침 뚝 떼고 여전히 꾸며낸 목소리로 대답했다.

"바로 나다."

"나라니, 도대체 누구란 말이냐?"

"나는 저승사자다."

이 말을 듣자, 미련퉁이는 비로소 당황하여 착 까부라진 음성으로 다시 묻는다.

"어이구, 나으리! 저승 어디서 오신 분입니까?"

"나는 유명계 삼라전 십대 염왕 가운데 다섯번째이신 염라대왕께서 파견하여 너를 잡으러 왔다."

"나으리, 그냥 돌아가셔서 염라대왕께 여쭈어주십쇼! 그분은 내 형님 손오공과 교분이 아주 각별하신 사이니까, 하루만 여유를 주셨다가 내일 잡아가시라고 말씀드려주십쇼."

"얼빠진 소리 말아라! '염라대왕께서 자정 삼경에 저승으로 끌어오라고 정하셨으니, 누가 감히 사경까지 미룰 수 있으랴?' 하는 말도 못 들어봤느냐! 일찌감치 단념하고 날 따라 나서거라. 그렇지 않으면 오랏줄로 얽어서 끌고 가겠다!"

"아이고 맙소사! 나으리, 내 낯짝하고 꼬락서니를 좀 보십쇼. 이게 어디 살고 싶어서 이러고 있는 줄 아십니까? 그저 하루만 더 있다가 저놈의 요괴들이 우리 사부님 일행을 깡그리 잡아와서 한번 만나보고 다같이 죽는다면, 그 이상 소원이 없겠단 말씀입니다."

"흐흠, 좋다! 내가 발급 받은 호출장에 잡아갈 목숨이 삼십 명이나 적혀 있는데, 잡아갈 시각이 모두 비슷비슷하니까, 아무래도 다른 놈들을 먼저 잡아가고 네 차례가 오기까지는 그럭저럭 하루는 걸릴 것 같구나. 한데 네놈은 노잣돈을 얼마쯤 지니고 있을 테지? 그 돈을 내게 주면 오늘밤은 기다려주마!"

"참말 딱도 하십니다. 출가한 사람에게 노잣돈이 어디 있단 말씀입니까?"

"노잣돈이 없다? 그렇다면 네놈부터 잡아가야겠다! 어서 날 따라 나서거라!"

저승사자의 엄포 한마디에, 미련퉁이는 이거 큰일났다 싶어 끌려가지 않으려고 몸부림치면서 악을 썼다.

"아이고, 나으리! 날 잡아가지 마십쇼. 저승사자의 오랏줄이라면 '추명승(追命繩)' 아닙니까? 그 오랏줄에 묶였다 하는 날이면 당장 목숨이 끊어지고 맙니다! 노잣돈이요? 있습니다, 있어요! 하지만 얼마 되지는 않습니다."

"어디 있느냐? 어서 빨리 내놓아라!"

"참말 딱한 일입니다, 딱해요! 내가 중노릇을 한 뒤로 오늘에 이르기까지 몇몇 마음 착한 댁들이 탁발승에게 동냥을 줄 때, 내 식성이 워낙 크고 먹을 걸 탐내는 기질이라, 보시해주는 돈을 다른 친구들보다 몇 푼씩 더 받아둔 게 있습니다만, 박박 긁어모아서 겨우 은자(銀子)로 닷 돈쭝밖에 안 됩니다. 그나마 간수를 잘못한 것이, 지난번 성내에 들어갔을 때 은장(銀匠)에게 부탁해서 한 덩어리로 만들어달라고 했더니, 그 천하에 몹쓸 놈이 내 돈에서 몇 푼을 떼어먹고 고작 넉 돈 여섯 푼짜리 한 덩어리로 만들어주었지 뭡니까. 그래서 이것밖에 없으니 마음대로 가져가십쇼."

손행자는 속으로 웃으면서도 고개를 갸우뚱했다. 그도 그럴 것이, 이 미련한 녀석은 바지도 입지 않았는데, 그 돈을 어디다 감춰두었단 말인가?…… 이래서 꾸짖듯이 다그쳐 물었다.

"너 이놈! 그 은 덩어리가 어디 있단 말이냐?"

물정 모르는 저팔계가 비밀을 고스란히 털어놓는다.

"내 왼쪽 귓밥 속에 쑤셔박아두었습니다. 나는 이렇게 꽁꽁 묶여서 꺼낼 수가 없으니, 당신이 직접 꺼내 가십쇼."

이 말을 들은 손행자가 미련퉁이의 왼쪽 귓밥 속에 손을 집어넣고 더듬어보았더니, 과연 말 안장처럼 두드려 만든 은 덩어리 한 개가 나오는데, 무게가 어림잡아 넉 돈 대여섯 푼이 되고도 남았다. 손행자는 그것을 꺼내 들고 더는 참을 수가 없어 그만 깔깔대고 웃음보를 터뜨리고 말았다.

미련퉁이는 그제야 손행자의 목소리를 알아듣고, 물속에서 발광이라도 하듯이 마구 몸부림쳐가며 욕설을 퍼부었다.

"이런 벼락 맞아 죽을 놈의 필마온 녀석! 사람은 이렇게 죽을 지경이 되었는데도 그 틈을 노려서 남의 재물을 사기 쳐 먹는 놈이 어디 있단 말이냐!"

손행자는 여전히 껄껄대고 웃어가며 핀잔을 주었다.

"이 보릿겨나 처먹고 사는 녀석아! 이 손선생은 사부님을 보호하느라고 얼마나 숱한 고생을 겪어왔는지 모를 판인데, 네놈은 요렇게 남몰래 딴 주머니를 차고 있었단 말이냐?"

"아따, 무슨 소릴 하는 거요! 그게 어디 남몰래 딴 주머니를 찬 것인 줄 아시오? 모두가 이를 악물고 푼돈 아껴서 긁어모은 거요! 돈 쓰기가 아까워서 먹고 싶은 것도 사먹지 못하고 간직해두었다가 무명이나 끊어서 옷 한 벌 해 입으려던 것을, 형님이 이렇게 공갈을 쳐서 알겨낼 줄이야 누가 알았겠소? 형님, 기왕 빼앗긴 돈이니 더 말하지는 않겠소만, 조금이라도 떼어서 나한테 돌려주시구려."

"자네한테 나눠주라고? 어림 반푼어치도 없네!"

"그럼 좋소. 내 목숨과도 같은 돈을 다 드렸으니, 그 대신에 날 구해주기나 하시오."

"급하게 서두르지 말게. 내 구해줄 테니까."

손행자는 우선 은 덩어리부터 감춰놓고 본래의 모습을 드러내더니, 철봉 끄트머리로 결박을 꿰어서 노를 젓듯 살살 잡아끌어다가, 손길이 닿는 곳에 이르자 두 손으로 발목을 잡아 연못가로 끌어낸 다음 결박지은 밧줄을 풀어주었다.

몸이 자유스러워진 저팔계가 벌떡 일어나 옷가지를 훌훌 벗어들고 물기를 쥐어 짜내더니, 툭툭 털어서 축축하게 젖은 채로 다시 걸쳐 입는다.

"형님, 우리 뒷문으로 빠져나갑시다."

"사내 대장부가 뒷문으로 도망치다니, 그게 어디 사람 값에나 가는 짓인가? 누가 뭐래도 앞문으로 떳떳하게 나가야지!"

"내 다리가 어찌나 꽁꽁 묶였던지, 쑤시고 저려서 뛰지 못하겠소."

"엄살 떨지 말고 어서 날 따라오게!"

용감한 손대성이 버젓이 앞문으로 나서는데, 있는 솜씨 없는 재주 다 부려가며 두 손으로 철봉을 거머쥐고 눈앞에 얼씬거리는 요괴들을 닥치는 대로 후려갈기면서 달려 나간다.

미련퉁이 저팔계는 저릿저릿 쑤셔대는 두 다리의 아픔을 참고 그저 뒤따라 나갈밖에 딴 도리가 없다. 그러나 둘째 문설주 아래 기대놓은 자신의 병기 쇠스랑을 발견하자, 정신이 번쩍 들어 아픈 것도 잊은 채 휘적휘적 다가서더니 앞을 막아서는 졸개 요괴들을 거칠게 밀어붙이고 쇠스랑 자루를 손에 들기가 무섭게 마구잡이로 후려 찍으면서 돌진해 나가기 시작했다. 이렇듯 손행자와 더불어 셋째 문, 넷째 문을 돌파해 나가는 동안, 그가 얼마나 많은 졸개 요괴들을 때려죽였는지 모른다.

삽시간에 동굴 속은 아수라장으로 변하고 말았다. 늙은 마귀는 이 소동을 듣고 둘째 마귀를 원망했다.

"사람 하나 잘 잡아왔네! 잘 잡아왔어! 그러기에 내가 뭐랬나? 저걸 보게, 손행자란 놈이 저팔계를 빼앗아 가지고 문간에서 우리 부하들을 때려잡고 있지 않나!"

핀잔을 들은 둘째 마귀가 벌떡 일어나더니, 급히 몸을 솟구치면서 장창을 손에 잔뜩 움켜잡고 문간으로 쫓아 나갔다.

"이 못된 원숭이 놈아! 우리 형제를 얕잡아보아도 유분수지, 어찌 이렇듯 무례할 수 있단 말이냐!"

버럭 고함쳐서 꾸짖는 둘째 마귀, 그러자 손대성이 그 목소리에 응답하듯 그 자리에 우뚝 섰다. 둘째 마귀가 더 이상 긴말 않고 몸을 던지다시피 창끝을 내지르며 달려들었다. 손행자 역시 누구에게도 지지 않으려는 싸움꾼이라, 서두르는 기색 하나 없이 여유만만하게 철봉을 쳐들고 정면으로 맞서 싸우기 시작했다.

이리하여 손행자와 둘째 마귀 두 적수는 동굴 문 바깥에서 무서운 기세로 격돌했다.

누런 이빨 가진 늙은 코끼리가 사람의 탈을 뒤집어쓰고, 사자왕과 의형제를 맺었다.

늙은 마귀와 죽이 맞았으니, 합심 협력하여 당나라 스님을 잡아먹기로 계략을 꾸몄다.

제천대성 손오공은 신통력이 너르고 커서, 바른 것을 보필하고 사악한 자를 제거하는 마음으로 정령들을 섬멸하려 든다.

저팔계가 무능하여 마귀의 독수에 걸리니, 손오공은 그를 구해 내어 문밖으로 달아난다.

요사스런 마왕이 뒤쫓아와 용맹을 떨치니, 날카로운 창끝과 무거운 철봉 맞닥뜨려 제각기 실력을 드러낸다.

저편에서 창을 내지르니 마치 구렁이가 밀림을 뚫고 나오는 듯하고, 이편에서 철봉을 번쩍 드니 흡사 용이 바닷물에서 솟구쳐 오르는 듯하다.

바다의 용이 해문(海門)을 박차고 뛰쳐나오니 구름이 자욱하게 뒤덮이고, 구렁이가 밀림을 헤쳐 뚫고 나오니 안개가 무럭무럭 솟구친다.

따지고 보면 이 모든 것이 당나라 화상 때문이니, 악전고투를 거듭하며 서로 맞서 싸우기에 인정사정이 너무 없구나.

저팔계는 손대성이 요사스런 마귀와 접전을 벌이는 것을 보고도, 산기슭에 쇠스랑을 지팡이 짚듯 곧추세워 잡은 채 싸움을 거들 생각은 않고 그저 멍청하니 바라보고만 있었다.

둘째 마귀는 손행자의 철봉 쓰는 솜씨가 만만치 않은 데다, 온갖 수단 방법을 다 써도 빈틈 하나 보이지 않는 것을 보자, 마침내 그 기다란 코를 죽 뻗어 저팔계를 잡았을 때처럼 상대방을 휘말아 감으려 했다. 손행자는 그 수작을 뻔히 알고 있던 터라, 두 손으로 여의금고봉을 가로누여 잡은 채 머리 위에 번쩍 치켜들었다. 요괴의 코가 허리를 휙 감아버렸다. 그러나 위로 치켜든 양 팔뚝만큼은 감지 못했다. 손행자는 자유롭게 쓸 수 있게 된 두 손으로 요괴의 콧등 위에서 장난감 가지고 놀듯 철봉을 휘두르며 어디를 후려 때릴까 하고 타격 부위를 찾기 시작했다.

저팔계가 이 꼴을 보더니 가슴을 두드려가며 고래고래 악을 썼다.

"이크! 저런 재수 옴 붙을 놈의 요괴 녀석 봤나! 나처럼 덩치 큰 놈을 코로 휘감았을 때에는 양팔까지 휘말아서 꼼짝달싹도 못하게 만들더니, 저렇게 얌통머리 없이 까부는 녀석을 휘감을 때는 두 팔목을 말아버리지 않고 어째서 그냥 내버려두었단 말이냐! 저 친구가 두 손으로 철봉을 잡고 네놈의 콧구멍 속으로 꽉 쑤셔박기만 해봐라. 아마도 콧구멍이 아파서 눈물을 줄줄 흘릴 텐데, 그때는 무슨 수로 저 친구를 휘말아 감고 있을 거냐?"

손행자는 애당초 그럴 생각이 없었으나, 미련퉁이가 제멋대로 떠드는 소리를 듣고 얼떨결에 한 수 배우게 되었다. 그는 철봉을 바람결에 흔들어 굵기를 병아리만하게 줄이고, 길이는 1장 남짓이나 되게 늘린 다음, 그것을 진짜로 요괴의 콧구멍 속에 꽉 쑤셔 넣었다. 둘째 마귀는 기겁을 해서 코를 휙 소리가 나도록 다급하게 풀었으나, 그 틈에 손행자는 벌써 손길을 되돌려 기다란 코를 한 움큼에 덥석 붙잡아 비틀어대더니, 있는 힘껏 앞쪽으로 잡아당겼다.

코를 잡아 비틀렸으니 그 아픔이야 오죽하랴, 둘째 마귀는 아픔을 줄이려고 손행자의 손길이 잡아끄는 대로 한 걸음 한 걸음씩 내딛어가며 따라오기 시작했다.

저팔계는 그제야 마음놓고 가까이 다가서더니 쇠스랑을 번쩍 들어 요괴의 사타구니 밑을 닥치는 대로 후려 찍기 시작했다.

손행자가 재빨리 소리쳐 그것을 말렸다.

"뭐 하는 짓이야! 안 돼! 그 날카로운 쇠스랑 이빨로 찍었다가는 살가죽이 찢어져 피가 나올 텐데, 사부님이 그걸 보시고 우리더러 산 목숨을 다쳤다고 꾸짖으시면 어쩌겠나? 그저 쇠스랑 자루로 흠씬 두들겨 패기나 하게."

미련퉁이는 정말 쇠스랑 자루를 거꾸로 잡더니 한 걸음에 한 대씩 때려가며 몰아대기 시작했다. 손행자는 코끼리 괴물의 코를 잡아끌고 저팔계는 뒤에서 두들겨 패고, 이렇듯 두 형제가 마치 코끼리 몰이꾼처럼 비탈진 산등성이 밑으로 끌고 내려왔다.

눈이 빠지게 기다리던 삼장 법사가 멀찌감치 서서 바라보니, 이들 두 형제가 왁자지껄 시끄럽게 떠들면서 오고 있다.

"오정아, 저것 좀 봐라. 오공이 끌고 오는 것이 뭐냐?"

사화상은 이마에 손을 얹고 바라보다가 싱긋 웃으며 여쭈었다.

"사부님, 큰형님이 요괴의 코를 비틀어 잡은 채 끌고 오고 있군요. 앙증맞은 원숭이가 저 덩치 큰 코끼리를 끌고 오다니, 정말 사람 웃겨 죽일 노릇입니다."

삼장도 비로소 그 광경을 알아보고 찬탄을 금치 못했다.

"참으로 굉장하구나, 굉장해! 저토록 덩치 크고 코가 기다란 요정이 있다니! 애야, 우선 저놈에게 가서 물어보아라. 만약 저희들이 기꺼운 마음으로 내가 이 산을 넘어가게만 해준다면, 죄를 용서해주고 목숨을 다치지 않겠다고 얘기하려무나."

사화상이 부리나케 앞으로 달려가더니 크게 소리쳐 알렸다.

"형님들! 사부님 말씀이, 그 요괴가 사부님을 모시고 무사히 산을 넘어가게 해드린다면, 그놈의 목숨을 다치지 말라고 하셨소!"

둘째 마귀는 이 말을 듣자, 황급히 꿇어앉으며 코 먹은 소리로 웅얼웅얼 대답을 했다. 손행자에게 코를 잡힌 채 비틀려, 제 목소리를 내지 못하고 감기 들려 코가 막힌 병자처럼 웅얼거린 것이다.

"당나라 어르신! 목숨만 살려주신다면, 당장 가마를 떠메고 와서 모셔다드리겠습니다!"

손행자가 코를 삽았던 손을 풀어주면서 엄포를 놓는다.

"우리 스승과 제자들은 모두 착한 사람들이다. 네 말대로 하면 목숨은 살려주마. 어서 빨리 가마를 떠메 오너라. 또다시 변덕이 나서 딴 수작을 부렸다가는, 붙잡아서 절대로 용서하지 않을 테다!"

손이 풀리자, 둘째 마귀는 머리 조아려 사례하고 그 자리를 떠났다.

손행자는 저팔계와 함께 돌아와 당나라 스님을 뵙고 여태까지 벌어졌던 사연을 빠짐없이 자세히 말씀드렸다. 미련퉁이가 부끄러움을 이기지 못하고 멀찌감치 산비탈 앞에 떨어져서 젖은 옷이나 말리며 떠날 때를 기다린 것은 말할 나위도 없다.

둘째 마귀는 가까스로 목숨을 부지해 벌벌 떨면서 동굴로 돌아갔다. 그가 미처 도착하기 전, 부하 요괴들은 한 발 앞서 늙은 마귀와 셋째 마귀 두목에게 달려가, 둘째 대왕이 손행자에게 코를 잡혀 끌려갔다는 놀라운 사실을 알렸다.

늙은 마귀는 겁을 잔뜩 집어먹고 셋째 마귀와 부하 요괴들을 거느리고 황급히 동굴 바깥으로 뛰쳐나갔으나, 때마침 둘째 마귀가 빈 몸으로 혼자서 터덜터덜 돌아오는 것을 발견하고, 그를 맞아들여 또다시 동굴 안으로 몰려들어갔다. 그리고 둘째 마귀에게 다친 데 하나 없이 무사히 풀려 나온 까닭을 묻기에 이르렀다.

둘째 마귀는 손행자에게 붙잡혀가던 경위며 삼장 법사가 자비심 많고 착하다는 얘기를 두 형제와 크고 작은 부하들 앞에서 솔직하게 다 털어놓았다. 요괴들은 이 말을 듣고 하나같이 서로 얼굴만 멀뚱멀뚱 바라볼 뿐 아무 얘기도 하지 못했다.

"형님, 저 당나라 화상을 곱게 보내주실 거요?"

둘째 마귀의 물음에, 맏이는 연신 고개를 끄덕끄덕했다.

"여보게 아우, 자네 그게 무슨 말인가! 손행자는 어질고 의리 있어

너그럽게 은혜를 베풀 줄 아는 원숭일세. 자네도 생각해보게. 앞서 그가 내 뱃속에 들어앉아 있을 때만 해도, 내 목숨을 해치기로 마음먹었다면, 내 목숨이 천 개가 있다 하더라도 손쉽게 빼앗을 수 있었을 걸세. 자네만 해도 그러네. 코를 비틀어 잡고 끌어가서 만약 숨이 막혀 죽을 때까지 놓아주지 않았다면 어쩔 뻔했나? 그저 콧대를 비틀기만 했다가 이렇게 놓아보냈으니, 이거야말로 황송한 일이 아닌가? 어서 빨리 가마 채비를 차려서 그 사람들을 보내주도록 하세."

이때 곁에서 셋째 마귀가 껄껄대고 웃는다.

"보내줍시다, 보내줘! 아무렴, 곱게 보내줘야 하고말고!"

찬성이 아니라 비웃는 말투가 역력하다. 늙은 마귀 두목이 이맛살을 찌푸린다.

"여보게, 막내아우. 자네는 못마땅한 모양인데, 자네가 찬성하지 않는다면 나서지 말게. 우리 둘이서 보내주도록 하겠네."

"하하! 두 분 형님께 말씀드리지만, 저 중 녀석들이 우리한테 모셔달란 말을 하지 않고 그저 살그머니 빠져나간다면 오히려 그놈들의 운수가 뻗쳤다고 하겠지만, 기어코 우리더러 모셔달란다고 요구하면, 그야말로 내 '조호이산(調虎離山)' 계략에 빠져들고 말 거요."

"조호이산 계략이라니, 그게 뭔가?"

"병법에 '산중의 왕 호랑이를 산에서 벌판으로 끌어낸다'는 술책이 바로 그거요. 지금 동굴 안에 우글거리는 부하 요괴들을 점검해서, 만 명 가운데 정예 천 명을 가려내고, 그 천 명 중에서 다시 백 명을 뽑고, 백 명 가운데에서도 열여섯 명을 가려 뽑은 다음 또다시 삼십 명을 뽑아놓는 거요."

"열여섯을 뽑으면 그만이지, 어째서 또 삼십 마리를 따로 뽑는단 말인가?"

늙은 마귀가 영문을 모른 채 다시 묻자, 계략을 세운 셋째 마귀는 이렇게 대답했다.

"삼십 마리는 모두들 음식 솜씨가 좋아야 합니다. 이놈들에게 쌀과 밀가루, 죽순, 찻잎, 표고버섯, 송이버섯, 두부, 국수 같은 음식 재료를 주어 보내서, 이십 리나 삼십 리쯤 떨어진 곳마다 장막을 친 가건물을 엮어놓고 음식을 마련해서 당나라 화상 일행을 대접하자는 얘기요."

"그럼 열여섯 놈은 어디에 쓰려는가?"

"여덟 놈은 가마를 떠메게 하고, 나머지 여덟 놈은 길라잡이로 내세워 인도하게 할 거요. 우리 형제 셋이서 호송 책임을 맡아 좌우 양편으로 따라붙어 그 녀석들을 모시고 길을 떠나면 그뿐이오. 여기서 서쪽으로 사백여 리만 가면 바로 내 성지(城池)가 나올 거요. 그곳에는 물론 호응할 내 병력이 기다리고 있을 테고, 성곽 근처까지만 가면 거기서부터는…… 이렇게 저렇게 해서…… 그놈의 사부와 제자 녀석들끼리 서로 앞뒤를 돌아보지 못하게 만들어놓고, 그 북새통에 당나라 화상을 낚아채자는 계략이오. 이 일이 성사되느냐 실패하느냐 하는 문제는 오로지 그 열여섯 놈의 수완에 달려 있소."

늙은 마귀가 이 말을 듣더니, 기뻐 어쩔 줄을 모르면서 입에 침이 마르도록 찬탄해 마지않았다.

"됐다, 됐어! 그것 참 묘책이로구나!"

그야말로 독한 술기운에서 갓 깨어나듯, 악몽에서 겨우 깨어나듯 정신이 번쩍 든 늙은 마귀 두목이 그 즉시 요괴의 무리들을 점검하더니, 우선 요리 솜씨 좋은 30명을 가려 뽑아 음식 재료를 주어서 먼저 떠나보내고, 다시 힘깨나 쓰고 눈치 빠른 열여섯 명을 따로 뽑아 가마꾼으로 변장시켜서, 향기로운 풋내가 나는 새 등나무 교자 한 채를 떠메게 하고 함께 따라나섰다. 동굴 문을 나서자, 마귀 두목은 소굴에 남은 부하들에게 신신당부를 해두었다.

"모두들 하릴없이 산에 올라가 얼씬거려선 안 된다. 손행자란 놈은 워낙 의심이 많은 원숭이라, 너희들이 눈앞에 오락가락하는 것을 보면 반드시 의심을 품고 끝내 우리 계략을 꿰뚫어 보고 말 것이다."

그리하여 늙은 마귀는 요괴의 무리를 거느리고 대로변에 이르러 큰 소리로 외쳐 불렀다.

"당나라 스님, 오늘은 흉신악살(凶神惡煞), 홍사(紅沙)가 끼지 않는 날[2]이오니, 어르신께서는 어서 서둘러 산을 넘어가시지요!"

삼장 법사가 그 소리를 듣고 제자에게 묻는다.

"오공아, 웬 사람이 나를 부르느냐?"

손행자는 손가락질해 가리키면서 대답했다.

"저것들 좀 보십쇼. 이 손선생이 굴복시킨 요괴들이 가마를 떠메고 와서 사부님을 모셔가겠답니다."

삼장은 두 손 모아 합장하고 하늘을 우러러 찬탄했다.

"대견한 일이로다! 참으로 대견한 일이야! 어질고 똑똑한 제자들의 힘이 없었다면 내 어찌 이 산을 넘어갈 수 있겠느냐!"

그리고는 곧장 앞으로 나서서 여러 요괴들에게 절까지 하며 감사를 표했다.

"여러분께 정말 수고를 끼치게 되어 미안스럽소. 여러분이 아껴주시는 덕분으로 우리 일행이 경을 받아 가지고 동녘 땅에 돌아가거든, 장

---

[2] 홍사가 끼지 않는 날: 고대 중국 점성가들이 하늘의 별자리를 보고 길흉을 점쳐 일러 주는데, 길한 별자리와 흉한 별자리가 번갈아 당직을 서는 차례가 정해져 있어서, 길성(吉星)이 당직하는 날에는 외출하거나 여행하거나 친구를 만나거나 혼인해도 좋은 날로 여겼으며, 흉성(凶星)이 당직하는 날에는 어행이니 외출을 삼가고, 집을 짓거나 이사하느라 땅을 건드려 움직여서는 안 된다고 하였다. '홍사(紅沙)'는 또 '홍살(紅煞)'이라고도 쓴다.

안 도성에 여러분의 선과(善果)를 널리 전하고 선양하리다."

요괴들도 머리 조아리고 아뢰었다.

"나으리, 어서 가마에 오르십시오."

삼장 법사는 범태육안이라 그것이 계략인 줄 알아차리지 못하였다. 손대성 역시 태을금선의 몸이라, 충성되고 정직한 성품에 그저 제갈공명의 '욕금고종(欲擒故縱)' 계책이 효과를 보아서 요괴를 굴복시켰다고 생각했을 뿐, 이들이 딴 뜻을 품고 음모를 꾸미고 있을 줄은 전혀 몰랐다. 그래서 자세히 살펴보지도 않고 오로지 스승의 뜻에 따르기로 했던 것이다. '욕금고종'이라! 삼국 시대 제갈공명은 남만(南蠻)의 임금 맹획(孟獲)을 진정으로 굴복시키려고 일곱 번 사로잡았다가 일곱 번 놓아주고서야 성공했다지만, 사람이 아닌 요괴들에게도 과연 그것이 통할 수 있을는지……

여하튼 그는 즉시 저팔계에게 명령을 내려 짐 보따리를 말 안장에 얹어놓고, 사화상과 함께 스승을 모셔 태운 가마 뒤를 바짝 따라붙게 했다. 그리고 손행자 자신은 철봉을 단단히 거머쥐고 앞장서서 길을 틔워 나가기로 했다.

이윽고 부하 요괴 여덟이 가마를 떠메고, 다른 여덟은 번갈아 벽제 소리도 드높이 외치면서 기세 좋게 앞길을 헤치고 나아갔다. 마귀 두목 세 형제는 가마채에 손을 얹고 양편으로 갈라서서 걸어갔다. 뜻밖에 융숭한 대접을 받고 편안히 산을 넘게 된 삼장 법사는 기뻐 어쩔 줄 모른 채 가마 위에 단정한 자세로 앉아 있었다. 일행은 사타령 높은 산으로 오르는 큰길을 따라서 앞으로 나아갔다.

출발은 기쁨에 차서 시작되었으나, 그것이 곧 슬픔의 길이 될 줄이야 어찌 알았으랴. 『역경(易經)』에도 '행운이 극도에 다다르면 또다시 불운이 찾아온다(泰極否還生)' 하였듯이, '시운이 불리해질 때는 진짜

태세와 맞닥뜨리게 되고, 또 초상집 문턱에 이르러 재수 없는 놈까지 만난다(時運相逢眞太歲, 又値喪門弔客星)'는 격이 되고 말았다.

삼장 일행을 감쪽같이 속여넘긴 요괴들은 한 마음 한 뜻으로 한 동아리가 되어 좌우를 호위하면서, 아침저녁으로 일행을 극진히 모셨다. 30리쯤 가서는 식사를 올리고, 50리에 또 음식을 대접하는가 하면, 날이 저물기도 전에 잠자리를 마련하여 편히 쉬도록 해주고, 가는 길 내내 깍듯한 접대가 끊이지 않았다. 삼장 일행은 하루 세 끼 배부르게 먹고 마시니 마음은 흡족할 대로 흡족하고, 밤이면 마음에 드는 곳에서 잘 자니 몸도 역시 편안치 않을 까닭이 없었다.

이렇듯 서쪽으로 4백여 리 길을 나아갔을 때, 홀연히 성지(城池) 한 군데가 눈앞에 가까이 나타났다. 손대성이 철봉을 높이 쳐들고 바라보니, 삼장 법사가 타고 있는 가마에서 겨우 1리쯤 떨어진 곳에 성터가 있는데, 갑자기 무엇을 발견했는지 별안간 얼굴빛이 새파랗게 질리고 힘차게 내딛던 두 다리마저 후들후들 떨리기 시작했다. 대담하기 짝이 없는 그가 무엇을 보고 그토록 놀랐을까? 그것은 다름아니라 성내에 흉악한 기운이 꽉 들어 차 있는 것을 보았기 때문이다.

우글우글 들끓는 요마와 괴물의 무리, 사대문에는 온통 사납고 흉악한 이리 떼의 정령들뿐이다.
얼룩무늬 늙은 호랑이가 도관(都管) 노릇을 하고, 낯짝 하얀 표범은 총병(總兵) 직분을 맡았다.
두 갈래 뿔 가진 사슴이 문서 전달하는 연락병 노릇을 하고, 영리한 여우가 길라잡이 노릇을 한다.
몸통 길이 천 척(千尺) 되는 이무기가 성곽을 휘감아 꿈틀거리고, 만 장(萬丈)이나 기다란 구렁이는 앞길을 가로막는다.

성루 밑에는 털 푸른 이리가 사령(使令)을 부르고, 정자 앞에는 꽃무늬 표범이 사람의 목소리로 호통을 친다.

깃발 흔들고 북을 치는 것이 모조리 요괴들이요, 때맞춰 순찰 돌고 가게 터에 앉아 있는 놈은 하나같이 산중의 요정들이다.

교활한 토끼가 문을 열고 흥정하는 체 농간 부리며, 뚝심 좋은 멧돼지는 등짐 지는 일로 생업을 이어간다.

몇 해 전까지만 해도 천조대국(天朝大國)이었으나, 지금에 와서는 뒤집혀서 맹수들의 도성이 되었다.

겁을 집어먹은 손대성이 주춤거리고 있을 때, 느닷없이 귓결에 바람을 가르는 소리가 날카롭게 들려왔다. 후딱 고개 돌려보니, 다름아닌 셋째 마귀가 두 손으로 방천화극(方天畵戟) 한 자루 번쩍 치켜들고 이제 막 손대성의 뒤통수를 내리찍고 있는 것이 아닌가!

손대성은 선뜻 몸을 뒤틀어 피하고 돌아서서 여의금고봉으로 재빨리 마주쳐 나갔다. 원한에 사무쳐 이를 가는 셋째 마귀, 비겁한 암습에 노발대발한 제천대성 손오공, 어느 쪽이나 악에 받쳐 씨근벌떡 거친 숨을 몰아쉬면서 이러쿵저러쿵 말 한마디 없이 어금니를 악다물고 무섭게 맞붙어 싸우기 시작했다.

때를 같이해서, 늙은 마귀가 부하들에게 호령을 내리더니 대한도(大捍刀) 큰 칼 한 자루 들고 저팔계를 겨냥하여 힘껏 후려 찍었다. 저팔계는 엉겁결에 말고삐를 내던지고 쇠스랑을 휘둘러 일단 가로막더니, 뒤미처 사나운 기세로 늙은 마귀 두목에게 돌진하면서 손길 닥치는 대로 마구 후려 찍어댔다.

어느새 둘째 마귀도 긴 창대를 휘말아 쥐고 사화상을 향해 날카로운 창끝을 찔러 넣고 있었다. 눈치 빠른 사화상 역시 잽싼 동작으로 항요보장을 들어 둘째 마귀의 기습을 막아낸 다음, 즉시 반격으로 자세를 바꾸었다.

이리하여 마귀 두목 세 형제와 승려 형제 세 사람이 일 대 일로 맞붙은 채 가파른 산등성이 위에서 다른 것은 돌볼 겨를도 없이 목숨 내걸고 악전고투를 벌이기 시작했다.

그러자, 열여섯 부하 요괴들은 늙은 마귀 두목의 호령이 떨어지기가 무섭게 저마다 미리 받은 명령대로 재빠르게 움직였다. 백마와 짐 보따리를 나눠서 챙겨드는 놈이 있는가 하면, 우르르 달려들어 삼장 법사가 타고 있는 가마채를 에워싼 채 떠메고 달음박질치는 놈⋯⋯ 이렇듯 날강도로 돌변한 부하 요괴들은 순식간에 성문 앞까지 달려가 고함을 질렀다.

"대왕님의 계략대로 당나라 화상을 잡아왔다! 어서 문을 열어라!"

성벽 위에서 내려다보던 크고 작은 요괴들이 한꺼번에 뛰어내리더니 성문을 활짝 열어젖히고 이들을 맞아들였다. 성을 지키던 요괴 두목은 즉시 각 영채에 엄명을 내려 깃발을 말아놓고 북소리도 죽이는 한편, 고함을 지르거나 시끄럽게 징을 울리지도 못하게 하였다. 그리고 가마를 떠메고 달려온 사타동의 요괴들에게 신신당부를 해두었다.

"우리 대왕께서 미리 내려둔 명령이 있었소. 당나라 화상을 놀라게 하지 말라는 분부였소. 당나라 화상이 놀라면 그 고기가 시큼해져서 먹을 맛이 없어진다는 거요."

이리하여 요괴의 무리들은 너 나 할 것 없이 기뻐 날뛰면서 삼장 법사를 맞아들이고 허리 굽혀 공손히 스님을 영접했다. 그들은 가마채를 떠메다 금란진 위에 모셔놓고 차를 올리랴, 진짓상을 드리랴, 한바탕 눈알이 빙글빙글 돌아가도록 수선을 떨었다.

뜻하지 않았던 변고를 당한 삼장 법사는 놀라다 못해 일이 빠져 아무엇도 눈에 들어오지 않았다. 하기야 눈길을 돌려 앞뒤 좌우를 두리번거렸어도 알 만한 얼굴은 하나도 없었을 것이다.

　과연 당나라 스님의 목숨이 어떻게 될 것인지, 다음 회에서 풀어보기로 하자.

제77회 마귀 떼는 삼장 일행의 본성을 업신여기고, 손행자는 홀몸으로 석가여래의 진신을 뵙다

당나라 장로님이 곤경에 빠져든 얘기는 잠시 접어두기로 하고, 한편 세 마귀들은 일심 협력하여 사타국 도성 동쪽 산허리에서 제천대성 형제 세 사람을 상대로 악전고투를 벌이고 있었다.

그 싸움이야말로 '무쇠 빗자루가 구리 가마솥을 쓸어내듯 쌍방이 막상막하로 인정사정없이 완강하게 버틴다' 하더니, 실로 보기 드문 일전이라고 할 만한 것이었다.

생김새 다른 여섯 몸뚱이와 여섯 가지 병기, 여섯 모양의 형체와 골격에 여섯 가지 감정마저 다르다.
육악(六惡) 육근(六根)에 여섯 가지 탐욕이 얼기설기 뒤얽혀, 육생(六生) 육도(六道)¹로써 승패를 겨룬다.
삼십육궁(三十六宮)에 봄이 저절로 찾아드니, 육륙(六六)의 형색(形色)은 저마다 이름나는 것을 한스러워한다.

---

1 육악·육근·육생·육도: 모두 불교 용어로, 육악(六惡)이란 부처님의 법을 받드는 데 있어 여섯 가지 나쁜 일들, 곧 나쁜 시대(惡時), 더럽혀지고 사악한 세계(惡世界), 나쁜 중생(惡衆生), 참된 상(相)에 대하여 일으키는 그릇된 견해(惡見), 번뇌의 더러움(惡煩惱), 나쁘고 좋지 않으며 믿음이 없는 악사무신(惡邪無信)을 말한다.
육생(六生)은 육근(六根)에 비유하여 상정한 여섯 가지 동물, 즉 개(狗)·새(鳥)·독사(毒蛇)·여우(野干)·악어(失收摩羅)·원숭이(獼猴)를 가리킨다.
육근에 대해서는 제17회 주 6 참조. 육도(六道)에 관해서는 제8회 주 3 '사생 육도' 및 제12회 주 2 '삼도 육도', 그리고 제14회 주 6 '안간희…… 육적' 참조.

이편에서 금고봉이 천 가지 솜씨를 뽐내 보이면, 저편에서 방천화극이 백 가지로 뛰어난 재간을 떨쳐 보인다.

저팔계의 쇠스랑이 흉악하고도 사납게 설쳐대니, 둘째 마귀의 긴 창은 매끄럽고도 약삭빠르게 틈새를 찔러든다.

막내 사화상의 항요보장 비범하여 마음먹고 때려죽일 배짱이요, 늙은 마귀 두목의 강철 칼날은 빠르고도 예리하여 번쩍 들린 손길 아래 인정사정이 없다.

이편의 세 사람은 참된 스님을 호위하는 천하무적의 장수요, 저편의 마귀 셋은 법을 어지럽히고 군주를 능멸하는 못된 시골뜨기 요정이다.

처음에는 그래도 웬만했으나, 나중에는 싸움판이 갈수록 흥흥해진다.

여섯은 모두 승공술법(昇空術法) 써서 구름장 속에 저마다 몸을 뒤채고 솟구쳐 오른다.

한동안 짙은 안개 토해내고 구름을 뿜으니 천지가 어둡고, 무섭게 고함치고 으르렁대는 포효성만 귀청을 때릴 따름이다.

그들 여섯이 한참 동안 싸우고 났을 때, 날은 저물어 차츰 어두워지는데 모진 바람과 안개마저 뒤덮여 천지는 삽시간에 캄캄해지고 말았다.

저팔계의 두 귀는 워낙 크고 너울거려서 눈꺼풀까지 덮어씌울 지경이라, 몸뚱이와 머리통을 이리저리 흔들어 붙일 때마다 시야를 가리워 점점 보이지 않게 되었다. 눈앞이 어둡고 잘 보이지 않으니 손발도 덩달아 느려질밖에. 마침내 늙은 마귀의 공세를 감당하기 어렵게 되자, 이 미련퉁이는 쇠스랑 자루를 거꾸로 질질 끌어가며 패전하여 달아나기 시작했다. 그러나 늙은 마귀의 손에 번쩍 들린 칼날이 바람을 끊으면서 날아드는 통에, 그는 하마터면 목숨을 날려보낼 뻔했다. 천만다행히도 얼떨결에 모가지를 움츠려 죽음만은 모면했으나, 인정사정없이 날아든 칼끝에 뒷덜미 갈기 터럭을 몇 가닥 좋이 끊겨 날리고 말았다.

그렇다고 위기에서 벗어난 것은 아니었다. 발꿈치를 물어뜯을 듯이 바짝 따라붙은 마귀가 그 커다란 아가리를 쩍 벌리더니 한입에 덜미를 덥석 물어 가지고 성안으로 끌고 들어갔던 것이다. 늙은 마귀는 부하 요괴들에게 포로를 던져주면서 금란전 기둥에 결박지어두라고 분부했다. 첫 상대를 처치한 그는 또다시 구름을 타고 반공중에 솟구쳐 올라 두 아우의 싸움판을 거들어주기 시작했다.

사화상은 사태가 불리한 것을 깨닫자, 항요보장으로 후려 때리는 체하다가 상대방이 흠칫하는 틈을 타서 재빨리 몸을 돌이켜 도망치려 했으나, 둘째 마귀도 그 허초(虛招)에 호락호락 넘어가지 않았다. 그는 기다란 코를 "휘익!" 소리가 나도록 세차게 내두르더니, 사화상의 몸뚱이와 양 팔뚝까지 한꺼번에 휘말아 감았다. 그리고 성안으로 끌고 들어가서 역시 부하 요괴들에게 넘겨주어 저팔계와 함께 금란전 기둥 뿌리 밑에 단단히 묶어놓게 하였다.

"자아, 이제 한 녀석 남았다! 손행자를 잡아라!"

다시 허공으로 솟구쳐 오른 둘째 마귀가 기세등등하게 고함을 질렀다.

손행자는 두 아우가 차례로 붙잡히는 것을 보자, 자기 혼자 힘으로는 마귀 셋을 당해내기 어렵다는 사실을 깨달았다. 그야말로 '한 손으로 두 주먹을 상대하지 못하고, 두 주먹으로 네 손을 막아내기 어렵다(好手不敵雙拳, 雙拳難敵四手)'는 격이었다.

"에잇!"

그는 외마디 고함을 지르더니, 철봉으로 마귀들의 병기 세 자루를 한꺼번에 가로막아 흩어버리고 공중제비 한번에 근두운을 일으켜 타고 뺑소니쳐 달아났다.

손행자가 구름을 날려 도망치는 순간, 셋째 마귀는 몸뚱이를 한번 부르르 떨어 본래의 모습을 드러내더니 두 날개를 활짝 펼치고 뒤쫓기 시작했다. 그리고 눈 깜짝할 사이에 바짝 따라붙었다. 이 괴물이 어떻게 제천대성의 근두운을 순식간에 따라잡을 수 있었을까? 생각해보라. 손행자가 5백 년 전에 천궁을 뒤엎었을 때 10만 천병들조차 그를 사로잡지 못했던 이유는 그가 근두운을 타고 단숨에 10만 8천 리를 날아갈 수 있었기 때문이다. 그래서 내로라 하는 신령들도 따라잡지 못했던 것이다. 그런데 이 괴물은 활갯짓 한 번에 9만 리를 날아갈 수 있으므로, 날갯짓 단 두 차례에 손행자를 따라붙어 발톱 한 움큼에 그를 손쉽게 낚아챘던 것이다.

손행자는 꼼짝달싹 못하고 괴물의 손아귀에 사로잡히고 말았다. 아무리 발버둥치고 몸부림을 쳐도 아무 소용이 없었다. 도망칠 생각은 간절했으나 그저 마음만 다급할 뿐, 빠져나갈 도리가 없으니 어쩌겠는가. 변화술법이며 둔갑법을 모조리 써보아도 움츠리고 뛸 여지가 없었다. 조금이라도 몸집을 크게 늘어날 기미가 보이면 괴물의 발톱도 따라서 헐거워지고, 조그맣게 움츠렸다가는 괴물 역시 발톱을 바싹 죄어서 움켜들었기 때문이다.

이렇게 해서 손행자를 사로잡은 셋째 마귀는 또다시 성내로 돌아가더니, 발톱을 풀어서 손행자를 먼지 구덩이에 태질쳐놓고 부하 요괴들을 시켜 저팔계, 사화상과 마찬가지로 한 군데에 결박지어두게 하였다.

셋째 마귀가 완승을 거두고 개선하자, 늙은 마귀와 둘째 마귀는 부리나케 금란전에서 내려와 반갑게 맞아들였다. 세 마귀 두목들은 사이

좋게 전상에 올랐다. 생각만 해도 감회가 새로웠다. 이번에 손행자를 붙잡지 못하였더라면 무슨 수모를 당했을 것이냐? 당나라 화상이 아가리에 들어온 고깃덩어리이기는커녕 꼼짝 못하고 갈 데 없이 그 일행을 고스란히 모셔다가 산을 넘어가게 해드렸어야 할 판이 아니었던가!

때는 어느덧 삼경 무렵, 세 마왕은 서로 노고를 치하하고 나서 그때까지도 가마 탄 채 금란전 위에 앉아 있던 당나라 스님을 끌어내려 섬돌 아래 잡아 꿇렸다. 불쌍한 이 장로님께서 등불 빛 앞에 이리저리 둘러보니, 믿고 믿었던 제자들 셋이 모조리 땅바닥에 꽁꽁 묶인 채 쓰러져 있는 것이 아닌가! 삼장 법사는 기가 막혀 손행자 곁에 엎어지더니 울음보를 터뜨리면서 부르짖었다.

"얘야, 오공아! 우리가 재난을 당할 때마다, 너는 언제나 바깥에서 신통력을 부려 어디에서나 요사스런 마귀들을 항복시키고 구출해주더니, 이제는 너마저 이렇게 붙잡히는 신세가 되고 말았구나! 장차 이 노릇을 어쩌면 좋으냐? 네가 이 지경이 된 마당에, 이 주변머리 하나 없는 화상이 무슨 재주로 한 목숨을 건질 수 있단 말이냐? 이제 나는 죽었구나! 꼼짝없이 죽은 목숨이야!"

저팔계와 사화상은 스승이 이렇듯 가슴 아프게 울며 넋두리를 늘어놓는 것을 보자, 그들 역시 억장이 무너져내려 그만 목을 놓아 대성통곡을 터뜨리고 말았다.

그러나 맏제자는 울기는커녕 오히려 얼굴에 웃음기마저 띠면서 스승과 동료들을 위로했다.

"사부님, 안심하세요. 그리고 자네들도 울지 말게. 어떤 일이 있더라도 설내로 죽지는 않을 테니 걱정하지 말라고. 저 마귀 녀석들이 잠들기민 히면, 우리는 곧 떠날 수 있네."

미련퉁이 저팔계가 죽는소리를 버럭 지른다.

"형님, 또 그 터무니없는 소리 하실 거요! 이걸 좀 보고 그런 소리를 늘어놓으시구려. 삼 밧줄에 이렇게 꽁꽁 묶인 데다가 손톱만큼이라도 느슨해지면 득달같이 냉수를 뿜어대니, 형님 같은 말라깽이는 혹 아픈 느낌이 없을지 몰라도, 나처럼 살찐 뚱뚱보는 정말 죽을 지경이오. 믿지 못하겠거든 내 팔뚝을 보시오. 밧줄이 살 속으로 두 치나 깊숙이 파고들었는데, 이런 몸을 해가지고 어떻게 빠져나갈 수 있단 말이오?"

손행자는 그래도 빙글빙글 웃기만 한다.

"삼 밧줄에 묶이기는 고사하고, 설사 대접만큼이나 굵다란 종려나무껍질로 꼬아만든 밧줄에 묶였다 하더라도, 가을 바람 귓전 스쳐 지나가는 격이지, 뭐 그리 희한할 게 있나?"

스승과 제자들이 이런저런 얘기를 주고받고 있으려니, 통쾌한 웃음소리와 함께 늙은 마귀 두목의 목소리가 들려온다.

"으하하하! 우리 셋째 아우님은 뚝심도 좋으려니와, 지혜와 모략을 두루 갖춘 사람일세. 그러니까 절묘한 계책을 성공시켜 이렇듯 당나라 화상을 거뜬히 잡아오게 되지 않았나!"

이어서 졸개 요괴를 부르는 소리……

"애들아! 다섯은 물을 길어오고, 일곱은 가마솥을 깨끗이 가셔놓고, 열 명은 불을 지피고, 스무 명은 무쇠 찜통을 떠메다가 솥 위에 얹어놓고 저 네 놈의 화상들을 푹 쪄서 잘 익히도록 해라. 우리 형제가 우선 먹고 나거든 너희들에게도 각각 한 점씩 맛보여서 모두들 오래 살게 해주마!"

저팔계는 이 말을 듣더니 전전긍긍, 온몸을 부들부들 떨어가며 악을 썼다.

"형님, 저 소리 좀 들어보시오! 저 빌어먹을 놈의 요괴들이 우리를 찜 쪄 먹을 궁리를 하고 있잖소!"

그래도 손행자는 천연덕스레 아우를 달래주기만 한다.

"겁낼 것 없네. 저놈들이 과연 햇병아리 요괴인지, 제법 수완이 있는 전문가 요괴들인지, 이제부터 내가 알아보고 대응책을 세우겠네."

곁에서 여전히 훌쩍거리던 사화상이 이 소리를 듣고 퉁명스레 쏘아붙인다.

"큰형님, 속 편한 소리 좀 그만두시오! 이제 염라대왕이 벽 하나 사이에 두고 와 있는데, 무슨 놈의 햇병아리니 전문가니 따져보시겠다는 거요?"

말끝이 다 떨어지기도 전에, 이번에는 둘째 마귀의 목소리가 또 들려온다.

"형님, 저팔계란 놈은 찜을 쪄 먹기에 만만치 않을 것 같소."

그 말을 듣자, 미련퉁이 저팔계는 좋아서 두 귀가 쭝긋한다.

"나무아미타불! 어떤 녀석이 그나마 음덕을 쌓았다고 나를 찜 쪄 먹기에 만만치 않다는 거야?"

이때, 셋째 마귀가 끔찍스런 의견을 낸다.

"통째로 쪄 먹기 만만치 않거든 가죽을 벗겨내고 찝시다그려."

저팔계가 기절초풍을 하도록 놀라 저도 모르게 버럭 악을 썼다.

"아이고, 껍질을 벗기다니! 제발 그러지는 말아라. 내 살가죽이 비록 억세기는 해도, 가마솥에 물이 끓기만 하면 당장 흐물흐물하게 부드러워질 게다!"

이윽고 늙은 마귀가 결론을 내렸다.

"잘 쪄지지 않을 놈은 찜통 제일 밑바닥에 앉혀놓으면 될 게야."

그 소리를 듣고 손행자가 낄낄 웃으면서 고개를 주억거린다.

"팔계, 겁내지 말게. 저놈들은 전문가가 아니라, 햇병아리늘일세."

"큰형님이 그걸 어찌 아시오?"

사화상의 물음에, 그는 이렇게 대답했다.

"모름지기 어떤 음식을 찜통에 얹어놓고 찔 때는, 무엇이나 위에서부터 쪄지는 법이라네. 그러니까 잘 쪄지지 않는 것일수록 맨 위에 얹어놓고 불을 더 많이 지펴서 뜨거운 김이 잘 돌게 하면 되는 걸세. 그 이치를 모르고 찜통 맨 밑바닥에 깔아두어서 김이 막혀버렸다가는, 반 년이 아니라 일 년 열두 달 동안 불을 때도 김을 쏘일 수가 없다네. 그런데도 저놈들이 팔계를 찜 쪄 먹기 만만치 않다고 해서 밑바닥에 놓겠다니, 이거야말로 햇병아리들이나 하는 소리가 아니고 뭔가?"

저팔계는 이래저래 끔찍하게 죽는 것이 불만이라 연신 투덜거렸다.

"아니, 형님 이러기요? 형님 말대로 됐다가는 이거 숫제 생사람 잡는 게 아니고 뭐요! 만약 찜통에 김이 오르지 않는 걸 저놈들이 보면 뚜껑을 열고 내 몸뚱이를 이리저리 뒤집어가며 불길을 더 세게 지필 게 아니겠소? 그럼 나는 몸뚱이가 위아래 할 것 없이 골고루 익을 때까지 그 고초를 어떻게 당할 것이며, 날고기 한 점 남아나지 않을 동안에 도저히 살아 있지 못할 거요!"

이런 얘기를 하고 있을 때, 졸개 요괴가 나타나서 보고를 한다.

"가마솥에 물이 다 끓었습니다."

"저놈들을 하나씩 떠메다가 찜통에 앉혀라!"

늙은 마귀의 명령이 떨어지자, 부하 요괴들이 한꺼번에 달려들더니 과연 저팔계부터 떠메다가 찜통 맨 밑바닥에 안치고, 다음에는 사화상을 바로 그 위칸에 올려 안쳤다. 손행자는 그 다음이 자기 차례라는 것을 알아차리고, 빠져나갈 준비에 착수했다.

"옳거니, 이렇게 뿌연 등잔불 빛 아래에서라면 손을 쓰기 안성맞춤이로구나!"

그는 즉시 솜털 한 오리를 뽑아들고 숨결 한 모금 불어넣으면서 나지막하게 외마디 소리를 쳤다.

"변해라!"

솜털은 삽시간에 또 다른 손행자로 둔갑했다. 그는 '가짜 손행자'를 삼 밧줄로 결박지어놓고, 진짜 몸은 원신(元神)으로 화하여 빠져나가더니, 반공중에 뛰어올라 고개를 수그리고 내려다보기 시작했다.

졸개 요괴들이야 그것이 가짜인지 진짜인지 알아볼 턱이 어디 있으랴. 그저 눈앞에 보이니 떠메고 갈 수밖에. 이래서 '가짜 손행자'는 찜통 세번째 칸에 얌전히 얹혀지고, 마지막으로 당나라 스님을 엎치락뒤치락 꽁꽁 묶어 가지고 제일 위층, 네번째 칸에 앉혔던 것이다.

이윽고 가마솥 아래 마른 장작이 얼기설기 쌓이더니, 불꽃이 맹렬하게 타오르면서 뜨거운 열기가 무럭무럭 솟구쳐 오르기 시작했다.

손대성은 구름 끄트머리를 딛고 선 채, 탄식을 금치 못했다.

"우리 팔계나 사화상 같으면 물이 두어 차례쯤 끓어도 견뎌내겠지만, 사부님은 물이 한 번 끓기만 해도 당장 물러터지게 익어버리고 말 것이다. 이제 내가 술법을 써서 구해드리지 않았다가는 경각지간에 돌아가시고 말겠구나!"

용감한 손행자는 공중에서 인결을 맺고 '옴람정법계, 건원형이정(唵藍淨法界, 乾元亨利貞)'의 주어를 외워 북해 용왕을 즉시 달려오도록 불러냈다. 아니나 다를까, 북양 대해 쪽으로부터 시커먼 먹구름이 몰려오더니, 구름장 속에서 고함쳐 응답하는 소리가 들려왔다.

"북해의 소룡, 오순이 손대성께 머리 조아려 문안 인사 드리오!"

손행자 역시 반갑게 맞으면서 부탁을 했다.

"일어나시오, 어서 일어나시오! 별일이 없고서야 내가 감히 용왕을 번거롭게 불렀겠소? 이번에 우리 당나라 사부님을 모시고 이곳에 당도했다가, 사부님이 그만 악독한 마귀들에게 붙잡히셔서 무쇠 찜통에 들

서유기 제8권 251

어가 쪄 먹히게 되셨소. 그대가 가서 잘 보살피고 보호해드려서 쪄 먹히시는 일이 없도록 해주시면 고맙겠소."

"분부 받드오리다!"

북해 용왕 오순은 그 즉시 한바탕 차디찬 냉풍으로 변하여 가마솥 아래로 스며들더니, 빙글빙글 감싸고 돌면서 호위하기 시작했다. 과연 용왕의 법력은 대단한 것이어서, 가마솥에 물을 끓이던 불기운은 씻은 듯이 사라져버리고, 그 덕분에 찜통 속의 세 사람은 목숨을 다치지 않게 되었던 것이다.

그날 밤 삼경도 다할 무렵이 되어서야, 늙은 마귀는 비로소 부하 요괴들에게 휴식 명령을 내렸다.

"얘들아, 수고들 많았다. 우리가 머리를 쥐어짜내고 애쓴 덕분에 당나라 화상 넷을 모조리 잡았을 뿐 아니라, 또 여기까지 놈들을 데리고 오느라 고생하고 그 동안에 나흘 밤낮을 한 잠도 못 잤구나. 이제는 꽁꽁 묶어서 무쇠 찜통 속에 집어넣었으니, 아마도 빠져나가지는 못할 것이다. 그렇기는 해도 너희 모두들 조심해서 지켜야 한다. 일단 쉬기는 하되 졸개들 열 명씩 번갈아가며 지키면서 불을 계속 때고 있거라. 우리들도 침궁으로 물러가서 잠을 좀 자두어야겠다. 오경(五更, 3시~5시) 때쯤 날이 밝게 되면 푹 익었을 테니, 마늘, 기름, 소금, 식초 같은 양념을 잘 갖춰놓고 공복에 먹을 수 있도록 우리를 깨워다오."

부하 요괴들은 각각 명령을 받들어 모셨다. 그리고 세 마귀 두목들도 각기 침궁으로 돌아갔다.

구름장 끄트머리에서, 손행자 역시 이렇게 분부하는 말을 하나도 빠뜨리지 않고 똑똑히 다 들어두었다. 그는 살그머니 구름을 낮추고 찜통 가까이 다가가서 기척을 살펴보았다. 그러나 어찌 된 노릇인지 그 안에서 사람의 목소리가 들려나오지 않는다. 손행자는 고개를 갸우뚱하면서 생각했다.

"이상하구나! 불기운이 치밀어 오르면 몹시 뜨거울 텐데, 어째서 모두들 겁을 내지 않고 소리지르는 사람도 없을까?…… 아뿔사! 내가 손을 너무 늦게 쓴 탓으로 진짜 푹 익어서 모두들 죽어버린 것은 아닐까?…… 어디 좀더 가까이 가서 다시 들어봐야겠다."

용감한 손대성은 구름을 딛고 선 채 몸뚱이를 꿈틀하여 새카만 왕파리로 둔갑해 가지고 무쇠 찜통 겉면에 찰싹 달라붙었다. 그리고 귀를 기울여 들어보았더니, 때마침 저팔계가 투덜투덜 불평을 늘어놓는 소리가 들려왔다.

"이런 빌어먹을! 재수 옴 붙었는걸! 이거야말로 김을 막아놓고 찌는 건지, 바깥으로 김을 내보내면서 찌는 건지 도통 알 수가 없군."

사화상의 목소리도 들려나온다.

"둘째 형님, 그게 무슨 소리요? 김을 막아놓고 찌는 게 뭐며, 김을 내보내면서 찌는 것은 또 뭐요?"

그러자 미련퉁이가 아우 앞에서 유식한 체 설명을 늘어놓는다.

"이 사람아, 그것도 모르나? 김을 막아놓고 찐다는 것은 찜통에 뚜껑을 덮었다는 얘기고, 김을 내보내면서 찐다는 것은 뚜껑을 덮지 않았다는 얘길세!"

뒤미처 찜통 맨 위칸에 앉혀진 삼장 법사가 냉큼 그 말을 받는다.

"얘들아, 뚜껑은 덮지 않았구나."

그 다음에는 저팔계의 목소리다.

"그것 참 잘됐구나, 잘됐어! 오늘밤에는 그래도 죽지는 않겠는걸. 이건 보나마나 김을 터놓고 찌는 걸세!"

손행자는 이 소리를 듣고서야 가슴을 쓸어 내렸다. 천만다행히도 세 사람 모두 목숨을 다치지 않았던 것이다. 무사하다는 것을 알고 났더니 어쩐지 미련퉁이 녀석에게 장난을 치고 싶은 생각이 들어, 그는 "앵!" 하니 날아가서 찜통 뚜껑을 살며시 덮어놓았다.

깜짝 놀란 스승의 목소리가 들린다.

"얘들아! 뚜껑이 덮였구나!"

뒤를 이어서 저팔계가 투덜거렸다.

"이런 젠장! 큰일났군! 이제는 김을 막아놓고 찜을 찌기 시작했으니, 오늘밤에는 갈 데 없이 죽었다! 죽은 목숨이야!"

사화상과 삼장 법사가 훌쩍훌쩍 우는 소리…… 저팔계는 또 아는 체한다.

"울 건 없네. 이번에 불 때는 놈이 바뀌어서 그런 걸세."

"형님이 그걸 어떻게 아시오?"

"애당초 여기 떠메어져서 들어왔을 때는 그래도 내 비위에 딱 맞았었네. 사실 말이지, 나는 추울 때만 되면 풍습증(風濕症)이 도져서 김이 무럭무럭 나는 이런 찜통 속에 들어앉아 뜨끈뜨끈하게 지지고 싶었다네. 그런데 지금은 어째서 냉기가 치밀어 오르는지 모르겠군. 여보쇼, 불 때는 나으리! 장작을 좀더 집어넣어주실 수 없겠소? 어차피 당신 나무를 쓰자는 것도 아니지 않소?"

손행자가 듣다 못해 속으로 웃음보를 터뜨리면서 곰곰이 생각했다.

"저런 바보 멍텅구리 녀석 봤나! 그래도 추운 것이 견디기가 낫지, 뜨거웠다가는 당장 목숨을 빼앗기고 말 게 아닌가. 가만 있거라, 이러쿵저러쿵 더 주절거리게 내버려두었다가는 비밀이 다 새어 나가고 말겠다. 일을 잡쳐버리기 전에 일찌감치 구해내야겠어. 한데 이 사람들을 구해내려면 반드시 본상을 드러내야 할 터인데, 만약 본래의 모습으로 돌아갔다가, 불 때는 녀석 십여 마리가 나를 발견하고 한꺼번에 고함을 지르기라도 한다면 큰일 아닌가? 그 소동에 잠자는 마귀 두목들이 놀라 깨고 말 것이니, 도리어 일을 번거롭게 만드는 것이 아닌가?…… 안 되겠다, 우선 저 불 때는 놈들부터 손을 좀 봐놓아야겠다!"

바로 이 순간, 머리에 퍼뜩 떠오르는 것이 하나 있었다.

"내 당초 하늘에서 제천대성 노릇을 하고 있었을 때, 북천문에서 호국천왕(護國天王)과 수수께끼[猜枚] 놀음을 해 이겨서 그 친구한테 잠벌레를 얻은 적이 있었지! 그게 아직 몇 마리 남아 있으니, 이걸 저놈들에게 선사해줘야겠다."

허리춤을 뒤적거려보았더니 아직도 열두 마리가 남아 있다.

"열 마리만 선사해주고, 두 마리는 씨나 받게 남겨둬야겠다."

이렇게 생각한 그는 곧바로 잠벌레를 퉁겨서 불 때고 있던 졸개 요괴들의 얼굴에 흩뿌려 보냈다. 잠벌레가 콧구멍으로 쑤시고 들어가니, 요괴들은 하나둘씩 끄덕끄덕 졸다가 이내 잠들어버렸다. 그런데 딱 한 녀석, 부지깽이를 들고 있는 놈만이 잠들지 않고 졸음을 쫓느라 머리통을 쓸어 내리랴 얼굴을 쓱쓱 문지르랴, 콧날까지 이리저리 비틀어대면서 그칠 새 없이 재채기만 할 뿐, 좀처럼 곯아떨어질 기미를 보이지 않는다.

가만히 지켜보던 손행자가 혀를 내둘렀다.

"저놈이 제법 참을성이 많은 녀석이로구나. 그렇다면 한 쌍으로 더 보태주마!"

이래서 씨받이로 아껴둘까 했던 두 마리 중에 또 한 마리를 그놈의 얼굴에 퉁겨보내면서, 혼잣말로 중얼거렸다.

"오냐, 두 마리가 번갈아 콧구멍 왼쪽으로 들어갔다가 바른쪽으로 나오고, 바른쪽으로 들어갔다가 왼쪽으로 기어 나오기를 계속할 테니, 아무리 참을성이 많다고 해도 제까짓 놈이 곯아떨어지지 않고는 배겨내지 못할 게다."

아니나 다를까, 졸개 녀석은 두세 번 입이 찢어지게 하품을 하면서 기지개를 켜더니, 손에 쥐고 있던 부지깽이를 떨어뜨리고는 푹 고꾸라져 잠든 채, 두 번 다시 일어나지 못했다. 잠벌레 두 마리의 위력이 얼마나 대단한지 몸뚱이 한번 뒤척거리지도 않았다.

파리로 둔갑한 손행자는 앞발을 싹싹 비벼대면서 자화자찬을 늘어놓았다.

"그러면 그렇지! 이 방법이야말로 진짜 묘하고 신통하구나!"

당장 본래의 모습을 드러낸 손행자, 찜통 가까이 다가서서 한마디 부른다.

"사부님!"

당나라 스님이 그 목소리를 알아듣고 얼른 응답했다.

"오공아, 너로구나! 어서 날 좀 살려다오!"

뒤미처 사화상이 반겨 묻는다.

"큰형님, 바깥에서 부르고 계시는 거요?"

"그럼, 내가 밖에 있지 않으면 자네들하고 그 안에서 죽을 고생이나 하고 있으란 말인가?"

이번에는 저팔계 녀석이 투덜투덜 원망을 한다.

"아니, 형님! 이럴 수가 있소? 형님은 슬쩍 빠져나가고, 우리들만 형님 몫까지 대신해서 죽도록 고생을 하다니, 사람 약올리지 말고 어서 꺼내주기나 하시오. 정말 이 찜통 속은 숨이 막혀 죽을 지경이오!"

"이 바보 천치 녀석, 떠들지 마라. 내가 구해줄 테니."

그랬더니 이 미련퉁이가 토를 단다.

"형님, 살려주시려거든 끝까지 살려줘야 하오. 이제 또다시 이런 데 처박혀서 찜질 당하는 건 아예 질색이오!"

"알았네! 알았으니까, 잠자코 기다리게!"

미련퉁이의 입을 막아놓은 손행자가 찜통 뚜껑을 열고 우선 삼장부터 꺼내 풀어놓더니, 그 다음에는 '가짜 손행자'로 둔갑시켰던 솜털을 제 몸에 거둬들였다. 그리고 나서 칸막이에 얹힌 사화상과 저팔계를 한 사람씩 차례로 끄집어내다 결박을 풀어주었다.

꽁꽁 묶였던 밧줄이 풀리기가 무섭게, 이 미련한 녀석은 뒤도 안 돌아보고 냅다 뛰어 뺑소니를 치려고 했다.

손행자가 얼른 붙잡아 말렸다.

"덤벙대지 말아! 이런 바보, 서두르지 말라니까!"

그리고 주어를 외워 차디찬 바람으로 변해 있던 용신(龍神)마저 놓아주고 나서야 저팔계를 향해 이렇게 말했다.

"우리가 이대로 서천에 가려면, 아직도 높은 산에 험준한 고갯길이 많을 걸세. 사부님은 다리 힘이 없으셔서 걷기가 힘들 테니, 아무래도 내가 말을 찾아와야겠네."

이윽고 손행자는 살금살금 도둑고양이 걸음으로 금란전 아래까지 다가갔다. 주변을 엿보았더니, 크고 작은 부하 요괴들이 모두 여기저기 늘어져서 곤히 잠들어 있다. 말고삐를 풀어서 끌어내자, 백마는 놀라지도 뛰지도 않았다. 이 말은 본래 용마인지라, 만약 낯선 자가 접근했다면 당장 두 발로 걷어차거나 한두 차례 울부짖었을 테지만, 손행자는 그 옛날 천궁에서 말을 기르던 경험도 있거니와 또 필마온이란 벼슬까지 받았고 게다가 생사고락을 같이해온 한집안 식구라, 뛰지도 않고 소리치지도 않았던 것이다.

백마를 살그머니 빼낸 손행자는 일행들이 기다리는 곳으로 끌고 와서 느슨해진 뱃대끈을 단단히 졸라맨 다음 안장을 가다듬고 그 위에 스승을 모셔 태웠다. 당나라 스님은 마상에 올라앉아서도 전전긍긍, 부들부들 떨면서 어서 떠나자고 성화같이 재촉했다.

그러나 손행자는 서두르지 않았다.

"잠깐만, 사부님, 너무 조급하게 굴지 마십쇼. 우리가 서쪽으로 가자면 도중에는 아직도 왕국이 많습니다. 그 나라들을 거쳐 가려면 반드시 통관 문서가 있어야 합니다. 그것이 없으면 무엇으로 신분을 증빙할 수 있겠습니까? 제가 다시 가서 짐 보따리를 찾아올 테니, 잠시만 더 기다려주십쇼."

삼장은 이 말을 듣고 기억나는 것이 있어 한마디 보태주었다.

"그래, 가만 생각해보니, 요괴들이 너희를 잡아끌고 문에 들어설 때 짐 보따리를 금란전 왼쪽 귀퉁이에 놓아두는 것 같더라. 멜빵도 거기 있고 말이다."

"알았습니다."

손행자는 한마디 응답을 남겨둔 채 곧장 몸을 뽑아 금란보전으로 뛰어갔다. 이리저리 짐 보따리를 찾다 보니, 한편 구석에서 광채가 한들한들 나부끼고 있었다. 그는 그것이 짐 보따리라는 것을 이내 알아보았다. 어떻게 알 수 있었을까? 당나라 스님의 보배 금란가사에는 야명주가 박혀 있어서, 이렇듯 광채를 발하기 때문이다.

급히 달려가보았더니, 짐 보따리는 손도 대지 않은 채 꾸려놓은 그대로 고스란히 처박혀 있었다. 그는 다급한 손길로 그것을 집어다가 사화상에게 넘겨 짊어지게 했다.

이윽고 저팔계한테 말고삐를 잡히고, 앞장서서 길을 인도하여 정양문(正陽門)을 향해 달음박질쳐 나갔더니, 야경꾼의 딱딱이 치는 소리와 방울 소리가 사면팔방에서 요란하게 울려올 뿐 아니라, 정문에는 자물쇠가 단단히 채워져 있고 그 위에 봉피까지 붙여놓았다.

사태가 이쯤 되니 어지간한 손행자도 초조해지기 시작했다.

"방비가 이렇듯 삼엄한데, 어떻게 빠져나가지?"

혼잣말로 중얼거리자, 저팔계가 한마디 던진다.

"뒷문으로 돌아서 나갑시다."

손행자는 일행을 이끌고 뒷문으로 달려갔으나, 거기서도 입이 딱 벌어지고 말았다.

"이런 젠장! 후재문(後宰門) 바깥에서도 야경꾼 딱딱이 소리, 방울 소리, 문짝에도 자물쇠가 채워졌으니 이 노릇을 어찌하면 좋단 말인가? 당나라 스님이 범태육골이 아니시라면, 이런 것쯤이야 우리 셋이서 구름을 일으켜 타고 바람결에 실려서 훌쩍 빠져나가겠지만, 당나라 스님은 아직 삼계(三界) 밖으로 초탈하지 못하시고 지금 오행(五行) 중에 계실뿐더러, 일신이 온통 부모님께 받은 탁골(濁骨)이라, 우리처럼 구름을 타실 수가 없으니 도망치기가 어렵게 됐네."

"형님, 기왕 이렇게 된 바에야 이것저것 따져볼 것도 없소. 이까짓 것, 우리 야경꾼 딱딱이 방울 소리 나지 않고 방비가 없는 곳으로 찾아가서 사부님을 낚아채서라도 담을 기어서 넘어갑시다!"

그러나 손행자는 웃으며 도리질을 한다.

"그건 안 되네. 우리가 지금은 어쩔 수 없어서 사부님을 옆구리에 끼고 담을 넘어갔다고 치세. 하지만 경을 받아 가지고 고향에 돌아갔을 때, 바보 같은 자네가 가는 곳마다 입빠르게 수다를 떨어서 남한테 알려지기라도 하는 날이면 사부님이나 우리 체면이 뭐가 되겠나? 그랬다가는 우리는 꼼짝없이 남의 집 담장이나 넘어 다니는 도둑 화상으로 몰리고 말 걸세."

"에이 참, 형님도! 이렇게 다급할 때 그런 것 따지게 됐소? 우선 목숨부터 건져놓고 봅시다!"

저팔계가 고집을 부리고 나오니, 손행자도 어쩔 수 없이 그 말대로 따르기로 했다. 이윽고 손행자는 일행을 데리고 으슥하게 후미진 담 곁으로 골라서 다가갔다. 거기서 담을 타고 넘어갈 작정이었다.

그러나 삼장 법사가 재앙의 별에서 벗어날 운수가 아직도 멀었으니, 이 노릇을 어쩌랴!

저들 마귀 두목 셋은 침궁에서 한참 곤히 잠을 자다가 갑자기 놀라 깨었다. 꿈속에서 삼장 일행이 도망친다는 급보를 듣고 소스라쳐 깨어난 것이다. 꿈자리가 심상치 않은 예감에 이들 세 마귀 두목은 하나같이 옷을 찾아 걸치고 부리나케 일어나 금란보전에 오르더니, 부하 요괴들을 다그쳤다.

"당나라 화상을 찌는 물이 그 동안 몇 번 끓었느냐?"

그러나 마귀 두목의 묻는 소리는 금란보전 상공에 허망하게 메아리쳤을 뿐, 가마솥에 불 때던 졸개 요괴들은 하나같이 수마(睡魔)에게 사로잡힌 채 모조리 잠들어, 아무리 흔들어 붙이고 두들겨 패도 깨어서 일어나는 놈이 없다. 그나마 비번에 있던 몇 녀석만이 호통치는 소리에 깜짝 놀라서 두 눈을 비벼가며 깨어나기는 했지만, 상황을 알지 못하는 터라 우물쭈물 잠꼬대 같은 소리를 늘어놓았다.

"일곱…… 일곱…… 일곱 번쯤 끓었나봅니다."

무서운 마왕 앞에 대답을 해놓고도 미심쩍은 부하 녀석들이 부리나케 가마솥 가까이 달려가보니, 찜통 안에 있어야 할 칸막이가 모조리 땅바닥에 어지러이 널려 있고, 불 때던 놈들은 여전히 잠들어 있지 않는가! 기절초풍을 하다시피 놀란 부하 요괴들은 보전 앞으로 허둥지둥 되돌아와서 급보를 아뢰었다.

"대왕님, 다, 다, 달, 달아났습니다!"

세 마귀들이 모두 보전에서 내려와 가마솥 가까이 가보았더니, 찜통 속에 차곡차곡 얹어두었던 칸막이는 모조리 땅바닥에 흩어진 채 이리저리 널려 있고, 불 때던 놈들은 하나같이 코를 드르렁드르렁 골아가며 마치 강물 속에 빠뜨린 진흙 덩어리처럼 늘어져 자고 있다. 이러니 가마솥에 펄펄 끓어야 할 물은 싸느랗게 식어버리고, 무쇠 가마솥 삼발이 밑에 불기운이라곤 한 점도 남아 있지 않을밖에. 당황한 마귀 두목 셋이 한꺼번에 입을 모아 냅다 고함을 질러댄다.

"당나라 화상을 잡아라! 뭣들 하느냐? 어서 빨리 당나라 화상을 잡아라!"

한바탕 고함치는 소리가 대전 안팎을 쩌렁쩌렁 뒤흔들어놓으니, 앞채 뒤채에서 곤히 잠자던 크고 작은 부하 요괴들이 모조리 놀라 일어나 여기저기서 벌 떼처럼 뛰쳐나와, 창칼을 찾아 들고 마귀 두목 앞에 모여들었다.

부하들을 이끌고 정양문 아래 이르러보니, 자물쇠는 감쪽같이 채워진 채 그대로 있고 야경꾼의 딱딱이 소리, 방울 소리도 그치지 않고 여전히 들려왔다. 마귀 두목이 바깥쪽에서 야경 도는 순찰병에게 물었다.

"당나라 화상이 어디로 도망쳤느냐?"

순찰병들이 이구동성으로 아뢴다.

"도망쳐 나간 놈은 없었습니다!"

급히 발길을 돌려 후재문으로 쫓아가보니, 자물쇠, 딱딱이 소리 방울 소리가 앞문 쪽이나 다를 바 없이 경계는 삼엄하다. 또 한 차례 야단법석을 떨어가며 등롱, 횃불을 깡그리 총동원하여 온 하늘이 시뻘겋도록 대낮같이 환하게 밝혀놓고 사면팔방을 비춰보았더니, 으슥하게 후미진 그늘 위로 삼장 일행 네 사람이 바야흐로 담을 넘어가고 있는 것이 아닌가!

늙은 마귀 두목이 앞장서서 단걸음에 쫓아가 호통을 쳤다.

"어딜 도망치려느냐!"

마귀의 호통 소리 한마디에 기겁을 한 삼장 법사는 두 다리가 와들

와들 떨리다 못해 맥이 탁 풀어지더니, 그만 담장 아래로 곤두박질쳐 떨어지다가 그대로 늙은 마귀의 손아귀에 붙잡히고 말았다. 나머지 제자들 역시 스승이 추락하는 것을 보고 깜짝 놀라 담 위에서 엉거주춤하던 끝에, 사화상은 둘째 마귀의 손에, 저팔계는 셋째 마귀에게 붙잡히고 말았다. 그리고 뒤따라 몰려온 부하 요괴들이 짐 보따리와 백마를 챙겼으나, 손행자 한 사람만은 용케 그곳을 빠져나가는 데 성공했다.

마귀의 손에 덜미를 잡힌 미련퉁이 저팔계는 손행자 혼자서 뺑소니치는 것을 보고, "꽤액, 꽥!" 돼지 멱따는 소리로 시끄럽게 떠들어가며 쉴새없이 원망을 했다.

"저런 벼락 맞아 죽을 놈 봤나! 구해줄 테면 제대로 끝까지 구해달라고 그토록 애길 했는데, 제 한 몸만 살짝 빠져나가다니! 아이고 맙소사, 이제 이 저팔계는 또 속절없이 찜통 속에 들어앉아 쪄 먹히는 신세가 되고 말았구나!"

저팔계의 예상은 빗나갔다. 마귀들이 당나라 스님을 붙잡아 가지고 금란보전으로 돌아가기는 했으나, 먼젓번과 같이 찜 쪄서 먹으려 들지는 않았다. 둘째 마귀가 저팔계를 궁전 앞 처마 기둥에 묶어놓는 동안, 셋째 마귀는 사화상을 궁전 뒤쪽 처마 기둥에 결박지어놓았다. 결국 세 포로들을 따로따로 분산시켜두었던 것이다. 그러나 늙은 마귀 두목 하나만은 삼장 법사를 앞가슴에 부여안은 채 놓지 않았다.

홀가분히 손을 털고 돌아온 셋째 마귀가 맏이를 보고 이런 말로 설득했다.

"큰형님, 그놈을 잔뜩 부여안고만 계시니 어떻게 하시겠다는 거요? 설마 산 채로 잡아잡수시겠다는 것은 아니오? 그건 너무 맛대가리 없는 일이오. 이 당나라 화상은 속세에 흔하디흔한 그런 시시껄렁한 놈들과 달라서, 잡는 대로 한 끼니 밥먹듯이 해치울 먹이가 아니오. 이놈은 상국(上國)에서도 보기 드문 희한하고도 진귀한 물건이라, 반드시 날씨가 흐리고 한가로울 때를 기다려서 끄집어내다 정성 들여 말끔히 씻고 정갈하게 다듬어서 요리해놓고, 풍악도 잡혀가며 가위바위보 놀음을 하는 가운데 즐겁게 맛을 보아야 좋은 거요."

늙은 마귀가 이 소리를 듣더니 껄껄대고 웃으면서 변명을 한다.

"아우님 말씀이 그럴듯하기는 하네만, 손행자란 놈이 또 언제 기어들어와 빼내 갈지 모르기 때문에 이러고 있는 걸세."

"우리 이 황궁에는 금향정(錦香亭)이란 정자가 있는데, 그 안에 무쇠로 만든 궤짝이 한 개 있소. 형님, 내 말대로 하시오. 우선 그 당나라 화상을 궤짝 속에 감춰두고, 정자 문을 닫아 자물쇠로 단단히 잠가둡시다. 그리고 나서 헛소문을 퍼뜨리되, '당나라 화상은 벌써 우리가 잡아먹었다'고 졸개 녀석들을 시켜서 온 성내 길거리를 두루 돌아다니며 떠들게 합시다. 그럼 손행자란 놈이 동료들의 소식을 염탐하러 왔다가 이 소문을 듣게 되면, 낙심천만해 가지고 모든 것을 단념하고 돌아갈 게 아니겠소? 그렇듯 사나흘쯤 지난 뒤에 아무도 시끄럽게 구는 놈이 없게 되거든, 그때 가서 꺼내다가 마음 편하게 느긋이 잡아먹도록 하면 어떻겠소?"

늙은 마귀와 둘째 마귀가 이 말을 듣고 크게 기뻐, 제 무릎들을 철썩 친다.

"됐네, 됐어! 자네 말이 그럴듯하이!"

불쌍한 당나라 스님은 그날 밤중으로 끌려나가, 무쇠 궤짝에 처박혀 정자 안에 갇히는 신세가 되고, 정자 문은 자물쇠로 단단히 채워졌다. 그리고 사타국 도성 일대에는 구석구석마다 온통 헛소문이 자자하게 퍼진 것은 더 말할 나위도 없다.

한편 손행자는 한밤중에 당나라 스님을 돌아볼 겨를도 없이 구름을 타고 빠져나가자, 그 길로 곧장 마귀들의 소굴 사타동으로 달려가면서 도중에 요괴들과 마주치는 대로 철봉을 휘둘러, 수만을 헤아리는 조무래기들을 모조리 때려죽여 소탕해버리고, 그 동안 가슴에 그득 찬 울분을 풀어버릴 수 있었다. 그러나 스승과 동료들은 여전히 마귀들의 손아귀에 떨어져 있으니, 그런 짓은 아무 짝에도 소용없는 분풀이에 지나지 않았다.

생각이 여기에 미쳐 급히 돌아왔을 때는 벌써 동녘 하늘에 해가 떠오르고 있었다. 도성 가까이 접근했으나 좀처럼 공개적으로 도전해볼 엄두가 나지 않았다. 이야말로 '외실 한 가닥만으로 노끈을 꼴 수 없고, 손바닥 하나로 소리를 낼 수 없다(單絲不線, 孤掌難鳴)'는 격이었다.

그는 일단 구름을 낮추고 내려서서 몸뚱이 한번 꿈틀하는 사이에 어느덧 졸개 요괴 한 마리로 둔갑하더니, 천연덕스럽게 성문 안으로 들어가 큰길거리 작은 뒷골목을 샅샅이 돌아다니면서 삼장 법사와 두 아우의 소식을 염탐하기 시작했다.

성내에는 온통 끔찍스런 소문이 파다하게 깔려 있었다.

"당나라 화상은 간밤에 벌써 대왕에게 산 채로 잡아먹혔다."

앞뒤 좌우 어디에 귀를 기울여보나, 보는 사람마다 똑같은 얘기들뿐이었다.

들리는 소리가 모두 이 모양이니, 손행자의 두려움과 초조감에 억장이 마르다 못해 바삭바삭 타들어갈 지경이 되고 말았다. 두근거리는 가슴을 부여안고 금란전 앞에 다다르고 바라보니, 숱한 요괴 정령들이 들락거리는데 모두 벼슬아치들인지 황금색 가죽 모자를 쓰고 누른빛 무명 저고리를 입은 채, 손에는 붉은 옻칠을 입힌 몽둥이를 하나씩 들고 허리춤에 상아 패를 차고 무슨 일들이 그리도 바쁜지 그칠 새 없이 오락가락 분주하게 드나들고 있었다.

손행자는 그것들을 눈여겨보면서 속으로 이런 궁리를 했다.

"저놈들은 분명 궁궐에 드나들 수 있는 요괴일 게다. 어디 나도 저것들과 똑같은 모습으로 변장해 가지고 들어가서 알아보기로 하자."

앙큼스런 손대성은 그 자리에서 벼슬아치 요괴들과 똑같은 모습, 똑같은 차림새로 둔갑하더니, 은근슬쩍 뒤섞여 금문(金門) 안으로 휩쓸려 들어갔다.

이리저리 살펴보면서 걸어가다 보니, 저팔계 녀석이 궁전 앞 처마 기둥에 결박당한 채 끙끙 앓는 소리로 신음하고 있다. 손행자는 그 앞으로 다가가서 속삭여 불렀다.

"오능!"

미련퉁이가 그 목소리를 알아듣고 커다란 두 귀가 번쩍 곤두선다.

"형님이 오셨소? 어서 날 좀 구해주구려!"

"구해줌세. 한데, 사부님은 어디 계신지 아나?"

"사부님은 안 계시오. 벌써 돌아가셨소. 간밤에 요괴들한테 잡아먹히셨소!"

이 말을 듣는 순간, 손행자는 그만 눈앞이 캄캄해지더니 저도 모르게 실성을 터뜨리면서 눈물이 샘솟듯 펑펑 쏟아져 나왔다. 성내에서 들은 소문이 과연 사실이었던 것이다.

저팔계가 사형을 달래며 이렇게 말해준다.

"형님, 울지 마시오. 나도 부하 요괴 녀석들이 떠드는 소리만 들었을 뿐이지, 내 눈으로 직접 본 것은 아니오. 혹시 살아 계실지도 모르니까, 더 늦기 전에 다시 한 번 가서 확인해보시는 게 좋을 거요."

손행자는 그제야 눈물을 거두고 또다시 안으로 깊숙이 찾아 들어갔다. 궁전 뒤편에는 사화상이 역시 처마 기둥에 묶여 있었다. 그는 단결음에 그 앞으로 달려가서 앙가슴을 어루만져주면서 외쳐 불렀다.

"오정!"

사화상도 그 목소리를 알아들었다.

"큰형님! 변장하고 들어오셨구려. 날 좀 구해주시오! 어서 빨리 구해줘요!"

"자넬 구해주기는 어렵지 않네. 그런데 사부님이 어디 계신지 아는가?"

이 물음에, 사화상은 그만 눈물을 뚝뚝 떨어뜨린다.

"형님아! 사부님은…… 요괴들이 찜 쪄질 때까지 기다리지 못하고…… 그만 살아 계신 채로 잡아먹고 말았소!"

두 아우의 말이 똑같은 것을 듣고 보니, 손대성은 억장이 메일 대로 메이고 가슴을 칼로 도려내는 듯이 아파, 더는 그 자리에 서 있을 수가 없다. 그는 두 사람을 구해줄 생각도 잊은 채 급히 몸을 날려 허공으로 솟구쳐 오르더니, 그대로 도성 밖 아무도 없는 동쪽 산머리로 돌아가 구름을 낮추고 내려서서 목을 놓아 대성통곡하기 시작했다.

"아아, 사부님!……"

한마디 울부짖는 소리에, 그 동안 쌓이고 쌓였던 울분이 한꺼번에 터지면서 하염없는 넋두리가 섞여 나온다.

    제가 하늘의 도리를 능멸한 죄로 천라지망에 얽혀들어 모진 고초를 겪고 있었을 때,

    사부님이 곤경에서 구해주시어 제가 침륜(沈淪)의 수렁을 벗어난 것이 차라리 원망스럽습니다.

    마음을 차분히 가라앉히고 뜻을 돈독히 지녀 다 함께 부처님 계신 곳을 찾아뵙고자,

몸과 행실을 닦기에 노력하고 마귀의 시련을 한결같이 겪어왔습니다.

오늘날 이곳에 이르러 악독한 요괴의 해를 만나, 당신을 사바(娑婆)에 보내드리지 못하게 될 줄이야 내 어찌 알았으리?

서방 세계 승경(勝境)에는 인연이 없어, 기운이 흩어지고 혼백이 스러지셨으니 어쩌면 좋겠습니까!

이렇듯 손행자는 처참하기 이를 데 없는 심정으로 혼자 생각하고, 자신의 마음에 묻고 대답하면서 이 궁리 저 궁리에 잠겨 있었다. 생각 끝에 그는 이런 결론에 도달했다.

"이 모두가 우리 부처 여래께서 극락 세계에 편안히 앉아 계시면서, 아무것도 하릴없이 그저 『삼장경(三藏經)』이나 뒤적거리고 계신 탓이다! 만약 중생들에게 착한 행실을 권하실 마음이 진정 있었다면, 마땅히 그것을 동녘 땅으로 보내주시면 그만 아닌가? 보내주기 아까우니까 우리들더러 가지러 오라고 하셨던 게 분명하다. 우리 사부님이 천산만수(千山萬水)에 모진 고생을 다 겪어가며 오늘 이런 곳에까지 오셔서 목숨을 잃게 되실 줄이야 그분이 어찌 아시랴!…… 그만두자, 그만둬! 지금에 와서 생각해봤자, 모두가 속절없는 일이다. 이 손선생이나 근두운을 타고 서천에 가서 여래부처님을 찾아뵙고 지금까지 겪어온 일을 말씀드리기로 해야겠다. 그리고 만약 『삼장경』을 내게 내려주셔서 동녘 땅으로 가져가게 해주신다면, 그곳 중생들에게 선과(善果)를 전하여 찬양할 수도 있으려니와, 우리들의 심원(心願)도 성취될 수 있겠지만, 내게 경을 내려주시려 하지 않을 경우에는, '송고주(鬆箍咒)'나 외워달래서 이 머리에 씌운 테를 벗겨 가지고 그분께 돌려드린 다음, 이 손선생은 홀가분한 마음으로 내 고향 화과산 수렴동에 돌아가서 임금 노릇이나 하고, 그럭저럭 편히 놀아가며 한세월 보내기로 하자꾸나."

결단을 내리면 그 자리에서 실행에 옮기는 제천대성, 급히 몸을 뒤채기가 무섭게 근두운을 일으켜 타더니, 곧장 천축(天竺)을 바라고 날아갔다. 그리고 한 시진도 채 못 되어, 벌써 영산이 멀리 바라다 보였다. 눈 깜짝할 사이에 구름을 낮추고 직접 취봉(鷲峯) 아래 들이닥쳤더니, 고개를 들어 바라보는 곳에 사대금강이 앞길을 가로막고 서있다.

"어딜 가는가?"

손행자는 허리 굽혀 공손히 절하고 대답했다.

"일이 있어서 여래님을 뵈러 왔소."

그랬더니 곤륜산 금하령에 계시는 불괴존왕(不壞尊王) 영주금강(永住金剛)이 먼저 앞으로 썩 나서며 호통쳐 꾸짖는다.

"이 못된 원숭이 녀석! 여기가 어디라고 감히 상스럽게 까부는 게냐? 지난번 우마왕의 손에 혼뜨검이 났을 때 우리가 네놈 하나 위해 그토록 애를 써주었는데, 오늘 이렇게 만난 자리에서 고맙다는 인사 한마디도 없다니, 정말 예의라곤 손톱만큼도 모르는 시골뜨기 무식쟁이로구나! 일이 있거든 우선 아뢸 때까지 여기서 기다려라. 불러들이라는 분부가 계셔야만 들어갈 수 있는 법이다. 여기가 어디 남천문인 줄 아느냐? 네놈이 거기서처럼 제멋대로 들락거리거나 함부로 돌아다니는 곳이 아니란 말이다. 예끼 이놈! 그래도 저리 비켜서지 못할까!"

손대성은 그렇지 않아도 가슴이 아프고 속이 타서 죽을 지경인데, 앞길을 가로막히고 게다가 이 따위 소리로 호된 꾸지람까지 듣게 되니, 약은 오를 대로 오르고 그 동안 억눌러왔던 울화통이 한꺼번에 터져 나와, 그나마 남아 있던 참을성마저 송두리째 잃어버린 채 영취산 절정봉이 들썩거리도록 고래고래 악을 써가며 난동을 부리기 시작했다. 얼마나 야단법석을 떨고 소동을 일으켰는지, 그 바람에 여래부처님조차 놀라고 말았다.

때마침 석가여래 불조께서는 구품 보련대 위에 단정히 앉아서 십팔 존 윤세 아라한(十八尊輪世阿羅漢)들에게 불경을 강론하고 계시다가, 문득 입을 열어 분부를 내리셨다.

"손오공이 왔구나. 너희들이 나가서 접대를 좀 해야겠다."

열여덟 분의 아라한 존자들이 부처님의 명을 받들어, 당번(幢幡, 깃발)과 보개(寶蓋, 의전용 일산) 등을 길 양편에 늘어 세우고 즉시 산문 바깥으로 나가서 일제히 외쳐 불렀다.

"손대성, 여래께서 불러들이라는 분부를 내리셨소!"

그제야 산문을 지키던 사대금강이 선뜻 길을 틔워주고 손행자를 들여보냈다. 아라한들이 인도하여 보련대 아래 다다르니, 그는 여래부처를 뵙자마자 쓰러질 듯이 엎드려 절하며 두 줄기 눈물을 비 오듯이 흘려가며 구슬프게 소리내어 울었다.

여래부처가 물었다.

"오공아, 무슨 일이 있었기에 이다지 슬피 우느냐?"

손행자는 엎드려 흐느끼면서 아뢰었다.

"불초 제자, 여러 차례 가르쳐주시는 은혜를 입사옵고, 부처님의 문하에 의탁하여 비호를 받으며 정과에 귀의한 이래, 당나라 스님을 모시고 제 스승으로 섬기며 이곳까지 오는 도중에, 여러 가지로 겪은 고생은 이루 다 말씀드릴 수 없나이다.

이제 사타산 사타동, 사타국 도성에 이르렀더니, 악독한 마귀 사자왕과 코끼리왕, 그리고 대붕(大鵬), 이렇게 세 마리의 요괴들이 저희 사부님을 잡아갔사오며, 저의 사제들마저 놈들에게 좌절당하고 모두들 찜통 속에 결박당한 몸으로 갇혀, 끓는 물, 타는 불길의 재앙을 받기에 이르렀나이다.

불초 제자는 요행히 한 몸 빠져나와 북해 용왕을 불러다가 구출하게 되었는데, 그날 밤중으로 사부님 일행을 몰래 빼내기는 하였으나, 뜻하지 않게 또다시 '재앙의 별(災星)'을 벗어나기 어려워, 또다시 마귀들에게 붙잡히는 신세가 되고 말았나이다. 날이 밝을 무렵 성안에 들어가 알아본즉, 그 마귀들이 어찌나 모질고 악독한지 온갖 심술과 사나움을 떨쳐, 그날 밤중에 저희 사부님을 산 채로 잡아먹고 말았으니, 이제는 살도 뼈도 남아나지 않아 찾아볼 길도 없게 되었사옵니다.

　　어디 그뿐이오리까! 저의 사제 저오능과 사화상 역시 한 구석에 결박당한 것을 보았는데, 그들 목숨 또한 사경(死境)에 떨어져 언제 어느 때 죽음을 당할 것인지 알 수 없나이다. 불초 제자는 더 이상 어찌할 도리가 없는지라, 부득이 여기까지 찾아와서 여래님을 뵙기에 이르렀나이다.

　　바라옵건대 여래 불조께서 그 크신 자비를 베푸시어, '송고주'를 외우셔서 저의 이 머리에 씌워진 테를 벗겨주신다면 이것을 여래님께 돌려드리겠으니, 부디 이 제자를 놓아주셔서 화과산으로 돌아가 마음 편히 한세월 지내게 하여주소서!"

　　말끝을 다 맺기도 전에, 손행자는 목놓아 울음을 터뜨리면서 두 눈으로 눈물을 샘솟듯 그칠 새 없이 펑펑 쏟아냈다.

　　자비로운 여래부처가 미소 띤 얼굴로 손행자의 아픈 마음을 다독거려준다.

　　"오공아, 그다지 번뇌할 것 없다. 그 요괴들은 신통력이 워낙 크고 너르다. 그래서 네가 이겨내지 못한 까닭으로 이렇듯 가슴 아파 하는구나."

　　손행자는 아예 땅바닥에 무릎 꿇고 앉아서 주먹으로 가슴을 쳤다.

　　"여래님께 숨김없이 솔직히 말씀드리겠습니다만, 이 제자는 그 옛날 천궁을 뒤집어엎고 제천대성이라 일컬으며 사람 노릇을 한 이래로, 남에게 골탕먹거나 혼이 나본 적은 한 번도 없었습니다. 그런데 이번에는 정말 악독하기 짝이 없는 마귀들의 손아귀에 빠져들고 말았습니다!"

"너무 서러워하지 말거라. 그 요괴들을 내가 알고 있다."

여래부처의 천연덕스러운 말씀에, 손행자는 그만 분을 참지 못하고, 가슴속에 남겨두었던 얘기를 버럭 소리쳐 터뜨리고 말았다.

"여래님! 제가 듣기로는, 그 요괴들이 여래님과 친분이 있다고 하던데요."

그러자 여래부처가 꾸짖는다.

"요런 앙큼한 원숭이 녀석! 요괴가 어떻게 나하고 친분이 있단 말이냐?"

손행자는 히죽히죽 웃으면서 대거리를 했다.

"친분이 없다면서 어떻게 아신다는 말씀입니까?"

"나는 혜안으로 관찰할 수 있기 때문에 안단 말이다. 그 늙은 괴물과 둘째 괴물에게는 주인이 따로 있다."

여래부처는 이렇게 말씀하더니, 버럭 호통쳐 사람을 불렀다.

"아난, 가섭, 이리 오너라! 너희 둘이서 각각 구름을 타고 오대산과 아미산으로 달려가서 문수, 보현에게 날 보러 오라고 일러라."

두 존자는 즉시 여래의 법지를 받들고 떠나갔다.

여래는 다시 손행자를 돌아보고 설명해주었다.

"이들 두 보살이 바로 늙은 마귀, 둘째 괴물의 주인들이다. 그러나 셋째 마귀로 말하자면, 역시 나하고 다소 친분이 있기는 있다."

"친분이 있다 하시면, 부계(父系) 쪽입니까, 모계(母系) 쪽입니까?"

손행자의 다그쳐 묻는 말에, 여래부처가 해명을 한다.

"이 세상 혼돈이 처음 나뉘었을 때, 하늘은 '자회(子會)'에 열리고,

땅은 '축회(丑會)'에 갈라졌으며, 사람은 '인회(寅會)'에 태어났고, 천지가 다시 교합하여 온갖 만물이 골고루 생겨났다. 만물에는 길짐승과 날짐승이 있으니, 길짐승은 기린을 어른으로 삼고 날짐승은 봉황을 어른으로 삼는다. 그 봉황이 다시 교합하는 기운을 얻어, 공작과 대붕을 낳아서 키웠다. 공작이 이 세상에 태어났을 때 가장 모질고 사나워 사람을 잡아먹었으니, 사십오 리 길에 사람들을 한입에 삼켜버릴 수 있었다.

내가 설산(雪山) 정상에서 도를 닦아 일 장 육 척의 금신을 이루었으나, 그놈에게 삼켜져 뱃속으로 들어가고 말았다. 나는 그놈의 항문으로 빠져나오려 했지만, 내 몸이 더러워질 것을 꺼려하여 등줄기를 가르고 영산으로 뛰어올라 그 몹쓸 놈을 죽여 없애려고 했었다. 그러나 당시 여러 부처들이, 공작의 목숨을 해치는 짓은 내 어머니를 죽이는 것이나 다를 바 없다고 타이르기에, 나는 그를 영산회상(靈山會上)에 머물러두고, 불모 공작대명왕 보살(佛母孔雀大明王菩薩)로 책봉했다. 대붕으로 말하자면, 그 공작과 같은 어머니의 소생이다. 그래서 나와 다소 친분이 있다고 말한 것이다."

손행자는 이 말씀을 듣고 빙그레 웃었다.

"여래님, 그 말씀대로 촌수를 따진다면, 여래님은 외가 쪽으로 그 요괴의 조카뻘이 되시는 셈이군요."

여래부처가 얼른 화제를 바꾼다.

"그 요괴는 아무래도 내가 직접 가야만 수습할 수 있겠다."

여래께서 친히 나선다니, 이야말로 불감청(不敢請)이언정 고소원(固所願)이라, 손행자는 정색을 하고 머리 깊숙이 조아려 진심으로 사례하며 아뢰었다.

"고맙습니다! 부디 그 귀하신 걸음으로 한번 강림하여주신다면, 불초 제자는 더 바랄 것이 없겠나이다."

여래부처는 즉시 보련대에서 내려서더니 여러 부처들과 더불어 산문 밖으로 나섰다.

이때 오대산과 아미산으로 떠나갔던 아난, 가섭 두 존자가 문수보살과 보현보살을 모시고 돌아와 여래를 뵈었다.

두 보살이 부처 앞에 참배의 예를 드리자, 여래는 단도직입적으로 물었다.

"보살의 짐승들이 산을 내려간 지 얼마나 되었는가?"

문수보살이 아뢴다.

"이레가 되었나이다."

"산중에서 이레라면 속세에서 몇 천 년이 된다. 그 동안에 그놈들이 거기서 얼마나 많은 생령을 해쳤는지 모르겠구나. 어서 나를 따라가서 그놈들을 수습하자."

두 보살은 여래부처를 좌우 양편으로 따르며 여러 사람들과 함께 하늘로 날아올랐다.

참으로 보기 어려운 행차가 아닐 수 없었다.

온 하늘에 상서로운 구름 황홀하게 흐트러지니, 우리 부처님이 자비를 베풀고자 법문(法門)에서 강림하신다.

하늘이 열려 만물이 생겨난 이치를 명백히 가리키시고, 땅이 갈라져 장륙(丈六)의 금신(金身) 이룩한 사연을 낱낱이 말씀하셨다.

면전에는 오백 아라한이 앞길 트고, 머리 뒤에는 삼천 게체 신령들이 따른다.

가섭과 아난 두 존자가 여래 좌우에 따르니, 보현과 문수 두 보살은 요기(妖氣)를 섬멸하러 나섰다.

손대성은 이렇듯 인정으로 설득하여 부처님과 여러 대중들을 직접 나서게 만드는 데 성공했다. 얼마 안 있어 그들은 사타국 도성이 바라보이는 곳까지 이르렀다.

"여래님, 저기 저 시커먼 요기를 쏟아내고 있는 곳이 바로 사타국 성채입니다."

"네가 먼저 내려가서 성내에 들어가 요괴들과 싸움을 벌이되, 이길 생각은 말고 그저 패한 척하고 도망쳐서 그놈들을 이리로 끌어오기만 해라. 그럼 내가 알아서 붙잡아주마."

손대성은 여래의 분부대로, 당장 구름을 낮추고 성벽 위에 내려서더니 한 발로 성가퀴(城堞)를 딛은 채 버럭 호통쳐 요괴들을 일깨웠다.

"이 못된 짐승들아, 냉큼 이리 나오지 못할까! 이 손선생과 다시 한판 싸워보자!"

성루에서 파수를 서고 있던 졸개 요괴들이 깜짝 놀라, 성 밑으로 뿔뿔이 뛰어내리더니 허둥지둥 성안으로 달려가 급보를 전했다.

"대왕님, 손행자가 성벽 위에 나타나 대왕님들께 싸움을 걸고 있습니다."

늙은 마귀가 고개를 갸우뚱하며 중얼거린다.

"그놈의 원숭이가 이삼 일 동안 보이지 않더니, 지금 와서 싸움을 거는 걸 보면 어디서 구원병을 데려온 게 아닌지 모르겠군."

셋째 마귀가 기고만장하게 한마디로 딱 끊는다.

"원, 큰 형님도! 구원병을 데려왔다고 해서 겁날 게 뭐 있소? 우리 어디 나가봅시다."

세 마귀 두목이 저마다 병기를 잡고 득달같이 성곽 위로 뛰어 올라가더니, 손행자를 보기가 무섭게 긴말할 것도 없이 다짜고짜 한꺼번에 후려 찌르고 내리찍는다. 손행자는 철봉을 바람개비 돌리듯 앞뒤 좌우로 정신없이 휘둘러가며 마주쳐 싸웠다. 그러나 싸움이 7, 8합쯤 지났을 때, 그는 일부러 못 견디는 척하고 발길을 돌려 달아나기 시작했다.

"어딜 도망치느냐? 저놈 잡아라!"

마귀 두목 셋이 목청이 터져라 고함을 지른다.

손행자는 못 들은 척, 공중제비 한 바퀴 도는 사이에 근두운을 날려서 반공중으로 훌쩍 뛰어올랐다. 세 마귀들 역시 놓칠세라 허겁지겁 구름을 타고 뒤쫓았다.

흘끗 뒤돌아보니, 마귀 두목 셋이서 죽기살기로 앞다퉈가며 정신 놓고 추격해 온다. 손행자는 옳다 됐구나 싶어, 몸뚱이를 번뜩 뒤채 가지고 부처님의 금빛 후광(後光) 그림자 속으로 자취를 감추었다. 목표를 잃어버린 세 마귀들이 이리저리 둘러보았으나 손행자의 뒷모습은 감쪽같이 사라진 채 어디에서도 찾아낼 도리가 없다.

이윽고 과거, 미래, 현재의 삼존불상(三尊佛像)과 오백 아라한, 삼천 계체 신령들이 좌우로 쫙 깔리더니, 세 마귀들을 삽시간에 물샐틈없이 포위하여 꼼짝달싹도 못하게 만들어버리고 말았다.

그제야 늙은 마귀도 상황이 어떻게 돌아가는지 깨닫고 대경실색을 했다.

"여보게들, 이거 큰일났네! 저놈의 원숭이 녀석, 정말 두더지 귀신 같은 놈일세. 어디 가서 우리 주인님을 모셔 가지고 데려왔지 뭔가!"

셋째 마귀는 맏이가 겁먹은 것이 한심스러웠는지 "흥!" 하고 콧방귀를 뀌었다.

"큰형님, 무서워하실 것 없소! 어차피 일이 이렇게 된 바에야, 우리 형제 셋이서 한꺼번에 달려들어 창칼로 여래마저 거꾸러뜨리고, 내친김에 그놈의 영취산 뇌음보찰(雷音寶刹)까지 빼앗아버립시다!"

"그렇게 하세!"

늙은 마귀 두목이 한마디로 응답하더니, 하늘 높은 줄도 모르고 정말로 큰 칼을 휘둘러가며 앞으로 돌진하면서 눈앞에 닥치는 대로 마구 후려 찍기 시작했다. 그러나 호기 있게 만용을 부리는 것도 잠시였을 뿐, 뒤미처 문수보살과 보현보살이 진언을 외우면서 냅다 호통쳐 꾸짖었다.

"이 못된 짐승 놈아! 아직도 귀정(歸正)할 줄 모르고, 언제까지 이러고만 있을 작정이냐?"

두 보살의 대갈일성 꾸지람 소리에 기절초풍을 한 첫째와 둘째 마귀가 감히 버텨볼 엄두를 내지 못하고 병기를 팽개치더니, 그 자리에서 떼구르르 굴러 청모 사자와 늙은 코끼리의 본상을 드러냈다. 문수, 보현 두 보살은 괴물의 등에 각각 연화대를 던져놓고 선뜻 몸을 날려 그 위에 타고 앉았다. 그제야 두 괴물도 마침내 기가 꺾였는지 귀를 축 늘어뜨리면서 주인의 뜻에 귀의하고 말았다.

이렇게 해서 두 보살이 푸른 털 가진 사자와 흰 코끼리를 제압했으나, 요사스런 셋째 마귀는 끝내 굴복할 줄 모르고 발악했다. 맏이와 둘째가 제 주인의 호통 한마디에 허망하게 무릎 꿇는 것을 보자, 들고 있던 방천화극을 내동댕이치고 두 날개를 활짝 떨쳐 공중으로 일단 솟구치더니, 한 바퀴 선회 동작을 취하다가 곧바로 곤두박질치면서 날카로운 발톱으로 누구보다 먼저 저 교활하기 짝이 없는 원숭이 임금부터 낚아채려고 덤벼들었다. 그러나 손행자는 일찌감치 여래부처의 후광 속에 숨어 있는 터라, 제아무리 사나운 마귀라 할지라도 섣불리 범접할 엄두가 나지 않아, 감히 대들지 못하고 그저 여래부처의 머리 위 상공에서 한동안 맴돌고만 있었다.

그 의도를 눈치 챈 여래는 즉시 금빛 후광을 선뜻 거두어들이더니, 저 유명한 '작소관정(鵲巢貫頂)'[2]의 머리를 맞바람결에 휘둘러 선지피가 뚝뚝 듣는 시뻘건 고깃덩어리로 변화시켰다. 먹음직스러운 고깃덩어리를 본 요괴가 날카로운 두 발톱으로 그것을 덥석 움키려는 찰나, 여래부처의 손가락이 곧바로 하늘을 가리켰다.

다음 순간, 이 요사스런 마귀는 날갯죽지의 힘줄이 켕겨서 더 이상 힘차게 날지 못하고 그저 부처님의 머리 위 상공에 떠돌기만 할 뿐 멀리 도망칠 수 없게 되었다. 그러자 괴물은 드디어 본상을 드러내고 말았다. 괴물의 정체는 거대한 황금빛 날개를 지닌 독수리, 바로 대붕금시조(大鵬金翅鵰)였다.

정체를 드러낸 대붕금시조가 대뜸 입을 열어 부처에게 소리쳐 물었다.

"여래, 그대는 어째서 대법력을 써서 나를 꼼짝 못하게 만드는가?"

여래부처가 대꾸했다.

"너는 이곳에 사는 동안 죄악을 많이 저지르고 숱한 업보를 쌓았다. 어떠냐, 이제 나를 따라가면 그보다 유익한 공덕이 있을 것인데, 따라가겠느냐?"

"그대가 있는 곳에서는 잿밥이나 얻어먹고 소찬밖에 먹을 것이 없는데, 나더러 그런 가난뱅이 노릇을 하며 궁상맞게 살란 말인가. 그 따위로 살 수밖에 없다면 나는 괴로워서 도저히 견뎌나지 못한다. 이곳에서는 사람의 고기를 무궁무진하게 먹을 수 있고, 아무런 근심걱정 없이 살아갈 수 있다. 이제 나를 억지로 끌고 가서 굶겨 죽이기라도 한다면,

---

2 작소관정: 불교 용어로, 직역하면 '머리 위에 참새가 둥지를 틀다'라는 뜻. 과거 석가여래의 전신(前身) 나계선인(羅髻仙人)이 상도리(尚闍黎, 승려들에게 덕행을 가르치는 스승, 곧 아사리 ācaryd)로 있던 시절, 좌선(坐禪)을 하다가 숨을 끊고 나무 그루터기 아래 고요히 앉아 있었더니, 새 한 마리가 나뭇가지인 줄 잘못 알고 머리 위 상투 속에 둥지를 틀고 알을 낳았다. 석가여래는 참선에서 깨어나자, 정수리 위에 새알이 있는 것을 깨닫고 다시 침신을 계속하여 알이 새끼를 까서 멀리 날아간 다음에야 몸을 일으켰다고 한다.

서유기 제8권   277

그 결과를 내 탓으로 돌릴 것이 아니라, 그대가 책임져야 할 것이다."

이 말을 듣자, 여래부처는 한 가지 제안을 내놓았다.

"나는 사대부주를 다스리기 때문에, 무수한 중생들이 우러르고 있다. 언제든지 불사(佛事)를 열 때마다, 누구보다 먼저 네 입에 제물을 바치도록 분부해두마."

대붕금시조는 아무리 도망치고 싶어도 여래의 위대한 법력에서 도저히 빠져나갈 길이 없다는 것을 깨닫게 되자, 어쩔 수 없이 꼼짝 못하고 여래부처 앞에 귀의하고 말았다.

이때가 되어서야 손행자는 모습을 나타내고 여래에게 깊숙이 머리 조아리면서도 서글픈 목소리로 이렇게 아뢰었다.

"부처님, 당신께서 이제 요괴들을 거두어들이셔서 중생들에게 크나큰 해악을 없애주셨습니다만, 저희 사부님은 이미 이 세상에 계시지 않는군요."

대붕금시조가 이를 악물고 손행자를 흘겨보더니, 원한에 사무친 목소리로 호통을 친다.

"이 몹쓸 놈의 원숭이야! 어쩌자고 이렇듯 지독한 사람을 끌고 와서 나를 꼼짝 못하게 이 지경으로 만들어놓았단 말이냐? 또 우리가 언제 네놈의 늙다리 화상을 잡아먹었다는 게냐? 자, 가서 봐라! 지금 저 궁궐 뒤편 금향정, 무쇠 궤짝에 들어앉은 자가 네놈의 사부가 아니면 누구란 말이냐!"

욕을 먹기는 했어도 희소식을 들었으니, 이보다 더 반가울 수가 어디 있으랴. 마음 급한 손행자는 부처님께 절 한번 꾸벅하고 처분이 내리기를 기다렸다. 여래부처께서는 섣불리 대붕금시조를 이런 곳에 오래 놓아둘 수가 없어, 그를 불꽃처럼 활활 타오르는 광배(光背) 위에서 호법(護法) 노릇을 하도록 안배한 다음, 대중들을 이끌고 구름 방향을 되돌려 뇌음보찰로 돌아갔다.

여래부처 일행을 떠나보낸 뒤, 손행자는 즉시 근두운을 낮추고 성 안으로 들어갔다. 사타국 도성 안에는 벌써 졸개 요괴라곤 한 마리도 남아 있지 않았다. 이야말로 '대가리를 잃어버린 뱀은 기어가지 못하고, 새도 날개가 없으면 날지 못한다(蛇無頭而不行, 鳥無翅而不飛)' 하더니, 그것들은 부처여래가 요사스런 세 마귀 두목을 손쉽게 제압하여 굴복시키는 것을 보자, 저마다 목숨 하나 건져보려고 살길을 찾아서 뿔뿔이 흩어져 도망치고 말았던 것이다.

손행자는 비로소 저팔계와 사화상을 풀어서 구해주고, 짐 보따리하며 백마를 찾아놓은 다음, 두 아우에게 사실을 알려주었다.

"사부님은 잡아먹히신 것이 아닐세. 모두 날 따라오게."

두 사람을 데리고 안채로 금향정을 찾아 들어가서 문을 부숴 열고 들여다보니, 과연 무쇠 궤짝이 한 개 놓였는데 그 속에서 훌쩍훌쩍 우는 당나라 스님의 목소리가 들려나온다. 사화상은 대뜸 항요보장으로 자물쇠를 때려부수고 뚜껑을 활짝 열어젖혔다.

"사부님!"

하염없이 흐느껴 울고 있던 삼장이 제자들을 보더니, 목을 놓아 대성통곡을 터뜨렸다.

"제자들아!…… 너희 얼굴을 두 번 다시 못 볼 줄 알았구나!……"

이윽고 마음을 가라앉힌 스승이 통곡을 그치고 다시 묻는다.

"얘들아, 그 무서운 요마를 어떻게 항복시켰단 말이냐? 또 내가 여기 갇혀 있는 줄 어떻게 알고 찾아냈단 말이냐?"

꿈꾸듯이 묻는 스승 앞에, 손행자는 여태까지 있었던 일들을 하나도 빠뜨리지 않고 낱낱이 말씀드렸다. 삼장 법사의 고마워하는 심정이야 이루 말로 다할 수 없다.

이윽고 스승과 제자들은 요괴의 궁전에서 쌀이며 반찬거리를 뒤져내다 한 끼니 배불리 지어먹고 행장을 수습하여 성문을 벗어나, 큰길을 찾아서 서쪽으로 떠나기 시작했다.

　그야말로 "진경(眞經)은 모름지기 참된 사람이 얻게 마련이니, 요사스런 마귀 떼가 제아무리 떠들고 잡아먹으려 애를 써도 결국은 헛수고"라는 격이다.

　과연 이번에 또다시 떠나가면, 어느 때에야 부처여래의 얼굴을 뵙게 될 것인지, 다음 회에서 풀어보기로 하자.

제78회 손행자는 비구국 아이들을 불쌍히 여겨 신령을 보내주고, 삼장은 금란전에서 요마를 알아보고 함께 도덕을 따지다

일념이 생기면 온갖 마귀가 꿈틀거리는 법, 수양하여 자신을 올바로 세우기 가장 고되니 다른 일이야 말해 무엇하랴.

씻고 또 씻어 이 세상 티끌 먼지 다 없게 만들며, 또한 거두어서 비끄러매어 쓰니 갈고 닦음이 있다.

만 가지 인연을 휩쓸어 물리치고 적멸로 돌아가며, 천 가지 요괴를 소탕하고 제거하되 시기를 놓치지 말 것이다.

모름지기 번롱(樊籠, 속박)의 올가미에서 뛰쳐나와, 도행이 다 차게 되거든 비승하여 대라천(大羅天)에 오르리라.

손대성은 이렇듯 고심참담하여 애를 쓴 끝에 가까스로 여래부처를 모셔다가 괴물들을 수습하고, 삼장 일행을 재난에서 벗어나게 해주었으며, 사타국 도성을 떠나 서쪽으로 길을 떠나게 되었다.

그로부터 또 몇 달을 보내니, 때는 바야흐로 겨울철에 접어들었다.

영마루 매화는 바야흐로 옥 같은 꽃봉오리 터뜨리기 직전, 연못물은 차츰 엉겨 살얼음 잡히는 시절.

울긋불긋하던 단풍잎새 모조리 찬바람에 나부껴 떨어지는데, 짙푸른 소나무 빛깔은 더욱 새롭다.

옅은 구름장 희끗희끗 눈발을 날리려 하고, 시들어 마른 풀은 산등성이에 엎드려 평평하게 덮었다.

눈에 보이느니 온통 멀리 감도는 차디찬 빛뿐이요, 음산한 기운은 뼈가 시리도록 써늘하게 스며든다.

스승과 제자들이 추위를 무릅쓰고 찬바람에 풍찬노숙을 거듭하며 하염없이 걷고 있노라니, 눈앞에 또 한 군데 성지가 나타났다.

"오공아, 저편에 보이는 성이 어떤 곳이냐?"

삼장이 물으니, 손행자는 대수롭지 않게 받아넘긴다.

"아무튼 가보면 알게 되겠지요. 만약 서쪽 나라 제왕이 살고 있는 도성이라면, 통관 문첩에 확인을 받아야 할 테고, 부성(府城)이나 주현(州縣) 같은 지방 고을이라면 그냥 지나가도록 하지요."

이렇게 스승과 제자가 얘기를 주고받는 사이에 어느덧 성문 밖에 이르렀다.

삼장은 말에서 내리고, 일행 넷이서 외곽 월성(月城)으로 들어섰다. 성문을 지키는 군사는 뜻밖에도 늙수그레한 군인 한 사람, 그것도 햇볕이 잘 드는 양지 쪽 성벽 아래 기댄 채 바람을 쐬며 태평스레 끄덕끄덕 졸고 있다.

손행자가 그 앞으로 나서더니 어깨를 흔들어 깨웠다.

"수문장 나으리!"

늙은 군인이 깜짝 놀라 깨더니 게슴츠레하게 풀린 눈을 뜨고서 흔들어 깨운 사람을 바라보다가 화들짝 놀라면서 얼른 그 자리에 엎드려 이마를 조아린다.

"아이고, 어르신!"

손행자는 이게 무슨 일인가 싶어 되물었다.

"이것 보쇼, 공연히 사람 놀라게 호들갑 떨지 마시구려. 내가 무슨 흉신악살도 아닌데, '어르신'이라고 부르는 거요?"

늙은 군인은 그래도 연거푸 머리통을 조아리면서 대답한다.

"나으리, 뇌공 어르신이 아닙니까?"

손행자는 기가 막혀 웃음이 나왔다.

"당치도 않은 소리! 나는 동녘 땅에서 서천으로 경을 가지러 가는 사람이외다. 방금 이곳에 이르렀는데, 지명을 알 수가 없어서 한마디 물어보려는 거요."

이 말을 듣고 나서야 늙은 군인은 정신이 나는지, 두어 번 늘어지게 하품을 하고 뒤척뒤척 일어나더니 기지개를 켜면서 대답해주었다.

"장로님, 소인이 실례했소이다. 용서해주십쇼. 이 고장은 본래 비구국(比丘國)이라 불렸는데, 지금 와서는 소자성(小子城)이라 고쳐 부른답니다."

손행자는 이 말을 무심코 들어 넘기고 다시 물었다.

"이 나라에 제왕이 계시오?"

"물론 계시고말고요!"

알고 싶은 것을 알아낸 손행자가 돌아서서 스승에게 여쭙는다.

"사부님, 이 고장은 원래 비구국이었는데, 지금은 소자성으로 고쳤답니다. 나라 이름을 왜 그렇게 바꾸었는지, 까닭을 모르겠군요."

"비구(比丘)면 비구지, '어린애 성'이라니 이게 또 무슨 소린가?……"

성격이 세심한 스승이 의아스레 중얼거리는데, 곁에서 주책없는 미련퉁이가 빠지지 않고 한마디 아는 체한다.

"아마도 비구승으로 있던 임금이 세상을 떠나고 새로 왕위에 오른 것이 어린애여서, 나라 이름을 '소자성'이라고 바꿨을 겁니다."

"그럴 리가 있나! 어린애가 임금이 되었다고 해서 나라 이름마저 그렇게 고칠 리가 없다. 우선 들어가서 길거리 사람들에게 다시 물어보기로 하자꾸나."

사화상이 그 말씀에 맞장구를 친다.

"옳으신 말씀입니다. 저 늙은 군인이 잘 모르기도 하려니와 또 큰형님한테 놀란 끝에 아무렇게나 되는대로 주워섬긴 모양입니다. 성내에 들어가서 물어보기로 하죠."

세번째 성문에 들어서서 큰길거리로 나와 보니, 도성의 규모가 생각했던 것과는 아주 딴판으로 크고 번듯한 데다, 사람들의 옷차림새가 단정하고 끼끗할 뿐 아니라, 인물도 하나같이 멀끔하게 잘도 생겼다.

술청과 기생집에는 노랫가락 소리가 떠들썩하고, 포목전 다방 문전에는 손님 끄는 깃발이 드높게 내걸렸다.

만호천문(萬戶千門) 집집마다 장사꾼이 흥청거리고, 육가삼시(六街三市) 점포마다 재물이 샘솟듯 풍성하게 쌓였다.

금을 사고 비단 파는 사람들이 개미 떼처럼 득실거리니, 저마다 이익을 다투고 명예를 따지는 것이 오로지 돈벌이 때문이다.

예모가 장엄하고 풍속과 경관 또한 성황을 이루었으니, 천하강산이 해마다 태평세월을 누린다.

스승과 제자 일행 넷이서 말고삐 끌고 짐 보따리 짊어진 채 큰길거리 장터를 한참 동안이나 걸어가고 있노라니, 번화한 기상은 아무리 보고 또 보아도 끝이 없을 지경이었다.

그런데 이상한 것은 집집마다 대문 앞에 거위를 잡아 가두는 채롱이 하나씩 놓여 있다는 점이다. 삼장도 그것을 이상하게 보았는지, 말을 멈춰 세우고 제자들에게 물었다.

"얘들아, 이 고장 사람들은 집집마다 모두들 대문 앞에 거위 채롱을 하나씩 놓아두었으니, 이게 무슨 풍습이냐?"

저팔계가 이 말을 듣고 이리저리 기웃거려보니, 과연 거위 담는 채롱이 놓였는데 하나같이 오색 비단으로 덮개를 해서 씌워놓았다. 이 미련퉁이 녀석은 뭘 안다고 빙그레하니 웃으면서 고갯짓을 끄덕끄덕한다.

"사부님, 오늘이 아마도 굉장히 날 좋은 황도길일(黃道吉日)이어서, 이웃 친척들을 모아놓고 결혼식을 올리느라, 모두들 예의를 차려놓은 모양이군요."

손행자가 대뜸 핀잔을 준다.

"터무니없는 소리 작작하게! 아무리 좋은 길일이라 하더라도, 어떻게 집집마다 한날 한시에 혼례식을 올리는 법이 있나? 여기에는 필시 무슨 곡절이 있을 걸세. 어디 내가 한번 가서 알아보겠네."

삼장이 얼른 붙잡아 말린다.

"얘야, 가지 말아라. 너는 얼굴이 추접스럽게 생겨먹어서, 사람들이 보고 이상하게 여길까 겁난다."

"그럼, 제가 탈바꿈을 하고 다녀오지요."

영악스런 손대성은 그 자리에서 인결을 맺고 중얼중얼 몇 마디 주어를 외우면서 몸뚱이 한번 꿈틀하는 사이에 어느덧 꿀벌 한 마리로 둔갑하더니, 날개를 활짝 펼치고 "앵!" 하니 날아서 가까운 집 대문 앞 채롱 덮개 틈으로 쑤시고 들어갔다.

거위나 가둬두는 채롱 속에는 뜻밖에도 어린아이가 하나 들어앉아 있었다. 둘쩻집 채롱을 들여다보았더니 역시 어린애, 일곱 여덟 아홉 집 것을 보아도 모두가 어린애들이 아닌가. 그것도 한결같이 사내아이들뿐이요 계집아이는 하나도 없다. 어떤 아이는 채롱 속에 주저앉아서 장난질을 치는가 하면, 훌쩍훌쩍 우는 녀석, 야금야금 과일을 깨물어 먹는 녀석, 또는 앉은 채로 꾸벅꾸벅 졸고 있는 녀석도 있었지만, 하나같이 사내아이 녀석들뿐인 것만은 틀림없는 사실이었다.

손행자는 집집마다 돌아가며 다 보고 나서 다시 본래의 모습을 되찾고 스승에게 돌아가 이 놀라운 사실을 말씀드렸다.

"사부님, 거위 채롱 속에는 모두 사내 어린아이가 들어앉아 있습니다. 큰 애라야 일곱 살도 채 못 되고, 작은 아이는 겨우 다섯 살쯤 들어 보이는데, 무슨 까닭으로 그런 어린것들을 채롱에 가두어서 대문 밖에 내다놓았는지 모르겠군요."

삼장은 이 말을 듣고 의심쩍고 궁금해서 견딜 수가 없었다. 그러나 누구한테 물어볼 처지도 아니기에, 그저 가던 길이나 다시 걸어갈밖에 딴 도리가 없었다.

길거리 모퉁이를 돌아가 보니 관아 정문이 한 군데 나타나는데, 그곳은 바로 금정관역(金亭館驛), 다시 말해서 출장 관원들이나 외국 사신들이 묵는 역사(驛舍) 건물이다. 이것을 본 장로님은 반색하면서 제자들을 돌아다보았다.

"얘들아, 우리 우선 이 관사에 들어가자꾸나. 여기가 어떤 고장인지 자세히 알아볼 겸 해서 말도 좀 쉬게 하고, 때마침 날도 저물었으니 하룻밤 쉬었다 갈 수 있는지 물어봐야겠다."

"좋은 말씀입니다. 어서 들어가시죠!"

사화상이 먼저 찬동한다. 네 사람이 선뜻 역사 안으로 들어서니, 문지기 관리가 곧바로 역승(驛丞)에게 들어가 보고를 올리고 나서 삼장 일행을 맞아들여 만나도록 안내해주었다. 피차간에 상견례를 마친 뒤 자리 잡고 앉았더니, 역승이 단도직입으로 묻는다.

"장로께서는 어느 고장에서 오신 분입니까?"

삼장 법사도 서슴지 않고 대답했다.

"소승은 동녘 땅 대당나라에서 파견되어 서천으로 경을 가지러 가는 사람입니다. 이제 귀국 경내에 이르렀기에, 통관 문첩을 확인해주시기를 바라오며, 아울러 이 관아에서 하룻밤 쉬어갈 수 있도록 배려해주셨으면 고맙겠습니다."

삼장 일행이 머나먼 동녘 땅에서 왔다는 얘기를 듣자, 역승은 차를 내오라 분부하고 차 대접이 끝나자 당직 관리에게 명하여 잠자리를 비롯해서 필요한 모든 것을 잘 접대하도록 세심하게 마음 써주었다.

삼장 법사는 역승에게 고맙다는 인사를 건네고 나서 내친 김에 또 물었다.

"오늘 중으로 대궐에 들어가 국왕 폐하를 배알하고 통관 문첩을 검사 받을 수 있을는지요?"

역승은 고개를 가로 저었다.

"오늘밤에는 안 됩니다. 내일 아침까지 기다리셔야 합니다. 오늘은 저희 아문에서 하룻밤 편히 쉬시지요."

얼마 안 있어, 식사 준비가 되었다. 역승은 일행 네 사람을 모셔다가 자신도 저녁을 함께 들었다. 그리고 아랫사람들에게 분부하여 객실을 말끔히 소제하여 편히 쉬도록 해주었다. 삼장은 거듭 감사하여 마지않으면서, 자리 잡고 앉자마자 그 동안 궁금했던 일을 역승에게 묻기 시작했다.

"소승이 한 가지 알 수 없는 일이 있어 여쭙겠습니다만, 번거로우시더라도 가르쳐주시지요. 이 고장 사람들은 어린아이를 키우시는 데 어떤 풍습이 있습니까?"

그러나 역승은 별 싱거운 질문도 다 있구나 싶어 웃으면서 이렇게 대답했다.

"그야 다를 게 뭐 있습니까. 속담에도 '하늘에 해가 둘씩 있을 리 없듯이, 사람 사는 세상에도 두 가지 이치가 없다(天無二日, 人無二理)' 했습니다. 어린아이를 키우는 일로 말하자면, 부정모혈(父精母血), 즉 아비의 정기와 어미의 혈기가 열 달 동안 태중에 뭉쳐 있다가 달이 차서 나오고, 이 세상에 태어나서는 삼 년 동안 어미의 젖을 먹고 점차 육체와 형상을 이루게 마련인데, 장로님께서 이런 이치를 모르실 리가 있겠습니까?"

삼장은 그 말을 일단 받아들이면서 다시 채근해 물었다.

"말씀하신 대로 하자면, 소승의 나라와 다를 바가 없습니다. 하오나 소승이 이 나라 도성에 들어올 때, 길거리 집집마다 대문 앞에 거위 채롱을 하나씩 내다놓고 그 안에 어린아이들을 담아둔 것을 보았습니다. 어째서 이런 풍습이 있는지 알 수 없기에 여쭈어보는 겁니다."

역승은 이 말을 듣고 흠칫 놀라더니, 삼장의 귀에 입을 바싹 갖다 대고 소곤소곤 주의를 주었다.

"장로님, 그 일에는 참견도 마시고 묻지도 알은 체도, 입 밖에 내지도 마십쇼. 그저 오늘밤 편히 쉬시고 내일 아침 가실 길이나 떠나십쇼."

역승의 대꾸나 기색을 보아하니, 뭔가 말 못 할 속사정이 있는 게 분명하다. 이렇듯 주의까지 받고 보니 삼장은 더욱 궁금증이 일어 도무지 견딜 수가 없었다. 그래서 무슨 일이 있더라도 분명한 얘기를 듣고야 말겠다는 듯이, 한 손으로 역승을 부여잡고 다그쳐 물었다.

"도대체 무슨 일입니까? 그 어린애들한테……"

그러나 역승은 고개를 절레절레 내저으며 두 손을 홰홰 휘젓기만 할 뿐, 입을 열어 단 한마디만 내뱉는다.

"말 조심하십쇼!"

애기가 이러니, 삼장은 그럴수록 애가 달아 한번 부여잡은 손을 놓아주지 않고 끈덕지게 매달렸다. 한번 고집을 부리기 시작하면 사생결단을 내서라도 뜻을 관철시켜야 직성이 풀리는 삼장 법사, 이번에도 그 고집이 발동해서 역승의 입에서 자세한 내막을 알아내야 손을 놓아주겠다는 각오가 역력했다.

역승도 어쩔 수가 없었는지, 측근에 모시고 있던 부하 관리들과 심부름꾼을 호통 한마디로 모조리 물리치더니, 혼자서 등잔불 빛 아래 목소리를 잔뜩 죽여 가지고 삼장의 귀에 두어 마디 속삭여주었다.

"방금 물으신 거위 채롱에 관한 일은 우리나라 국왕 폐하의 무도하기 짝이 없는 명령으로 아이들을 그렇게 잡아 가둔 것입니다. 임금의 명령으로 이루어진 일을 장로님이 따져 물어서 무엇하시렵니까?"

"무도한 명령이라니, 어떻게 무도하단 말이오? 그것마저 똑똑히 일러주셔야만 내 마음이 놓이겠소."

어차피 벌어진 춤판이라, 역승도 더 이상 버티지 않고 모든 사연을 툭 털어놓았다.

"이 나라는 원래 비구국이었습니다만, 요즈음 들어 백성들간에 유언비어가 나도는 바람에 '소자성'으로 나라 이름을 고쳐 부르고 있습니다. 삼 년 전, 어느 노인 하나가 도사와 같은 차림새를 하고 나이 열여섯밖에 안 되는 처녀를 하나 데리고 나타나서 우리 국왕 폐하께 바쳤는데, 이 처녀의 생김새가 얼마나 매끈하고 아리따운지 흡사 관세음보살을 대하는 듯했답니다. 금상 폐하는 그 미색을 사랑하여 궁중에 머물게 해두고 온갖 총애를 다하시더니 나중에는 '미후(美后)'란 봉호(封號)까지 내렸습니다. 그리고 요즈음에는 삼궁의 황후 낭랑들하며 육원의 비빈들조차 전혀 거들떠보지 않으시고 밤낮을 가리지 않고 그 미후에게만 빠져버리셨습니다. 이러다 보니 금상 폐하께서는 오늘날 원기가 쇠약해질 대로 쇠약해지시고, 정신이 흐리멍덩해졌을 뿐만 아니라, 옥체가 수

척해지셔서 음식조차 제대로 들지 못하게 되셨습니다. 태의원(太醫院) 시의(侍醫)들이 온갖 좋은 처방이란 처방을 다 써보았으나 도무지 병환을 고칠 수가 없어, 목숨이 경각지간에 달린 실정이 되셨습니다.

그 처녀를 데려다 바친 도사는 우리 주상 폐하의 고봉(誥封)을 받아 '국구(國舅, 임금의 장인)'로 일컫는데, 이 국구란 분은 인간의 수명을 늘일 수 있는 해외 비방(秘方)을 지니고 계신다 합니다. 그래서 지난번에 신선들이 산다는 십주삼도(十洲三島)를 두루 돌아다니며 약재를 한 가지도 빠진 것 없이 채집해 왔습니다. 그런데 이 약을 달여 먹이는 방법이 끔찍스러운 것이어서, 일천 백열한 명이나 되는 어린아이들의 심장을 뽑아 달인 탕제(湯劑)를 부약(附藥)으로 곁들여 마셔야 한다는 것이었습니다. 그 탕약을 복용하면 천 년을 두고도 늙지 않는 불로장생의 효력이 있다는 얘기였습니다.

그러니까 스님께서 보신 그 거위 채롱 속의 아이들은 모두 이 탕약을 만들기 위해 국왕 폐하의 특명으로 뽑혀서 채롱 속에 가두어놓고 심장을 뽑아낼 때까지 키우고 있는 것입니다. 아이들의 부모 되는 사람들은 왕법이 두려워 감히 울음소리 하나 내지 못하고 그저 이 소문이 백성들 사이에 두루 퍼져나간 끝에, 마침내 나라 이름을 '소자성'이라고 부르게까지 되고 말았습니다.

실정이 이러하니, 장로님께서 내일 아침 조정에 들어가셔서 우리 국왕 폐하를 뵙고 통관 문첩을 확인 받아 그냥 물러나올 것이지, 이 일에 대해서는 아예 입 밖에도 내시면 아니 됩니다."

얘기를 마치자, 역승은 재빨리 일어나 물러가고 말았다. 더 앉아 있다가는 무슨 얘기가 또 나오게 될지 겁을 집어먹고 일찌감치 몸을 뺀 것이다.

끔찍스럽기 짝이 없는 사연에, 당나라 스님은 놀라다 못해 전신의 맥이 탁 풀리고 안타까운 심정에 사지 팔다리가 마비될 지경에 이르러, 그저 두 뺨에 눈물만 그칠 새 없이 흘러내리면서 실성한 사람처럼 하늘을 우러러 소리쳐 푸념을 늘어놓고 있었다.

"아아, 참으로 혼군(昏君)이로구나! 혼군이야! 당신은 어쩌자고 미색을 탐내어 환락에 빠져든 채 골병까지 들었으면서, 그것도 모자라 저토록 많은 어린 목숨들까지 억울하게 죽이려 한단 말인가? 슬픈 일이로다! 죽도록 슬프고 통탄하여 마지않을 일이로다!"

이를 증명하는 시가 있다.

사악한 군주가 무지몽매하여 올바르고 참된 것을 잃어버려, 환락을 탐내고도 돌이켜보지 않으니 제 한 몸 상하는 줄도 알지 못하는구나.
길이 장수하기를 추구하여 어린것의 목숨마저 죽여버리려 하고, 하늘의 재앙을 풀기 위한답시고 어린 백성을 살해하네.
스님은 자비심이 발동하여 차마 그대로 내버려두기 어렵고, 관원이 말하는 얘기를 그냥 들어 넘기지 못한다.
등불 앞에 하염없이 눈물 흩뿌리며 장탄식을 거듭하니, 통탄하여 쓰러지며 참선하여 부처님께 하소연하는구나.

저팔계가 보다 못해 스승 앞으로 다가섰다.

"사부님, 왜 이러십니까? 이거야말로 '남의 초상집 관을 떼메다 제 집에 옮겨놓고 통곡을 하시는 셈'이 아니고 무엇입니까? 너무 속상해하지 마십쇼! 옛말에도 '임금이 신하더러 죽으라는데 신하 된 자가 죽지 않으면 불충이라 했고, 아비가 자식더러 목숨을 내놓으라는데 목숨을 내놓지 않으면 불효(君敎臣死, 臣不死不忠, 父敎子亡, 子不亡不孝)'라고

서유기 제8권 291

했습니다. 이 나라 임금이 죽이는 것도 자기 백성의 자식들인데, 사부님께서 무슨 아랑곳입니까? 어서 옷이나 끄르시고 편히 주무십쇼. 속담에 '죽은 자 때문에 공연히 걱정 근심하지 말라(莫替古人耽憂)' 하였으니, 사부님께서도 어차피 죽어야 할 남의 자식들 때문에 슬퍼하고 걱정하실 것은 없지 않습니까!"

그러나 삼장은 여전히 눈물을 뚝뚝 흘리면서 이렇게 야단쳤다.

"이 무정한 놈아, 너는 남의 불쌍한 처지를 보고 가엾게 여길 줄도 모르느냐! 정말 자비심이라곤 하나도 없는 놈이로구나! 우리 출가인들은 공덕을 쌓고 착한 행실을 많이 쌓는 것을 무엇보다 으뜸가는 방편(方便)으로 삼아야 하는데, 이렇듯 끔찍스럽고도 기막힌 일이 벌어지는 것을 보고도 어찌 그냥 못 본 척할 수 있단 말이냐! 저 어리석은 임금이 제멋대로 악행을 저지르는 것을 뻔히 들어 알면서도 될 대로 되게 내버려두어야 옳겠느냐? 사람의 심장과 간을 뽑아먹고 장수한다는 얘기를, 내 일찍이 들어본 적도 본 적도 없다. 이런 일에 내 어찌 가슴 아파 하지 않고 슬퍼하지 않을 수 있겠느냐!"

사화상이 곁에서 스승을 위로해준다.

"사부님, 그렇게 슬퍼하지 마십쇼. 내일 아침에 통관 문첩을 확인 받으실 때 국왕의 눈치를 보아가며 한번 따져보도록 하세요. 만약 임금이 사부님의 말씀을 듣지 않거든, 그 국구란 자가 어떻게 생겨먹은 놈인지 살펴보십쇼. 어쩌면 그놈이 요사스런 정령이어서 사람의 심장을 뽑아먹으려고 이 따위 술수를 부려놓았는지도 모르는 일이 아닙니까."

손행자가 무릎을 치면서 찬동했다.

"오정의 말이 그럴듯하네! 사부님, 우선 잠이나 주무십쇼. 내일 아침에 이 손선생이 사부님과 함께 조정에 들어가서, 국구란 자가 착한 녀석인지 나쁜 놈인지 그 정체를 알아보겠습니다. 만약 그자가 사람이라면, 그놈은 좌도방문에 길을 잘못 들어 올바른 일이 무엇인지 모르고 그저 약을 채집하는 것만이 좋은 일인 줄 알고 있는 녀석이니, 이 손선생이 선천(先天)의 요지(要旨)로 타일러 올바른 길에 들어서게 만들겠습니다. 만약 그놈이 진짜 요괴로 판명될 경우에는 가차없이 때려잡아 국왕에게 진면목을 드러내 보여주고, 허망한 욕정을 끊어버리고 보신양생(保身養生)하도록 일깨워주겠습니다. 제가 장담하거니와, 무슨 일이 더라도 국왕이나 국구란 자가 저 불쌍한 어린것들의 목숨을 다치지 않도록 조치해놓겠습니다."

삼장은 이 말을 듣더니 눈물을 뚝 그치고 부리나케 일어나 오히려 제자 앞에 몸을 굽혀 절하면서 사례했다.

"제자야, 그 말이 참으로 좋은 말이로구나! 어쩌면 네게 그렇듯 묘한 궁리가 있었단 말이냐? 하지만 우리가 국왕을 보는 자리에서 대뜸 그런 얘기를 꺼내놓고 따져 묻기가 난처하겠다. 만약 그가 사리판단을 하지 못하고 유언비어를 퍼뜨린다 하여 덮어놓고 우리에게 죄를 씌운다면 어떻게 한단 말이냐?"

스승은 걱정이 태산 같은데, 손행자는 껄껄대고 웃으면서 이렇게 안심시켰다.

"이 손선생에게는 그만한 법력이 있습니다. 우선 이제 거위 채롱 속에 갇힌 아이들을 낚아채 가지고 이 도성 바깥으로 멀찌감치 떠나서, 내일 국왕이 어린것들의 심장과 간을 뽑아낼 여지를 없애버릴 겁니다. 그렇게 되면 지방에서도 관원들이 조정에 긴급 상소문을 올릴 테고, 저 어리석은 국왕은 다시 국구란 녀석과 대책을 상의하거나, 또 다른 아이들을 잡아들일지도 모릅니다. 그때에는 우리가 나서서 모든 일을 툭 터놓고 따져 물으면 될 게 아닙니까. 그런 자리에서 우리한테 죄를 씌울 수야 없는 노릇이지요."

삼장은 몹시 기뻐하면서 또 묻는다.

"그럼 어린아이들을 어떻게 도성 바깥으로 빼돌릴 수 있겠느냐? 만약 그 아이들을 탈출시킬 수만 있다면, 그야말로 현명한 제자의 공덕이 하늘만큼 크다 할 것이다! 어서 빨리 서두르도록 해라. 조금이라도 늦었다가는 아마 손을 댈 수 없게 될는지도 모른다."

스승의 격려와 재촉을 받고 용기 백배한 제천대성 손오공, 자리를 박차고 벌떡 일어서더니 우선 두 아우에게 당부를 해두었다.

"팔계, 사화상, 자네들은 사부님을 잘 모시고 앉아 있게. 내가 어떻게든 손을 써볼 테니, 자네들도 지켜보고 있다가, 그저 음풍(陰風)이 크게 일거든 어린아이들이 무사히 도성 바깥으로 빠져나간 줄이나 알게."

그러자 이들 세 사람은 손행자의 성공을 기원하면서 일심 전력으로 염불을 외우기 시작한다.

"나무구생약사불(南無救生藥師佛)! 모든 생령을 구원하시는 나무구생약사불!……"

금정관역 아문 바깥으로 벗어난 제천대성이 휘파람 소리 한번에 반공중으로 솟구쳐 오르더니, 허공에서 인결을 맺고 진언을 외우면서 한마디 호통을 쳤다.

"옴정법계(唵淨法界)!"

주술에 끌려나온 것은 비구국의 서낭신, 토지신, 사령신(社令神)과 진관(眞官),[1] 그리고 삼장 법사를 암암리에 보호하던 오방게체와 사치공

---

1 사령신·진관: 모두 도교의 신령. **사령신**(社令神) 역시 토지를 주관하는 신령. 『춘추전(春秋傳)』과 『예기(禮記)』의 기록을 보면, "상고 시대 구주(九州)를 제패한 공공(共工)의 아들 구룡(句龍)을 사령신으로 섬기며, 마을 25가호마다 사(社)를 세우고 그 땅에 나무를 심었다" 하여, 식목(植木)의 신령으로도 일컫는다. **진관**(眞官)은 천상의 관직을 받은 선인(仙人), 곧 속세를 벗어나 도를 닦고 신통력과 변화술법을 익혀, 늙어도 죽지 않으며 인간 세계에 드나들어도 알아보지 못하는 사람을 가리킨다. 곧 지선(地仙)의 하나.

조, 육정육갑들과 호교가람의 신령들에 이르기까지 하나도 빠짐없이 불려 나왔다. 그들은 부랴부랴 공중으로 올라와서 손대성에게 문안드리며 여쭈었다.

"대성님, 이 밤중에 저희들을 불러내시니, 무슨 급한 일이라도 있으십니까?"

손행자는 여러 신령들을 앞에 모아놓고 차근차근 상황을 설명해주었다.

"오늘 이곳 비구국을 지나가던 도중, 이 나라 임금이 포악 무도하여 요사스런 자의 말을 믿고 어린아이들의 심장과 간을 뽑아 탕약으로 달여 마시고 장생불사하기를 바란다 하오. 우리 사부님은 이 소식을 전해 듣고 차마 두고 볼 수가 없으셔서, 이제 머지않아 억울하게 죽어갈 어린것들의 목숨을 구해주고 요괴를 멸해주었으면 하고 원하셨소. 그래서 이 손선생이 특별히 여러분께 청하는 바이니, 모두들 각자 신통력을 부려서 이 성내 길거리마다 인가 대문 앞에 놓아둔 거위 채롱 속의 어린아이들을 채롱까지 통째로 잡아채다가, 성밖 으슥한 산중이나 깊은 숲속에 옮겨서 하루 이틀 감춰두고, 과일 같은 먹을 것을 주어서 굶어 죽지 않도록 해주시오. 그리고 다시 암암리에 보호하고 돌보아서, 그 아이들이 놀라거나 울지 않도록 해주시오. 내가 이제 요사스런 마귀를 퇴치하여 이 나라 기강을 바로잡아놓고 국왕을 올바른 길로 이끌어주고 나서 다시 출발하게 되거든, 그때에 다시 그 아이들을 나한테 돌려보내주면 될 거요."

여러 신령들은 두말 없이 흔쾌히 제천대성의 명령대로 따랐다. 그들이 즉석에서 저마다 신통력을 발휘하여 구름을 낮게 드리우니, 비구국 도성 안에는 한밤중 난데없이 음산한 바람이 한바탕 거세게 휘몰아치고 처참한 안개가 뭉게뭉게 일면서 눈앞이 보이지 않을 정도로 자욱하게 뒤덮이기 시작했다.

음풍이 휘몰아치니 온 하늘의 별들이 빛을 잃어 어두워지고, 참담한 안개가 천 리 밖의 달빛 가리워 캄캄하게 만든다.
처음에는 그나마 유유탕탕(悠悠蕩蕩)하더니, 다음부터는 화산이 터지는 듯 치열한 굉음이 귀청을 때린다.
음산한 광풍이 유유탕탕하게 휘몰아치니, 사람마다 어린것들 구하려 문호(門戶)를 찾아 헤매고, 치열한 굉음 울리니 모두들 거위 채롱 지켜 자기네 골육을 돕고자 애쓴다.
차가운 기운이 사람을 침범하니 어찌 얼굴 한번 내밀 수 있을 것이며, 섬뜩한 한기가 몸에 스며드니 옷자락은 무쇠 덩이보다 더 차가워진다.
부모들은 한낱 헛되이 허둥거리고, 형님과 형수들은 모두 비통에 잠긴 채 어쩔 바를 모른다.
대지에는 온통 음산한 돌개바람 휘몰아치고, 거위 채롱은 어느덧 신령들의 손에 채뜨려 간 지 오래다.
이 밤은 비록 외롭고 처참한 심정일지라도, 날이 밝을 때면 모두가 기쁨에 겨워 춤을 추리라.

이 광경을 증명하는 시가 또 있다.

석가모니의 문하에는 자비와 동정심이 예로부터 많으니, 바르고 착한 일에 공덕 이루어 마하(摩訶)를 설법한다.
만성천진(萬聖千眞)들이 모두 덕을 쌓으며, 삼귀오계(三皈五戒)[2]가 오로지 화(和)에서부터 시작되느니.

비구국 한 나라에 못된 군주가 혼미하여, 1천여 어린 생명을 그르치려 한다.

손행자는 스승과 한 가지 뜻으로 구호하고자 하니, 이번에 쌓는 음덕이 이 세상 그 어떤 파라(波羅)³라도 능가할 수 있으리라.

그날 밤도 이슥한 삼경 무렵, 여러 신령들은 거위 채롱을 낚아채어 각각 안전한 곳에 숨겨두었다.

손행자가 상광(祥光)을 낮추고 금정역 관사 앞뜰에 내려서니, 남아 있던 세 사람들은 그때까지도 여전히 '나무구생약사불'을 정성 들여 외우고 있었다. 손행자는 가슴 뿌듯한 고마움을 느끼면서 객실 가까이 다가서서 스승을 불러보았다.

"사부님, 제가 돌아왔습니다. 좀 전에 음풍이 휘몰아쳤을 텐데 그 기세가 어땠습니까?"

저팔계 녀석이 스승보다 먼저 대꾸를 한다.

"거 참 아주 사나운 음풍입디다!"

뒤미처 스승이 물었다.

"어린애들을 구해내는 일은 어찌되었느냐?"

손행자도 스스럼없이 대꾸했다.

"벌써 모조리 구해냈습지요! 하나도 빠뜨리지 않고 말입니다. 우리가 떠날 때 돌려보내달라고 부탁도 해두었습니다."

장로님은 제자의 노고에 거듭 사례하고 나서야 마음놓고 잠자리에

---

2 삼귀오계: 불교 용어로, **삼귀**(三皈)는 삼보(三寶)에 신심의 정성을 바치는 것. **오계**(五戒)는 재속(在俗) 불교 신자들이 지켜야 할 다섯 가지 계율. 제7회 주 **4** 참조.

3 파라: 불교 용어 phala의 음역. 나무 열매(果)라는 뜻. 오랜 수행 끝에 얻어지는 열반의 묘과(妙果)를 일컫는다고 한다.

들었다.

이윽고 날이 밝았다. 마음 다급한 삼장 법사는 일찌감치 잠자리에서 일어나 몸단장을 하고 맏제자를 깨웠다.

"오공아, 내 일찌감치 조정에 들어가서 통관 문첩에 확인을 받아가지고 오마."

손행자는 이렇게 여쭈었다.

"사부님 혼자 가시면 일이 제대로 안 될 겁니다. 잠깐만 기다려주십쇼. 이 손선생이 사부님과 함께 들어가서 이 나라 안의 시비흑백이 어떻게 된 것인지 알아내도록 하겠습니다."

"네가 따라나서면 좋기는 하겠다만, 조정에 들어가서도 예의범절을 차리려 들지 않을 테니, 국왕이 보고 괘씸하게 여길 게다."

"그게 걱정스러우시다면, 저는 모습을 드러내지 않고 남몰래 사부님을 따라가죠. 보호만 해드리면 그만이니까요."

삼장은 매우 기뻐하면서, 저팔계와 사화상에게 짐 보따리하며 마필을 잘 간수하라는 분부를 내려놓고, 비로소 걸음을 옮겨 떼기 시작했다. 그런데 역승이 또 삼장을 만나보러 나왔다. 그는 장로님의 차림새가 어제와 사뭇 딴판인 것을 보고, 새삼 존경심이 두터워졌다.

일신에는 불가의 기이한 보배 금란가사(金襴袈裟) 한 벌 입고, 머리에는 금정 비로모(金頂毘盧帽)를 썼다.

고리 아홉의 구환석장(九環錫杖)을 손에 짚고, 가슴 앞에는 한 점의 신광(神光)을 묘하게 감추었다.

통관 문첩을 몸에 단단히 간직하고, 바랑에는 비단으로 만든 전금투(纏錦套)를 챙겨 넣었다.

걸어가는 자세는 흡사 아라한이 인간 세계에 강림하신 듯하니, 진실로 살아 계신 부처님의 모습을 빼닮았다.

역승은 삼장과 문안 인사를 마치고 나서 또다시 귓속말로 소곤소곤 당부하는 말이, 조정에 들어가서라도 어제 얘기한 일에 쓸데없이 말을 꺼내지 말라고 했다. 삼장은 고개를 끄덕끄덕, 알아들었다는 뜻을 보여주어 역승을 안심시켰다.

그 사이에 손행자는 정문 한 곁으로 살짝 비켜서더니, 주어를 외우고 몸뚱이 한번 꿈틀하여 하루살이로 둔갑한 다음 "앵!" 하니 날아가서 삼장 법사의 모자 위에 내려앉았다. 이윽고 아문을 나선 당나라 스님은 곧바로 대궐을 향해 바쁜 걸음으로 달려갔다.

궁궐 문 앞에 이르러 보니 황문관이 서 있기에, 삼장 법사는 얼른 그 앞으로 다가가서 예를 갖추어 절하고 찾아온 용건을 밝혔다.

"소승은 동녘 땅 대당나라에서 파견되어 서천으로 경을 가지러 가는 사람입니다. 이번에 귀국 땅을 지나게 되었으므로, 마땅히 통관 문첩에 확인을 받아야 하겠기에 국왕 폐하를 배알하고자 하오니, 이 뜻을 폐하께 전달하여주시기 바랍니다."

황문관이 궁궐에 들어가서 그대로 아뢰었더니, 국왕은 크게 기뻐하면서 맞아들이라는 분부를 내렸다.

"그 머나먼 동녘 땅에서 온 승려라 하니, 반드시 도행을 갖춘 고승이겠구나!"

황문관은 어명을 받들고 다시 나와서 당나라 장로님을 정중히 모셔 들였다.

삼장 법사가 금란전 섬돌 아래 공손히 서서 배례를 올렸더니, 전상에 올라앉으라는 국왕의 너그러운 분부가 내렸다. 삼장은 거듭 사우례를 드린 다음 전상에 자리 잡고 앉았다.

국왕의 신색을 가만히 살펴보니, 간밤에 역승이 말한 대로 그 모습은 초췌할 대로 초췌하고 정신이 흐리멍덩할 뿐 아니라, 기력 또한 쇠약하기 이를 데 없어 손을 한번 드는 동작마저 힘겨워 보이고, 말씨와 목청도 끊겼다가 이어졌다 하면서 똑똑히 들리지 않았다. 삼장 법사가 통관 문첩을 받들어 올리니, 게슴츠레 풀린 눈망울로 보고 또 보고 나서야 어보(御寶, 옥새)를 꺼내더니 간신히 도장 찍어 가지고 삼장에게 건네주었다.

삼장이 통관 문첩을 소중하게 거두어 넣고 났더니, 국왕은 서천으로 경을 가지러 가는 까닭을 물어보려고 입을 열었다. 그런데 공교롭게도 때마침 측근 시종 당가관이 먼저 국왕에게 아뢰었다.

"국구 대감께서 납시옵니다."

장인 어른이 오셨다는 말을 듣자, 임금은 당장 근시 환관들의 부축을 받아가며 억지로 용상에서 내려와 몸을 굽히고 영접한다. 뜻하지 않았던 국구의 출현에 당황한 삼장 법사 역시 급히 몸을 일으켜 한 곁에 두 손 모으고 섰다.

고개를 돌려 바라보니, 과연 나이 지긋한 도사 한 사람이 백옥 섬돌 앞으로 거드름을 잔뜩 부리며 휘적휘적 걸어오고 있다. 삼장은 물론, 하루살이로 변신한 손행자는 그 도사의 차림새와 생김새를 눈여겨 자세히 살펴보기 시작했다.

머리에는 누르스름한 비단 바탕의 구석운금사건(九錫雲錦紗巾)을 쓰고, 몸에는 줄기줄기 매화 향기 스민 면실 학창의[綿絲鶴氅衣]를 입었다.

허리춤에는 세 갈래로 땋아 늘인 쪽빛 가느다란 융대(絨帶)를 띠었으며, 두 발에는 삼 줄기와 칡을 가로세로 얽어 짠 마경갈위운두리(麻經葛緯雲頭履)를 신었다.

손에는 아홉 마디 해묵은 등나무 반룡괴장(蟠龍拐杖)을 짚었으며, 앙가슴에는 용을 그리고 봉황을 수놓은 꽃 테두리 비단 주머니를 늘어뜨렸다.

옥같이 매끄러운 얼굴에 윤기가 번지르르 배어 나오고, 희끄무레한 수염이 턱 밑에 나부낀다.

금빛 눈동자는 불꽃을 흩날리고, 길게 째진 눈매가 두 눈썹 끄트머리에까지 닿았다.

몸을 움직이면 뜬구름처럼 느릿느릿 한가롭게 걸어가고, 오락가락 거닐 때마다 향기로운 안개가 흐드러지게 피어오른다.

백옥 섬돌 아래 문무백관들이 두 손 모아 잡고 영접하니, 일제히 목청 돋우어 "국구께서 조정에 납시오!" 하고 외친다.

국구란 도사는 금란보전 앞에 이르더니, 임금에게 허리 굽혀 인사도 하지 않고 오만 무례하게 그대로 지나쳐서 뚜벅뚜벅 전상에 올라갔다. 국왕 역시 그 태도가 당연하다는 듯이 몸을 세우고 뒤따라 오르면서 비위를 맞추었다.

"국구께서 오늘 아침에는 이렇듯 일찍 나오시다니, 과인도 참으로 기쁘오."

그리고 수놓은 방석에 공손히 모셔 앉힌다.

삼장 법사도 결례할 수 없는 터라, 한 걸음 앞으로 나서서 정중히 허리 굽혀 절했다.

"국구 대감께 소승이 문안드리오."

그러자 국구란 도사는 거드름을 피우며 좌석에 높이 버텨 앉은 채로 답례도 하지 않고 고개 돌려 임금을 보고 이렇게 물었다.

"저 승려는 어디서 왔습니까?"

"동녘 땅에 있는 당나라 조정에서 파견되어 서천으로 경을 가지러 가는 승려인데, 오늘 이곳을 지나가다가 통관 문첩에 확인을 받으러 왔다 합니다."

국구는 이 말을 듣더니 피식하고 비웃었다.

"서방 세계 가는 길은 온통 어둡고 썰렁할 뿐인데, 좋은 구석이 어디 있다고 찾아가는지 모르겠군."

삼장 법사는 대뜸 이렇게 반박했다.

"자고 이래로 서방 세계는 극락정토의 승경(勝景)이니, 왜 가볼 만한 곳이 아니겠습니까?"

그러자 국왕이 한마디 끼어들어 묻는다.

"짐이 옛말에 듣건대, '승려는 불가의 제자'라 하였는데, 과연 화상은 죽지 않을 수 있으며, 부처님을 숭상하면 길이 살 수 있겠소?"

삼장 법사는 이 물음에 얼른 두 손 모아 합장하고 이렇게 아뢰었다.

　　승려가 된 자는 만 가지 인연을 모조리 끊으며, 성정(性情)을 깨달은 자에게 있어서 제법(諸法)은 모두 공(空)이 됩니다.
　　큰 지혜를 지닌 자[4]는 마음에 여유 있어 한가로우며 그 담박(澹泊)함이 불생(不生) 안에 있사옵고, 참된 기미(機微)를 지닌 자는 묵묵히 적멸(寂滅) 가운데 소요(逍遙)합니다.
　　삼계(三界)를 초월하여 공허하면 백단(百端)이 다스려지고, 육근(六根)이 맑고 깨끗하면 천종(千種)이 궁극에 달하게 됩니다.

---

4 큰 지혜를 지닌 자: 원문의 '대지(大智)'는 불가사의한 지혜, 광대무변(廣大無邊)한 지혜, 위대한 지혜의 뜻. 우주의 진리를 깨달은 부처님을 가리킨다.

지각(知覺)을 굳세고 성실하게 하려거든, 모름지기 마음을 알아야 하며, 마음이 깨끗하면 홀로 자신을 밝게 비춰보게 되며, 이런 마음이 존재하면 세상의 온갖 경지에 스며들게 됩니다.

진용(眞容)이란 모자람도 없고 남는 것 또한 없으며, 생전에 볼 수도 있습니다. 환상(幻相)이란 형체는 있으되 끝내 허물어질 때가 있으니, 그 밖의 것을 분수에 넘치도록 무엇을 더 추구하리까?

행공(行功)하고 좌선(坐禪)함은 바로 입정(入定)의 근원이 되며, 은혜를 널리 보시(布施)함은 진실로 수행의 근본이 됩니다.

지나치게 영리한(大巧) 것은 어리석음(拙)과 같으니, 또한 사사건건 모두 다 할 수 없음(無爲)을 알아야 하며, 좋은 계책(善計)이란 일부러 마련해서 되는 것이 아니라 반드시 모든 일이 두서 있게 놓여져야 되는 것입니다.

오로지 일심(一心)으로 흔들리지 않으면, 만 가지 행실이 저절로 온전해집니다.

음을 채취하여 양을 보한다는 이른바 '채음보양(採陰補陽)'의 술법이나, 음식을 눈으로 먹고도 길이 살 수 있다는 이른바 '안이장수(眼餌長壽)' 따위의 사설(邪說)은 모두가 실로 허무맹랑한 거짓말입니다.

오로지 티끌과 같은 이 세상의 속된 인연을 모두 다 버릴 수만 있다면, 사물의 일체 겉모습(色) 또한 모두가 헛것(空)이 되니, 소박하고 순수한 마음(素素純純)을 지니고 애욕(愛慾)을 줄인다면, 저절로 무궁무진하게 장수를 누릴 수 있습니다.

국구란 도사는 이 소리를 듣더니 일소에 붙여버리고, 당나귀 스님에게 삿대질을 해가며 이렇게 떠들었다.

"하! 하! 하!…… 이 화상이 그래도 입이 달렸다고 주책없는 소리만 잔뜩 늘어놓는군그래! 적멸의 문중이라야 반드시 성정을 깨우칠 수 있다니! 그렇다면 그대는 그 성정이란 것이 어째서 멸(滅)하게 되는지 모르는 것이 틀림없다. 썩어빠진 고목처럼 꼼짝달싹도 않고 멍청하니 앉아서 참선이나 한다는 짓거리야말로 모두가 눈 먼 소경처럼 맹목적으로 수련하는 허튼 수작들이라는 것을 누가 모르겠나? 속담에도, '앉고 또 앉아서 궁둥이가 찢어지도록 좌선해봐라! 볼기짝에 열이 올라서 득도하기는커녕 되레 화상(火傷)이나 입기 십상일 게다' 하지 않았는가? 우리 도교가 어떤 것인지 도대체 모르는 것들이 그 따위 소리나 늘어놓지! 어디 내가 도교의 좋은 점에 대해서 한마디 읊어볼 테니, 그대는 귓밥 잘 씻어내고 들어보기나 해라!"

신선의 도를 닦는 자는 근골(筋骨)이 굳세고 준수해지며, 도에 통달한 자는 신기(神氣)가 누구보다 영통해진다.
단사표음(簞食瓢飮)에 한가로운 삶으로 산중에 들어가 벗을 찾으며, 백약(百藥)을 채집하여 세상에 나와 사람을 구제한다.
선경(仙境)의 꽃을 따서 삿갓 만들어 쓰고, 향기로운 혜초(蕙草) 꺾어 이부자리 깔아놓고 잠을 잔다.
손뼉치고 노래하며, 춤추기에 싫증나면 구름 속에 팔베개 베고 잠든다.
도교의 법을 밝혀서 태상(太上)의 올바른 가르침을 널리 선양하며, 부적(符籍)과 신수(神水) 베풀어서 인간 세상의 요기(妖氣)를 제거한다.
천지조화(天地造化)의 빼어난 기운을 빼앗으며, 일월음양(日月陰陽)의 정화(精華)를 뽑아낸다.

음양을 운용하여 금단(金丹)이 맺히게 만들고, 수화(水火)를 조절하여 성태(聖胎)가 엉기게 만든다.

이팔(二八)에 음기가 스러지면 황홀하기 이를 데 없으며, 삼구(三九)에 양기가 자라면 아득하고 묘연하다.

사시사철 때맞추어 약물을 채취하되, 아홉 차례 돌려 키우고 수련하여 단약을 구워낸다.

청란(青鸞)을 타고 자부(紫府)에 오르며, 백학(白鶴)을 타고 요경(瑤京)에 오르기도 한다.

만천(滿天)의 화채(華采)[5]에 참여하여, 묘도(妙道)의 은근함을 드러낼 수 있다.

이에 견주어서, 고요히 참선이나 즐긴다는 그대들의 불교야말로, 적멸은 사람의 정신을 그늘지게나 만들고, 열반은 더러운 육신의 껍질이나 남길 뿐이니, 이 또한 속진의 범세를 벗어나지 못하는 것이 아니고 뭐란 말이냐!

삼교(三教) 가운데 도교가 무상(無上)의 극품(極品)이니, 자고이래로 오직 도교만이 홀로 지존(至尊)이라 일컬음을 받는구나!"

국왕은 이 소리를 듣고서 기뻐 어쩔 줄을 모른다. 만조백관들도 하나같이 박수갈채를 퍼붓는다.

"지당하신 말씀이로세! 오직 도교만이 홀로 지존이라 일컬음을 받아 마땅하구나! 도교는 지존이로다!"

삼장 법사는 조정의 문무백관마저 이구동성으로 국구를 칭찬하는 소리에 위압되어, 부끄러움을 감추지 못하고 몸둘 바를 몰랐다. 천만다

---

5 화채: 장엄하고도 빛나는 변화라는 뜻.

행히도 이때 국왕이 광록시 소속 관원들에게 소찬을 마련하여, 저 머나먼 동녘 땅에서 온 이 진귀한 스님을 대접하고 무사히 서쪽으로 떠나보내라는 분부를 내렸다.

삼장은 그 은혜에 감사드리고 물러 나왔다. 금란보전 섬돌 아래 내려서서 이제 막 궁궐 문 바깥으로 나설 때였다. 하루살이로 변신해 모자 위에 달라붙어 있던 손행자가 "앵!" 하니 날아 스승의 귓불에 내려앉더니, 소곤소곤 이렇게 속삭였다.

"사부님, 저 국구란 놈은 요사스런 정령이 분명합니다. 국왕은 벌써 저놈의 요기에 씌워 아무것도 판단하지 못합니다. 이 손선생이 여기 남아서 저놈의 동태를 지켜보고 있을 테니, 사부님은 일단 역관에 돌아가 임금이 하사하는 음식을 기다리고 계십쇼."

삼장이 그 뜻을 알아차리고 홀로 궁궐 문을 나선 것은 더 말할 나위도 없다.

스승을 먼저 떠나보낸 손행자는 여전히 하루살이로 둔갑한 몸으로 날갯짓 한번에 또다시 금란보전 비취 병풍 위에 날아가 앉은 채 동정을 살펴보기 시작했다.

이때, 무관의 반열 중에서 오성병마관(五城兵馬官)이 앞으로 썩 나서더니 이렇게 아뢰었다.

"주상 폐하, 간밤에 한바탕 찬바람이 일더니 도성 내 각방(各坊) 집집마다 놓아두었던 거위 채롱 속의 어린아이들을 채롱에 담긴 채로 모조리 휘몰아갔는데, 지금까지 그 종적을 찾을 길이 없나이다."

뜻하지 않은 보고에, 국왕은 깜짝 놀라 역정을 내면서 국구를 돌아보고 근심스럽게 말했다.

"이런 변괴가 일어나다니! 이는 분명 하늘이 짐을 멸망시키려나보오. 날이 갈수록 병세가 무거워지고 어의(御醫)가 처방하는 약효도 없던 차에, 다행히도 국구께서 선방(仙方)을 내려주시어 오늘 오시(午時) 정각에 칼을 써서 어린아이들의 염통을 꺼내 가지고 약을 달여 마시기로 했더니, 하룻밤 새 찬바람이 몰아닥쳐 아이들을 휩쓸어갈 줄이야 어찌 알았겠소? 이야말로 하늘이 짐의 생명을 앗아가려는 처사가 아니고 무엇이란 말이오!"

그러자 국구는 껄껄대고 웃으면서 임금을 안심시켰다.

"폐하, 너무 걱정하지 마십시오. 바람이 그 어린아이들을 휩쓸어갔다고는 하나, 그것은 도리어 하늘이 폐하께 불로장생을 선사하시려는 조짐인가 합니다."

"약으로 써야 할 채롱 속의 아이들이 모조리 바람에 휩쓸려 갔는데, 그것이 도리어 하늘이 짐에게 불로장생을 내리는 징조라 하시다니, 그게 무슨 말씀이오니까?"

영문 모르는 임금이 의아스럽게 되묻자, 국구의 입에서 귀가 솔깃해지는 얘기가 나왔다.

"내가 방금 조정에 들어섰을 때, 한 가지 기막히게 약효가 뛰어난 약재를 발견했습니다. 이것을 달여 잡수시면, 어린애 천 백열한 명의 심장을 부약(附藥)으로 쓰시는 것보다 훨씬 효력이 좋습니다. 어린아이들의 심장을 잡수시면 고작 천 년의 수명을 늘이실 수 있을 뿐이지만, 이것을 꺼내 달여 가지고 내가 조제한 선약에 곁들여 자실 때는 폐하의 수명을 만만 년이나 연장시켜드릴 수가 있습니다."

이 말을 듣더니, 임금은 애가 타고 등이 달아 장인 영감에게 다그쳐 물었다.

"그 약재란 것이 뭐요? 어서 말씀해주시오!"

두 번 세 번 재촉을 받고 나서야, 국구는 미소 띤 채 느긋이 말문을 열었다.

"저 동녘 땅에서 파견되어 서천으로 경을 가지러 간다는 승려 말입니다. 내가 보건대, 그자는 기우(氣宇)가 맑고 끼끗하며, 얼굴 모습이 가지런한 품이, 그야말로 십세 수행을 쌓은 진신(眞身)입니다. 어렸을 적부터 중이 된 몸으로 여자와 접한 일이 없으니, 원양(元陽)을 누설하지 않았으므로 그 어린아이들보다 만 배나 더 효력이 있을 것입니다. 만약 그자의 염통을 뽑아 달여 가지고 내 선약에 곁들여 자시기만 한다면, 폐하께서는 족히 만 년의 장수를 보전하실 수 있습니다."

어리석은 임금이 그 말을 곧이곧대로 믿고, 이번에는 국구의 처사를 원망한다.

"그런 줄 알고 계시면서도 왜 진작 말씀하지 않으셨소? 그처럼 약효가 좋은 줄 알았더라면, 방금 이 자리에 붙잡아두고 놓아보내지 않았을 것을……"

아쉬움에 못 이겨 입맛을 쩝쩝 다시는 임금에게, 국구가 한마디 더 보탠다.

"그야 어려울 게 뭐 있다고 안타까워하십니까? 도로 잡아들이자면 손바닥 뒤집기보다 더 쉬운 노릇이지요."

"한번 떠난 사람을 어떻게 도로 불러들인단 말이오? 벌써 도성 바깥으로 나가버렸을 텐데……"

"어려울 것 없으니, 과히 염려 마십시오. 방금 폐하께서는 광록시에 분부를 내리셔서, 그자에게 소찬을 대접하라 하셨으니, 그자는 반드시 폐하께서 하사하신 음식을 먹고 나서야 성밖으로 나갈 것입니다. 이제라도 급히 명령을 하달하셔서 각 성문을 모조리 폐쇄하시고 군사들 가운데 정예병을 가려 뽑아 금정관역으로 출동시켜서 물샐틈없이 단단히 포위해놓고 그 화상을 잡아들이게 하십시오. 그리고 예의를 갖추어서 그자가 기꺼운 마음으로 자신의 염통과 간을 바치도록 정성껏 설득하십시오. 만약에 순순히 말을 듣거든, 즉석에서 가슴을 쪼개 심장을 뽑아내고, 그 시체를 국왕의 장례 예식으로 정중하게 장사를 지내주고 사당을 세워 절기 때마다 제사도 지내주도록 하십시오. 그러나 만약 폐하의 설득을 받아들이지 않고 반항한다면, 이런저런 예의범절 차릴 것도 없이 왕명 불복종죄로 당장 결박지어서 자빠뜨려놓고 강제로 가슴을 빠개 심장을 뽑아내면 될 것이니, 이렇게 하든 저렇게 하든 간에 무엇이 어렵겠습니까?"

불로장생에 눈이 어두운 이 어리석은 임금, 과연 그 말대로 즉각 명령을 내려 도성의 사대문을 모조리 닫아걸게 하는 한편, 왕궁을 지키던 정예군 우림위(羽林衛) 소속 장병들을 급파하여 금정관역을 철통같이 포위해버렸다.

이 소식을 알아낸 손행자는 우림위 군사들이 출동하기에 앞서 날갯짓 한번에 금정관역으로 치달려갔다. 그리고 본래의 모습을 드러내기가 무섭게 당나라 스님을 보고 소리쳤다.

"사부님, 큰일났습니다! 큰일났습니다!"

하늘같이 믿고 믿어오던 맏제자가 허둥지둥 돌아와서 '큰일났다'고 떠들어대니, 이 마음 약한 장로님은 그만 놀라다 못해 가슴이 꽉 막히고 삼시신(三尸神)이 모조리 흩어지는가 하면 칠규구공(七竅九孔)[6]에서 연기가 모락모락 솟구쳐 나올 지경이 되어, 먼지 구덩이의 땅바닥에 털썩 거꾸러지더니 온몸으로 진땀을 비 오듯이 흘리고 눈동자마저 흐리멍덩

---

[6] 삼시신·칠규구공: 삼시신(三尸神)은 도교 용어로 사람의 몸 세 부위에 들어 있는 신령. 상세한 내용은 제15회 주 **2** 및 제33회 주 **5** 참조. **칠규**(七竅)는 얼굴에 뚫린 일곱 구멍, 즉 한 입, 두 눈, 두 귀, 두 콧구멍. **구공**(九孔)은 여기에 대소변을 보는 하체의 두 구멍을 더한 것. '구규(九竅)'라고도 부른다. 제15회 주 **3** '칠규' 참조

하게 풀어진 채 말도 제대로 하지 못했다.

당황한 사화상이 얼른 달려들어 스승을 부여잡고 악을 썼다.

"사부님, 정신 차리십쇼! 사부님, 정신 차리세요!"

저팔계 녀석은 스승을 부축할 생각은 않고 뚱딴지같이 손행자를 원망한다.

"큰일났다니, 뭐가 그리도 큰일났다고 떠드는 거요? 차근차근 말씀드리면 될 것을 가지고, 왜 그렇게 호들갑을 떨어서 이토록 사부님을 놀라시게 만드는 거요?"

스승이 놀라 자빠지는 것을 보고, 손행자 역시 자기가 너무 호들갑을 떨었구나 싶어 미안스럽기는 했지만, 그래도 할 말은 하지 않을 수가 없었다.

"여보게, 진짜 큰일났네. 사부님께서 궁궐을 물러 나오신 뒤에, 이 손선생이 가만히 들어가서 살펴보았더니 그 국구란 도사 녀석은 바로 요괴였네. 얼마 안 있어 오성병마관이 달려와서 국왕에게 찬바람이 어린아이들을 거위 채롱째로 휩쓸어간 사건을 아뢰었네. 국왕은 이 보고를 듣고 근심 걱정이 이만저만 아니었는데, 국구란 놈은 오히려 경사스런 일이라고 슬쩍 돌려대더니, '이 일은 하늘이 국왕 폐하께 불로장생을 내리시려는 조짐'이라고 하면서, 우리 사부님의 심장을 뽑아내 가지고 탕약을 달여서 곁들여 마시기만 하면, 천 년이 아니라 만 년이나 수명을 늘일 수 있다고 꼬드겨 바치지를 않겠나! 그랬더니 저 어리석은 임금은 이 따위 터무니없는 소리를 곧이듣고, 그 자리에서 정예병을 가려 뽑아 출동시켜서 이 역관을 포위해놓고 따로 금의관을 달려보내, 사부님이 염통과 간을 자진해서 바치도록 설득하겠다지 뭔가!"

미련퉁이는 이 말을 듣고서도 낄낄대며 비웃는다.

"사부님이나 형님이나, 자비심 한번 잘도 베푸셨소! 어린것들이 죽는 게 불쌍하다며 목숨을 구해준답시고 음풍 한번 멋들어지게 읊으키더니, 결국 이제 와서는 이 따위로 벌집만 터뜨려놓았구려!"

삼장은 국왕이 끔찍스럽게도 자기 염통과 간을 뽑아 약으로 쓰려한다는 소리에 정신이 번쩍 들었는지 부들부들 떨어가며 엉금엉금 일어나더니, 손행자를 부여잡고 매달리면서 애원했다.

"현명한 제자야, 이 일을 장차 어쩌면 좋단 말이냐?"

그러나 손행자는 미리 생각해둔 것이 있는 터라, 스승의 물음에 내처 대답했다.

"이 일을 잘 치르자면, '큰 것과 작은 것을 서로 바꿔치기'해야만 됩니다."

사화상이 스승을 부축하다 말고 의아스레 묻는다.

"아니, 큰형님! '큰 것과 작은 것을 서로 바꿔치기'하다니, 그게 무슨 말씀이오?"

"사부님께서 목숨을 온전히 붙여 가지고 계시려거든, '스승이 제자 노릇을 하고, 제자가 스승 노릇을 해야 한다' 이 말일세. 그래야만 사부님이 목숨을 다치지 않고 무사히 살아서 여길 떠날 수가 있다네."

삼장 법사는 이 말을 듣고 더 생각해볼 것도 없이 연신 고개를 끄덕끄덕했다.

"네가 그저 내 목숨 하나만 구해줄 수 있다면, 나도 네 제자뿐만 아니라, 제자의 아들, 제자의 손자 노릇을 해도 좋다!"

스승에게서 다짐을 받아놓은 손행자, 딱 부러지게 못을 박는다.

"그럴 각오이시라면, 더 망설일 것도 없습니다."

그는 다시 저팔계를 돌아보고 분부를 내렸다.

"자네, 얼른 나가서 진흙 좀 개어오게."

미련퉁이 바보 녀석은 즉시 쇠스랑을 들고 앞뜰로 나가더니, 땅바닥의 흙을 파헤치기는 했으나 감히 물을 뜨러 바깥으로 나갈 엄두는 내지 못하고, 한다는 짓이 옷자락을 슬쩍 걷어붙이고 오줌을 누어서 진흙 한 덩어리를 반죽해 가지고 손행자에게 넘겨주었다.

손행자도 지린내를 맡고서 그가 무슨 짓을 저질렀는지 뻔히 알았으나, 어쩔 수 없이 그 냄새나는 진흙 덩어리를 제 얼굴에 붙이고 툭툭 두드려서 얼굴 윤곽을 한 장 본떴다. 그리고 스승더러 일어서라고 하더니, 꼼짝달싹 못하게 세워놓고 말도 못 하게 입을 봉한 다음, 그 진흙 판을 얼굴에 붙여놓은 채 진언을 외우고 숨 한 모금 불어넣으면서 외마디 소리를 쳤다.

"변해라!"

말끝이 떨어지기가 무섭게 장로님은 삽시간에 손행자의 모습으로 둔갑했다. 이어서 입고 있던 옷가지를 훌훌 벗어놓은 다음, 손행자의 무명 직철과 호랑이 가죽 치마로 갈아입었다. 그 동안에 어느 틈인가 인결을 맺고 주어를 외우던 손행자 역시 삼장 법사의 모습으로 탈바꿈하고 스승 곁에 시침을 뚝 떼고 서 있었는데, 얼마나 감쪽같았는지 저팔계와 사화상조차 알아보기 어려울 지경이었다.

이렇듯 스승과 제자들이 합심 협력하여 바꿔치기를 막 끝냈을 때, 역관 바깥에서 징을 두드리는 소리, 북소리가 한꺼번에 요란하게 울리더니, 창칼로 무장한 병사들이 밀물처럼 몰려들었다. 그것은 보나마나, 우림위 소속 군관이 3천 명의 병력을 거느리고 들이닥쳐 금정관역을 물샐틈없이 에워싸느라 떠드는 소동이었다.

뒤미처 포위망 외곽에서 비단옷을 걸친 국왕의 측근 호위 금의관(錦衣官) 하나가 역관 앞뜰로 썩 들어서더니, 목청을 드높여 위세당당하게 외쳐 물었다.

"동녘 땅 대당나라 조정에서 파견되어왔다는 장로님이 어디 계시느냐!"

조정에서도 세력 높은 금의관이 호통쳐 묻는 소리에, 미관말직의 역승은 그만 가슴이 덜컥 내려앉아 그 자리에 털썩 무릎 꿇고 엎드린 채 와들와들 떨어가며 손가락으로 객실 쪽을 가리켰다.

"저 아래…… 개, 개객…… 객실에…… 앉아 계십니다!"

금의관은 곧장 객실로 달려가더니, 네 사람을 돌아보며 임금의 명을 전했다.

"당나라 장로님, 우리 국왕 폐하께서 다시 모셔오라는 분부를 내리셨소이다!"

이때쯤 되어서, 저팔계와 사화상은 '가짜 손행자'를 좌우에서 보호하면서 멀찌감치 떨어져 앉아 있고, 그 대신에 '가짜 당나라 스님'이 선뜻 문밖으로 나서더니 절을 하며 응답했다.

"금의위 대감, 폐하께서 소승을 다시 부르시다니, 무슨 말씀이 계시는지요?"

이 말끝이 떨어지자마자, 금의관은 앞으로 와락 달려들더니 한 손으로 '가짜 당나라 스님'의 덜미를 덥석 움켜잡으며 호통쳤다.

"나하고 같이 궁궐에 들어가 보면 자연 알게 될 테니까, 잔소리 말고 어서 따라나서기나 하시오! 우리 국왕 폐하께서 당신을 꼭 쓰실 데가 있을 거요."

허어! 기가 막힐 노릇이다. 이야말로 "요사스런 자의 모함이 자선을 베풀려는 마음보다 강하고, 자선을 베풀려던 짓이 도리어 흉악한 재앙을 초래한다(妖誣勝慈善, 慈善反招凶)" 하더니, 그 격이 아니고 무엇이랴!

과연 이번에 끌려가는 목숨이 도대체 어떻게 될 것인지, 다음 회에서 풀어보기로 하자.

제79회 청화동을 찾아서 요괴를 잡으려다 남극수성을 만나고, 조정에 들어가 군주를 올바로 각성시키고 어린것들의 목숨을 살려내다

얘기는 이어져서, 금의관은 '가짜 당나라 스님'을 잡아끌고 역관을 나서더니, 우림군 장병들과 함께 겹겹이 둘러싼 채 곧바로 궁궐 문 밖까지 달려갔다. 궐문 앞에 다다르자, 그는 황문관에게 통보했다.

"우리가 당나라 화상을 모시고 왔으니, 수고스럽지만 폐하께 상주해주시오."

황문관이 급히 조정에 들어가 어리석은 국왕에게 그 말대로 아뢰니, 들이라는 분부가 떨어져 드디어 안으로 모셔 들여가게 되었다.

파견되어갔던 여러 관원들은 모두 백옥 섬돌 아래 꿇어앉아 절을 올렸으나, '가짜 당나라 스님'만은 계단 한복판에 우뚝 버텨선 채 우렁찬 목소리로 전상을 향해 외쳐 물었다.

"비구국왕! 소승을 불러서 무슨 말씀을 하시려오?"

국왕은 비실비실 웃으며 이렇게 대답했다.

"짐이 병을 얻은 지 오래도록 시름시름 앓고 있었으나, 치유되지 않아 오늘날까지 고생하고 있었소. 다행스럽게도 국구께서 한 가지 처방을 내려주시어 모든 약제는 두루 갖추어졌으되 여기에 곁들여 마실 탕약이 없는 터라, 이제 특별히 장로께 청하여 그 탕약의 재료를 얻고자 하는 바이오. 만약 짐의 병이 쾌차하게만 된다면, 장로에게 사당을 세워드리고 사시사철에 때맞추어 제사를 받들어 모시고, 짐의 자손 대대로

길이 향화가 끊이지 않도록 해드리리다."

'가짜 당나라 스님'은 이 말을 듣더니, 껄껄대고 호탕하게 웃으며 서슴없이 대꾸했다.

"소승은 출가한 사람이라 빈 몸으로 이곳에 당도하였는데, 무엇 하나 변변한 것이 있겠소이까? 하지만 국왕 폐하께서 굳이 원하시니, 무엇을 달여 잡수실 것인지 폐하께서 저 국구 되시는 분께 여쭈어보고 말씀해주시지요."

어리석은 임금이 생각해볼 것도 없다는 듯이 내처 대답한다.

"특별히 구할 것은······ 장로의 심장이외다."

끔찍스런 요구를 받고서, '가짜 당나라 스님'은 고개를 갸우뚱해 보이더니 난처한 기색으로 이런 말을 늘어놓는다.

"폐하께 숨기지 않고 솔직히 말씀드리지요. 소승에게는 염통이 몇 개 있는데, 어떤 빛깔의 것이 필요하십니까?"

이때 곁에서 국구란 자가 손가락질하면서 얼른 그 말을 받는다.

"이것 봐, 화상! 우리는 그대의 시커먼 염통, 바로 흑심(黑心)을 써야겠어!"

이 말을 듣고도 '가짜 당나라 스님'은 대수롭게 않게 받아넘겼다.

"그러시다면, 어서 칼을 가져다가 내 가슴, 뱃가죽을 갈라봅시다. 만약 시커먼 염통이 있거든 꺼내 가지고 폐하의 명령대로 바치리다."

"고맙소, 고마워! 여봐라, 어서 칼을 대령하지 못할까!"

응답이 선선히 나오자, 이 어리석은 국왕은 기뻐 어쩔 줄을 모르면서 신하들에게 칼을 가져오라고 성화같이 재촉했다. 이윽고 측근 시종 당가관이 우이단도(牛耳短刀) 한 자루를 가져다 바쳤다. 글자 그대로 황소 귀처럼 길이가 짧고 볼이 넓적하게 생긴 날카로운 단도였다.

'가짜 당나라 스님'은 손에 칼자루를 받아들더니, 옷자락을 풀어 헤쳐놓고 가슴을 떡 내민 다음, 왼손으로 뱃가죽을 슬슬 문지르고 나서 오른손에 잡은 칼로 "써억!" 소리가 나도록 힘차게 그어 내려서 단숨에 배를 갈랐다. 다음 순간, 뱃속에서는 염통 한 무더기가 꾸역꾸역 쏟아져 나왔다.

이 끔찍스런 광경을 지켜보던 문관들은 아연실색, 얼굴빛이 하얗게 질려버리고, 담보 큰 무관들도 온몸이 굳어져, 모두들 손가락 하나 까딱할 수 없게 되고 말았다.

배짱이 어지간한 국구조차 전상에서 굽어보다가 입이 딱 벌어진 채 혀를 내둘렀으니, 다른 사람들이야 더 말할 나위가 어디 있으랴.

"허어! 그놈의 화상, 염통 하나 어지간히도 많이 가지고 있군!"

그러나 '가짜 스님'은 듣는 체 마는 체, 그 많은 심장을 피가 뚝뚝 떨어지는 대로 오장육부 가운데서 하나하나씩 골라내어 여러 사람들의 눈앞에 돌려 보이기 시작했다. 시뻘건 홍심(紅心), 하얀 백심(白心), 싯누런 황심(黃心), 인색하고 탐욕스러운 간탐심(慳貪心), 이익과 명예를 따지기 좋아하는 이명심(利名心), 질투심(嫉妬心), 남과 다투고 승강이하는 계교심(計較心), 남한테 지지 않고 이기려고만 드는 호승심(好勝心), 높은 지위나 벼슬을 바라는 망고심(望高心), 교만하게 남을 업신여기는 모만심(侮慢心), 남을 죽이고 싶어하는 살해심(殺害心), 모질고 악독한 한독심(狠毒心), 공포심(恐怖心), 대범하지 못하고 도량이 좁은 근신심(謹愼心), 간사하고 경망스러운 사망심(邪妄心), 명분 없는 짓을 저지르고 감추려 들기만 하는 무명은암지심(無名隱暗之心), 그리고 온갖 착하지 못한 불선심(不善心)······ 이런 심장들을 주섬주섬 모두 꺼내 보였으나, '흑심'이라는 시키먼 염통은 어디에도 보이지 않았다.

어리석은 국왕은 경악하다 못해 얼이 다 빠져서 입으로 말 한마디 못 한 채 와들와들 떨고만 있더니 한참 만에야 겨우 외마디 소리를 질렀다.

"거둬 넣어라! 어서 그것들을 도로 집어넣으라니까!"

'가짜 당나라 스님' 역시 더는 참을 수가 없었는지 술법을 거두고 본래의 모습을 드러내더니, 혼군(昏君)을 향해 버럭 호통을 쳤다.

"폐하! 눈썰미가 어찌 그리도 없으시오? 우리 같은 승려들은 모두 한 조각 착한 마음씨만 지니고 있을 뿐인데, 누구에게서 흑심을 구하겠다는 거요? 시커먼 심보는 오직 당신의 장인 영감 국구만이 가지고 있을 터이니, 그걸 뽑아서 탕약을 달여 마시면 좋을 거요. 내 말을 믿지 못하시겠소? 그렇다면 내가 폐하를 대신해서 저놈의 심장을 꺼내 가지고 증거로 보여드리리다!"

국구는 이 말을 듣고 깜짝 놀랐다. 그래서 두 눈을 부릅뜨고 자세히 살펴보았더니, 이게 웬일인가! 당나라 화상의 낯짝이 싹 바뀐 채, 앞서 보았던 얼굴 모습과는 생판 다르지 않는가? 어디 그뿐이랴, 새삼스레 눈을 씻고 다시 한 번 바라보니, 아뿔싸! 이 자가 다름아니라 바로 5백여 년 전에 천궁을 뒤엎기로 악명이 자자했던 제천대성 손오공이 아닌가!……

손행자의 정체를 알아보고 기절초풍하도록 놀란 국구는 그 자리에서 번뜻 몸을 뒤채더니, 구름을 일으켜 타고 곧바로 허공에 솟구쳐 올랐다. 손행자 역시 급히 근두운을 날려 공중으로 뛰어오르기가 무섭게 국구의 뒤를 바짝 따라붙으면서 냅다 호통을 쳤다.

"어딜 달아나려고! 내 철봉이나 한 대 먹어라!"

국구는 후딱 돌아서더니 반룡괴장(蟠龍拐杖)을 기세 사납게 휘두르면서 마주 덤벼들었다. 이리하여 그들 둘이서는 휑하니 트인 반공중에서 맞붙은 채 한바탕 기막힌 싸움을 벌이기 시작했다.

여의봉과 반룡괴, 허공에는 온통 구름이 자욱하게 뒤덮였다.

애당초 임금의 장인 노릇하던 자는 요사스런 정령이었으니, 그런 까닭으로 정체 모를 계집을 교색(嬌色)이라 일컬었다.

일국의 군주가 환락에 탐닉하다가 일신에 병이 옮았더니, 요사스런 정령은 어린것들의 목숨을 해치려 든다.

어쩌다가 제천대성과 맞닥뜨리니 신통력을 발휘하고, 요괴를 잡아 사람의 목숨을 구하려 하니 그 원한 서로 풀기 어렵다.

정수리에 떨어지는 철봉의 기세 실로 흉악하고, 마주 덤벼드는 반룡괴장 곤법(棍法) 또한 갈채 받을 만하다.

온 하늘에 살기 찬 안개 기운 뒤덮여 한나라의 성지(城池)가 어두워지고, 도성 안 사람들은 집집마다 아연실색한다.

문무백관들은 하나같이 혼비백산을 하고, 황후 비빈들과 궁녀들은 얼굴빛이 바뀌었다.

비구국 혼군은 놀라다 못해 허둥지둥 제 한 몸 감추느라 전전긍긍, 손발을 어디다 두어야 할지 모른 채 갈팡질팡한다.

번쩍 들린 철봉은 마치 산림을 뛰쳐나오는 호랑이와 같으며, 수레바퀴 돌아가듯 휘두르는 반룡괴장은 바다를 떠나 용솟음치는 해룡(海龍)과 같다.

이번에 비구국을 크게 소란케 함은, 정(正)과 사(邪) 시비흑백을 명백히 가려내기 위함이다.

요괴는 손행자를 상대로 20여 합이나 악전고투를 벌였으나, 반룡괴장은 끝내 저 무시무시한 철봉을 당해내지 못하고 차츰 밀리기 시작하더니, 드디어 허세로 한바탕 휘둘러 공격하는 체하다가 발을 쑥 잡아 뽑기가 무섭게 몸뚱이는 어느덧 한 줄기 싸느란 광채로 변하여 황궁 내원으로 곤두박질쳐 떨어졌다. 지상에 추락한 빛줄기는 3년 전 국왕에게 진상했던 요녀 미후를 데리고 궁궐 문 바깥으로 나서더니, 그녀 역시 또 한 줄기 싸늘한 광채로 화하여 어디론가 자취를 감추고 말았다.

제천대성은 구름을 낮추고 궁전 아래 내려서서, 조정 관원들에게 호통쳐 비웃었다.

"잘들 보았겠구나! 그대들이 떠받들던 국구란 자가 얼마나 훌륭하더냐?"

문무백관들은 부끄러움과 두려움을 이기지 못하고 일제히 그 자리에 꿇어 엎드려 절하며 외쳤다.

"요괴의 정체를 밝혀주시니, 신승(神僧)께 감사드리나이다!"

손행자는 피식 웃으면서 그들을 다그쳤다.

"일없다! 절은 그만두고, 그대들의 어리석은 임금이 어디 있는지 찾아보기나 해라!"

"저희 주상 폐하께서는 싸움이 벌어지는 것을 보시자 놀랍고 두려워 몸을 숨기셨는데, 어느 궁궐로 피신해 가셨는지 알 수 없사옵니다."

이 말에, 손행자는 즉각 명령을 내렸다.

"어서 빨리 찾아들 봐라! 저 미후란 요물이 가로채 달아나면 큰일이다."

문무백관들은 그제야 정신이 번쩍 들어, 남녀지간에 내외를 차릴 겨를도 없이 손행자와 함께 미후궁으로 달려가, 뿔뿔이 흩어져서 이곳저곳을 샅샅이 뒤져보기 시작했다. 그러나 국왕의 행방은 도무지 알 길이 없으려니와, 미후마저 어디론가 종적을 감추어 보이지 않았다.

이윽고 정궁, 동궁, 서궁의 황후들과 육원의 비빈들이 모조리 달려나와 손대성에게 감사의 절을 드렸다.

손대성은 절레절레 도리질을 하며 그녀들을 재촉했다.

"어서 일어들 나시오! 지금은 감사를 드리거니 어쩌니 할 때가 아니오. 어서 속히 그대들의 임금부터 찾도록 하시오."

얼마 안 있어, 네댓 명의 근시 태감들이 저 어리석은 임금을 부축하고 근신전(謹身殿) 뒤편으로부터 돌아 나왔다. 여러 신하들은 땅바닥에 꿇어 엎드려 한 목소리로 아뢰었다.

"주상 폐하! 주상 폐하! 신승께서 이곳에 왕림하시어 진위를 명백히 가려내주셨나이다. 국구 노릇을 하던 자는 사람이 아니라 요사스런 정령이었사오며, 미후도 행방을 감추어 보이지 않나이다."

임금은 이 말을 듣더니, 즉시 손행자를 모시고 황궁을 나와 금란보전에 이른 다음, 정중히 허리 굽혀 감사의 예를 올렸다.

"장로님, 그대가 아침나절에 오셨을 때의 모습은 그토록 준수하고 기품 있어 보이시더니, 지금은 어떻게 그런 행색으로 바뀌셨소?"

손행자는 빙그레하니 웃으면서 말씨를 누그러뜨렸다.

"폐하께 숨김없이 솔직히 말씀드리오리다. 아침에 오셨던 분은 바로 당나라 황제 폐하의 아우님 되시는 삼장 법사이십니다. 저는 그분의 수제자 손오공이요, 제게도 두 명의 사제 저오능과 사오정이 있습니다. 지금은 모두 금정관역에서 저를 기다리고 있지요. 폐하께서 요사스런 말을 믿으시고 우리 사부님의 심장을 꺼내 탕약제로 곁들여 드시려 한다는 소식을 알게 되었기에, 이 손선생이 사부님과 똑같은 모습으로 둔갑하고 일부러 여기까지 와서 그 요괴를 항복시켰던 것입니다."

국왕은 손행자의 일행이 있다는 말을 듣자, 그 즉시 각하 태재(閣下太宰)에게 전지를 내려, 잠시도 지체 말고 역관으로 달려가 스승과 제자 일행을 궁중으로 모셔오게 하였다.

한편 삼장 법사는 손행자가 본래의 모습을 드러내고 공중에서 요괴를 굴복시키려 한창 싸움을 벌인다는 소식을 전해 듣고, 혼비백산을 하도록 놀라서 어쩔 바를 모른 채 안절부절을 못했다. 다행히도 저팔계와 사화상이 보호하여 모시고 있었기에 일단 걱정은 덜었으나, 얼굴에 돼지 오줌 냄새 풍기는 진흙 탈을 덮어쓰고 있으려니, 숨이 턱턱 막히도록 답답하고 역겨워 기분이 여간 나쁜 것이 아니었다.

그가 한창 불쾌한 기분을 억누르고 있으려니, 아문 바깥에서 누군가 큰 소리로 외쳐 부른다.

"법사님, 저희들은 비구국왕 폐하께서 보내신 각하 태재입니다. 법사님 일행을 조정에 모시고 들어가 베풀어주신 은혜에 사례하고자 이렇게 왔습니다."

스승이 그 소리에 겁을 집어먹고 바짝 움츠러들자, 저팔계 녀석은 일부러 껄껄대고 웃으면서 안심시켜드린다.

"사부님, 겁내지 마십쇼! 두려워하실 것 없다니까요! 저 사람들이 사부님의 심장을 또 뽑아내자는 게 아니라, 아무래도 형님이 요괴를 이겨냈기 때문에 사부님을 모셔다가 사례라도 하려는 모양입니다."

"이겨서 모시러 왔다고는 해도, 내 이렇듯 지린내 풍기는 얼굴을 해 가지고 어떻게 남을 대할 수 있단 말이냐?"

스승이 투덜대는 심정을 모르는 바 아니었으나, 그것만큼은 저팔계로서도 어떻게 손써볼 도리가 없는 일이다.

"별 수 있습니까. 우선 그대로 참고 가셔서 형님을 만나보시면, 자연 풀어드릴 방법이 있을 겁니다."

장로님도 생각해보니 정말 뾰족한 수가 없다. 그러니 짐 보따리를 짊어지고 말고삐를 끌며 역관 앞뜰로 내려서는 저팔계, 사화상을 뒤따라 나설밖에. 아문 바깥에서 기다리고 있던 태재 각하들께서 이들의 생긴 모습을 보고 흠칫 놀라, 저도 모르게 뒷걸음질치며 한마디 던졌디.

"어이쿠, 나리들! 어쩌면 네 분의 생김새가 하나같이 역락없는 요괴의 낯짝들을 하고 계십니까?"

사화상이 점잖게 타이른다.

"조정의 선비님들, 우리가 추접스레 생겼다고 이상하게 여기지 마시오. 이런 얼굴 모습은 우리가 태어날 때부터 전해 받은 생김새요. 하지만 우리 사부님은 궁궐에 가 계신 우리 큰형님을 만나보게 되면 당장 준수한 용모를 되찾으실 거요."

이윽고 그들 세 사람은 여러 대신들과 더불어 궁궐 문 앞에 당도했다. 그러나 입궐해도 좋다는 왕명을 기다릴 것도 없이 곧바로 금란보전 아래까지 들어갈 수 있었다.

손행자는 일행을 보자, 즉시 보전 아래로 내려와 맞아들이더니 스승을 마주 대하고 얼굴에 씌운 진흙 탈부터 뜯어낸 다음, 선기 어린 숨결 한 모금을 불어넣으면서 외마디로 소리쳤다.

"변해라!"

이렇게 해서 당나라 스님은 그 자리에서 본래의 모습을 되찾고 숨통이 시원하게 탁 트였을 뿐만 아니라, 정신도 갈수록 새뜻해지는 느낌이 들었다.

국왕이 보전 아래 내려와 친히 영접하더니, 말끝마다 '법사 노불(法師老佛)'이란 존칭까지 써가며 사례하여 마지않았다.

스승과 제자 일행은 말고삐를 매어놓고 국왕과 함께 전상에 올라, 새삼스레 상견례를 나누었다.

인사치레가 끝나자, 손행자는 국왕 앞에 단도직입으로 물었다.

"폐하께서는 그 요괴가 어디서 왔는지 아십니까? 알려주시면 이 손 선생이 냉큼 뒤쫓아 가서 깡그리 잡아 가지고 후환을 깨끗이 없애드리겠습니다."

이 무렵 비취 병풍 뒤에 몰려나와 있던 삼궁 황후와 육원 비빈들은 손행자가 요물들을 깨끗이 소탕하여 후환을 없애준다는 말을 엿듣더니, 남녀지간의 내외라든가 체면 따위를 가릴 것도 없이 한꺼번에 달려 나와 굽신굽신 절하며 손행자에게 호소했다.

"신승 노불 어르신께 바라나이다! 제발 덕분에 위대하신 법력을 크게 베푸시어 그 요괴들을 뿌리뽑아 깨끗이 멸해주소서. 이 나라의 화근을 제거해주신다면, 실로 하늘보다 높으신 그 은혜에 마땅히 결초보은 하오리다!"

하긴 그렇다. 황후들이나 비빈들이나 모두 지난 3년 동안 미후란 요물에게 임금의 총애를 빼앗기고 찬밥 신세 노릇을 해오다가 이제 되찾게 되었으니, 무엇으로라도 그 은혜에 보답하지 않겠는가! 손행자는 빙그레하니 미소 띤 채 일일이 답례를 보내더니, 또다시 국왕에게 요괴가 사는 곳이 어디냐고 다그쳐 물었다.

국왕은 부끄러움에 못 이겨 얼굴이 벌개지면서 사실대로 다 털어놓았다.

"삼 년 전, 그자가 처음 나타났을 때 짐이 한마디 물어본 적이 있었소. 그자의 말인즉, '자기는 이 도성에서 그리 멀지 않은 곳, 남쪽으로 칠십여 리 떨어진 유림파(柳林坡) 청화장(淸華莊)이란 곳에 살고 있다' 하였소. 국구는 나이가 많이 들어 자식이 없었는데, 후처가 딸을 하나 낳아주었다고 했소. 방년 십육 세로 시집을 보내지 않았으니 짐에게 바치고 싶다 하기에, 짐도 가만 보니 귀엽고 사랑스러워 마침내 받아들여 궁중에 머물게 해두고 총애하였던 거요.

그러던 차에 뜻하지 않은 병을 얻어 태의원 시의(侍醫)들이 온갖 처방을 다 써보았으나 전혀 약효를 보지 못하였소. 이때 국구가 말하기를, 자기한테 선방이 있기는 하지만 어린아이들의 신장을 달여서 그 탕제로 약에 곁들여 마시기만 하면 완쾌된다 하기에, 짐은 불민하고 어리석은 탓으로 그만 그자의 말을 경솔하게 곧이 믿고 말았소. 그래서 마침내 민간 백성들의 어린아이들을 가려 뽑아, 바로 오늘 오시 정각에 칼질을 해서 심장을 꺼내 쓰기로 작정했던 것이오.

하지만 공교롭게도 오늘 신승께서 강림하시고, 또 때마침 거위 채롱 속에 가두어놓았던 어린아이들이 온데간데없이 사라져버리고 말았소. 그러자 국구가 말하기를, 신승께서는 십세 수행을 쌓은 진신(眞身)이요, 원양도 아직 누설되지 않은 몸이라, 그 심장을 꺼내 쓰면 어린아이들 것보다 만 배나 더 약효가 좋다고 유혹하기에, 그만 신승을 건드리는 잘못을 저지르고, 신승께서 요사스런 마귀의 흑심을 꿰뚫어 보고 계실 줄은 미처 몰랐소.

이제 신승께 감히 바라건대, 큰 법력을 베푸셔서 이 나라에 후환을 뿌리뽑아 없애주신다면, 짐은 이 나라의 재물을 다 기울여서라도 그 은혜에 보답하리다!"

손행자는 통쾌하게 웃음을 터뜨리더니, 지금까지 감추어두었던 비밀을 털어놓았다.

"이왕 얘기가 나왔으니, 저도 숨기지 않고 사실대로 말씀드리리다. 거위 채롱 속의 아이들은, 우리 사부님께서 자비심을 발하시어 간밤에 나를 시켜 미리 감추어두게 하셨소. 이제 무슨 재물로 보답하겠다느니 마느니 하는 그런 말씀은 거두시고, 내가 요괴를 잡거든 내 공덕인 줄이나 알아주십쇼."

그리고 미련퉁이를 돌아보며 소리쳐 불렀다.

"팔계! 나를 따라나서게."

미련퉁이도 그럴 줄 알았다는 듯이 궁둥이를 털고 일어나면서도 투덜투덜 불평을 늘어놓는다.

"형님 분부대로 따르기는 하겠소만, 뱃속이 텅 비어서 기운을 쓸

수 없으니 그게 걱정이오."

이 소리를 듣자, 국왕이 당장 광록시에 명령을 내려 한시 바삐 음식상을 마련하여 대접하도록 한다.

얼마 안 있어 음식상이 푸짐하게 차려져 나오니, 저팔계 녀석은 한바탕 배불리 먹고 신바람이 나서 우쭐거리며 손행자의 뒤를 따라나섰다. 두 형제는 이내 구름을 일으켜 타고 허공으로 솟구치더니, 눈 깜짝할 사이에 남쪽으로 사라졌다.

이것을 본 임금과 황후 비빈, 조정에 가득한 문무백관들은 하나같이 깜짝 놀라 그 자리에 엎드려 허공을 우러르며 조배를 올렸다.

"진실로 참된 신선, 살아 계신 부처님들께서 속세에 강림하셨구나!"

손대성은 저팔계를 데리고 곧장 남쪽으로 방향을 잡더니 순식간에 70여 리 길을 날아서 풍운을 멈추고 요괴들이 살고 있다는 유림파 청화장이란 곳을 찾기 시작했다. 이리저리 둘러보자니, 한 줄기 맑은 시냇물이 흐르는데, 그 양편 언덕을 끼고 수천 수만 그루나 되는 버드나무 숲이 울창한 것이 글자 그대로 '유림파'가 분명했다. 그러나 청화장이란 장원은 어디 있는지 알 수가 없었다.

이야말로 "만 이랑 들판에 논밭은 아무리 보아도 끝 간 데를 모르는데, 천 갈래 언덕 기슭에 아지랑이 자욱하게 서려 버드나무 숲을 감추니 종적 찾을 길 없다(萬頃田野觀不盡, 千堤煙柳隱無踪)"는 격이다.

손대성은 아무리 둘러보아도 찾을 수가 없게 되자, 즉시 인결을 맺고 '옴(唵)'자 진언을 외워 이 고장 토지신을 잡아냈다. 느닷없는 주어에 끌려나온 토지신은 부들부들 떨어가며 그 앞에 무릎 꿇고 여쭈었다.

"대성님, 유림파 토지신이 문안드립니다."

토지신이 전전긍긍, 떨면서 머리 조아리는 것을 보고, 손대성이 인심을 쓰는 척하며 묻는다.

"자넬 때리지는 않을 테니 겁낼 것 없네. 그 대신 자네한테 한 가지 묻겠네. 유림파에 청화장이란 곳이 있다던데, 그게 어디쯤 있는가?"

토지신은 잠깐 고개를 갸우뚱하더니 이내 대답했다.

"이곳에 청화동은 있어도, 청화장이란 저택은 있어본 적이 없습니다. ……아하, 소신(小神)이 알았습니다! 대성께서는 지금 비구국에서 오시는 길이지요?"

"바로 그렇네. 비구국왕이 어느 요괴한테 홀렸다네. 이 손선생이 그곳에 가서 요괴의 정체를 알아보고 당장 싸워 물리쳤더니, 그놈이 싸늘한 빛줄기로 화해 도망쳤는데 어디로 사라졌는지 도대체 알 수 있어야지. 그래서 비구국 임금에게 물어봤더니, 그 사람 말이, 삼 년 전 아리따운 계집을 바쳤을 때 물어본 적이 있었는데, 요괴가 도성 남쪽 칠십 리 떨어진 유림파 청화장에 살고 있었노라고 대답했다는 걸세. 그 말대로 방금 여기까지 쫓아오기는 했는데, 버드나무 숲이 우거진 언덕만 있을 뿐 청화장은 보이지 않기에, 자네를 불러내어 묻는 걸세."

토지신이 다시 한 번 머리를 조아리고 대답한다.

"대성 어르신, 용서해주십시오. 비구국왕은 엄연히 제가 다스리는 땅의 주인이므로 소신도 보살펴주어야 마땅한 일이오나, 그 요괴의 신통력과 수법이 워낙 크고 엄하니 어쩌겠습니까. 만약 제가 그 일을 누설했다가는 당장 찾아와서 들볶아댈 것이 뻔한 터라, 그래서 아직껏 그 요괴를 잡아 끓이지 못했던 것입니다. 이제 대성께서 여기까지 오셨으니, 자세히 말씀드리겠습니다. 저 남쪽 언덕에 가시면 가장귀가 아홉 갈래진 수양버들이 한 그루 있습니다. 그 나무뿌리 아래에서 둘레를 왼쪽으로 세 바퀴, 오른쪽으로 세 바퀴 도신 다음, 두 손으로 나무줄기를 떠밀면서 '열려라, 문! 열려라, 문!' 하고 연거푸 세 번만 외치시면, 곧바로 청화동부(淸華洞府)가 나타날 것입니다."

이 말을 듣자, 손대성은 즉시 토지신을 물러가도록 한 다음, 저팔계와 함께 시냇물을 건너뛰어서 수양버들을 찾았다. 토지신의 말대로, 과연 그곳에는 가장귀 아홉 줄기가 한 뿌리에서 뻗어 올라 사방으로 퍼져 나간 버드나무 한 그루가 서 있었다. 나무를 발견한 그는 저팔계에게 분부했다.

"자네는 일단 멀찌감치 떨어져 있게. 내가 문을 열라고 외쳐서 요괴란 놈을 찾아내거든, 재빨리 쫓아와서 거들어주면 되네."

저팔계는 사형의 분부대로 버드나무에서 반 리쯤이나 떨어진 곳까지 휑하니 뛰어가서 기다렸다. 그 동안에, 손대성은 토지신이 일러준 대로 나무 뿌리 둘레를 왼쪽으로 세 바퀴, 오른쪽으로 세 바퀴를 빙글빙글 돌고 나서 두 손으로 줄기를 힘껏 떠밀어가며 큰 소리로 외쳐댔다.

"열려라, 문! 열려라, 문! 열려라, 문!"

연거푸 세 차례 외쳤더니, 아니나 다를까 "뿌지직, 뿌지직!" 하는 소리와 함께 보이지 않던 문짝이 열리는 것과 동시에, 수양버들은 어디론가 자취를 감추고 그 자리에 밝은 노을 빛이 환하게 비쳐 나오는 출입구가 뻥 뚫렸다. 그러나 인기척은 역시 없었다.

손행자는 신위를 떨치면서 그 안으로 불쑥 뛰어들어갔다. 이리저리 살펴보니, 동굴 속은 예상 밖으로 기막힌 선경을 이루고 있었다.

안개구름에 연하(煙霞)는 번쩍번쩍 밝게 빛나니, 해와 달이 남몰래 스며들어 비치는 듯.

흰 구름 언제나 동굴 밖에 떠도는데, 푸른 이끼는 앞뜰 가득 질편하게 널렸다.

오솔길 가에 뒤덮인 기화(奇花)는 아름다운 자태를 서로 다투고, 섬돌 밑에 가득 찬 요초(瑤草)는 아리땁고 탐스러운 모습을 서로 견준다.

포근하고 따사로운 기운에 경치는 언제 보나 늘봄, 이야말로 신선 계신 낙원이요, 봉래산 영주 선경에 비겨도 손색이 없다.

매끄러운 돌 걸상에는 기나긴 덩굴이 휘감겨 오르고, 평평한 돌다리에는 등나무 넝쿨이 어지러이 걸려 있다.

꿀벌 떼는 빨간 꽃술 물고 바위 동굴 찾아드는데, 꽃나비는 그윽한 난초를 희롱하며 돌 병풍 너머로 날아간다.

손행자가 급한 걸음걸이로 가까이 다가서서 자세히 살펴보니, 돌 병풍 앞면에 커다란 글씨로 넉 자가 씌어 있다.

청화선부(淸華仙府)

참을성 없는 원숭이 임금이 돌 병풍을 훌쩍 뛰어넘어 그 안으로 들어가 보았더니, 과연 국구 노릇을 하던 늙은 요괴가 어여쁜 계집 하나를 가슴에 부여안고 숨가쁜 목소리로 비구국 도성에서 일어났던 이야기를 한바탕 늘어놓고 있는 것이 아닌가. 두 연놈은 마지막에 가서 입을 모아 이렇게 탄식했다.

"참으로 절호의 기회가 왔었는데!…… 삼 년 동안이나 공들인 일이 오늘 하루아침에 결딴나고 말다니…… 이게 다 그놈의 원숭이가 산통을 깨뜨린 탓이지 뭐야!"

얘기가 이쯤 되면 더 들어보고 자시고 할 것도 없다. 손행자는 그들 곁으로 냅다 뛰어들면서 철봉을 번쩍 치켜들고 버럭 호통쳐 꾸짖었다.

"요 몹쓸 놈의 털북숭이 짐승들아! 뭐가 '절호의 기회'란 말이냐! 그래 좋다, 이 좋은 기회에 내 철봉이나 한 대씩 맛 좀 봐라!"

늙은 요괴는 엉겁결에 품고 있던 어여쁜 계집마저 밀쳐내더니, 반룡괴장을 휘둘러 급히 막아내며 사납게 덤벼들었다.

이리하여 둘이서는 청화 동굴 바로 앞에서 한바탕 싸움판을 벌이기 시작하는데, 앞서 맞붙었을 때와는 아주 딴판으로 늙은 요괴의 저항이 격렬하기 이를 데 없다.

철봉을 번쩍 치켜드니 금빛 광채가 불똥을 퉁겨내고, 반룡괴장을 휘두르니 흉악한 기염 토해낸다.

"이 무지막지한 놈아, 어딜 감히 내 집 문전에 쳐들어왔느냐!"

요괴가 고함쳐 꾸짖으니, 손행자도 지지 않고 대거리를 한다.

"잔소리 마라! 내게는 요괴를 항복시킬 생각밖에 없다."

"내가 임금의 자리를 탐낸들, 네놈이 도대체 무슨 상관이기에 이렇듯 기를 쓰고 훼방을 놓는 거냐?"

"승려가 도를 닦고 가르침을 다스리는 근본은 자비심이니, 어린것들이 산 채로 죽는 것을 내 어찌 차마 보고만 있겠느냐!"

옥신각신 말이 오가니 서로 밉고 원수가 되어, 철봉과 반룡괴장으로 막아내고 들이치며 핵심을 찌르고 덤벼든다.

선가(仙家)의 기화요초를 모조리 망그러뜨리니 제 한 목숨 돌보기 위함이요, 푸른 이끼를 걷어차서 짓밟아버리니 미끄러질까 발밑을 조심하기 위해서다.

살기 찬 함성에 동굴 속의 노을 빛이 뚜렷하던 광채 잃고, 바위 위에 향기로운 풀들이 짓눌려 자빠져도 모른 척한다.

우당탕퉁탕, 들고 치는 소리에 날짐승 활개치기 어렵고, 이놈 저놈 왁자지껄 고함치는 소리에 아리따운 여인네 자태 흐트러진다.
그저 남은 것은 늙은 요괴에 미후왕뿐이라, 씨근벌떡 내뿜는 숨결마다 미치광이 돌개바람으로 화하여 대지를 휩쓴다.
죽기살기로 맞붙어 싸우는 고함 소리 동굴 문 밖까지 들려나오니, 저오능마저 불끈 치미는 성미 발동하여 냅다 쳐들어간다.

당초부터 동굴 밖에 멀찌감치 떨어져 사태를 관망하던 저팔계는, 그들이 안에서 고래고래 악을 쓰면서 무섭게 격돌하는 소리가 들려나오자, 마음이 싱숭생숭해지고 두 손이 근질거려 도무지 꾹 참고 구경꾼 노릇만 하고 있을 수가 없게 되었다. 그래서 견디다 못해 아홉 이빨 달린 쇠스랑을 거머쥐고 앞으로 달려 나가자마자 아홉 가장귀 퍼진 버드나무를 냅다 후려 찍어 단번에 쓰러뜨렸다. 그리고도 성에 차지 않아 계속 몇 차례 더 찍어댔더니, 나무줄기에서 시뻘건 선지피가 왈칵 솟구쳐 나오면서 "응애, 응애" 하고 갓난아이 울음 같은 소리가 들려나왔다.
"옳거니, 이놈의 버드나무도 정령이 되었구나! 요정이 되었어!"
신바람이 날대로 난 저팔계가 또다시 쇠스랑을 휘둘러 계속 버드나무를 찍어 넘어뜨리고 있는데, 손행자가 괴물을 유인해서 동굴 바깥으로 끌고 나오는 광경이 눈길에 잡혔다. 미련퉁이는 긴말할 것도 없이 다짜고짜 앞으로 달려들더니 쇠스랑을 번쩍 들어 요괴의 면상부터 내리찍었다.
늙은 요괴는 이야말로 갈수록 태산이라, 손행자하고만 싸우기에도 힘겨워 쩔쩔매던 마당에 저팔계마저 무시무시한 쇠스랑을 휘둘러가며 덤벼드는 것을 보자, 그만 겁이 더럭 나서 몸뚱이를 번뜩 뒤채더니 또다시 한 가닥 싸늘한 빛줄기로 변하여 동쪽을 바라고 냅다 뺑소니치기 시작했다.

궁중에서는 얼떨결에 빛줄기를 놓쳐버렸으나, 이번만큼은 그냥 놓아보낼 손행자가 아니다. 그는 저팔계를 독촉하면서 늙은 요괴의 뒤를 바짝 따라붙었다.

"도망친다! 팔계, 놓치지 말고 뒤쫓아!"

"이놈아, 어딜 도망치려고! 저놈 잡아라!"

두 형제가 고래고래 악을 써가며 정신없이 뒤쫓는데, 갑자기 허공에서 "꾸르륵, 꾸르륵" 하고 난새와 학의 울음소리가 들려오더니, 상서로운 광채가 저녁노을처럼 아름답게 퍼져 나온다. 흘끗 고개 들고 바라보았더니 뜻밖에도 남극노인성(南極老人星)이 아닌가.

남극수성 노인은 싸늘한 빛줄기의 앞을 가로막으면서 버럭 소리쳐 두 형제를 불러 세웠다.

"제천대성, 서두르지 말고 천천히 오시오! 천봉원수도 이놈을 쫓지 말고, 두 분 모두 내 인사나 받으시오."

노인이 허리 굽혀 절하니, 손행자도 얼른 답례를 건네면서 물었다.

"아니, 수성(壽星) 아우님 아니신가? 자네 오디서 오는 길인가?"

저팔계는 낄낄대면서 한마디 보탠다.

"이 대머리 영감, 차가운 빛줄기를 덮어씌운 걸 보니, 요괴를 붙잡은 모양일세!"

남극수성은 덩달아 웃으며, 겸연쩍게 부탁을 한다.

"여기 있소, 여기 있어. 내가 잡아놓았소. 하지만 두 분께서 이놈의 목숨 하나만은 살려주시기 바라오."

손행자가 두 눈을 똥그랗게 뜨고 묻는다.

"호오, 거 참 별 소리를 다 듣겠군! 그 늙은 요괴가 아우님하고 아무런 상관도 없을 텐데, 어째서 여기까지 나타나 사정을 봐달라고 하는 거요?"

남극수성은 여전히 싱글싱글 웃어가며 사정을 털어놓았다.

"이놈은 내가 타고 다니던 짐승이었소. 그런데 어느 틈에 도망쳐서 이렇게 요정이 되어버렸지 뭐요."

"허허, 그랬었군. 좋소, 아우님의 탈것이었다면 용서해주어야지. 하지만 그놈이 어떻게 생겨먹었는지, 본래의 모습이나 한번 드러내 보여주구려."

손행자의 요구에, 남극수성은 즉시 차가운 빛줄기를 풀어놓아주고 호통쳐 분부했다.

"이 몹쓸 놈의 짐승아! 냉큼 본상을 드러내지 못하겠느냐! 그래야만 손대성께서 네 죽을죄를 용서해주실 게다!"

이윽고 괴물이 꿈틀꿈틀 몸을 비꼬더니 마침내 본상을 드러내고 말았다. 알고 보니, 그것은 한 마리의 백록(白鹿), 눈처럼 하얀 털을 지닌 사슴이었다.

남극수성은 땅바닥에 떨어진 반룡괴장을 집어들고 다시 한 번 호통쳐 꾸짖었다.

"요런 괘씸한 것! 내 지팡이까지 훔쳐왔구나!"

흰 사슴은 땅바닥에 네 발을 꿇고 엎드린 채, 입으로 말은 못 하고 그저 머리 조아려가며 눈물만 뚝뚝 흘렸다. 손행자가 그 꼴을 보니 애처로운 생각마저 들 지경이다.

옥 같은 몸뚱어리에 군데군데 얼룩덜룩 점이 박히고, 양 뿔은 들쭉날쭉 고르지 않게 일곱 가닥으로 구부러졌다.

굶주릴 때마다 약초 밭을 찾은 것이 몇 번이며, 목마른 아침나절마다 흘러가는 뜬구름 찾아 마셨다.

세월 깊어지니 날고 뛰고 허공에 솟구치는 술법 익히고, 오랜 나날 수련하여 얼굴 바꾸는 변화술법도 함께 이루었다.

　오늘날 주인이 부르는 소리 듣고서야, 본래의 모습을 나타내고 두 귀를 늘어뜨린 채 흙먼지 구덩이에 엎드렸구나.

　남극수성은 손행자에게 고맙다는 인사 한마디 건네더니, 사슴의 등에 훌쩍 올라타고 그대로 떠나려 했다. 그러자 손대성이 덥석 움켜잡아 세웠다.

　"이것 보쇼, 아우님. 천천히 가시오. 아직 두 가지 할 일이 끝나지 않았소."

　"아직도 끝나지 않은 일이 있으시다니, 그게 뭐요?"

　발목 잡힌 남극수성이 떨떠름한 기색으로 묻자, 그는 이렇게 대답했다.

　"이 짐승이 데리고 놀던 어여쁜 계집을 아직도 붙잡지 못했는데, 그것이 또 무슨 요물인지 알 수가 없소. 그리고 또 한 가지 일은, 우리와 함께 비구성으로 가서 저 어리석은 임금을 만나보고, 요괴의 본상을 직접 눈으로 보게 하여 감화시켜주었으면 좋겠소."

　남극수성도 이 제의를 선뜻 받아들였다.

　"대성께서 그렇게 말씀하시니, 나도 참을 수밖에 없구려. 어서 천봉원수와 함께 동굴에 들어가 그 미녀부터 잡아내시오. 우리 같이 비구국으로 가서 두 요물의 본상을 드러내 보입시다."

　"그럼 아우님은 여기서 잠시 기다리고 계시오. 우리 둘이 들어가서 냉큼 그 계집을 끌어내리다."

　미녀를 잡아서 끌어내자는 말에, 저팔계는 신바람 나게 우쭐대며 손행자의 뒤를 따라 곧바로 청화동부에 뛰어들었다.

　"요괴를 잡아라! 요년아, 어디 숨었느냐? 요괴를 잡아라!"

걸쭉한 돼지 목소리로 기세 사납게 함성을 지르며 들이닥치니, 미녀는 어디 도망칠 데도 없어 그 자리에 주저앉은 채 전전긍긍, 와들와들 떨고만 있었다. 그러나 또 한 차례 고함치는 소리가 동굴 안을 온통 뒤흔들어놓자, 엉겁결에 돌 병풍 안쪽으로 돌아갔지만 거기에도 빠져나갈 뒷문은 없었다. 갈팡질팡 헤매던 그녀는 끝내 저팔계의 눈에 뜨이고, 뒤미처 벼락 때리는 호통이 쩌렁쩌렁 울렸다.

"어딜 도망치려고! 네년처럼 사내를 홀리는 추잡스런 요물을 내가 그냥 놓아둘 것 같으냐? 꼼짝 말고 거기 서서 이 쇠스랑이나 한 대 먹어 봐라!"

이빨 아홉 달린 쇠스랑이 어여쁜 계집이라고 인정사정 보아줄 턱이 어디 있으랴. 무지막지하게 내리찍는 쇠스랑 앞에, 그녀는 수중에 병기 한 자루 들고 있는 것이 없는 터라, 감히 맞서볼 엄두를 내지 못하고 재빨리 몸을 번뜩여 한 가닥 싸느란 빛줄기로 화하더니, 동굴 바깥으로 빠져나갔다. 그러나 거기에는 쇠스랑보다 더 무서운 여의금고봉이 기다리고 있었으니, 이를 어쩌랴…… 문 앞에 버티고 지켜서 있던 손대성은 빛줄기가 나타나자, 그 앞길을 가로막아놓고 저 무시무시한 철봉으로 "후다닥, 툭탁!" 한 두어 대 들이쳤다. 요괴는 미처 땅에 발도 제대로 붙여보지 못한 채 흙먼지 바닥에 털썩 고꾸라지고 말았다. 본상을 드러낸 '미후'의 정체는 얼굴이 하얗게 생긴 백여우 한 마리였다.

손이 근질거려 참을 수 없던 저팔계가 쇠스랑을 번쩍 들더니 백여우의 머리통을 내리찍었다. 가련하게도 일국의 도성을 기울게 만들었던 천만 가지 교태와 웃음이 한낱 털북숭이 백여우의 형체로 바뀌어버리고 말다니!…… 머리통을 박살내고도 직성이 풀리지 않는 이 미련퉁이가 또다시 쇠스랑 자루를 치켜드는 순간, 손행자는 재빨리 호통쳐 그 짓을 말렸다.

"이 사람아! 곤죽으로 짓이겨버리지 말게. 몸뚱이는 성한 채로 남겨 가지고 돌아가서, 저 어리석은 국왕한테 보여주어야 할 게 아닌가!"

미련한 저팔계는 더러운 것도 마다 않고 피투성이가 된 여우의 꼬리를 덥석 움켜잡더니 질질 끌어가며 손행자의 뒤를 따라서 어슬렁어슬렁 동굴 문 밖으로 걸어 나왔다.

기다리고 있던 남극수성 영감이 손으로 흰 사슴의 머리통을 쓰다듬어주면서 꾸짖었다.

"이 망할 짐승아, 잘 봐두려무나! 어쩌자고 주인을 배반하면서까지 이런 데 도망쳐 와서 요정 노릇을 하고 있었단 말이냐? 내가 제때에 달려오지 않았더라면, 네놈은 벌써 손대성께 맞아죽었을 게다."

의심 많은 원숭이 임금이 귓결에 그 소리를 듣고 부리나케 달려와 묻는다.

"아우님, 방금 뭐라고 했소?"

"아무것도 아니오. 이 사슴에게 한마디 타이르고 있었소이다. 타이르는 소리를 들으신 모양이군요."

저팔계가 죽어 뻗은 여우의 시체를 끌어다가 사슴의 얼굴 앞에 내동댕이치면서 호통쳐 꾸짖는다.

"잘 보아라! 이게 네놈의 딸년이냐?"

사슴은 고개를 끄덕끄덕 흔들면서 그래도 미련이 남았는지 주둥이를 비죽 내밀고 몇 번 냄새 맡더니, 차마 떨어지기 서글프다는 듯이 애달픈 목청으로 몇 번인가 소리내어 울었다.

이것을 본 남극수성은 짐승의 머리통을 한 대 쥐어박으면서 야단을 쳤다.

"망할 놈의 짐승! 목숨 히니 살아났으면 그걸로 족한 줄 알아야지, 냄새는 또 맡아서 어쩌겠다는 거냐?"

그리고는 도포 자락에 동였던 허리띠를 풀더니 사슴의 모가지를 묶어서 손행자 앞으로 끌고 왔다.

"손대성, 이제 다 됐소. 나하고 같이 비구국으로 임금을 만나러 가봅시다."

"잠깐만! 내친 김에 이 청화동 소굴을 아예 말끔히 소탕해버리고 떠납시다. 그래야 이 다음에라도 또 다른 요괴의 무리가 둥지를 틀고 들어앉아 설쳐대지 못할 게 아니오?"

저팔계는 이 말을 듣자, 쇠스랑을 번쩍 치켜들고 버드나무 숲으로 뛰어들더니 눈앞에 닥치는 대로 후려쳐서 넘어뜨리기 시작했다. 그러나 손행자는 다시 '옴'자 진언을 외워 앞서 나타났던 유림파의 토지신을 또 끌어냈다.

"잘 마른 나무 가장귀를 찾아다가 쌓아놓고 불을 확 질러버리게! 그대의 관할 구역에 두 번 다시 요괴가 나타나지 못하게 깡그리 소탕해서 그대가 수모를 당하는 일이 없도록 해주겠네."

토지신이 그 자리에서 몸을 돌리고 술법을 부렸더니, 갑자기 음산한 바람이 "쏴아아!" 하고 불어닥치면서 세찬 바람결 속에 음병들이 한 패거리나 몰려나왔다. 토지신은 음병들을 휘몰아 가지고 영상초(迎霜草), 추청초(秋靑草), 요절초(蓼節草), 산예초(山蕊草), 누호시(蔞蒿柴), 용골시(龍骨柴), 노적시(蘆荻柴)와 같은 한해살이 바싹 마른 풀과 나뭇가지들을 잔뜩 옮겨다 쌓아놓았다. 일 년 내내 비바람 맞고 뙤약볕 아래 썩을 대로 썩고 말라비틀어진 풀 더미와 나무 가장귀들은 불길에 닿기가 무섭게 마치 기름을 끼얹은 듯 이글이글 타오를 것이 분명했다.

손행자는 아우를 소리쳐 불렀다.

"여보게, 팔계! 힘들여서 나무를 쓰러뜨릴 것 없네. 여기 마른풀과 나무 가장귀를 떠메다가 동굴 어구를 틀어막아놓았으니, 불을 싸질러서 말끔히 태워 없애는 게 차라리 빠를 걸세."

불길이 한번 치솟자, 과연 요괴의 소굴이었던 유림파 청화동은 삽시간에 불바다 화염 지옥으로 변하여, 잠깐 사이에 온전한 것 하나 없이 모조리 불타 없어졌다.

이때서야 호통쳐 토지신을 물러가게 한 다음, 손행자는 남극수성과 더불어 사슴을 끌고 백여우의 시체를 끌어가며 비구국 도성으로 돌아와 국왕을 만나보았다.

"이것이 폐하께서 총애하시던 미후입니다. 어디 또 한 번 즐겨보시렵니까?"

우매한 국왕은 간담이 써늘해져서 여우의 시체를 굽어보기만 할 뿐, 입이 열 개라도 할 말이 없다.

그는 또 남극수성을 데리고 흰 사슴을 끌어다 금란보전 앞에 세웠다. 이들을 본 일국의 군신과 황후 비빈들은 놀라움과 송구스러움을 이기지 못하여 일제히 허리 굽혀 큰절을 드렸다. 손행자는 앞으로 다가서서 국왕을 부여잡고 껄껄 웃으며 빈정거렸다.

"나한테 절할 것이 아니라, 이 사슴에게나 하시지요. 이놈이 바로 폐하의 장인, 국구 대감이니 말입니다."

국왕은 부끄러워 쥐구멍에라도 들어가고 싶은 심정이었다.

"신승께서 짐의 나라 어린아이들을 구해주셨으니 그저 고맙고 고마울 따름이오. 이 모두가 천은(天恩)이 아닌가 싶소."

이윽고 광록시 관원들에게 어명이 떨어졌다. 한시 바삐 서둘러 소찬을 마련하고 동각을 활짝 열어 사은의 잔치를 베풀라는 분부였다.

국왕은 남극노인성과 삼장 법사 일행 네 사람을 정중히 모셔다가 한 자리에 앉혔다. 삼장 법사는 남극수성에게 예의를 갖추어 정중하게 문안 인사를 올렸다. 뒤따라 사화상도 절을 드려 존경을 표했다. 인사치레가 끝나자, 모두들 남극수성에게 똑같은 질문을 던졌다.

"저 흰 사슴은 애당초 수성 어르신의 짐승인데, 어떻게 이곳까지 도망쳐와서 피해를 끼치게 되었습니까?"

남극수성이 얼굴 가득 웃음기를 머금은 채 사연을 털어놓았다.

"언젠가 동화제군(東華帝君)께서 내 황산(荒山) 부근을 지나가시기에, 바둑이나 한판 두자고 붙들어 모신 적이 있었소. 그런데 바둑 한판이 끝나기도 전에, 이 못된 짐승이 그 틈을 타서 도망쳐 나왔지 뭐요. 손님이 가신 다음에 찾아보았으나 어디로 달아났는지 끝내 보이지 않는고로, 손가락을 꼽아 점쳐보았더니 바로 여기에 와 있지 않겠소? 그래서 당장 찾아 나선다는 것이, 때마침 손대성께서 위력을 떨치고 계신 것을 보게 된 겁니다. 내가 한 발만 늦게 왔더라면 이 몹쓸 놈은 손대성의 철봉 아래 벌써 죽어 나자빠졌을 겁니다."

얘기가 다 끝나기도 전에 광록시 관원이 아뢰었다.

"폐하, 잔치 준비가 다 되었나이다."

국왕은 귀한 손님들을 모시고 동각 연회장으로 나갔다. 소찬으로 차린 잔칫상이었으나 모두 푸짐하고도 정갈한 음식들이었다.

오색 광채가 동각 문에 가득 차고, 기이한 향내가 좌중에 가득 풍긴다.

식탁에는 횡사(橫絲)로 수놓은 비단보가 덮여 아름다운 비단결이 너울거리고, 바닥에는 붉은 양탄자를 깔아 저녁노을 빛이 번쩍거린다.

향로에는 침향(沈香)과 단목향(檀木香)이 모락모락 연기 올리고, 임금님의 연회석 앞에는 소품(蔬品)의 향기가 먼 곳까지 풍겨

나간다.

쟁반을 보니 진귀한 과일들이 누대처럼 쌓이고, 용이 서린 듯 열 되 크기의 사탕(砂糖)은 길짐승 모양으로 벌여 놓였다.

원앙정(鴛鴦錠), 사선당(獅仙糖)이 그럴듯한 짐승의 모양으로 새겨지고, 앵무배(鸚鵡杯), 노자표(鸕鶿杓) 같은 술잔도 날짐승의 형상을 빼닮았다.

좌석 앞에는 과일이 가지가지로 잔뜩 담기고, 술상에는 온갖 안주가 빠진 것 없이 먹음직스럽게 놓였다.

큼직하고 둥글둥글한 견율(繭栗), 신선한 여지 복숭아[荔桃], 대추 넣은 감떡[柿餅]은 맛이 달디달고, 잣과 포도는 그 향기 은은하면서도 상큼한 술맛이다.

몇 가지 꿀로 빚은 음식에, 서너 가지 바삭바삭하게 찐 떡하며, 기름에 튀겨서 설탕을 끼얹은 것, 꽃으로 뭉쳐서 비단으로 둘러 쌓아올린 것.

황금 쟁반에 큼지막한 떡을 높이 괴었는가 하면, 은그릇에는 맛좋은 쌀밥이 가득 담겼다.

얼큰하게 매운 국물에는 녹말 국수가 기다랗게 서리고, 향기로운 냄새가 무럭무럭 끼치니 먹고 더 먹고 그릇 바꿔 먹을수록 맛이 새롭다.

마고(蘑菇) 버섯, 목이버섯, 여리디여린 죽순, 죽대뿌리 황정(黃精), 가지가지 채소 요리, 온갖 진수성찬을 입으로 다 형언할 수 없다.

이 그릇 저 그릇 오락가락 더듬기를 쉬지 않으니, 물리고 다시 들여오는 요리 음식이 모두 풍성한 차림새다.

연회석 차례는, 남극수성 노인이 으뜸을 차지하고 그 다음 자리는 삼장 법사, 국왕은 맞은편 앞자리, 손행자와 저팔계, 사화상들은 스승의 옆자리에 나란히 앉았다. 그리고 좌우 양 곁에는 두세 명의 원로 태사들이 배석했다. 이윽고 교방사에 명령이 떨어지니, 연회장에는 풍악이 자지러지게 울려 흥을 돋우기 시작했다.

국왕은 자하배(紫霞杯)를 손에 들고서 귀빈들에게 일일이 술을 권했으나, 삼장 법사만은 술잔을 입에 대지 않았다.

식성 좋은 저팔계가 손행자를 돌아보고 부탁을 한다.

"형님, 과일은 모두 형님한테 양보할 테니, 국이나 밥은 꼭 내가 다 먹도록 양보해줘야 하오."

걸신들린 이 미련퉁이는 이것저것 가릴 것도 없이 깡그리 먹어 치우고, 뜨거운 음식 찬 음식을 닥치는 대로 끌어다가 그릇째 들고 퍼먹었다. 이러니 가져다 바치는 음식마다 번쩍번쩍 빈 그릇을 만들어놓을 수밖에.

흥겨운 잔치가 끝나자, 남극수성이 작별 인사를 했다. 비구국 임금은 다시 그 앞으로 다가가서 무릎 꿇고 엎드려 절하며, 고질병을 뿌리뽑고 오래 살 수 있는 방법을 가르쳐달라고 간절히 빌었다.

남극수성은 웃으면서 이렇게 대답했다.

"나는 그저 잃어버린 사슴을 찾으러 나선 길이라, 몸에 단약을 지니고 오지 않았소이다. 폐하께 수양하실 비법을 전수해드리고는 싶으나, 옥체가 너무 쇠약하시고 정신력 또한 흐트러져 대환단(大還丹)의 약효를 감당해내지 못하실 것이외다. 내 소매 춤에 붉은 대추가 세 알 있는데, 동화제군께 차를 드릴 때 내놓았던 것을 내가 아직 먹지 않고 남겨둔 것이오. 이 대추를 드릴 테니, 한번 잡숴보시지요."

국왕이 대추 세 알을 받아 삼켰더니, 얼마 안 있어 몸뚱이가 차츰 거뜬해지고 병이 물러가는 것을 느낄 수 있었다. 그가 훗날 장수하게 된 것도 모두 이 대추를 먹은 덕분이었다.

욕심 많은 저팔계가 이것을 보고 남극수성을 향해 버럭 소리쳤다.

"여봐 영감, 붉은 대추가 더 있거든 나도 맛 좀 보게 몇 알쯤 선사하시구려."

그러자 남극수성이 절레절레 도리질을 한다.

"미안하구려, 천봉원수. 더 가져온 게 없소이다. 훗날 내가 몇 알이 아니라 몇 근이고 보내드릴 테니, 오늘은 양해해주시오."

마침내 동각 연회장을 나선 그는 배웅 나온 사람들에게 고맙다는 인사를 건넨 다음, 흰 사슴을 호통쳐 부르더니 그 짐승의 등에 훌쩍 올라타고 구름을 딛으며 유유히 남쪽 하늘로 사라져 갔다. 궁궐에 남아 있던 임금을 비롯하여 삼궁 육원의 황후 비빈들과 조정 대신들은 물론이요, 도성 안의 모든 백성들도 저마다 향을 살라 올리고 남녘 하늘을 향해 예배한 것은 말할 것도 없다.

"애들아, 우리도 어서 행장을 수습하고 국왕 폐하께 하직 인사를 드리자."

삼장 법사가 제자들에게 분부를 내렸다. 이 소리를 듣고 국왕은 깜짝 놀라 삼장에게 가르침을 받고 싶다면서 간곡히 만류했다.

스승 대신에, 손행자가 이런 말로 국왕을 타일렀다.

"폐하, 이제부터는 색욕을 탐내지 마시고 남모르는 공덕을 많이 쌓으십시오. 무릇 모든 일에 장점으로 단점을 보완하도록 하신다면, 병은 저절로 물러가고 수명을 늘이실 수 있게 됩니다. 가르쳐드릴 것은 바로 이 점밖에 달리 없습니다."

마침내 떠날 시각이 되었다. 국왕은 금 덩어리, 은 부스러기를 두 쟁반에 담아 내다가 노자로 쓰라고 바쳤으나, 당나라 스님은 굳이 사양하고 한 푼도 받아들이지 않았다.

　국왕은 어쩔 도리가 없어, 난가를 대령시켜 이 고지식한 당나라 스님을 봉련용거에 편히 모셔 태우고, 임금과 황후 비빈들이 모두 나서서 수레바퀴를 손수 밀어가며 궁궐 문을 나섰다. 국왕의 전송 행차가 성내 길거리에 나타나자, 삼시육가의 모든 백성들과 서민들이 너도나도 술잔에 맑고 깨끗한 정화수를 담아 가지고 향로에 진향(眞香)을 사르면서 모두들 도성 밖까지 배웅하는 길가에 늘어섰다.

　이때였다. 갑자기 반공중에서 돌개바람 이는 소리가 한바탕 들리더니 길 양편에 1,111개의 거위 채롱이 소나기 쏟아지듯 와르르 떨어져 내리는데, 그 속에서는 아이들의 울음소리가 들려나왔다. 그 뒤를 이어서, 어린것들을 채뜨려다 아무도 모르게 보호하고 돌보아주던 서낭신, 토지신, 사령, 진관, 오방계체, 사치공조, 육정육갑, 호교가람의 여러 신령들이 법신을 드러내고 저마다 목청을 돋우어 이렇게 소리쳤다.

　"손대성님! 저희들은 앞서 분부하신 대로 어린아이들의 거위 채롱을 채뜨려가서 보호해왔습니다만, 이제 손대성께서 공덕을 이루시고 떠나가신다는 것을 알게 되어, 모두들 이렇게 하나도 빠뜨림 없이 돌려보냅니다!"

　느닷없이 허공에 신령들이 나타나자, 수레바퀴를 밀며 전송하던 비구왕과 황후 비빈들, 조정의 문무백관들과 백성들은 또다시 황급히 무릎 꿇고 엎드려 큰절을 올렸다.

　손행자가 허공을 우러러보며 사례한다.

　"여러분, 수고들 많으셨소! 이제는 각자 사당으로 돌아가 계시오. 내가 이 나라 백성들을 시켜서 여러분께 제사를 드려 감사드리도록 하리다."

손행자의 말끝이 떨어지기가 무섭게, 또 한 차례 음산한 바람이 "휘리릭, 쏴아아!" 하고 휘몰아치더니, 신령들은 바람결 속에 어디로 사라졌는지 온데간데없이 물러갔다.

손행자는 도성 안이 쩌렁쩌렁 울리도록 크게 소리쳐, 사람들을 불러모아놓고 집집마다 잃어버린 아이를 찾아가라고 일러주었다. 아이들이 무사히 돌아왔다는 소문은 도성 안 골목 구석까지 삽시간에 퍼져 나갔다. 자식을 잃고 절망과 비탄에 잠겨 있던 부모와 가족들은 꿈인지 생시인지 모를 기쁨에 미쳐 날뛰며 모조리 달려나와, 저마다 눈에 익은 거위 채롱을 찾아서 아이들을 끌어내어 품에 안았다. 목이 터져라 형을 찾고 아들 찾아 가슴에 그러안으며 울부짖는 사람들, 속이 후련해지도록 통쾌하게 웃음을 터뜨리는 사람들…… 이윽고 감격에 찬 상봉이 끝나자, 그들은 한결같이 삼장 법사 일행을 소리쳐 불러 세웠다.

"당나라에서 오신 스님들을 못 가시게 붙잡아라! 나리들을 우리 집에 모시고 가서 어린것의 목숨을 구해주신 은혜를 갚아드리자!"

남녀노소 가릴 것 없이 모든 사람들이 우르르 달려들더니, 그들 세 사람의 사나운 겉모습이나 험상궂고 추접스러운 얼굴 생김새도 겁내지 않고 이편 군중들이 저팔계를 떠메는가 하면, 저편 사람들은 사화상을 어깨 높이 추켜올리고, 몸집이 왜소한 손행자는 아예 머리 위에 올려놓았고 삼장 법사를 얼싸안았다. 그리고 다른 한패는 말고삐를 잡아끌고 가랴, 짐 보따리를 빼앗다시피 채뜨려 짊어지랴, 모든 사람들이 우르르 도성 안으로 몰려 들어갔다. 삼장 일행을 배웅하러 나왔던 비구국 임금은 백성들이 그들 스승과 제자 일행 네 사람을 데리고 다시 도성 안으로 되돌아가는 것을 뻔히 보면서도 말릴 수가 없었다.

그날부터, 이 집에서 잔치를 베풀면, 저 집에서도 자리를 마련하여 모셔가고, 집집마다 삼장 일행을 초빙하여 하루도 빠짐없이 잔치가 계속 열렸다. 미처 모셔가지 못한 집에서는 승모(僧帽), 승혜(僧鞋), 편삼(褊衫), 무명 버선, 그리고 스님들에게 필요한 겉옷, 속옷 따위를 지어 가지고 와서 은인들에게 바쳐 올렸다.

이렇듯 스승과 제자들은 따뜻한 접대 속에 하루하루를 정신없이 보내던 끝에, 무려 달포를 넘겨서야 가까스로 비구국 도성을 떠날 수가 있었다.

백성들 중에는 네 스님의 초상화를 그려 후대에 전하는 사람도 있었으며, 위패를 만들어 모셔놓고 사시사철 예를 갖추어 분향하면서 공양을 드리는 사람도 있었다.

하기는 그렇다. 남모르는 공덕을 높이 쌓으니 그 은혜 태산보다 무거우며, 수천 수만의 목숨을 구하여 살려주었으니, 그 보답하려는 이들의 정성이 작을 리가 없는 것이다.

과연 삼장 법사 일행에게 앞으로 또 무슨 일이 벌어진 것인지, 다음 회에서 풀어보기로 하자.

제80회 아리따운 색녀는 원앙을 기르고자 배필을 구하려 하고, 손행자는 스승을 보호하려 사악한 요물의 정체를 간파하다

비구국 여러 군신과 백성들은 당나라 스님 일행 네 사람을 도성 밖 20여 리까지 멀리 배웅해 나와서도 차마 발길을 돌리려 하지 않았다. 삼장 법사가 간신히 보련에서 내려 말로 바꿔 타고 작별을 고한 후 일행을 재촉하여 길을 떠나자, 전송하던 사람들은 손님들의 뒷모습 그림자가 눈에 보이지 않게 되었을 때에야 비로소 되돌아갔다.

스승과 제자 네 사람은 하염없이 서쪽으로 나아갔다. 기나긴 여행 길이 하루도 끊이지 않고 이어지는 동안, 그해 겨울도 지나고 이듬해 새봄도 다하여 벌판에 들꽃과 산에 나무들이 아름답게 활짝 피고 무성하게 우거질 대로 우거져, 좋은 경치가 아무리 보아도 끝 간 데를 모르게 펼쳐졌다.

어느 날 한참을 가다 보니, 일행의 앞길에 또 한 군데 높은 산 험준한 고개가 나타났다.

삼장은 이제 험산준령만 보아도 가슴이 덜컥 내려앉아, 제자를 돌아보고 물었다.

"얘들아, 저 앞에 산이 무척 높은데 길이 있는지 없는지 모르겠구나. 아무쪼록 조심들 해야겠다!"

손행자가 피식 웃으며 스승에게 핀잔을 준다.

"사부님께서 그런 말씀을 다 하시다니, 먼길 가는 분답지 않군요.

구중궁궐에서 태어나 바깥 세상도 못 보고 우물 안 개구리처럼 귀하게만 자란 공자 왕손(公子王孫)들이나 그런 소리를 늘어놓을 겝니다. 자고로 '산이 아무리 높다 해도 길을 가로막지 못하고, 길은 스스로 산에 통한다' 했는데, 어째서 길이 없느니 마느니 그런 말씀을 하십니까?"

"비록 산이 길을 가로막지 않는다 하더라도, 험준한 산 속에는 괴물이 나타날까 겁나고, 깊숙한 골짜기에 요정이 나오지 않을까 두려워서 그러니, 샅샅이 살펴보란 말이다."

저팔계 녀석이 큰소리를 탕탕 친다.

"걱정 말고 마음 푹 놓으십쇼! 여기까지 온 바에야 극락 세계가 멀지 않을 테니, 누가 뭐라고 해도 사부님은 무사태평하실 겁니다."

스승과 제자들이 이런저런 얘기를 주고받으며 가노라니, 어느덧 산자락 밑에 이르렀다. 손행자는 아예 금고봉을 꺼내 들고 바위 비탈에 올라서서 앞을 내다보더니 스승을 소리쳐 불렀다.

"사부님, 여기는 산을 돌아가는 길입니다. 아주 걷기가 좋습니다. 어서 빨리 오십쇼! 빨리 오세요!"

장로님은 그저 마음 푹 놓고 말을 몰아 나간다.

사화상이 갑자기 저팔계를 불러 세웠다.

"둘째 형님, 이 짐 보따리를 잠깐 메고 가시오!"

저팔계한테 짐을 떠맡긴 그는 말고삐를 단단히 거머쥐고 늙은 스승이 안장에 편히 앉아 있도록 부축해가며 손행자의 뒤를 따라서 산비탈을 지나 큰길로 휘적휘적 나섰다.

이름 모를 산은 또 다른 별천지를 이루고 있었다.

안개구름이 산봉우리 정상을 뒤덮고, 골짜기마다 냇물이 잔잔하게 소용돌이친다.

백화(百花)의 꽃향기는 오솔길에 가득 풍기고, 만 그루 나무 숲이 빽빽하게 들어찼다.

매화는 푸른 자태 드러내고 살구꽃은 희며, 초록빛 버들가지에 복사꽃은 붉다.

두견새 우는 곳에 늦봄이 저물어가는데, 제비는 지지배배, 사일(社日)[1]도 이미 지났다.

아찔하게 돌아 나온 바위 더미, 짙푸른 덮개 얹은 소나무.

기구한 영마루 고갯길, 울퉁불퉁 오똑오똑 솟아 영롱하기까지 하다.

깎아지른 바위 절벽과 낭떠러지가 볼수록 험준하고, 담쟁이 덩굴과 초목이 무성하게 우거졌다.

천 길 바위 절벽이 빼어난 자태 겨루며 창극(槍戟)을 벌여 세운 듯, 만 길 깊은 골짜기에 냇물은 흐름을 다투며 물결치고 넘쳐난다.

늙은 스승이 천천히 말을 몰아가며 하염없이 경치를 바라보고 있으려니, 어디선가 산새 우짖는 소리에 그만 고향을 그리는 마음이 복받쳐 오른다. 그래서 말을 멈춰 세우고 혼잣말하듯 제자를 불렀다.

"얘들아! 나는······"

천패(天牌)의 전지(傳旨)가 내렸을 때부터, 비단 병풍[錦屏風] 아래 통관 문첩을 받았다.

관등십오야(觀燈十五夜)에 동녘 땅 고향 우물 곁을 떠나, 비로소 당나라 임금과 천지간[天地分]에 멀리멀리 갈라졌다.

---

1 사일: 절기로 추분(春分)을 전후하여 토지신에게 제사를 드리는 날.

서유기 제8권 347

서천 길에 오르자 용호(龍虎) 풍운(風雲)과 마주쳤으나, 스승과 제자는 말고삐 끌고 강행군(拗馬軍)으로 앞길 트며 나아갔다.
무산십이봉(巫山十二峯)이 다하도록 헤매고 다녔으니, 어느 때에야 그대를 마주 대하고(對子), 당금(當今)² 황제를 만나뵐 수 있으랴?

손행자가 스승의 마음을 위로해드린다.
"사부님, 또 향수병(鄕愁病)이 도지셨군요. 늘 고향 생각만 하고 계시니, 도무지 출가한 분답지 않으십니다. 그저 마음 느긋하게 잡수시고 갈 길이나 가시지요. 걱정하실 것 하나도 없으니까요. 옛사람의 말씀에, '살아서 부귀를 추구하려거든, 모름지기 죽도록 고생을 해야 한다(欲求生富貴, 須下死功夫)' 하지 않았습니까."
"얘야, 네 말도 일리가 있다만, 도대체 서천 가는 길이 어디 있는지 통 알 수가 없구나."
곁에서 미련퉁이가 또 바보 같은 소리를 늘어놓는다.
"사부님, 우리 여래부처님께서 『삼장경』을 내놓기가 아까우셔서, 우리가 이렇듯 허위단심 고생하며 가지러 간다는 걸 아시고, 아마 딴 데로 옮겨가신 모양입니다. 그렇지 않고서야 도대체 왜 이렇게 도착할 수 없는 겁니까?"
사화상이 그 소리를 듣고 따끔하게 한마디 던진다.
"주책없는 소리 좀 작작하고 어서 큰형님이나 따라가시오! 세월이

---

2 천패…… 당금: 당나라 스님이 청승맞게 읊은 시구 가운데 '천패(天牌)' '금병풍(錦屛風)' '관등십오(觀燈十五)' '천지분(天地分)' '용호풍운회(龍虎風雲會)' '요마군(拗馬軍)' '무산십이봉(巫山十二峰)' '대자(對子)' '당금(當今)' 등 전체 용어가, 모두 중국 사람들이 골패 노름에서 쓰는 술어로 구성되어 있다.

흐르다 보면 언젠가는 끝내 도착할 날이 있지 않겠소?"

스승과 제자 일행이 이렇듯 한담을 나누면서 가노라니, 한 군데 시커멓게 우거진 소나무 숲이 나타났다. 삼장은 또 겁을 집어먹고 제자를 불렀다.

"오공아, 우리가 방금 저 기구한 산길을 지나왔는데, 어떻게 해서 또 이렇듯 시커멓게 깊은 소나무 숲을 만나게 되었단 말이냐? 모두들 정신 바짝 차려야겠다!"

"겁내실 게 뭐 있습니까?"

손행자가 대수롭지 않게 넘겨버리자, 스승은 그게 불만스러워 따져 묻는다.

"그게 무슨 말이냐? '곧은 가운데 곧기만 한 것을 믿지 말고, 어진 가운데 어질지 못한 것을 막아야 한다(不信直中直, 須防仁不仁)'는 말이 있다. 내가 너하고 소나무 숲을 여러 군데 지나왔지만, 이 솔숲처럼 길이 멀고 깊지는 않았다. 저걸 좀 보아라."

동서로 빽빽하게 벌려 서고, 남북으로 줄을 이루었다.

동서로 빽빽하게 벌려 서서 구름 끝 하늘 무찌르고, 남북으로 줄지어 짙푸른 창공을 침범한다.

조밀하게 들어찬 가시덤불이 사면팔방으로 얼기설기 뒤얽히고, 여뀌 풀은 나무 가장귀에 휘감겨 위아래로 똬리 틀었다.

등나무 덩굴이 칡넝쿨에 얽혔는가 하면, 칡넝쿨은 도리어 등나무 덩굴에 얽혔다.

등나무 덩굴이 칡넝쿨에 얽히니, 동서로 향하는 길손들 가기 어렵고, 칡넝쿨이 등나무 덩굴에 얽히니, 남북으로 향하는 장사치들이 어찌 나아갈 수 있으랴,

서유기 제8권 **349**

이 솔숲 가운데 반년을 살아도 해와 달을 가려낼 길 없고, 몇 리를 걸어 나가도록 별자리가 보이지 않는다.

보라! 저 그늘진 응달에 천 가지 경치와, 햇볕 드는 양지 쪽에 만 가지 꽃떨기들을.

천 년 묵은 느티나무, 만 년 묵은 전나무, 엄동설한 추위를 이겨내는 푸른 소나무, 야생복숭아 열매, 들작약, 철 이른 부용화 있어, 무더기 무더기로 포개지고 빈틈없이 빽빽하게 덮치고 겹겹으로 쌓여, 어지럽고 어수선하기 이를 데 없으니 신선의 절묘한 솜씨로도 이 광경 그려내기 어렵다.

온갖 산새 우짖는 소리마저 들려오니, 앵무새 재잘거리고, 두견새 슬피 울며, 수다스런 까치는 나뭇가지 사이로 넘나들며 지저귀고, 갈가마귀는 먹이 물고 둥지 찾아 돌아오는데, 노랑꾀꼬리는 춤추며 날고, 때까치는 목청을 가다듬고, 자고새 청승맞게 우짖으며, 제비 떼는 지지배배 속삭이고, 구관조는 사람의 말투를 흉내내니, 목청 고운 화미조(畵眉鳥)도 불경을 외울 줄 안다.

또 보니 커다란 구렁이는 꼬리를 흔들고, 늙은 호랑이는 잡담을 나누느라 으르렁대는데, 오래 묵은 여우는 새 각시처럼 단장하고, 세월 오랜 이리 떼 울부짖어 숲 속을 뒤흔든다.

탁탑 이천왕 여기 와서 요괴를 항복시킬 줄 안다 하겠지만, 그 재주 가지고도 얼이 빠져 나가떨어질 지경이다.

그러나 손대성은 조금도 두려워하는 기색 없이 천연덕스럽게 철봉을 휘둘러 앞길을 트고, 당나라 스님을 인도하여 곧장 숲 속으로 깊숙이 들어갔다.

한데 그렁저렁 반나절을 소요하면서 들어갔어도, 좀처럼 숲을 뚫고 나갈 만한 길이 나타나지 않았다.

당나라 스님이 지루함을 참다 못해 제자를 소리쳐 불러 세웠다.

"얘들아, 우리가 지금까지 오는 동안에 헤아릴 수 없을 만큼 많은 산과 숲을 보아왔다만 모두가 험준하기 짝이 없었는데, 다행히도 이곳은 청아하고 길도 갈수록 태평하구나. 너희들도 보아라, 이 숲 속에 기화요초들은 정말 사람의 마음을 끄는 것이, 정겹기 이를 데 없지 않느냐! 나는 잠시 여기 내려서 앉아 있고 싶다. 말도 좀 쉬게 해주어야겠고 배도 고프니, 어디 가서 동냥이라도 얻어다가 먹도록 해다오."

손행자는 선선히 걸음을 멈추었다.

"사부님, 그럼 말에서 내리십쇼. 제가 가서 동냥을 해오겠습니다."

삼장은 제자의 분부대로 말을 내렸다. 저팔계는 말고삐를 나무 등걸에 묶어놓고, 사화상은 짐 보따리를 부려놓더니, 바리때를 꺼내 맏형에게 넘겨주었다. 손행자는 그것을 받아들고 스승에게 재차 당부 말씀을 드렸다.

"사부님, 놀라거나 겁내지 마시고 편히 앉아 계십쇼. 제가 냉큼 다녀오겠습니다."

삼장은 소나무 그늘 아래 단정히 앉았다. 저팔계와 사화상은 하릴없이 꽃 꺾기를 하거나 과일을 따러 돌아다니면서 놀기 시작했다.

한편, 손행자는 근두운을 일으켜 타고 우선 허공으로 솟구쳐 올라갔다. 반공중에 올라서 운광(雲光)을 멈추고 서성대며 눈 아래 세상을 두리번거리니, 울창한 소나무 숲 속에 상운(祥雲)이 황홀하게 감돌고, 상서로운 아지랑이가 자욱하게 덮여 있었다. 손행자는 그것을 보고 저도 모르게 탄성을 내뱉았다.

"하아! 굉장하구나! 정말 대단한데!"

그가 무엇 때문에 탄성을 금치 못했을까? 당나라 스님은 전세에 금선장로(金蟬長老)의 화신으로서 십세 수행을 쌓은 참된 고승이라, 이렇듯 상서로운 기운이 머리 위에 감돌고 있는 것이요, 그렇기 때문에 손행자가 새삼 찬탄하기에 이르렀던 것이다. 그는 감회가 새로워 지난날의 일을 떠올리며 혼잣말로 몇 마디 중얼거렸다.

"이 손선생으로 말하자면 오백 년 전에 천궁에서 대소동을 일으켰을 때만 하더라도, 구름 타고 바다 모퉁이까지 떠돌아다니며 놀아도 봤고, 하늘 끝에 이르기까지 방탕하게 휩쓸고 나돌아다녀도 봤다. 요괴의 무리들을 모아놓고 스스로 제천대성이라 일컬으며 용을 항복시키고 호랑이를 때려잡기도 하였을 뿐만 아니라, 저승에 쳐들어가 생사부 명단에서 죽음의 적(籍)마저 지워 없애버렸다. 머리에는 세모난 금관 쓰고 몸에는 황금 쇄자갑을 입었으며, 손에는 여의금고봉을, 두 발에는 한 켤레 보운리를 신고서, 사만 칠천 마리나 되는 부하 요괴들을 거느렸으니, 모두들 나를 '대성 나으리'라고 일컬어 사람 노릇 한번 착실히 해본 셈이었다.

이제 하늘의 재앙에서 벗어나 몸을 낮추고 머리 숙여 당신 제자가 되었으며, 사부님의 머리 위에 상서로운 아지랑이 감도는 것을 보니, 공덕을 이루고 동녘 땅에 돌아가면 반드시 좋은 일이 생길 것이요, 이 손선생께서도 기필코 정과를 얻을 징조가 아니고 뭐란 말이냐!"

혼자서 이렇듯 우쭐대며 감회에 젖어 있는데, 갑자기 소나무 숲 속 남쪽 모퉁이에서 한 무더기의 시커먼 기운이 무럭무럭 뻗쳐오르는 것이 아닌가! 손행자는 깜짝 놀라 생각을 그치고 긴장했다.

"아차! 저 시커먼 기운 속에는 필시 요사스런 놈이 있겠구나. 우리 저팔계나 사화상은 저런 흑기(黑氣)를 쏟아낼 줄 모를 텐데……"

손행자는 반공중에 서서 자세히 살펴보았으나, 솔숲에 가려서인지 좀처럼 요괴의 정체를 알아볼 수가 없었다.

한편, 삼장 법사는 숲 속에 가부좌를 틀고 앉아서 진리를 깨닫고자 마음을 지혜롭게 가다듬고 불성(佛性)을 터득할 생각만 하면서 명심견성(明心見性), 경건한 자세로 오소선사께서 가르쳐준 '마하반야바라밀다심경'을 외우고 있었다

그런데 어디선가 난데없이 울부짖는 소리와 함께 구원을 청하는 사람의 목소리가 바람결에 들려왔다.

"사람 살려! 사람 살려주세요!"

삼장은 크게 놀라 앉은자리에서 벌떡 일어났다.

"괴이한 일이로구나! 이상한 일이야! 이렇듯 깊은 숲 속에 누가 살기에 고함을 지르고 있는 것일까? 늑대, 이리, 호랑이 표범 같은 맹수들이 덤벼들어 놀란 모양이로구나. 어디 내가 한번 가서 알아봐야겠다."

세상 물정에 어두운 이 장로님은 몸을 일으킨 채 어슬렁어슬렁 소리나는 쪽을 향해 발걸음을 옮겨 떼기 시작했다. 빈터는 삽시간에 없어지고 울창한 나무 숲이 앞길을 가로막았으나, 그는 천 년 묵은 잣나무 숲을 뚫고 만 년 묵은 소나무 숲을 헤쳐가며 허우적허우적 칡넝쿨을 부여잡고 등나무 줄기를 더듬어 오른 끝에, 마침내 소리나는 근처에 다다를 수 있었다.

주변을 두리번거려 보니, 커다란 나무에 웬 여자 하나가 꽁꽁 결박되어 있는데, 상반신은 칡과 등나무 덩굴에 묶이고, 하반신은 땅속에 파묻혀 있는 것이 아닌가.

장로님은 걸음을 멈추고 서서 한 마디 물었다.

"여보살님, 무슨 일을 당하셨기에 이런데 묶여 계시오?"

오호라! 그것은 분명 요사스런 정령이었으나, 장로님은 범태육안

이라 알아보지 못할 줄이야!……

그 요괴는 삼장이 묻는 것을 보더니, 두 눈으로 눈물을 샘솟듯 흘리기 시작했다. 복사꽃처럼 발그레한 두 뺨에 눈물이 주르르 흘러내리니, 그 겁먹고 수줍은 자태야말로 유식한 문자 쓰자면 '침어낙안(沈魚落雁)'이라, 깊은 연못 속에 잠겨들어 숨는 물고기요, 모래톱에 내려앉는 기러기의 형용이며, 별처럼 반짝이는 눈망울에 슬픔을 가득 머금었으니 '폐월수화(閉月羞花)'라, 달빛도 모습 감추고 꽃송이도 부끄러워할 만큼 아리따운 용모가 아닐 수 없다.

생김새가 이렇듯 아름다운 여자이니, 근엄하신 장로님께서야 어딜 감히 범접해볼 엄두가 나겠는가. 그저 멀찌감치 거리를 둔 채 다시 입을 열어 묻는 도리밖에.

"여보살님, 도대체 무슨 죄를 지었기에 이런 고초를 당하고 계시오? 소승에게 말씀해주시면 구해드릴 수 있을 것이외다."

간사스런 요정은 온갖 교묘한 말을 꾸며 가지고 터무니없는 거짓말을 한바탕 늘어놓기 시작했다.

"스님, 저는 빈파국(貧婆國)에 살고 있는데, 여기서 이백여 리쯤 떨어진 곳입니다. 부모님은 모두 생존해 계시며 아주 마음 착하신 분들입니다. 때마침 청명절 한식을 맞이하여 집안의 여러 친척들을 불러모아, 노인 어린애 할 것 없이 온 집안 식구들이 선영(先塋)으로 성묘를 하러 나왔습니다. 일행은 교자와 마차에 나누어 타고 도성 밖 교외 거친 들판으로 나갔습니다.

무덤 앞에 이르러 제물을 진설하고 지전과 지마 같은 것을 살라 올리려는데, 갑자기 징을 두드리고 북 치는 소리가 요란하게 들리더니, 떼강도 한패거리가 칼과 몽둥이를 휘두르면서 고함을 지르고 살기등등하게 달려들었습니다. 저희 집안 식구들은 혼비백산을 해 가지고 허둥지둥 뿔뿔이 흩어지고 말았습니다. 부모님과 친척들은 말이나 교자를 얻어 타고 제각기 목숨 건져 도망쳤으나, 저는 나이 어린 데다 힘도 없어서 달아나지 못한 채 그만 땅바닥에 놀라 자빠지고 말았습니다. 강도들은 저를 붙잡아 산채(山寨)로 끌어갔습니다만, 대두목은 저를 압채부인으로 삼겠다 하고, 둘째 두목은 아내로 삼겠다 하고, 셋째 두령, 넷째 두령 역시 제 미색에 반하여 저들끼리 다투기 시작했습니다. 그뿐 아니라 칠팔십 명이나 되는 부하들조차 제 몸 하나 빼앗으려고 일제히 싸움을 벌이면서 한 놈도 양보하려 들지 않았습니다. 결국은 모두 공평하게 포기하기로 의견을 모았는지, 저를 이 숲 속에다 묶어놓고 뿔뿔이 흩어져 어디론가 사라졌습니다.

그런 지 벌써 닷새 째, 저는 그 닷새 밤낮을 이렇게 묶인 채 머지 않아 목숨이 끊어지고 몸도 없어질 때만 기다려왔습니다. 이제 이렇듯 명재경각(命在頃刻)의 위기에 어느 세상 어느 조상님이 음덕을 쌓으셨는지 모르겠으나 오늘 여기서 스님을 만나뵙게 되었으니, 제발 덕분에 대자대비를 베푸시어 이 한 목숨을 구해주십시오. 저를 살려만 주신다면 구천지하 저승에 떨어지는 한이 있더라도, 결코 그 은혜를 잊지 않겠습니다."

하소연을 마치자, 눈물을 비 오듯이 쏟는다.

삼장 법사는 워낙 여리고도 자비로운 마음씨를 지닌 분이라, 덩달아 눈물을 줄줄 흘리면서 목멘 소리로 제자들을 외쳐 불렀다.

"얘들아!……"

저팔계와 사화상은 때마침 숲 속에서 꽃이며 과일을 찾아다니고 있던 참이었는데, 별안간 스승이 처량한 목소리로 부르는 소리를 듣고 화들짝 놀랐다.

미련퉁이 저팔계가 아우를 돌아보면서 하는 말이 걸작이다.

"여보게, 사화상! 우리 사부님이 친척을 만나셨는가 보네."

사화상은 어처구니가 없어 웃음이 나왔다.

"원, 둘째 형님도 별 소리를 다하시오! 우리가 여기까지 왔어도 좋은 사람 하나 본 적이 없었는데, 친척이 어디서 생겨났단 말이오?"

"아닐세. 사부님이 친척을 만나지 않으셨다면, 도대체 남을 붙잡고 목이 메도록 서럽게 우실 까닭이 어디 있겠나? 자네, 어서 나하고 같이 가보세!"

사화상도 진담인지 아닌지 알 수가 없는 터라, 먼저 있던 데로 돌아와 말고삐를 풀어 잡고 짐 보따리를 어깨 한쪽에 둘러멘 채, 둘째 사형을 따라가면서 큰 소리로 외쳐 불렀다.

"사부님, 누구하고 무슨 말씀을 나누고 계시는 겁니까?"

두 제자가 나타나자, 당나라 스님은 손으로 나무를 가리켜 보였다.

"팔계야, 저 여보살의 결박을 풀어놓아 목숨을 구해드려라."

미련한 저팔계는 뭐가 좋고 나쁜지 아랑곳없이, 스승의 분부가 떨어지기 무섭게 그 앞으로 달려가서 대뜸 결박에 손을 대기 시작했다.

한편 반공중에서, 제천대성은 시커먼 기운이 갈수록 짙어져 상서로운 광채를 덮어씌우는 것을 보고, 아연실색하면서 저도 모르게 실성을 터뜨리고 말았다.

"아뿔사, 큰일났구나! 저놈의 흑기가 상광을 덮어씌우다니, 아무래도 어떤 요사스런 것이 우리 사부님을 해치려는 게 분명하다! 동냥은 바쁜 일이 아니니까, 우선 사부님이 어떻게 되셨는지 그것부터 알아봐야겠다."

즉시 구름을 되돌려 소나무 숲 속에 내려앉아보니, 미련퉁이 저팔계 녀석이 밧줄 매듭을 풀려고 정신없이 부산을 떨고 있다. 손행자는 앞으로 와락 달려들면서 그 커다란 귀를 단숨에 움켜 비틀어 가지고 냅다 밀어붙였다. 아무 생각 없이 결박을 푸는 데만 정신이 팔려 있던 미련퉁이는 그만 "털썩!" 하니 엉덩방아를 찧고 맥없이 나가떨어지고 말았다. 누가 떠밀었는가 싶어 후딱 머리를 쳐들고 올려다보았으나, 상대방을 알아보고는 이내 고개를 떨군 채 엉금엉금 기어서 일어나며 투덜투덜 불만이나 털어놓는 게 고작이었다.

"사부님이 날더러 사람을 구해주라고 하셨는데, 형님은 힘깨나 쓴다고 날 이렇게 자빠뜨리기요? 도대체 이런 법이 어디 있소?"

손행자는 피식 웃어가며 해명한다.

"이 사람아, 풀어주지 말게! 그건 요정일세. 요괴가 농간을 부려서 우리를 속여넘기려는 수작이야!"

삼장은 이 말을 듣고 호통쳐 꾸짖었다.

"이런 못된 원숭이 녀석, 또 허튼 소릴 늘어놓는구나! 이 여자가 어디가 어때서 요괴란 말이냐!"

"사부님은 애당초 모르시니까 그런 말씀을 하시는 겁니다. 이런 수작은 손선생도 일찍이 해본 짓거리죠. 사람의 고기를 먹고 싶을 때마다 이 따위 꿍꿍이 수작을 곧잘 부리곤 하거든요. 사부님이야 알 턱이 어디 있겠습니까?"

심통이 잔뜩 난 저팔계 녀석이 주둥이를 비죽 내밀고 스승한테 일러바친다.

"사부님, 이 필마온 녀석의 후림대에 넘어가지 마십쇼! 이 여자가 누굽니까. 이 고장에 사는 양가 댁 규수가 아닙니까? 우리야 저 머나먼 동녘 땅에서 방금 여기 왔으니, 사귀어본 적도 없고 일가친척도 아닌데, 어떻게 요괴인지 아닌지 알아볼 수 있단 말입니까. 보나마나 형님은 우리를 앞세워서 멀찌감치 따돌려놓고, 얼렁뚱땅 근두운 타고 술법을 부려 이리로 다시 되돌아와선 이 여자와 얄궂은 재미 좀 보려고 그런 소리를 늘어놓는 겁니다."

터무니없는 모함에 손행자는 약이 올라 버럭 호통 쳤다.

"이런 바보 멍청이 녀석! 말이면 함부로 다 하는 줄 알아? 이 손선생이 서쪽으로 오는 도중에 언제 한번이라도 여자하고 얄궂은 일을 저지르는 걸 봤어? 너같이 못생기고 어리석은 놈이나 여색을 보면 사족을 못 쓰고 죽을 둥 살 둥 모른 채 마구 덤벼들고, 이로운 걸 보면 형제간에 의리마저 저버리지! 이 술지게미 같은 놈아, 너처럼 색에 미친 녀석이나 남에게 속아서 세 딸의 사위 노릇을 하겠다 설쳐대고 장모까지 넘보다가 나무에 꽁꽁 묶여 밤새도록 혼이 나지, 누가 그런 창피스런 꼴을 당해보기나 한 줄 아느냐!"

손행자가 한 말은, 오래전 남해보살이 여산노모와 보현, 문수보살을 청해다가 세 딸로 둔갑시켜놓고 삼장 법사 일행의 선심(禪心)을 시험했을 때, 다른 이들은 근본을 잃지 않았으나, 미련한 저팔계 녀석 하나만은 그 유혹에 넘어가 큰 곤욕을 치렀던 사건을 두고 한 말이었다.

과연 저팔계는 이 소리에 남부끄러워 입을 다물고 말았다. 삼장 법사도 그때의 일이 기억나는지 말씨를 누그러뜨리고 둘째 제자를 곰살궂게 타일렀다.

"됐다, 됐어. 팔계야, 네 사형의 눈썰미가 틀려본 적은 이제껏 한번도 없지 않느냐. 정 그렇다면 이 여자를 아는 체하지 말고 우리끼리 갈 길이나 가자꾸나."

모처럼 스승이 알아주니, 손행자는 기뻐 어쩔 줄을 모르면서 길 재촉을 한다.

"아무렴, 그러셔야죠! 됐습니다! 이제 사부님의 목숨은 안전할 겁니다. 어서 말을 타십쇼. 일단 소나무 숲 밖으로 나가서 인가가 있거든 동냥을 얻어다가 잡수시도록 해드리겠습니다."

이리하여 일행 네 사람은 요괴를 그대로 내버려두고, 계속 앞으로 나아갔다.

한편, 요괴는 여전히 나무에 꽁꽁 묶인 채 이를 갈아붙이며 손행자를 저주했다.

"이 몇 해 동안, 손오공이란 놈의 신통력이 대단하다는 소문을 듣기는 했으되, 오늘 닥쳐보니 과연 헛소문이 아니었구나! 저 당나라 화상은 동신(童身)으로 수행을 쌓은 놈이라, 그 몸에서 원양(元陽)이 한 방울도 빠져나가지 않았으니, 저놈을 잡아서 나하고 몸을 섞기만 하면 태을금선(太乙金仙)이 되는 것쯤 문제가 안 될 터인데, 뜻밖에도 저 밉살맞은 원숭이 녀석이 내 술책을 꿰뚫어 보고 화상을 구해 갈 줄이야!…… 이 밧줄만 풀어서 내려주었더라면, 내 당장 낚아채 가지고 달아나서 내 것으로 만들어버릴 수 있었을 텐데, 그 절호의 기회를 잃다니 정말 아까운 노릇이다. 그놈이 어쩌고저쩌고 제 스승을 구슬려서 그냥 데리고 떠나버렸으니, 나는 공연히 헛수고만 한 셈이 아니고 뭐냐? 어디 한 두어 번 더 불러보기로 하자. 제까짓 놈이 내 수단에 안 걸리고 어떻게 갈 수 있는지 두고 보마!"

요괴는 밧줄에 묶인 채 꼼짝달싹도 않고 실바람결에 앵앵거리는 목소리를 실려 보내 삼장 법사의 귓전에 불어넣었다.

"여보세요, 스님. 저를 풀어주지 않으시고 이렇게 그냥 떠나시나요? 당신은 산 사람의 목숨조차 구해주지 않으시는 매정한 분이네요. 그토록 착한 마음씨도 없으면서 무슨 부처님을 만나보고 경을 얻으러 간단 말이에요?"

말 위의 삼장 법사가 이 소리를 듣더니, 당장 말을 멈춰 세우고 맏제자를 부른다.

"오공아, 너 냉큼 달려가서 저 여자를 구해주고 오너라."

손행자는 이게 무슨 소리냐는 듯이 두 눈을 똥그랗게 뜨고 물었다.

"아니, 사부님. 길을 가시다 말고 왜 또 그 여자 생각을 하십니까?"

"저 여자가 거기서 또 날 부르는구나."

당나라 스님은 귀에 들리는 대로 얘기했다. 손행자는 어이가 없는지 두 아우를 돌아보고 차례차례 물었다.

"팔계, 자네도 들었나?"

"아니오, 나는 이 커다란 귀에 귓구멍이 덮여서 아무 소리도 들리지 않았소."

"사화상, 자넨 들었나?"

"나는 짐 보따리 지고 앞만 쳐다보고 가느라, 마음 쓰지도 않았고 아무 소리도 듣지 못했소."

두 아우의 말을 듣고 손행자는 고개를 갸우뚱했다.

"그것 참 이상한 일이로군. 이 손선생도 듣지 못했는데…… 사부님, 저 여자가 뭐라고 불렀기에 사부님의 귀에만 들린 겁니까?"

"뭐라고 불렀든 간에, 저 여자의 말이 일리가 있더구나. 날더러 하는 얘기인즉, '산 사람의 목숨을 구해주지도 않으면서, 그런 착하지 못한 마음씨로 무슨 부처님을 만나볼 것이며 경을 얻으러 간다는 거냐?' 이렇게 말하더구나. 하긴 그렇다. '사람의 목숨 하나 건져주는 것이 칠층 불탑을 쌓아 올리기보다 낫다(救人一命, 勝造七級浮屠)' 하였으니, 어서 빨리 가서 저 여자를 구해주려무나. 그렇게 하는 것이 부처님을 찾아뵙고 경을 얻는 일보다 더 착한 일이 될 것이다."

손행자는 어처구니가 없어 웃음밖에 나오지 않는다.

"하하! 사부님, 또 자비심이 발동하셨군요. 그 고질병에는 고쳐드릴 약이 없습니다. 사부님도 생각 좀 해보십쇼. 우리가 동녘 땅을 떠나온 이래 줄곧 서쪽으로 오는 도중에, 얼마나 많은 산과 물을 넘고 건너 왔으며, 또 얼마나 많은 요괴와 맞닥뜨렸습니까. 사부님이 그놈들한테 붙잡혀 동굴 속으로 끌려 들어가실 때마다, 이 손선생이 사부님을 번번이 구해드리느라고 한 자루 철봉으로 수천 수만 마리나 되는 요괴들을 때려죽이곤 해오지 않았습니까. 그런데 오늘 와서 요괴 한 마리의 목숨을 아깝게 여기셔서 절더러 구해주라고 하시다니, 세상에 이런 법이 어디 또 있습니까?"

그러나 이미 요괴의 술책에 홀린 삼장은 도리어 제자에게 훈계를 한다.

"애야, 옛 성현의 말씀에, '착한 일이 대단치 않다고 해서 아니하지 말 것이며, 악한 일이 작다고 해서 하려 들지 말라(勿以善小而不爲, 勿以惡小而爲之)' 하셨다. 그러니 역시 가서 저 여자를 구해주어야겠다."

스승이 딱 부러지게 말 매듭을 지었으니, 손행자도 더는 어쩔 수가 없다.

"사부님이 정 그렇게까지 말씀하신다면, 저도 더 이상 말씀드리지 않겠습니다만, 그 책임은 이 손선생으로서도 질 수 없습니다. 사부님께서 손수 저 여자를 구해주신다 해도 감히 그렇게 하지 마시라고 권유하지 않겠습니다. 말씀드려봤자 또 역정이나 내실 테니까요. 생각하신 대로 가서 구해주십쇼."

"이 몹쓸 놈의 원숭이 녀석아! 그만 나불거리고 여기 앉아 있거라! 나하고 팔계하고 둘이서 그 여자를 구해주러 갈 테다!"

이윽고 오던 길을 되돌아 숲 속으로 간 삼장 법사, 저팔계를 시켜서 상반신에 묶인 결박부터 풀어주고 쇠스랑으로 흙더미를 파헤쳐 하반신마저 끌어내주었다.

요괴는 일부러 다리를 절뚝절뚝 절어가며 치맛자락을 여미더니, 기뼈 어쩔 줄을 모르고 생글생글 웃음 띤 얼굴로 삼장의 뒤를 따라 소나무 숲 바깥으로 벗어 나와 손행자를 만났다. 손행자는 그저 싸느랗게 웃을 뿐, 쓰다 달다 말이 없었다.

스승이 그 꼴을 보고 또 야단쳤다.

"이 고약한 원숭이 놈아! 뭘 비웃고 있는 게냐?"

"사부님께 '좋은 때가 와서 좋은 친구 만나시고, 운수대통해서 아리따운 여인을 만나셨으니(時來逢好友, 運去遇佳人)', 이 얼마나 기쁜 일입니까. 그래서 저도 기뻐 웃는 겁니다."

제자에게 조소를 당하자, 삼장은 펄펄 뛰어가며 또 한 차례 불호령을 내렸다.

"이런 몹쓸 놈의 원숭이 녀석! 터무니없는 소리 함부로 지껄이지 말아라. 내가 어머니의 뱃속에서 나왔을 때부터 중노릇을 했고, 이제 칙명을 받들어 서천으로 오는 동안 오로지 경건한 마음 하나만으로 부처님을 뵙고 경을 받겠다는 일념뿐이요, 또 무슨 이득이나 벼슬을 추구하는 사람도 아닌데, 무슨 좋은 때가 오기를 바랄 것이며 운수가 대통하고 말고 따질 것이 어디 있단 말이냐!"

손행자는 여전히 웃으면서 이죽이죽 대거리를 했다.

"사부님이 어려서부터 승려가 되셨다고 하지만, 기껏해야 경문이나 보시고 염불이나 하실 줄 알지, 일국의 왕법 조문이 어떻게 생겼는지 모르실 겁니다. 사부님도 생각 좀 해보십쇼. 이 여자는 이토록 나이 젊고 아름답게 생겼는데, 사부님이나 저는 출가한 몸으로서 이런 여자와 함께 길을 간다면 무슨 꼴을 당하게 될지 누가 압니까. 혹시 성질 못돼 먹은 인간에게 잘못 걸려들어서 우리를 법정에 끌고 가기라도 하면 어떻게 되는지 아십니까? 우리가 제아무리 부처님을 찾아뵙고 경을 받으러 가는 길이라고 변명해봤자, 그런 얘기는 귓등으로도 안 들어먹힐 테고 그저 승려 된 몸으로 간통했다는 죄목을 뒤집어쓰고 처벌이나 받기 십상일 겁니다. 설령 그렇게까지는 안 된다 하더라도, 양가 댁 규수를 꾀어 간다는 누명을 쓰고 사부님은 도첩(度牒, 승려 신분증)을 박탈당하시고 절반쯤 죽도록 매나 맞으실 것이요, 저팔계 녀석은 변방으로 귀양가서 졸병이 될 것이며, 사화상도 덩달아 역졸 노릇이나 하는 신세를 면치 못할 테고, 저 역시 무사하지 못하게 될 것입니다. 제가 아무리 말재간이 좋아서 변명을 한들 막무가내로 들어먹히지 않을 테니, 장차 그 책임을 누가 진단 말씀입니까?"

"닥쳐라! 이놈아, 되지도 못한 소리 작작 지껄여라! 내가 이 여자의 목숨을 살려주었는데, 이러쿵저러쿵 안 될 일이 뭐 있다는 게냐? 그냥 데리고 가자! 무슨 일이 벌어지면 그 책임은 모두 내 한 몸에 지마!"

"사부님께서야 모든 책임을 지신다고는 하지만, 이 여자를 구해주는 게 아니라 오히려 죽이게 된다는 것을 모르십니다."

"내가 이 여자를 소나무 숲 바깥으로 구해내 가지고 이렇듯 버젓이 살아나게 해주었는데, 어째서 도리어 죽이게 된단 말이냐?"

"생각해보십쇼. 이 여자가 숲 속에 묶여 있는 채로 사흘이고 닷새고 열흘 보름이고 밥을 먹지 못해 굶어 죽으면, 그래도 제 몸뚱어리 하나만은 온전히 남아서 저승에 갈 수 있었을 겁니다. 그러나 이제 이 여자를 데리고 떠나실 때는, 사부님이 타신 말은 발빠른 용마라서 바람같이 달릴 테고, 저희들도 재주껏 사부님을 뒤따르면 그뿐이겠으나, 이 여자는 발이 작아서 걷기가 무척 어려울 테니 그런 걸음걸이로 어떻게 따라올 수 있겠습니까. 그러다 지쳐서 길바닥에 뒤떨어지기라도 하는 날이면, 사나운 호랑이, 굶주린 이리, 표범 같은 들짐승한테 한입에 삼켜져버리고 말 텐데, 그렇게 된다면 모처럼 구해주신 목숨을 도리어 죽이는 게 아니고 뭐란 말입니까?"

삼장 법사가 듣고 보니, 딴은 그럴 법한 얘기라 절로 고개를 끄덕끄덕했다.

"흐음, 과연 옳은 얘기다. 그 일은 역시 네가 잘 궁리해봐야겠다. 그래, 어찌하면 좋겠느냐?"

손행자는 무슨 생각이 들었는지 앙큼스레 웃으면서 내처 대답했다.

"사부님께서 이 여자를 껴안은 채로 말을 같이 타고 가시면 되죠."

고지식한 이 스님 묵묵히 생각해보더니, 절레절레 도리질을 한다.

"그건 안 되겠다. 내가 어떻게 여자를 안고 말을 함께 타고 간단 말이냐!······"

"그럼 이 여자는 어떻게 갈 수 있습니까?"

"팔계더러 업고 가라고 하자꾸나."

스승이 궁여지책으로 꾀를 하나 냈더니, 손행자는 낄낄대면서 조롱을 한다.

"바보 녀석이 운수 대통을 했구나!"

저팔계는 이 소리에 흠칫 놀라 한 걸음 뒤로 물러나면서 두 손을 홰홰 내젓는다.

"어이구, 그런 말씀 마시오! '먼길에 가벼운 짐이란 없다(遠路沒輕擔)'고 했소. 날더러 무거운 사람을 업고 가라 하시는데 운수대통이라니, 그게 무슨 소리요?"

"자네는 주둥이가 길지 않나? 이 여자를 업고 가면서 그 기다란 주둥아리를 뒤로 돌려서 엉큼스레 수군수군 정다운 얘기도 나누고, 은근슬쩍 재미도 볼 수 있으니, 이게 운수대통이 아니고 뭔가?"

저팔계는 이 말을 듣더니, 펄펄 뛰면서 주먹으로 제 가슴을 마구 두드린다.

"큰일날 소리 작작 하시오! 차라리 사부님께 몇 대 얻어맞으면 아파도 참는 것이 낫지. 이 여자를 업고 가는 짓은 더러워서 못 하겠소! 형님은 어째 평생토록 사람을 골탕먹이려고만 하시는 거요? 난 죽으면 죽었지 절대로 업지 못하겠소!"

두 형제의 입씨름을 듣다 못해 스승이 나섰다.

"그만둬라 그만들 해둬! 나도 얼마간은 걸어서 갈 수 있으니까, 차라리 내가 말을 내려서 너희들하고 같이 천천히 걸어가마. 빈 말은 팔계더러 끌고 가라고 하자."

손행자는 참고 참았던 웃음보를 터뜨리고 말았다.

"바보 녀석이 어쨌든 수지가 단단히 맞았네그려! 사부님이 그래도 자네를 생각해주시고 견마잡이 노릇[3]을 시키셨으니 말일세."

그러자 스승의 입에서 불호령이 떨어졌다.

"이 원숭이 놈아! 또 그 따위 돼먹지 못한 소리를 하는 게냐! 옛사람 말씀에도 '말이 천리 길을 간다지만, 끌어줄 사람이 없으면 저 혼자서는 못 간다(馬行千里, 無人不能自往)'고 했다. 만약 내가 길바닥에서 천천히 노닥거리고 간다면, 네놈은 날 떨쳐버리고 갈 작정이냐? 내가 천천히 간다면 너희들도 느릿느릿 따라가야 옳은 일이지. 우리 다 같이 이 여보살님과 함께 산밑에까지 내려가자. 혹시 암자나 도관, 사찰이나 사람 사는 집이 있거든, 이 여자를 거기 맡겨서 머물러 있게 하자꾸나. 그럼 우리가 한 목숨 구해주는 격이 될 것이다."

손행자도 이 말씀에는 순순히 따랐다.

"사부님 말씀이 지당하십니다. 그럼 어서 빨리 떠나갑시다!"

이윽고 말 안장에서 내려선 삼장이 걸음을 옮겨 앞으로 나서기 시

---

3 견마잡이: 여기서 '견마잡이'란 말은 '신랑이 탄 말을 끈다'는 의미로, 중매쟁이 또는 뚜쟁이 역할을 맡겼다는 암시의 이른바 '어의쌍관어(語義雙關語)'다. 똑같은 경우로 쓰였던 제23회 주4 '말을 끌고 돌아오다……' 항목 참조

작했다. 사화상은 여전히 짐 보따리를 짊어지고, 견마잡이 저팔계는 빈 말 고삐를 잡아끌면서 여자를 인도해 나갔다. 손행자는 철봉을 어깨에 둘러멘 채, 여자의 동태를 감시하며 뒤따라 나섰다. 일행은 계속 앞으로 나아갔다.

다섯으로 늘어난 일행이 미처 2, 30리도 가지 못하였을 때, 날은 어둑어둑 저물녘이 되었다. 삼장은 어스름한 저녁노을 속에 누각 전당을 한 군데 발견하고 걸음을 멈추었다.

"애들아, 저길 좀 보아라. 저것이 암자, 도관 아니면 사원이 분명하구나. 저기서 잠자리나 빌려 쉬고 내일 아침 일찍 떠나기로 하자."

"사부님 말씀이 옳습니다. 여보게들, 어서 가보세!"

손행자가 아우들을 재촉해서 문턱 앞에 이르렀더니, 스승이 제자들을 막는다.

"너희들은 저만치 떨어져 있거라. 내가 먼저 가서 잠자리를 구해보마. 편리를 보아주어서 잠자리가 생기거든 사람을 시켜서 너희들을 부르마."

스승의 분부가 떨어지니, 다른 사람들은 모두 버드나무 그늘 밑에 서서 기다렸으나, 손행자만은 여전히 철봉을 두 손에 들고 여자를 감시했다.

이윽고 장로님께서 걸음을 옮겨 떼어 산문 앞에 다다르고 보니, 문짝은 이리 기울고 저리 뒤틀려 형편없이 낡았다. 그래도 문을 밀쳐놓고 들어섰더니, 절간의 꼬락서니가 차마 눈뜨고 보지 못할 만큼 처참하기 이를 데 없다. 기나긴 복도는 썰렁하기 짝이 없고, 오랜 세월 해묵은 고찰(古刹)이 퇴락할 대로 퇴락하여 온 뜰에 이끼만 가득 찼을 뿐 아니라, 쑥대와 가시덤불이 길바닥을 뒤덮고, 개똥벌레 반딧불이 유령의 불빛처럼 이리저리 날아다니는가 하면, 이따금 개구리 떼 울음소리가 들려나올 뿐이어서, 그 처량한 광경에 장로님은 저도 모르게 눈물을 주르르 흘렸다.

    부처님 모신 전당은 무너질 대로 무너져 내리고, 곁채로 뻗은 승방(僧房)은 적막하게 기울어 내려앉았다.
    깨어지고 부서진 벽돌과 기왓장이 십여 무더기로 쌓여 있고, 어디를 둘러보나 뒤틀린 대들보와 꺾여진 기둥뿐이다.
    앞채 뒤채에는 온통 푸른 잡초가 우거지고, 밥 짓던 부엌 칸은 먼지에 파묻힌 채 썩어 문드러졌다.
    종루(鐘樓)도 허물어지고 북에는 쇠가죽이 삭아 없어진 지 오래요, 유리 향등(琉璃香燈)은 깨어진 채 떨어져 있다.
    부처님의 금신(金身)에 칠이 벗겨져 나가고, 나한상(羅漢像)은 이리저리 쓰러져 나뒹굴고 있다.
    관음보살도 부서져 모조리 진흙 몸뚱이를 드러내고, 수양버들 가지 담겼던 정병(淨瓶)마저 흙바닥에 떨어졌다.
    한낮에도 드나드는 스님 없어, 밤마다 여우들만 잠잘 뿐이다.
    들리느니 세찬 바람 소리뿐이요, 천둥 벼락 치듯 울부짖는 곳은 하나같이 호랑이와 표범이 도사린 소굴이다.
    사면팔방에 담과 울타리가 성한 것 없이 모두 쓰러지고, 스님들 기거하던 재실(齋室)에 문짝마저 없다.

이 광경을 증명하는 시가 있다.

    여러 해 풍상 겪은 고찰을 보수할 사람 없으니, 어수선하게 퇴락하여 부너지고 말았구나.

모질게 부는 바람결에 가람(伽藍)의 얼굴 갈라지고, 큰 비가 퍼부어 부처님의 두상(頭像)을 질펀하게 적시었다.
금강신장(金剛神將)은 되는대로 자빠져 수렁에 나뒹굴고, 토지신은 방이 없으니 밤이 되어도 그 한 몸 용납하지 못한다.
더구나 두 가지 한탄할 노릇 있으니, 구리 종은 땅바닥에 뒹굴기만 할 뿐 매달릴 만한 종각이 없다네.

삼장 법사가 억지로 마음을 다잡아 둘째 문에 들어섰다. 과연 종과 북이 매달려 있던 종각은 폭삭 무너져 내려앉고, 구리 종 하나만이 땅바닥에 뒹굴고 있는데 위쪽으로 절반은 눈처럼 하얗게 변색되고, 아래쪽 절반은 파랗게 녹슬어 있었다. 위쪽은 오랜 세월 비바람에 씻기고 젖어서 하얗게 바래고, 아래쪽은 축축한 흙 기운에 습기가 차서 파랗게 구리 녹이 슨 것이다. 비탄에 잠긴 삼장은 두 손으로 종을 어루만지며 큰 목소리로 외쳐 불렀다.
"범종(梵鐘)아! 너는······"

일찍이 종각에 매달려 사자후를 토해내기도 했고, 일찍이 쩌렁쩌렁 울리는 소리를 먼 곳까지 퍼뜨리기도 했다.
아침 일찍 닭이 홰를 칠 때 맞춰 새벽을 알리기도 했고, 해가 저물면 황혼의 소식을 알려주기도 했다.
구리쇠 보시 받던 스님은 어디로 돌아갔으며, 구리쇠 녹여 부어 범종을 만들던 동장(銅匠)의 솜씨 어디로 갔는지 알 수 없구나.
아마도 두 사람의 목숨은 벌써 저승으로 돌아가, 그들은 종적 없고 너는 소리가 없어진 모양이로구나!

삼장이 목청을 드높여 탄식하고 있으려니, 그 소리가 저도 모르는 사이에 절간에 있던 사람들을 놀라 깨우게 만들었다.

제일 먼저 눈을 뜬 사람은 법당에서 향화를 받들고 있던 수도승이었다. 그는 난데없는 사람의 목소리에 깜짝 놀라 뛰어나오더니, 부서진 벽돌을 한 개 골라 들고 범종을 겨냥하여 냅다 집어던졌다.

"뎅!"

느닷없이 울리는 종소리에, 맥을 놓고 탄식만 늘어놓던 삼장 법사는 기절초풍을 하다시피 놀란 나머지 그 자리에 털썩 주저앉고 말았다. 간신히 정신을 가다듬고 몸을 일으키기는 했으나 또다시 두 다리가 옷자락에 휘감기는 바람에 도로 벌러덩 나자빠지고 말았다. 장로님은 땅바닥에 쓰러진 채 고개를 치켜들고 무심한 쇳덩어리를 바라보며 또 한 번 외쳐 불렀다.

"범종이여!······"

소승은 그대의 처량한 모습을 보고 감회에 젖어 탄식하는데, 그대는 어찌하여 뎅! 하고 외마디 소리를 내는가.

아마도 서천 오는 길바닥에 사람 없으니, 그대 역시 오랜 세월 해묵어 요괴가 된 모양이로구나!

이때, 수도승이 앞으로 달려 나오더니 삼장을 와락 부여잡았다.

"나으리, 어서 일어나십쇼. 방금 이 종이 울린 것은 요괴가 되어서 그런 게 아니라, 제가 벽돌을 던져 때렸기 때문에 울린 것입니다."

삼장은 머리를 쳐들고 바라보다가 그 모습이 사뭇 추접스럽고 거무튀튀하게 생긴 것을 보고, 속으로는 은근히 섭을 집어먹으면서도 엄포를 놓았다.

"그대는 누구인가? 산도깨비냐 요사스런 유령이냐? 나는 보통 사람이 아니니까 범접할 생각도 말아라! 나로 말할 것 같으면 동녘 땅 대당나라에서 칙명을 받들고 오는 사람이다. 내 수하에는 용을 굴복시키고 호랑이를 때려잡는 제자들이 있다. 그대가 만약 나를 건드렸다가는 목숨이 남아나지 못할 줄 알아라!"

수도승이 무릎 꿇고 엎드리면서 이렇게 해명을 한다.

"나으리 두려워하실 것 없습니다. 겁내지 마십쇼. 저는 요사스런 도깨비나 유령이 아니라, 이 절간에서 향화를 받드는 수도승입니다. 방금 어르신께서 착한 말씀으로 땅에 떨어진 범종을 찬탄하시는 것을 듣고 나와서 영접하려 했습니다만, 혹시나 사악한 마귀가 문을 두드리는 것은 아닌지 몰라, 두려운 마음에 부서진 벽돌 한 개 주워들고 종을 때려서 그 소리로 놀라움을 억누르고서야 이렇게 나온 것입니다. 자아, 어르신. 어서 일어나시지요!"

당나라 스님은 그제야 놀란 가슴을 가라앉히고 일어설 수 있었다.

"주지 스님, 하마터면 소승이 놀라 죽을 뻔했소. 어서 날 좀 데리고 들어가주시오."

이윽고 수도승이 당나라 스님을 인도하여 곧바로 세번째 문 앞에 이르렀다. 문턱을 들어서고 보니 바깥 세상과는 전혀 딴판이라, 삼장 법사를 또 한 번 깜짝 놀라게 만들었다.

푸른 벽돌 쌓아 올려 채운(彩雲) 같은 담을 이루고, 초록 기와 얹어 유리전(琉璃殿) 이루었다.

황금으로 거룩한 부처님 법상 꾸며드리고, 백옥으로 섬돌 바탕 만들었다.

대웅전 위에 푸른빛 춤추어 날며, 비라각(毘羅閣) 아래는 날카로운 기운이 솟아난다.

문수전(文殊殿)에는 채색 비운(飛雲) 엉기고, 윤장당(輪藏堂)에는 꽃을 그려 비춰 빛깔 무더기로 쌓였다.

세 처마 끝에는 보병(寶甁)이 뾰족하게 돋아나고, 오복루(五福樓) 안에는 평평하게 수놓은 보를 덮었다.

천 그루 취죽(翠竹)이 선탑(禪榻)에 그림자 흔들고, 만 그루 청송(青松)은 불문(佛門)에 그늘 드리운다.

벽운궁(碧雲宮) 안에서는 금빛 광채 뻗어 나오고, 자무총(紫霧叢) 안개 속에 상서로운 아지랑이 나부낀다.

이른 아침 사방 들판에서 멀리 싱그러운 바람을 냄새 맡고, 늦저녁이면 높은 산에 화고(畵鼓) 두드리는 북소리 듣는다.

아침 햇볕 아래 해진 승복 기워 입을 수 있으니, 어찌 밝은 달빛 마주 대하여 나머지 경문을 마저 다 읽지 못하랴?

또 반벽(半壁)의 등잔 불빛이 뒤뜰 밝히니, 한 가닥 향기로운 안개는 뜰 한복판에 비춘다.

삼장은 이러한 광경을 보고 선뜻 들어설 엄두가 나지 않아 수도승에게 먼저 물었다.

"스님, 이 절간 앞쪽은 어지럽고 썰렁하기 짝이 없는데, 뒤쪽은 이렇듯 훌륭하게 꾸며놓았으니, 이게 도대체 어찌된 일이오?"

수도승이 싱긋 웃으면서 대답한다.

"어르신, 이 산중에는 사나운 요괴와 강도들이 많아서, 날씨가 맑게 개기만 하면 산길 따라 노략질하러 다니고, 날씨가 흐릴 때에는 이절간에 들어와서 은신하는데, 불상을 넘어뜨려놓고 그 위에 자리 깔고 앉지를 않나, 정원에 가꾸어놓은 나무를 뽑아다가 땔감으로 쓰지를 않나, 정말 눈뜨고 보지 못할 정도로 행패 막심합니다. 그렇지만 이 절간의 승려들은 하나같이 약골이라, 그놈들과 시비를 따질 수도 없고 해서, 생각다 못해 저 앞쪽 낡아빠진 집채들은 아예 도적놈들에게 내주어서 잠자리나 쉼터로 쓰게 하고, 저희들은 따로 몇몇 시주 분들께 보시를 얻어 여기다가 새로운 사찰을 세웠지요. 말하자면 청탁(淸濁)이 한 자리에 동거하는 셈입니다만, 이것도 서방 세계에서나 볼 수 있는 별난 사정이라고 여겨두십시오."

삼장은 이 말을 듣고 고개를 주억거렸다.

"호오, 그런 사정이 있었군요!"

앞으로 계속 걸어 나가자니, 또 산문 위에 큼지막하게 다섯 자가 씌어진 편액이 걸려 있다.

진해 선림사(鎭海禪林寺)

다시 걸음을 옮겨 떼어 산문 안으로 성큼 들어서니, 웬 승려 하나가 마주 걸어 나오는데 그 모습과 차림새가 유별나다.

머리에는 모자 깃을 왼편으로 여민 비단 승모를 쓰고, 구리로 만든 고리 한 쌍을 양쪽 귀에 늘어뜨렸다.

몸에는 파라(頗羅)⁴ 털실로 짠 옷을 걸치고, 한 쌍의 흰 눈동자가 은빛으로 반짝인다.

손으로는 파랑고(播郎鼓)⁵ 흔들어 "딸랑딸랑" 소리내며, 입으

---

4 파라: 서장(西藏) 곧 티베트 귀족을 의미하는 옷차림. 제78회 주 3에서 풀이한 불교 용어 '파라(波羅)'와는 다르다.
5 파랑고: 기다란 손잡이에 두 귀가 달린 작은 북 종류. 아이들의 장난감으로 흔들어

로는 중얼중얼 번족(番族, 티베트족) 언어로 불경을 외우는데 알아듣기 어렵다.

삼장 법사야 애당초 알아볼 수 없으니, 이분은 서방 세계 가는 길에 라마승(喇嘛僧)이시다.

문밖으로 걸어 나온 라마화상도 삼장의 위아래를 요모조모 뜯어보기 시작한다. 맑고도 빼어난 미목(眉目), 서글서글하게 탁 트이고 너른 이마, 어깨까지 늘어뜨린 양 귓불, 무릎을 지나도록 기다란 두 팔, 그 모습은 한마디로 나한께서 속세에 강림하지 않았는가 싶을 만큼 준수하고도 우아해 보였다. 라마화상은 좀더 가까이 다가서더니 얼굴 가득 싱글벙글 웃음기를 띤 채 두 손으로 부여잡고 삼장의 손발을 만져보기도 하고 콧날을 쓰다듬어 내리는가 하면 귓불도 잡아당겨보면서, 사뭇 친근하다는 뜻을 보인 다음에야 방장으로 데려갔다. 피차 인사치레가 끝나자, 라마화상은 단도직입으로 물어왔다.

"스님께서는 어디서 오셨습니까?"

"불초 제자는 동녘 땅 대당나라 황제께서 친히 파견하시어, 서방 세계 천축국 대뇌음사로 부처님을 찾아뵙고 경을 받으러 가는 사람입니다. 방금 이 근처를 지나던 도중 날이 저물었기에 이렇듯 보찰을 찾아뵈었습니다. 하룻밤 잠자리를 빌려주신다면 내일 아침 일찍 떠날까 하오니, 부디 편의를 보아주시기 바랍니다."

이 말을 듣고 라마화상이 껄껄대며 도리질을 한다.

"사람 값에도 못 드는 소리를 하시는군! 정말 사람 축에도 못 드는

소리를 내는 것. 일명 '도고(鼗鼓)'라 하여, 고대 전투에서 공격할 때 병사들이 시끄럽게 흔들어 적의 지휘 통신 체계인 북소리를 듣지 못하도록 교란하는 데 쓰이기도 했다.

화상일세! 우리가 어디 놀고 싶어서 제 집을 뛰쳐나와 중노릇이나 하는 줄 아시오? 당신이나 나나 모두들 부모가 낳아주신 목숨에 화개살(華蓋煞)이 낀 탓으로 집안에서 편히 자라지 못하고 이렇게 모든 속세의 인연을 끊어버리고 출가승이 되지 않았소? 일단 불문의 제자가 된 바에야 빈말을 늘어놓아서는 안 되는 법이오! 출가한 사람이 거짓말을 하다니!……"

상대방이 거짓말로 몰아붙이니, 삼장은 이거 큰일났다 싶어 얼른 변명을 했다.

"저는 사실대로 말씀드린 겁니다. 제가 어찌……"

라마화상은 그 말문을 뚝 끊어버린다.

"동녘 땅에서 서천까지 얼마나 먼 길이오? 도중에는 또 산이 많고 산중에는 동굴이 있으며, 동굴 속에는 으레 요사스런 정령이 득시글거리는데, 당신처럼 혈혈단신으로, 그것도 생김새가 요렇게 얌전해빠지기만 해 가지고서야 어디 그 머나먼 길에 경을 가지러 가는 사람 같기나 한답디까?"

"원주(院主)님께서 그렇게 보시는 것도 일리가 있습니다. 소승이 혼잣몸으로 어떻게 여기까지 올 수 있었겠습니까. 사실을 말씀드리자면, 저에게는 제자가 셋이 있습니다. 그들이 산에 부닥치면 길을 틔워주고 물을 만나면 다리를 놓아주면서, 소승을 보호해준 덕택으로 여기까지 올 수 있었던 것입니다."

"제자 분이 셋씩이나 있다니, 지금 어디들 있소?"

라마화상이 깜짝 놀라 묻는다. 삼장은 영문을 모른 채 사실대로 얘기했다.

"지금 산문 밖에서 기다리고 있을 겁니다."

라마화상은 더욱 당황한 기색으로 손님을 꾸짖는다.

"스님, 당신이 모르고 계시는구려! 우리 이곳에는 호랑이와 이리 떼, 요사스런 정령들과 강도 패거리가 우글거리고 있소. 그것들이 어찌나 인명을 해치는지, 대낮에도 멀리 나가지 못하고 날도 저물기 전에 절간 대문을 닫아걸고 사는 실정이오. 그런데 이토록 어두워질 때까지 사람을 바깥에다 버려두다니 정신이 있소? 이것 참말 큰일이로군!"

이어서 제자들을 소리쳐 부른다.

"얘들아! 냉큼 달려나가서 모셔들여라!"

젊은 라마승 둘이 바깥으로 달려 나간 것은 좋았으나, 손행자의 생김새를 보고 깜짝 놀라 자빠지더니, 이어서 저팔계의 상판을 보자 또 한 번 기겁을 해 가지고 뒤로 엉덩방아를 찧으면서 나가떨어졌다. 엉금엉금 네 팔다리로 뒷걸음질쳐 일어나기가 무섭게 쏜살같이 되돌아와서, 삼장을 보고 헐레벌떡 숨가쁜 소리로 이렇게 여쭙는다.

"나으리, 큰일났습니다! 제자 되시는 분들은 보이지 않고, 그 대신 요괴들 서너 마리가 문턱에 서 있습니다."

삼장이 물었다.

"요괴라니, 생김새가 어떻습디까?"

"하나는 뇌공 같은 낯짝, 하나는 멧돼지처럼 주둥이가 비죽 나오고, 또 하나는 시퍼런 얼굴에 송곳니가 삐드러져 나왔습니다. 곁에 여자 하나 서 있는데, 그 여자만이 제법 사람답게 분단장을 하고 있습니다."

삼장은 빙그레 웃으면서 설명해주었다.

"당신들이 몰라봤구려. 그 추악하게 생긴 세 사람이 바로 내 제자들이오. 그 여자는 우리가 소나무 숲에서 목숨을 건져주고 여기까지 데려온 거요."

"나으리, 나리는 이처럼 준수하게 생긴 스님이신데, 어떻게 해서 그토록 추악하게 생겨먹은 제자들을 두셨단 말씀입니까?"

라마화상이 묻자, 삼장 법사는 또 한 번 해명하지 않을 수가 없다.

"그것들이 비록 인물은 추접스레 생겼으나 쓸모는 제법 많습니다. 어서 속히 불러들이도록 해주십시오. 이대로 머뭇거렸다가는 저 뇌공 같은 상판을 한 녀석이 무슨 난동을 부릴지 모릅니다. 성질이 여간 우락부락하지 않는 데다, 사람이 낳고 부모가 길러준 녀석이 아닌지라, 덮어놓고 쳐들어와서 한바탕 야료나 부리지 않을까 걱정스럽습니다."

이 말을 듣고 젊은 라마승이 부리나케 달려 나가더니, 산문 앞에 무릎 꿇고 와들와들 떨어가며 공손히 청하였다.

"여러 스님들, 당 노야께서 모시고 오라 하십니다."

저팔계가 사형을 돌아보며 낄낄대고 웃는다.

"형님, 이 친구들이 우리를 부르러 오면 왔지, 왜 저렇게 부들부들 떨고 있는지 모르겠소."

"우리가 추접스레 생겨먹은 것을 보고 겁이 나서 그러네."

손행자의 대답에, 저팔계는 억울하다는 듯이 투덜거린다.

"쳇! 가당치도 않은 소리 마시오. 우리가 이런 모습으로 세상에 태어나서 자란 몸인데, 누가 추접스럽게 생기고 싶어서 이런 꼴을 하고 있는 줄 아시오?"

"기왕 이렇게 되었으니 어쩌겠나. 추접스런 낯짝을 조금씩 매만지고 들어가세."

이리하여 미련퉁이 저팔계는 그 기다란 주둥이를 앞가슴에 쑤셔 넣고 머리를 수그린 채 말고삐를 잡아끌고, 사화상은 짐 보따리를 짊어졌다. 손행자는 철봉을 들고 맨 뒤편에 바짝 따라붙어 그 여자를 감시하면서 일제히 산문 안으로 들어섰다.

허물어진 앞채 건물을 지나쳐서 셋째 문으로 안내 받아 들어간 일행 네 사람은 그곳에 말고삐를 매어놓고 짐 보따리를 부려놓은 다음, 방장실로 들어가 라마화상과 상견례를 나누고 각각 자리 잡아 앉았다.

라마화상은 안채로 들어가더니, 7, 80명이나 되는 젊은 제자들을 데리고 나와 인사를 시켰다. 그리고 나서 저녁상을 차려내다 손님들을 대접했다.

공덕을 쌓기는 모름지기 자비 일념(慈悲一念)에 있으리니, 부처님의 법이 흥성할 때에는 승려가 승려를 후대하고 찬양하게 마련이다.

삼장 일행은 과연 이 절간에서 그날 밤 어떤 우여곡절을 겪고서야 떠날 수 있을 것인지, 다음 회에서 풀어보기로 하자.

■ 서유기─총 목차

제1권 제1회~제10회

옮긴이 머리말

제1회   신령한 돌 뿌리를 잉태하니 수렴동 근원이 드러나고, 돌 원숭이는 심령을 닦아 큰 도를 깨치다 · 31

제2회   스승의 참된 묘리를 철저히 깨치고 근본에 돌아가, 마도(魔道)를 끊고 마침내 원신(元神)을 이룩하다 · 63

제3회   사해 바다 용왕들과 산천이 두 손 모아 굴복하고, 저승의 생사부에서 원숭이 족속의 이름을 모조리 지우다 · 94

제4회   필마온의 벼슬이 어찌 그 욕심에 흡족하랴, 이름은 제천대성에 올랐어도 마음은 편치 못하다 · 125

제5회   제천대성이 반도대회를 어지럽히고 금단을 훔쳐 먹으니, 제신(諸神)들이 천궁을 뒤엎어놓은 요괴를 사로잡다 · 155

제6회   반도연에 오신 관음보살 난장판이 벌어진 연유를 묻고, 소성(小聖) 이랑진군, 위세 떨쳐 손대성을 굴복시키다 · 185

제7회   제천대성은 팔괘로 속에서 도망쳐 나오고, 여래는 오행산 밑에 심원(心猿)을 가두다 · 215

제8회   부처님은 경전을 지어 극락 세계에 전하고, 관음보살 법지를 받들어 장안성 가는 길에 오르다 · 243

제9회   진광예(陳光蕊)는 부임 도중에 횡액을 당하고, 그 아들 강류승(江流僧)은 아비의 원수를 갚고 근본을 되찾다 · 276

제10회   어리석은 경하 용왕 치졸한 계략으로 천조(天曹)를 어기고, 승상 위징은 서찰을 보내어 저승의 관리에게 청탁을 하다 · 308

제2권 제11회~제20회

제11회 저승 세계를 두루 유람하던 태종의 혼백이 돌아오고, 염라대왕에게 호박을 바치러 죽어간 유전(劉全)은 새로운 배필을 얻다 · 17

제12회 태종이 정성으로 수륙대회 베풀어 불도를 선양하니, 관세음보살이 현성(顯聖)하여 금선 장로를 깨우치다 · 53

제13회 호랑이 굴에 빠진 삼장 법사, 태백금성이 액운을 풀어주고, 쌍차령에서 유백흠이 삼장 법사 가는 길을 만류하다 · 98

제14회 심성을 가라앉힌 원숭이 정도(正道)에 귀의하니, 마음을 가리던 육적(六賊)도 흔적 없이 스러지다 · 127

제15회 신령들은 사반산에서 남모르게 삼장을 보호하고, 응수간의 용마는 소원 이뤄 재갈을 물리다 · 164

제16회 관음선원의 승려들 보배를 탐내어 음모를 꾸미고, 흑풍산의 요괴가 그 틈에 금란가사를 도둑질하다 · 196

제17회 손행자는 흑풍산에서 일대 소동을 일으키고, 관음보살은 흑곰의 요괴 굴복시켜 거두다 · 231

제18회 당나라 스님은 관음선원의 재난에서 벗어나고, 손대성은 고로장(高老莊)에서 요마를 없애러 나서다 · 270

제19회 운잔동에서 오공은 팔계를 굴복시켜 받아들이고, 삼장 법사는 부도산에서 『심경(心經)』을 받다 · 295

제20회 황풍령(黃風嶺)에서 당나라 스님은 재난에 봉착하고, 저팔계는 산허리에서 사형과 첫 공로를 앞다투다 · 327

제3권 제21회~제30회

제21회 호법 가람은 술법으로 집 지어 손대성을 묶게 하고, 수미산의 영길 보살(靈吉菩薩)은 황풍괴를 제압하다 · 17

제22회 저팔계는 유사하(流沙河)에서 일대 격전을 벌이고, 목차 행자는 법 시를 받들어 사오정을 거두어들이다 · 47

제23회 삼장은 부귀영화, 여색의 시련에 본분을 잊지 않고, 네 분의 성신(聖神)은 일행의 선심(禪心)을 시험해보다 · 71

제24회 만수산의 진원 대선은 옛 친구 삼장을 머물게 하고, 손행자는 오장관에서 인삼과(人蔘果)를 훔쳐먹다 · 111

제25회 진원 대선은 경을 가지러 가는 스님을 뒤쫓아 잡고, 손행자는 오장관을 뒤엎어 난장판으로 만들다 · 142

제26회 손오공은 인삼과 처방을 구하러 삼도(三島)를 헤매고, 관세음보살은 감로(甘露)의 샘물로 나무를 살려내다 · 175

제27회 시마(屍魔)는 당나라 삼장을 세 차례나 농락하고, 성승(聖僧)은 미후왕의 처사를 미워하여 쫓아내다 · 207

제28회 화과산의 요괴들이 다시 모여 세력을 규합하고, 삼장 일행은 흑송림(黑松林)에서 마귀와 부닥치다 · 239

제29회 강류승은 재난에서 벗어나 보상국으로 달아나고, 저팔계는 사오정을 희생시켜 숲속으로 뺑소니치다 · 269

제30회 사악한 마도(魔道)는 정법(正法)을 침범하고, 심성을 지닌 백마는 원숭이 임금을 그리워하다 · 297

제4권 제31회~제40회

제31회 저팔계는 의리를 내세워 미후왕을 격분시키고, 손행자는 지혜로써 요괴의 항복을 받아내다 · 17

제32회 평정산에서 일치 공조(日値功曹)는 소식을 전해주고, 미련한 저팔계는 연화동(蓮花洞)에서 봉변을 당하다 · 56

제33회 외도(外道)는 진성(眞性)을 미혹하고, 원신(元神)은 본심(本心)을 도와주다 · 92

제34회 마왕은 교묘한 계략으로 원숭이 임금을 곤경에 빠뜨리고, 제천대성은 사기 쳐서 상대편의 보배를 가로채 달아나다 · 128

제35회 외도(外道)는 위세 부려 올바른 심성을 업신여기고, 심원(心猿)은 보배 얻어 사악한 마귀를 굴복시키다 · 162

제36회 영악한 원숭이는 고집스런 승려들을 굴복시키고, 좌도 방문을 깨뜨려 견성명월(見性明月)에 잠기다 · 193

제37회 임금은 귀신이 되어 한밤중에 당 삼장을 만나뵙고, 손오공은 입제화로 변신하여 젊은 태자를 유인하다 · 226

제38회 젊은 태자는 모친에게 물어 정(正)과 사(邪)를 알아내고, 두 제자는 우물 용왕을 만나보고 진위(眞僞)를 가려내다 · 263

제39회 천상에서 한 알의 단사(丹砂)를 얻어 내려오고, 죽은 지 3년 만에 임금은 이승에 다시 살아나다 · 296

제40회 어린것에게 농락당하여 선심(禪心)이 흐트러지니, 세 형제는 각오를 새롭게 다지고 분발 노력하다 · 331

제5권 제41회~제50회

제41회 손행자는 삼매진화(三昧眞火)에 참패를 당하고, 저팔계는 구원을 청하려다 마왕에게 사로잡히다 · 17

제42회 제천대성은 정성을 다하여 남해 관음을 찾아뵙고, 관세음보살은 자비를 베풀어 홍해아를 잡아 묶다 · 52

제43회 흑수하(黑水河)의 요얼(妖孼)이 당나라 스님을 잡아가고, 서해 용왕의 마앙 태자는 타룡(鼉龍)을 사로잡아 돌아가다 · 88

제44회 삼장 일행이 강제 노역을 하는 승려들과 마주치고, 심성 바른 손행자, 요망한 도사의 정체를 간파하다 · 124

제45회 손대성은 삼청관 도사들에게 이름을 남겨두고, 원숭이 임금은 차지국 왕 앞에서 법력을 과시하다 · 159

제46회 외도(外道)가 강한 술법으로 농간 부려 정법(正法)을 업신여기니, 심원(心猿)은 성스러운 법력으로 사악한 도사들을 파멸시키다 · 193

제47회 성승(聖僧)의 밤길이 통천하(通天河) 강물에 가로막히고, 손행자와 저팔계는 자비심을 베풀어 동남동녀를 구하다 · 229

제48회 마귀가 찬 바람으로 농간 부리니 폭설이 나부끼는데, 스님은 서방 부처 뵈올 마음에 층층 얼음길 내딛다 · 263

제49회 삼장 법사 재난을 만나 통천하 수택(水宅)에 잠기고, 구고구난(救苦救難) 관음보살 어람(魚籃)을 드러내다 · 296

제50회 성정(性情)이 흐트러짐은 탐욕(貪慾)에서 비롯되며, 심신(心神)이 동요를 일으키니 마두(魔頭)와 만나다 · 331

제6권 제51회~제60회

제51회 심원(心猿)이 온갖 계책을 다 썼으나 모두가 헛수고요, 수공(水攻) 화공(火攻)으로도 마귀를 제압하지 못하다 · 17

제52회 손오공은 금두동에 들어가 한바탕 뒤집어엎고, 석가여래는 마왕의 주인을 넌지시 일러주다 · 52

제53회 삼장은 자모하(子母河) 강물을 잘못 마셔 잉태하고, 사화상은 낙태천의 샘물 떠다가 태기(胎氣)를 풀다 · 85

제54회 서쪽으로 들어선 삼장 법사는 여인국에 봉착하고, 심원(心猿)은 계략을 세워 여난(女難)에서 벗어나다 · 121

제55회 색마는 음탕한 수단으로 당나라 삼장 법사를 농락하고, 삼장은 성정(性情)을 지켜 원양(元陽)을 깨뜨리지 않다 · 153

제56회 손행자는 미쳐 날뛰어 산적떼를 때려죽이고, 삼장 법사는 미혹에 빠져 심원(心猿)을 추방하다 · 188

제57회 진짜 손행자는 낙가산의 관음보살에게 하소연하고, 가짜 원숭이 임금은 수렴동에서 또 가짜를 찍어내다 · 223

제58회 마음이 둘로 갈리니 건곤(乾坤)을 크게 어지럽히고, 한 몸으로는 참된 적멸(寂滅)을 수행하기 어렵다 · 252

제59회 당나라 삼장은 화염산(火燄山)에 이르러 길이 막히고, 손행자는 속임수를 써서 파초선을 처음 빼앗다 · 282

제60회 우마왕(牛魔王)은 싸우다 말고 잔치판에 달려가고, 손행자는 두번째로 사기 쳐서 파초선을 손에 넣다 · 316

제7권 제61회~제70회

제61회 저팔계가 힘을 도와 우마왕을 패배시키고, 손행자는 세번째로 파초선을 손에 넣다 · 17

제62회 육신의 때를 벗기고 마음 씻어 보탑을 깨끗이 쓸어내고, 요마를 결박지어 주인에게 돌리니 이것이 수신(修身)이다 · 54

제63회 손행자와 저팔계가 두 괴물을 앞세워 용궁을 뒤엎으니, 이랑현성 일행이 도와 요괴들을 없애고 보배를 되찾다 · 85

제64회 형극령(荊棘嶺) 8백 리 길에 저오능이 애를 쓰고, 목선암(木仙庵)에서 삼장 법사는 시(詩)를 논하다 · 118

제65회 사악한 요마는 가짜 소뇌음사(小雷音寺)를 세워놓고, 스승과 제자 네 사람은 모두 큰 횡액(橫厄)에 걸려들다 · 157

제66회 제신(諸神)들은 잇따라 독수(毒手)에 떨어지고, 미륵보살(彌勒菩薩)은 요마(妖魔)를 결박하다 · 191

제67회 타라장(駝羅莊)을 구원하니 선성(禪性)이 평온해지고, 더러운 장애물에서 벗어나니 도심(道心)이 맑아지다 · 224

제68회 당나라 스님은 주자국(朱紫國)에서 전생(前生)을 논하고, 손행자는 삼절굉(三折肱)의 진맥 수법으로 의술을 베풀다 · 257

제69회 심보 고약한 원숭이는 한밤중에 약을 몰래 만들고, 국왕은 연회석 상에서 사악한 요마 얘기를 털어놓다 · 290

제70회 요마의 보배는 연기, 모래, 불을 뿜어내고, 손오공은 계략을 써서 자금령(紫金鈴)을 훔쳐내다 · 323

제8권 제71회~제80회

제71회 손행자는 거짓 이름으로 늑대 괴물을 굴복시키고, 관세음보살이 현성하여 마왕을 제압하다 · 17

제72회 반사동(盤絲洞) 일곱 요정이 근본을 미혹시키니, 탁구천(濯垢泉) 샘터에서 저팔계가 체통을 잃다 · 55

제73회 원한에 사무친 요괴들은 극독으로 해를 끼치고, 손행자는 요행으로 마귀의 금빛 광채를 깨뜨리다 · 93

제74회 태백장경(太白長庚)은 마귀 두목의 사나움을 귀띔해주고, 손행자는 변화술법을 베풀어 사타동(獅駝洞)에 잠입하다 · 132

제75회 심원(心猿)은 음양 이기병(陰陽二氣甁)에 구멍을 뚫고, 마왕은 뉘우쳐서 대도(大道)의 진(眞)으로 돌아가다 · 167

제76회 손행자는 뱃속에서 늙은 마귀의 심성을 돌이켜놓고, 저팔계와 더불어 요괴를 항복시켜 정체를 드러내게 하다 · 206

제77회 마귀 떼는 삼장 일행의 본성(本性)을 업신여기고, 손행자는 홀몸으로 석가여래의 진신(眞身)을 뵙다 · 243

제78회 손행자는 비구국 아이들을 불쌍히 여겨 신령을 보내주고, 삼장은 금란전에서 요마를 알아보고 함께 도덕을 따지다 · 281

제79회 청화동(淸華洞)을 찾아서 요괴를 잡으려다 남극수성(南極壽星)을 만나고, 조정에 들어가 군주를 올바로 각성시키고 어린것들의 목숨을 살려내다 · 314

제80회 아리따운 색녀는 원양(元陽)을 기르고자 배필을 구하려 하고, 손행자는 스승을 보호하려 사악한 요물의 정체를 간파하다 · 345

제9권 제81회~제90회

제81회 진해 선림사에서 손행자는 요괴의 정체를 알아보고, 세 형제는 흑송림(黑松林)에서 스승을 찾아 헤매다 · 17

제82회 아리따운 요녀는 삼장에게서 양기를 얻으려 하고, 당나라 스님의 원신(元神)은 끝내 도(道)를 지키다 · 55

제83회 손행자는 여괴(女怪)의 근본 내력을 알아내고, 아리따운 색녀(姹女)는 드디어 본성으로 돌아가다 · 92

제84회 가지(伽持)는 멸하기 어려우니 큰 깨우침을 원만히 이루고, 삭발당한 멸법국왕, 승려의 몸이 되어 본연으로 돌아가다 · 126

제85회 앙큼한 손행자는 저팔계를 시샘하여 골탕먹이고, 마왕은 계략 써서 당나라 스님을 손아귀에 넣다 · 159

제86회 저팔계는 위력으로 도와 괴물을 굴복시키고, 제천대성은 법력을 베풀어 요괴를 섬멸하다 · 194

제87회 하늘을 모독한 죄로 봉선군(鳳仙郡)에 가뭄이 들고, 손대성은 착한 행실 권유하여 단비를 내리게 하다 · 230

제88회 선승(禪僧)은 옥화현(玉華縣)에 이르러 법회를 베풀고, 손행자와 저팔계, 사화상은 첫 문하 제자를 받아들이다 · 261

제89회 황사(黃獅) 요괴는 훔쳐 온 병기 놓고 축하연을 베풀고, 손행자와 저팔계, 사화상은 계략으로 표두산을 뒤엎다 · 292

제90회 스승은 죽절산의 사자 소굴로, 사자 요괴들은 옥화성으로 각각 붙잡혀 가고, 도(道)를 훔치려다 선(禪)에 얽매인 구령원성은 끝내 주인에게 굴복하다 · 319

제10권 제91회~제100회

제91회 금평부(金平府)에서 정월 대보름 연등 행사를 구경하고, 당나라 스님은 현영동(玄英洞)에서 신분을 털어놓다 · 17

제92회 세 형제 스님이 청룡산에서 한바탕 크게 싸우고, 네 별자리는 코뿔소 요괴들을 포위하여 사로잡다 · 48

제93회 급고원(給孤園) 옛터에서 인과(因果)를 담론하고, 천축국 임금을 뵙는 자리에서 배필감을 만나다 · 79

제94회 네 스님은 어화원(御花園)에서 잔치를 즐기는데, 한 마리 요괴는 헛된 정욕을 품고 홀로 기뻐하다 · 108

제95회 거짓 몸으로 참된 형체와 합치려다 옥토끼는 사로잡히고, 진음(眞陰)은 바른길로 돌아가 영원(靈元)과 다시 만나다 · 139

제96회 구원외(寇員外)는 고승을 받아들여 환대하나, 당나라 스님은 부귀영화를 탐내지 아니하다 · 169

제97회 손행자는 은혜 갚으려 악독한 도적들과 마주치고, 신령으로 꿈에 나타나 저승의 원혼을 구원해주다 · 197

제98회 속된 심성이 길들여지니 비로소 껍질에서 벗어나고, 공을 이루고 수행을 채우니 진여(眞如)를 뵙게 되다 · 235

제99회 구구(九九)의 수효를 다 채우니 마겁(魔劫)이 멸하고, 삼삼(三三)의 수행을 마치니 도는 근본으로 돌아가다 · 269

제100회 삼장 법사는 곧바로 동녘 땅에 돌아오고, 다섯 성자는 마침내 진여(眞如)를 이루다 · 294

작품 해설 · 329
부록 · 483

■ 기획의 말

'대산세계문학총서'를 펴내며

　근대 문학 100년을 넘어 새로운 세기가 펼쳐지고 있지만, 이 땅의 '세계 문학'은 아직 너무도 초라하다. 몇몇 의미있었던 시도에도 불구하고, 전체적으로는 나태하고 편협한 지적 풍토와 빈곤한 번역 소개 여건 및 출판 역량으로 인해, 늘 읽어온 '간판' 작품들이 쓸데없이 중간되거나 천박한 '상업주의적' 작품들만이 신간되는 등, 세계 문학의 수용이 답보 상태에 머물러 있었음을 부인하기 힘들다. 분명한 자각과 사명감이 절실한 단계에 이른 것이다.

　세계 문학의 수용 문제는, 그 올바른 이해와 향유 없이, 다시 말해 세계 문학과의 참다운 교류 없이 한국 문학의 세계 시민화가 불가능하다는 의미에서, 보다 근본적으로, 우리의 문화적 시야 및 터전의 확대와 그 질적 성숙에 관련되어 있다. 요컨대 이것은, 후미에 갇힌 우리의 좁은 인식론적 전망의 틀을 깨고 세계 전체를 통찰하는 눈으로 진정한 '문화적 이종 교배'의 토양을 가꾸는 작업이며, 그럼으로써 인간 그 자체를 더 깊게 탐색하기 위해 '미로의 실타래'를 풀며 존재의 심연으로 침잠하는 작업이라 할 수 있다.

　우리의 현실을 둘러볼 때, 그 실천을 위한 인문학적 토대는 어느 정도 갖추어진 듯이 보인다. 다양한 언어권의 다양한 영역에서 문학 전공자들이 고루 등장하여 굳은 전통이나 헛된 유행에 기대지 않고 나름의 가치있는 작가와 작품을 파고들고 있으며, 독자들 또한 진부한 도식을 벗어나 풍요로운 문학적 체험을 원하고 있다. 새롭게 변화한 한국어의 질감 속에서 그 체험이 이루어지기를 바라는 요청 역시 크다. 그러므로 필요한 것은 어쩌면 물적 토대뿐일지도 모른다는 판단이 우리를 안타깝게 해왔다.

이러한 시점에서, 대산문화재단의 과감한 지원 사업과 문학과지성사의 신뢰성 높은 출판을 통해 그 현실화의 첫발을 내딛게 된 것은 우리 문화계의 큰 즐거움이 아닐 수 없다. 오늘의 문학적 지성에 주어진 이 과제가 충실한 결실을 맺을 수 있도록, 우리는 모든 성실을 기울일 것이다.

'대산세계문학총서' 기획위원회